Linda Ward

Sünderin aus Liebe

Linda Ward

Sünderin aus Liebe

und zwei weitere Romane

Lizenzausgabe mit Genehmigung des Rechteinhabers
für die
Naumann & Göbel Verlagsgesellschaft mbH
Emil-Hoffmann-Straße 1
D-50996 Köln

Gesamtherstellung: Naumann & Göbel
Verlagsgesellschaft mbH, Köln

ISBN 978-3-625-50057-5
www.naumann-goebel.de

Inhalt

Sünderin aus Liebe

»Robert, oh Robert ...« Barbara war sich nicht bewusst, wie oft sie schon seinen Namen geflüstert hatte. Sie trank die Küsse von Roberts Lippen und zitterte vor Verlangen unter seinen streichelnden Händen. Alle Träume waren Wirklichkeit geworden, wunderbare Wirklichkeit. Sie lag in Roberts Armen! Auch ihre Hände machten sich selbstständig. Robert stöhnte vor Erregung. Dann begann er, die harten Warzen ihrer Brüste zu küssen. Barbara rauschte das Blut in den Ohren. Sie konnte es kaum erwarten, die höchste Lust zu erleben ...

Die Luft flirrte vor Hitze. Im Auto war es stickig. Barbara drehte die Fensterscheibe herunter. Doch der heftige Fahrtwind blies ihr die langen Haare ins Gesicht.

Also schloss sie das Fenster wieder. Sie war nicht weit davon entfernt, ärgerlich und nervös zu werden.

Der Verkehr nahm auch immer mehr zu. So ganz hatte sich Barbara an den europäischen Fahrstil, vornehmlich an den der Franzosen, noch nicht gewöhnt. Ihrer Meinung nach fuhren alle ziemlich wild und rücksichtslos. Sie fand das weder elegant noch nachahmenswert.

Schon wieder wurde sie geschnitten! Ein schwarzer Citroën raste ziemlich schnell auf der linken Seite heran, was ein anderes Auto zum plötzlichen Einscheren veranlasste – und Barbara zum heftigen Tritt aufs Bremspedal.

Sie wartete, bis der Abstand zwischen ihr und dem Vordermann wieder größer geworden war, dann gab sie erneut Gas. Verschwitzt, hungrig und entnervt fühlte sie sich. Es würde gut sein, eine größere Rast einzulegen. Vielleicht konnte sie bei einem kleinen Imbiss neue Kraft schöpfen.

Bis zur nächsten Raststelle waren es noch über zwanzig Kilometer. Sie erschienen ihr unendlich.

Erleichtert betätigte Barbara endlich den Blinker und bog ab. Ein Blick auf den Anzeiger sagte ihr, dass sie auch gleich tanken konnte.

Nachdem das erledigt war, fuhr Barbara weiter zu den Parkplätzen, in der Hoffnung, eine schattige Lücke zu erwischen.

Als sie ausstieg, stand plötzlich ein junger Bursche mit Punkerfrisur vor ihr, der sie lässig anlächelte.

»Hallo!«, sagte er. Seine blauen Augen blitzten. Sein Mund übte sich in einem verführerischen Lächeln. »Wohin geht die Reise?«

»Warum wollen Sie das wissen? Nach Serrigny. Ich bin sicher, dass Sie diesen Ort nicht kennen.« Barbara war nicht gerade freundlich.

»Engländerin?«

»Amerikanerin«, beschied sie ihn kurz. Die Aussicht auf eine Flasche Mineralwasser ließ ihren Gaumen noch trockener werden. »Kann ich Ihnen sonst noch mit Auskünften irgendwelcher Art behilflich sein?«, fragte sie ironisch.

»Warum so unfreundlich«, Mademoiselle?«

»Weil ich durstig bin und hungrig und müde. Ich brenne darauf, in dieses Lokal dort drüben zu gelangen, um mich zu stärken.« Barbara deutete auf das Restaurant im Hintergrund.

»Ich wollte Sie fragen, ob ich mitfahren kann. Will nach Spanien rüber.«

Barbara schüttelte den Kopf. »Tut mir leid, aber ich fahre Richtung Marseille.«

»Dann setzen Sie mich eben in Orange bei der Abzweigung nach Perpignan ab«, erklärte der Junge, jetzt schon leicht ungeduldig.

Barbara empfand ihn als lästig. Und dass er einfach so bestimmte, ärgerte sie. Sie konnte sich gut vorstellen, dass er ihr auch während der Fahrt auf die Nerven gehen würde. Sie verspürte außerdem keine Lust auf Gesellschaft.

»Tut mir leid, ich gehe jetzt essen. Sicher nimmt Sie ein anderer Autofahrer mit.«

»Ich kann doch in Ihrem Wagen auf Sie warten. Wenn Sie mir den Schlüssel geben ...«

So viel Dreistigkeit verschlug ihr fast die Sprache. Wollte er sie zum Narren halten? Wer garantierte ihr, dass ihr Auto noch hier stand, wenn sie wieder zurückkam?

»Hören Sie, ich habe keine Lust mehr, mit Ihnen zu diskutieren.«

Sie wandte sich ab und eilte auf den Eingang des Restaurants zu. Sie entdeckte am Fenster einen freien Tisch und steuerte darauf zu. Die Stimmung der Kellnerin schien auch nicht die beste zu sein. Die junge Frau wirkte abgehetzt, nervös und unfreundlich.

Barbara bestellte sich einen Salat und ein kleines Filetsteak mit Tomaten auf provencalische Art.

Nach wenigen Minuten bekam sie eine Salatschüssel auf den Tisch gestellt, ein wenig zu schwungvoll. Um ein Haar wäre sie umgekippt und der Inhalt auf dem Tisch gelandet.

Doch Barbara beschloss, die Pause zu genießen. Sie versuchte, sich zu entspannen. Tatsächlich fühlte sie sich bald ein bisschen besser und begann die anderen Gäste zu betrachten.

Woher mochten sie kommen? Was hatten sie vor? Fuhren sie in Urlaub? Waren sie geschäftlich unterwegs?

Während ihr Blick die Runde machte, ließ Barbara ihren Gedanken freien Lauf. Ob man ihr ansah, was sie vorhatte? Ob sich von den anderen Gästen jemand darüber den Kopf zerbrach? Wohl kaum, denn ...

»Gestatten?« Barbara wurde jäh aus ihren Gedanken gerissen.

Sie schaute auf. »Aber bitte sehr«, sagte sie. Eigentlich war es ihr nicht recht, dass sich jemand zu ihr an den Tisch setzte, aber sie konnte es dem Herrn natürlich nicht ablehnen.

Glücklicherweise sagte er nichts, sondern vertiefte sich in die Speisekarte, dass sie ihn verstohlen betrachten konnte.

Endlich kam ihr Steak. Natürlich war es nicht so zart wie es sein sollte, doch sie aß es tapfer. Barbara beschloss, sich nebenan im Laden noch etwas einzukaufen. Wenn sie heute Abend ein billiges Hotelzimmer fand, konnte sie Wurst und ein Stück Käse essen und brauchte nicht noch mal in ein Restaurant zu gehen.

Barbara merkte, dass der Mann sie ständig anstarrte. Wenn sie es mit ihm aufnehmen wollte und den Blick hob, schaute er weg.

Barbara zahlte und ließ fünfzig Cent als Trinkgeld auf dem Tisch liegen. Dann ging sie in den Waschraum, um sich ein wenig frisch zu machen.

Blass bin ich, fand sie. Aber das wird sich hoffentlich in den nächsten zwei Monaten ändern. So lange dauerten die Schulferien in Frankreich, die gerade begonnen hatten.

Vor Barbara lag eine ziemlich ungewisse Zeit. Bekam sie die Stelle in Serrigny, dann würde sie die Ferien über dort bleiben, um die Gegend zu erforschen.

Klappte es nicht, konnte sie es noch in Montpellier versuchen, wo man eine Privatlehrerin für Englisch suchte, allerdings nur für halbe Tage, was auch halbes Geld bedeutete. Daran war sie eigentlich nicht so interessiert, denn dann würde sie sich noch einen Nebenjob suchen müssen, um über die Runden zu kommen.

Nachdem sie im Selbstbedienungsladen neben dem Restaurant noch eine kleine Salami, einen Camembert und eine

Kaviarstange erstanden hatte, ging Barbara zu ihrem Auto zurück.

Sie fühlte sich wirklich etwas ausgeruht und seufzte erleichtert, als sie feststellte, dass der ziemlich aufdringliche Tramp nicht auf sie gewartet hatte.

Sie startete den Wagen und setzte ihre Fahrt nach Süden fort.

***

Mademoiselle Lisette Chevalier betrachtete den Mann, der ihr gegenüber saß, durch ihre altmodische Brille. In ihren Augen lag ein Leuchten, das jedoch keinem der Anwesenden auffiel. Die Gläser der Brille reflektierten ihre Umwelt, gaben aber kaum etwas von Lisette Chevaliers Geheimnissen preis.

Jeder in dem kleinen Konferenzraum des Marie Curie-Internats wäre erstaunt gewesen, wenn er etwas von Lisettes Gedanken erfahren hätte.

Mit ihren achtundvierzig Jahren hatte sie sich in Robert de Rocheville verliebt, den Mann, ohne den die Schule und alle, die dort arbeiteten, längst am Ende gewesen wären. In ihren Träumen war Lisette der Vamp, die lockende Verführerin, die von ihm begehrt wurde.

Robert de Rocheville und Lisette Chevalier verband ein recht gutes Verhältnis. Er fand, dass sie als Internatsleiterin die besten Fähigkeiten hatte. Das war es, worauf es ihm ankam. Ihr Aussehen störte ihn ebenso wenig wie die merkwürdig altmodischen Sachen, die sie mit Vorliebe trug.

Hätte er geahnt, was sie jede Nacht in ihrer Fantasie mit ihm anstellte – er wäre zumindest über die Maßen verblüfft gewesen.

Das Marie Curie-Internat in Serrigny beherbergte hauptsächlich Mädchen, die aus verarmten Adelsfamilien stammten. Hin und wieder wurden auch Jungen aufgenommen, wenn die familiären Verhältnisse den Aufnahmevoraussetzungen entsprachen.

Robert de Rocheville finanzierte die Schule. Wenn er seine Zahlungen einstellte, würde das erstklassige Lehrpersonal nicht mehr bezahlt werden können. Die Zuschüsse der Gemeinde waren zu gering.

Robert wohnte in einem wunderschönen alten Schloss aus dem sechzehnten Jahrhundert. Es lag außerhalb des Ortes auf einer Anhöhe, umgeben von viel Wald. Im Süden und Westen schlossen sich Gärten an, die ebenfalls zu Rochefort gehörten ...

Lisette konzentrierte sich auf die vor ihr liegende Liste. Das Internat brauchte für das kommende Schuljahr neues Material wie Landkarten, Präparierbestecke für den Biologie-Unterricht, Chemikalien und natürlich Lehrbücher für die Schülerinnen. Außerdem mussten einige Schulräume dringend renoviert, zum Teil auch das Mobiliar ersetzt werden.

Sie verlas die benötigten Dinge. Robert zeichnete alles ohne jeglichen Einwand ab. Dann nickte er den anwesenden Lehrerinnen und Lehrern zu. »Tja dann, meine Damen und Herren, so bleibt mir denn nur noch, Ihnen schöne Ferien und gute Erholung zu wünschen.«

Ein kleiner Abschiedstrunk im Schloss hatte schon gestern Abend stattgefunden. Bis auf Lisette, die in Serrigny blieb, weil sie nicht wusste, wo sie hinfahren sollte, planten alle eine Urlaubsreise oder einen Aufenthalt bei ihren Familien. Erst Anfang September würde man sich wieder zum ersten Schultag im Internat einfinden.

Stühle scharrten. Man erhob sich und küsste sich gegenseitig zum Abschied nach französischer Sitte auf beide Wangen. Ein paar Minuten später war Lisette mit Robert allein.

Sie wollte noch im Konferenzzimmer aufräumen und dann in ihre Wohnung hinübergehen.

»Einen schönen Tag noch, Lisette«, sagte Robert und lächelte. »Wann, sagten Sie, wollte Mademoiselle Warner kommen?«

»Heute im Laufe des Tages. Oder morgen.«

»Ich bin gespannt, ob wir noch eine dritte Enttäuschung erleben«, meinte Robert. »Die beiden anderen Damen kamen ja wirklich nicht in Frage.«

»Die Zeugnisse von Mademoiselle Warner sind sehr gut. Ich habe Ihnen die Fotokopien ja gezeigt. Wenn sie noch einen guten Eindruck macht ...«

»Sie informieren mich, wenn sie kommt. Was die Qualifikation betrifft, so entscheiden natürlich Sie. Aber ich möchte Mademoiselle Warner auch gern sehen.«

»Selbstverständlich, Monsieur de Rocheville«, sagte die Schulleiterin eifrig und geleitete ihn bis zum Hauptausgang.

Sie wartete, bis er in seinem offenen Sportwagen Platz genommen hatte, dann winkte sie zum Abschied. Doch Robert sah es nicht.

***

Barbara erreichte Serrigny in den frühen Abendstunden. Als sie die Ortseinfahrt passiert hatte, hielt sie nach einem Hotel Ausschau.

Egal, ob ich den Job im Marie Curie-Internat bekomme oder nicht, hier werde ich erst mal zwei, drei Tage bleiben und versuchen, mich ein wenig zu entspannen, dachte sie.

Die Nachwirkungen des letzten Schuljahres mit all seinen Unannehmlichkeiten hatten sie ziemlich geschafft. Sie musste unbedingt abschalten.

Wenn sie an die Auseinandersetzungen mit Jean-Claude dachte, geriet Barbara immer wieder in Zorn.

Sie trat aufs Bremspedal. Sie war fast schon wieder aus Serrigny heraus.

Es hatte wohl wenig Sinn, darauf zu hoffen, im Vorbeifahren eine geeignete Unterkunft zu finden. Also stellte sie den Wagen ab und machte sich zu Fuß auf die Suche.

Nach wenigen Minuten stand sie vor dem Hotel »Esplanade«. Im ersten Stock zeigte man ihr ein einfaches Zimmer mit Bad.

Barbara nahm es sofort. Dann erkundigte sie sich nach dem Weg zum Internat. Es war nicht weit von hier. Günstiger konnte sie es kaum haben.

Der freundliche Hotelier half ihr, das Gepäck auf das Zimmer zu tragen. Schließlich verneigte er sich höflich vor ihr. »Wenn Sie noch etwas brauchen, wenden Sie sich nur an mich. Ich bin Alphonse Daudier.«

»Vielen Dank, Monsieur Daudier.«

Er ging noch nicht. Neugier stand in seinem leicht geröteten Gesicht. »Sie wollten zum Internat – darf ich fragen, was ...«

»Ich suche eine Stelle als Englischlehrerin. Wenn ich Glück habe, bekomme ich dort eine.«

»Oh, da drücke ich Ihnen die Daumen, Mademoiselle.« Er legte den Kopf schief. »Sie sind nicht von hier, nicht wahr? Einen kleinen Akzent hört man ...«

»Immer noch?« Barbara musste lachen. »Ich bemühe mich schon seit Jahren, ihn ganz abzulegen. Einfach ist das nicht. Ich bin Amerikanerin.«

»Aber Sie sprechen unsere Sprache fließend«, staunte Alphonse. Er hatte nie in seinem Leben eine Fremdsprache gelernt. Ein paar Brocken Deutsch konnte er, die er eifrig anwendete, wenn Touristen nach Serrigny kamen.

Er besann sich, dass es unhöflich war, die Mademoiselle weiter zu belästigen, und verabschiedete sich mit einer Verbeugung und der nochmaligen Versicherung, ihr immer zu ihrer Verfügung zu stehen.

Barbara ließ sich auf das Bett fallen und ruhte sich erst einmal zehn Minuten aus. Das tat ihr gut. Die lange Fahrt, die Hitze, die Unsicherheit, ob sie die Stelle bekam oder nicht, all das hatte ihr ganz schön zugesetzt.

Sie beschloss, ihren Koffer noch nicht auszupacken. Erst nach der Besprechung in der Schule wollte sie entscheiden, wie und wo sie die nächsten zwei Monate verbrachte.

Für einen langen Urlaub an der Küste hatte sie nicht genug Geld. Aber sie konnte sich auch hier im malerischen Serrigny erholen und die Umgebung erkunden.

Es kostete Barbara einige Überwindung, sich wieder vom Bett zu erheben. Sie ging hinunter zur Rezeption, ließ sich von Monsieur Daudier das Telefon reichen und wählte die Nummer des Internats. Es meldete sich Mademoiselle Chevalier, mit der sie schon von Paris aus gesprochen hatte.

»Wie schön, dass Sie heute schon angekommen sind!«, sagte Lisette. »Wenn Sie wollen, können wir uns gleich treffen. In einer Stunde? Passt es Ihnen?«

Das passte Barbara sehr gut. Sie konnte sich in aller Ruhe frisch machen, duschen, sich umziehen und dann zum Internat hinübergehen, das nur zehn Minuten entfernt vom Hotel Esplanade war.

Als es soweit war, verspürte sie doch heftiges Herzklopfen. Ihr lag viel daran, diese Stelle zu bekommen.

Von Paris hatte sie erst einmal genug. Und das hatte viel mit Jean-Claude zu tun, ihrem Kollegen am Flaubert-Lyzeum. Die ständigen Streitereien zwischen ihm und ihr hatten die Arbeit an der Schule beeinträchtigt. Aber das lag nun hinter ihr. Hoffentlich für immer, sagte sie sich, als sie ah die Tür des Internats klopfte.

»Bonjour«, sagte eine tiefe Stimme über ihr.

Barbara schaute hoch.

»Einen Augenblick. Ich komme herunter. Der Weg zu meinem Büro ist ein wenig kompliziert!«, erklärte ihr Lisette Chevalier.

Minuten später saß Barbara der Internatsleiterin gegenüber. Sie hatten sich freundlich, aber etwas distanziert begrüßt. Nun prüfte Mademoiselle Chevalier ihre Zeugnisse.

»Sie arbeiten also schon fünf Jahre als Englischlehrerin in Frankreich?«

»Ja. Zwei Jahre an einer Privatschule in Lille, dann drei Jahre in Paris.«

»Warum haben Sie sich nicht bemüht, Ihren Vertrag am Flaubert-Lyzeum zu verlängern? Man hat Ihnen dort ein außerordentlich gutes Zeugnis ausgestellt.«

»Ich wollte aus der Großstadt weg«, erklärte Barbara.

Sie wollte nicht die wahren Gründe nennen. Die mussten ungefähr so lauten: Ich habe dummerweise etwas mit einem verheirateten Kollegen angefangen. Und das nur, weil Jean-Claude mir tausendmal geschworen hat, seine Frau nicht mehr zu lieben. Ich glaubte ihm – bis zu dem Tag, an dem ich von einer Kollegin erfuhr, dass seine Frau ihr zweites Kind erwartet. Bis dahin war ich davon ausgegangen, dass sich zwischen den beiden nichts mehr abspielte. Die falschen Liebesschwüre war ich leid. Das ist der Hauptgrund, warum ich aus Paris fort wollte.

»Hier bei uns ist es sehr ruhig«, sagte Lisette und musterte die ausgesprochen hübsche Amerikanerin. Langes blondes Haar umrahmte ein schmales Gesicht. Auf der Nase saßen ein paar lustige Sommersprossen. Die blauen Augen begegneten offen Lisettes strengem Blick, und die leicht aufgeworfenen Lippen gaben etwas rührend Junges.

»Es könnte sein, dass Sie es hier zu ruhig finden, Mademoiselle. Für junge Leute gibt es hier nicht viel Abwechslung.«

»Oh, darauf bin ich nicht wild, wirklich nicht. Ich will meine Arbeit tun und zum Feierabend meine Ruhe haben. Außerdem gibt es doch gewiss Kolleginnen und Kollegen, mit denen man hin und wieder mal ein Gespräch führen kann.«

»Die meisten sind etwas älter als Sie. Aber natürlich haben Sie recht. Ich wollte Ihnen das nur zu bedenken geben, bevor Sie sich entscheiden, bei uns zu bleiben. Von meiner Seite aus bestehen keine Bedenken.«

Lisette betrachtete die junge Frau noch einmal eingehend. Sie war der Meinung, mit ihr einen guten Griff zu tun. Ausgezeichnete Zeugnisse, Erfahrung als Englischlehrerin an zwei guten Schulen, jung genug, um neue Ideen im Unterricht zu verwirklichen. Frischer Wind am Marie Curie-Internat konnte nichts schaden. Im Gegenteil.

»Schwanger sind Sie nicht?«, erkundigte sich Lisette Chevalier so unvermittelt, dass Barbara zusammenzuckte.

»Nein«, sagte sie hastig. Nicht, dass ich wüsste, hätte sie fast noch hinzugefügt, konnte sich aber noch rechtzeitig bremsen.

»Ich wollte wissen, ob Sie gebunden sind«, erklärte Lisette und lächelte. Eine solche Mimik nahm sich auf ihrem Gesicht etwas seltsam aus, obwohl sie es ehrlich meinte.

Sie zog eine Mappe aus ihrem Schreibtisch hervor und fuhr mit dem Bleistift eine Liste entlang. Dann sah sie Barbara wieder an und nannte ihr das Gehalt.

»Mehr können wir für den Anfang nicht zahlen. Ein halbes Jahr Probezeit. Danach können wir um einhundert Euro aufstocken, wenn Sie Ihre Tüchtigkeit unter Beweis gestellt haben. Wohnen können Sie im Haus. Das Appartement Ihrer Vorgängerin ist frei. Allerdings können Sie erst später einziehen, weil einiges renoviert werden muss.«

Barbara fühlte sich fast ein bisschen schwindelig. »Soll das heißen, dass ich die Stelle bekomme?«

»Ich habe nichts dagegen, Mademoiselle Warner. Ich bin bereit, es mit Ihnen zu versuchen. Allerdings muss Monsieur de Rocheville noch zustimmen. Er ist der Förderer dieses Internats. Ohne ihn läuft gar nichts.«

»Aber beruhigen Sie sich«, fuhr sie fort, als sie Barbaras etwas enttäuschten Gesichtsausdruck bemerkte. »Was das Fachliche angeht, verläßt.er sich auf mein Urteil. Dennoch lässt er es sich nicht nehmen, die Leute vor der Festanstellung zu begutachten. Einen Augenblick.«

Sie zog das Telefon zu sich heran und wählte eine Nummer. Als die Verbindung zustande kam, räusperte sie sich. »Hier Lisette Chevalier«, sagte sie. »Kann ich bitte Monsieur de Rocheville sprechen?«

Während sie wartete, lächelte sie Barbara aufmunternd zu. Barbara zwang sich jedoch, ihren Optimismus zu bremsen. Noch hatte sie keine feste Zusage. Sie konnte erst aufatmen, wenn sie den unterzeichneten Vertrag in den Händen hielt.

»Monsieur de Rocheville wohnt drüben im Schloss«, raunte Lisette ihr zu, während sie die Hand über die Sprechmuschel hielt.

Auch das noch! Barbara sah ihre Chancen schwinden. Ein verschrobener Adeliger sollte den Segen zu ihrer Einstellung geben! Was war, wenn er sie nicht mochte, wenn er sie für zu jung und unerfahren hielt?

Lisette sprach ein paar Worte in den Hörer, dann legte sie auf. »Wir sollen gleich kommen und mit Monsieur de Rocheville zusammen essen. Ich hoffe, Sie haben noch nichts anderes vor.«

»Aber nein!« Barbara lächelte. »Ich kenne doch niemanden hier.«

»Gut, dann bitte ich Sie, ein paar Minuten auf mich zu warten. Ich will mich nur rasch umziehen. Wir nehmen meinen Wagen. Eigentlich wollte Monsieur de Rocheville ins Internat kommen. Aber seit heute Nachmittag hat er Besuch von seinem Neffen, der bei ihm die Ferien verbringen wird.«

Eine Viertelstunde später war Lisette Chevalier wieder da. Sie hatte sich zwar umgezogen, doch das dunkle Kostüm war genauso einfallslos und altmodisch wie das Kleid, das sie vorher getragen hatte.

In ziemlich rasanter Fahrt ging es dann zum Schloss. Barbara staunte. Einen solchen Fahrstil hätte sie der Frau gar nicht zugetraut. So konnte man sich täuschen.

Es ging schon auf acht Uhr zu, aber es war immer noch hell.

Lisette bremste den Wagen. »Hier sind wir!«, verkündete sie. Sie war glücklich darüber, noch einmal an diesem Tag Roberts Nähe genießen zu dürfen, obgleich ihre Freude auch durch Nina Bergs Anwesenheit getrübt werden würde.

Die junge Wirtschafterin mit den herausfordernden Blicken war seit einem halben Jahr auf Rocheville, um die alte Paulette zu entlasten. Man konnte manchmal den Eindruck haben, dass Nina sich schon auf die Rolle als zukünftige Schlossherrin vorbereitete.

Auf jeden Fall wollte Lisette sich ihre gute Laune nicht verderben lassen. Und außerdem würde heute Abend Mademoiselle Warner im Mittelpunkt von Roberts Interesse stehen – und nicht die dreiste Nina Berg.

Hätte Lisette geahnt, wie sehr Robert von der neuen Lehrerin angetan sein würde, wäre sie noch viel besorgter gewesen.

***

Robert wirkte etwas erschöpft. Er hatte den Nachmittag mit Ferdinand, seinem Neffen, verbracht. Dass das immer ziemlich anstrengend war, weil der Kleine seine Neugier kaum im Zaum halten konnte und eine Frage nach der anderen stellte, wusste Robert aus Erfahrung. Doch seit letztem Jahr schien Ferdinand noch lebhafter geworden zu sein. Robert fragte sich, woher der Junge dieses Temperament hatte.

Ferdinand war der Sohn seiner Schwester, die in Paris mit einem einflussreichen Geschäftsmann verheiratet war und recht froh zu sein schien, ihren quirligen Sprössling für ein paar Wochen los zu sein.

Nina Berg war von Robert beauftragt worden, sich hauptsächlich um den Jungen zu kümmern und nicht um die Arbeit im Schloss.

Robert ging in die große Küche im Erdgeschoss, wo die treue alte Paulette werkelte.

»Schaffen Sie es?«, fragte er. »War ein bisschen unüberlegt von mir, so kurzfristig noch zwei Personen zum Essen einzuladen, nicht wahr?«

Doch Paulette winkte ab. Sie war schon mit ganz anderen Dingen fertig geworden. »Wann soll ich auftragen?«

Robert schaute auf die Uhr.

»In einer halben Stunde.« Er würde nicht lange brauchen, bis er wusste, ob Mademoiselle Warner die richtige Nachfolgerin für die ausgeschiedene Englischlehrerin war. Und da Lisette die Qualifikation der jungen Dame ohnehin lobte, stand einer probeweisen Einstellung nichts im Wege. Anschließend konnte man sich bei einem zwanglosen Tischgespräch näher kennenlernen.

Er hörte, wie draußen ein Wagen vorfuhr, und verließ die Küche, um die Besucherinnen zu begrüßen.

»Monsieur de Rocheville, der Wohltäter unseres Internats«, stellte Lisette vor. »Und das ist Mademoiselle Warner.«

Robert sah in ein Paar große blaue Augen, die ihn verwirrt musterten. Er konnte nicht wissen, dass er in Barbaras Fantasie ein alter Herr gewesen war.

»Herzlich willkommen auf Schloss Rocheville«, sagte er. Die neue Lehrerin gefiel ihm außerordentlich gut.

»Vielen Dank für den freundlichen Empfang, Monsieur«, sagte Barbara. »Ich habe gar nicht damit gerechnet, dass sich heute noch alles klären würde.«

Robert wandte sich an Lisette: »Sie gestatten, dass ich mich ein paar Minuten mit Mademoiselle Warner in meinem Arbeitszimmer unterhalte.«

»Aber ich bitte Sie!«, erwiderte Lisette. »Das ist doch selbstverständlich …«

Barbara folgte Robert. Sein Arbeitszimmer stellte sich als wunderschöne Bibliothek mit herrlichen alten Büchern heraus. Barbara ließ bewundernd ihren Blick schweifen.

»Eine Pracht, nicht wahr?«, meinte Robert stolz. »Ich kann von Glück sagen, dass sie mir noch erhalten geblieben ist. Vor fünfzig Jahren hat eine verrückte Ahnin von mir versucht, das alles in Brand zu stecken. Glücklicherweise entdeckte man rechtzeitig, was sie vorhatte, und konnte das Unglück verhindern.«

»Warum wollte sie das tun?«, fragte Barbara.

»Ich glaube, sie war wütend auf ihren Ehemann, der nächtelang in der Bibliothek hockte und sie ziemlich vernachlässigte. Aber das ist natürlich auch keine Art, sich die Aufmerksamkeit des Partners zu sichern.«

Robert hielt inne. »Bitte, nehmen Sie doch Platz. Dieser Sessel dort ist besonders bequem.«

Barbara kam der Aufforderung nach. Sie fühlte sich verunsichert, konnte aber nicht sagen, warum.

»Darf ich Ihnen einen Sherry anbieten, als Aperitif sozusagen?«, fragte Robert.

»Gern.« Barbara fragte sich, warum ihr Herz bis zum Hals klopfte.

Während Robert de Rocheville Gläser und Flasche aus einem Wandschrank holte und alles auf ein kleines Tischchen stellte, hatte sie Zeit genug, ihn verstohlen zu betrachten.

Sein Profil faszinierte sie. Obwohl die Nase eine Spur zu groß geraten war, passte sie gut in dieses markante Gesicht, dem man ansah, dass es oft auch einen recht harten Ausdruck trug. Wenn er freundlich gestimmt war, so wie jetzt, wirkte sein Mund weich und sinnlich.

»Auf Ihr Wohl, Mademoiselle Warner«, sagte Robert in diesem Moment.

Barbara schrak zusammen und griff hastig nach dem Glas, das er ihr reichte.

Nachdem sie an ihrem Sherry genippt hatte, wollte sie sich entspannt hinsetzen. Doch sie spürte, dass ihr das irgendwie nicht gelang. Und das lag an Robert de Rocheville. Allmählich wurde sie ärgerlich auf sich selbst. Warum ließ sie sich so verwirren?

»Darf ich Sie fragen, warum Sie Ihre letzte Stelle gekündigt haben?«, hörte sie ihn sagen.

Barbara riss sich zusammen. »Ich habe es in Paris einfach nicht mehr ausgehalten.« Das war im großen und ganzen die Wahrheit. »Die Großstadt, der Lärm …« Sie brach ab. »Ich konnte es nicht mehr ertragen«, fügte sie ein wenig lahm hinzu.

»Aus welcher amerikanischen Stadt kommen Sie?«

»New York.«

»Na, dann müsste Ihnen Paris doch eher liegen als Serrigny.«

»Ich bin des Großstadtlebens müde, jedenfalls vorerst.«

»Hm.« Robert drehte das Glas in seinen Händen.

Barbara sah, dass er sehr schöne Finger hatte, mit wohlgeformten Nägeln. Künstlerhände. Liebhaberhände. Sie spürte, dass sie rot wurde.

Sie stand auf, um sich die Bücher anzuschauen. Er sollte um Himmels willen nicht merken, wie zittrig ihr zumute war.

»Also, von meiner Seite ist gegen Ihre Einstellung nichts einzuwenden«, sagte Robert in diesem Moment. »Ihre Zeugnisse sind gut, Erfahrung haben Sie auch. Die Mädchen werden sich freuen, eine so junge und tüchtige Lehrerin zu bekommen – die obendrein auch noch sehr hübsch ist.«

Barbara drehte sich überrascht um. Sekundenlang sahen sie sich in die Augen.

Barbara hielt den Atem an. Ihr Herz raste danach wie verrückt.

Da wurde die Tür aufgerissen. Ein kleiner Junge stürmte herein. »Essen ist fertig!« Er lief auf Robert zu und ließ sich in dessen Arme fallen.

Robert lachte und hob ihn hoch. »Dieser temperamentvolle junge Herr ist mein Neffe. Ferdinand, sag Mademoiselle Warner guten Tag.«

»Guten Tag«, sagte der Kleine und lächelte. »Bleibst du auch die ganzen Ferien im Schloss?«

»Hat dir deine Mama nicht gesagt, dass man erwachsene Leute mit ›Sie‹ ansprechen soll?« Robert fuhr über den Haarschopf des Jungen.

»Lassen Sie nur«, sagte Barbara. »Kinder gehen viel unkomplizierter an die Dinge heran. Manchmal könnten wir uns an ihnen ein Beispiel nehmen.«

Robert nickte. »Das stimmt.« Dann hob er noch einmal sein Glas. »Auf gute Zusammenarbeit! Ich hoffe, dass Sie uns recht lange erhalten bleiben. Und wenn es irgendetwas gibt, was Sie bedrückt, so lassen Sie es mich wissen.«

Barbara stellte ihr leeres Glas ab und folgte Robert.

***

Das Essen verlief in einer sehr angenehmen Atmosphäre. Ferdinand zappelte zwar hin und wieder ungeduldig auf seinem Stuhl herum, aber sonst benahm er sich ganz manierlich.

Barbara hatte die Möglichkeit, den Hausherren zu betrachten. Er gefiel ihr sehr gut, immer besser. Bestimmt war er auch ein sehr gebildeter Mann, mit dem eine Unterhaltung Spaß machte.

Wie auch immer, sie wollte sich keinen Illusionen hingeben. Außerdem konnte sie froh sein, ihre Affäre mit Jean-Claude ohne allzu große Nachwirkungen überstanden zu haben. Es konnte nur gut sein, erst einmal eine Zeitlang ohne Liebe zu leben, um die Ereignisse besser verarbeiten zu können.

Gegen halb zwölf verabschiedeten sich Lisette und Barbara. Robert de Rocheville und Nina brachten sie zum Auto.

Sie steht neben ihm, als sei sie die Hausherrin, dachte Barbara, als sie der etwa gleichaltrigen Nina die Hand reichte. Die andere lächelte sie an. Doch es war ein sehr kühles Lächeln.

Roberts Hand hätte Barbara gern etwas länger festgehalten, aber war es ihr klar, dass sich das nicht schickte.

»Dann ist also alles in Ordnung«, sagte Lisette unterwegs. »Es freut mich, dass Monsieur de Rocheville einverstanden ist. Ich hätte mir, ehrlich gesagt, ein Veto von seiner Seite auch nicht erklären können. Was werden Sie nun machen, Mademoiselle Warner, wenn ich fragen darf? Ihr Dienst beginnt ja erst nach den Ferien.«

»Ich bleibe in Serrigny. Das Hotelzimmer ist relativ preiswert. So habe ich die Möglichkeit, die Leute im Dorf kennenzulernen. Ich werde Wanderungen durch die nähere Umgebung machen. Es erscheint mir alles recht reizvoll.«

»Wenn Sie ein paar Wochen im ›Esplanade‹ bleiben, werde ich mit Alphonse reden. Er ist ein Freund von mir und wird Ihnen bestimmt einen Sonderpreis machen. Wenn nicht, bekommt er es mit mir zu tun.«

»Sie sind sehr nett, Mademoiselle Chevalier. Vielen Dank.« Barbara hielt inne, dann sprach sie die Frage aus, die ihr auf den Lippen brannte. »Wer ist diese Mademoiselle Berg?«

»Entlastung für die alte Wirtschafterin. Paulette ist schon über siebzig. Sie hat sich zwar strikt gegen eine Hilfe geweigert.

Aber Monsieur de Rocheville hat über ihren Kopf hinweg entschieden. Jetzt soll Nina Berg allerdings vorerst Kindermädchen bei Ferdinand spielen. Ich glaube, sie macht sich Hoffnungen, was Monsieur de Rocheville betrifft. Doch da liegt sie völlig falsch. Für junges ›Gemüse‹ hat der nichts übrig.«

Lisette wäre erschreckt gewesen, wenn sie gewusst hätte, wie falsch sie mit ihrer Annahme lag.

***

Nina las Ferdinand mit monotoner Stimme aus einem Märchenbuch vor und verfluchte den Jungen insgeheim, weil er einfach nicht müde wurde. Mitternacht war schon vorbei, und er wollte immer noch mehr hören.

Nina verstand Robert in diesem Punkt nicht. Warum erlaubte er dem Kind, so lange aufzubleiben, wie es ihm beliebte? Es wäre doch besser, Ferdinand von vornherein an eine gewisse Ordnung im Tagesablauf zu gewöhnen.

Als Ferdinand endlich eingeschlafen war, erhob sich Nina mit einem erleichterten Seufzer. Sie wollte noch in die Bibliothek hinüber, um Robert zu sagen, dass sein Neffe schlief.

Vorher ging sie in ihr Zimmer, um ihren Pulli auszuziehen und gegen eine ziemlich durchsichtige Bluse auszutauschen.

Sie wollte, nein, sie musste Robert dazu bringen, dass er sich in sie verliebte! Manchmal glaubte sie, schon Anzeichen bemerkt zu haben. Aber es ging ihr nicht schnell genug.

Hinter die Ohren tupfte sie ein paar Tropfen Chloé, zog sich die Lippen nach, dann machte Nina sich auf den Weg. Sie klopfte leise an die große Doppeltür.

»Herein!« Robert sah auf. »Ah, Sie sind es, Mademoiselle. Schläft der Junge?«

»Ja.« Nina bemühte sich um ein mütterlich wirkendes Lächeln. »Er hört schrecklich gern die alten Märchen. Ein lieber Junge. Ich habe ihn gleich ins Herz geschlossen.«

Robert griff nach dem Cognacschwenker, der vor ihm stand. Doch bevor er trank, verharrte er für den Bruchteil einer Sekunde.

Nina war näher getreten. Das Licht der Stehlampe erfasste sie. Robert sah, dass sie sich umgezogen hatte, sah die verschwommenen Konturen ihrer recht üppigen Brüste unter dem dünnen Stoff der Bluse.

Er bemühte sich, nicht hinzuschauen. Doch das fiel ihm gar nicht leicht. Nina Berg war verdammt hübsch, das bemerkte er nicht erst heute.

Aber er schätzte sie auch als ein berechnendes kleines Luder ein, sodass er sich vorgenommen hatte, sehr vorsichtig zu sein.

»Möchten Sie auch einen Cognac?«, fragte er.

»O ja, gern, dann kann ich bestimmt schlafen. Aber bleiben Sie bitte sitzen. Ich schenke mir selbst ein.«

Nina stellte sich so vor den sechsarmigen Kerzenleuchter, der hinter der Flasche stand, dass Robert ihre Brüste durch den Stoff auch von der Seite her sehen konnte.

Dann wandte sie sich ihm wieder zu – mit einem aufreizenden Lächeln. »Auf Ihr Wohl!«

Sie trank und hielt den passenden Moment für gekommen. Ihre Bluse war am Hals durch ein Band locker zusammengehalten. Nina zog an der Seidenkordel, als Robert zu der Flasche griff, um sich nachzuschenken.

Schnell schob sie den hauchdünnen Chiffon über ihre linke Schulter, so weit, dass ihre eine Brust entblößt wurde. Die rechte ließ sie bedeckt.

Robert starrte sie an. Nina tat so, als wollte sie hastig ihre Bluse zurechtzupfen.

»Bitte, verzeihen Sie, ich ... es ist ... ich habe sie wohl nicht richtig geschlossen«, murmelte sie.

»Das fürchte ich auch«, sagte Robert kühl. Er hatte sie also richtig eingeschätzt. Dass sie einen schönen Körper hatte, war ihm nicht entgangen. Das sah man auch in bekleidetem Zustand.

Trotzdem würde er sich zurückhalten und nichts tun, was er sich später vorwerfen müsste.

Er traute Nina durchaus zu, dass sie einen Skandal auslösen würde, wenn er kurzfristig auf ihre Wünsche einging. Er wollte im Dorf nicht ins Gerede kommen, sich nicht sagen lassen, er hole sich eine junge weibliche Angestellte nicht nur zur Arbeit ins Haus.

»Nun ziehen Sie sich mal wieder ordentlich an, so wie es sich gehört, und dann gehen Sie ins Bett. Kleine Mädchen sollten um diese Zeit längst schlafen.«

Er räusperte sich. »Mir ist gar nicht aufgefallen, dass Sie vorhin bei Tisch zu viel Wein getrunken haben, Nina. Sie sollten das nächste Mal mit Alkohol vorsichtiger umgehen.«

Sie wäre ihm vor Wut und Enttäuschung am liebsten ins Gesicht gesprungen, um dieses sarkastische Lächeln wegzuwischen, das um seinen Mund lag. Sie hasste ihn dafür. Vor allem aber hasste sie sich selbst. Sie hatte es einfach zu ungeschickt angefangen.

Nina konnte sich gerade noch zurückhalten, wüste Beschimpfungen auszustoßen. Vorsicht war geboten, wenn sie nicht plötzlich fristlos gekündigt auf der Straße stehen wollte.

»Ich bitte Sie, in Zukunft solche Attacken zu unterlassen. Sie führen zu nichts. Gute Nacht. Bis morgen. Hoffentlich haben Sie dann einen kühleren Kopf.«

Robert wirkte immer noch sehr unnahbar, unnachgiebig, ja sogar hart. Er war wirklich verärgert und konnte sich nicht zu einer freundlichen Versöhnungsgeste aufraffen, als Nina die Betroffene spielte.

Nina sah ein, dass sie verloren hatte. Für heute jedenfalls.

Vielleicht hätte sie doch nicht so direkt vorgehen sollen. Nun musste sie sich eine andere Taktik ausdenken. Eingeschüchtert war sie noch lange nicht.

Sie kannte die Schwachstellen der Männer. Schon oft hatte sie mit so direkten Aktionen Erfolg gehabt. Robert de Rocheville war eben eine harte Nuss. Um so süßer würde dann der Augenblick sein, wenn sie endlich geknackt war.

***

Barbara hatte sich in Serrigny schon recht gut eingelebt. Die Temperaturen waren in den letzten Tagen noch gestiegen. Die Hitze war nur mit leichtester Bekleidung zu ertragen.

Deshalb hielt Barbara sich hauptsächlich im Schatten auf. Unter den Platanen, die den kleinen Marktplatz des Ortes beschatteten, konnte man es in Luciens Bistro bei eiskalter Limonade gerade noch aushalten.

Aber auch Spaziergänge im nicht weit entfernten Schlosswald waren sehr erholsam. Unangenehm war es nur, wenn sie hinterher ins Auto steigen musste, in dem es sehr stickig war.

Auch heute entschied sich Barbara auf einen kleinen Drink bei Lucien. Das war auch immer eine Möglichkeit, Kontakte zu den Dorfbewohnern zu knüpfen.

Den Bürgermeister hatte sie schon kennengelernt und für übermorgen mit Lisette eine Einladung zum Essen von ihm. Auch Monsieur Ducroix, der Bäcker, war schon zweimal zu einem Schwätzchen erschienen.

»Eine Grenadine, bitte«, bestellte Barbara. »Aber mit ganz viel Eis, wenn's geht.«

»Selbstverständlich geht das, Mademoiselle!« Luciens Augen blitzten. Er mochte die neue Lehrerin sehr.

Natürlich hatte es sich schnell herumgesprochen, dass die junge Dame aus dem Hotel Esplanade zum nächsten Schuljahrsbeginn im Internat anfangen würde.

Lucien bedauerte, dass er schon fünfzig war. So machte er sich keine Illusionen, dass die hübsche Mademoiselle Warner etwas an ihm finden konnte. Dennoch beeilte er sich, ihren Wunsch zu erfüllen.

Barbara trank ihr Glas in einem Zug zur Hälfte leer. »Oh, tut das gut«, sagte sie mit einem Seufzer. »Bei einer solchen Hitze möchte man nur trinken. Finden Sie nicht auch, Monsieur Luden?«

Da sich im Augenblick keine anderen Gäste in der kleinen Bar befanden, setzte er sich mit einem Pastis zu ihr. Es war schon sein fünfter heute.

Lucien bot Barbara eine Zigarette an, doch sie lehnte dankend ab. »Vielen Dank, aber ich rauche nicht.«

»Sie sind wohl sehr seriös, Mademoiselle.« Lucien zwinkerte ihr zu. »So hübsch und so brav?«

»Ich mache mir nichts aus Zigaretten. Warum also sollte ich mir dieses Laster dann angewöhnen?« Barbara lächelte ihn an.

»Machen Sie sich auch nichts aus Alkohol?«

»Gegen ein Glas Wein habe ich nichts einzuwenden. Ich liebe den französischen Wein, gerade den hier aus der Provence. Er schmeckt so würzig, wie die Luft riecht.«

»Und wie steht es mit der Liebe?«, wollte Lucien wissen.

Barbara drohte ihm mit dem Finger. »Jetzt sind Sie mir entschieden zu neugierig. Diese Frage werde ich nicht beantworten.«

Lucien grinste breit und stieß den Rauch seiner Zigarette aus. »Verzeihen Sie, ich wollte nicht aufdringlich erscheinen. Aber hier in Serrigny passiert so wenig, dass wir uns sehr für unsere Mitmenschen interessieren, ganz besonders, wenn sie neu bei uns sind. So wie Sie, Mademoiselle.«

Nach einer Weile erhob sich Barbara. Sie wollte zahlen. Lucien wehrte ab. Doch sie bestand darauf.

»Entweder Sie nehmen jetzt das Geld – oder ich komme nie mehr zu Ihnen«, sagte Barbara fest. Schon beim ersten Mal hatte er kein Geld nehmen wollen. Er meinte es sicher nett, doch es sollte eine einmalige Angelegenheit bleiben.

Barbara ging ins Hotel zurück. Inzwischen war die starke Mittagshitze vorüber. Bald wurde es Zeit für die Männer im Dorf, vor dem Essen ihren obligatorischen Aperitif zu nehmen.

Man aß sehr spät in Frankreich. Und dann meistens ziemlich üppig.

Anfangs hatte Barbara Schwierigkeiten gehabt, sich daran zu gewöhnen. Jetzt machte ihr das nichts mehr aus. Sie konnte stundenlang an einer gedeckten Tafel sitzen und einen Gang nach dem anderen genießen.

Doch allzu oft gestattete sie sich solche Genüsse nicht, denn sie wollte ihre schlanke Linie nicht verlieren. Oft begnügte sie sich abends mit ein bisschen Obst und Joghurt.

Heute Abend allerdings wollte sie im Hotel essen. Sie war gespannt, was Madame Daudier wohl gekocht hatte.

In ihrem Zimmer wartete eine Überraschung auf sie. Rote Rosen, zwanzig an der Zahl steckten in einer Vase. Ein weißes Kuvert lag davor auf dem Tisch.

Barbaras Herz klopfte heftig, und ihre Hände zitterten. Von wem konnten die Blumen sein?

Von Jean-Claude? Aber woher wusste er ihre Adresse? Sie hatte ihm ihren Aufenthaltsort verschwiegen. Und sie hoffte doch sehr, dass auch ihre Kollegin Claire nichts verriet.

Die Blumen kamen von Robert de Rocheville! Ihr Herz schlug gleich noch ein paar Takte schneller. Er schrieb ihr einen freundlichen Gruß und schloss die Frage an, ob sie sich in Serrigny schon gut eingelebt habe.

Barbara roch an den Rosen, die betäubend dufteten. Hatte Robert sie eigenhändig im Schlossgarten geschnitten?

Er dachte an sie! Barbara wusste nicht, was sie davon halten sollte.

Handelte es sich nur um eine kleine, ganz normale Aufmerksamkeit? Oder besagte dieser überraschende Blumengruß mehr?

Immerhin waren es rote Rosen, die als »Blumen der Liebe« galten! Sie meinte, zu träumen.

Immer wieder sah sie Roberts brennende dunkle Augen vor sich, das harte, markante Kinn und die ausdrucksvolle Nase.

Wohlige Schauer liefen Barbara über den Rücken, als sie ihrer Fantasie freien Lauf ließ. Was für ein Mann! Dagegen erschien ihr Jean-Claude blass und farblos.

Barbara ging hinunter und erbat sich das Telefon. Mit klopfendem Herzen wählte sie die Nummer vom Schloss. Robert de Rocheville war direkt am Apparat.

»Hier Barbara Warner«, sagte sie und merkte selbst, dass ihre Stimme leicht zittrig klang. »Ich wollte mich bei Ihnen für die nette Aufmerksamkeit bedanken. Die Rosen sind einfach wundervoll.«

Er gab ein leises Lachen von sich. »Gerade habe sich an Sie gedacht, Barbara«, sagte er. »Gibt es so etwas wie Gedankenübertragung?«

Ich denke ständig an dich. Immer wenn ich einen Spaziergang mache, stelle ich mir vor, dass du neben mir bist, dachte Barbara. Und das ist mitunter sehr beunruhigend für mein Herz.

»Ach – ja?«, fragte sie stattdessen. »Ich nehme an, dass die Rosen aus Ihrem Garten sind.«

»Selbst gezüchtet«, bestätigte er. »Gefallen Sie Ihnen? Sie haben einen unvergleichlichen Duft. Deswegen mag ich sie besonders gern.«

»Solche Rosen habe ich noch nie gesehen. Mein Zimmer ist dadurch viel schöner geworden. Nochmals vielen Dank, Monsieur de Rocheville.«

»Aber ich bitte Sie! Keine Ursache. Ich freue mich, dass wir in Bezug auf Blumen den gleichen Geschmack haben. Es tut mir leid, dass Sie noch im Hotel wohnen müssen. Gewiss ist es dort etwas unpersönlich. Aber im Internat sind gerade die Handwerker. Es wird wohl noch eine Weile dauern, bis alles fertig ist.« Er räusperte sich. »Falls Sie einen Vorschuss brauchen ...«

»Nein, vielen Dank. Ich komme gut zurecht.«

Es entstand eine kurze Pause. Robert wartete schon die ganze Zeit auf eine gute Gelegenheit. Jetzt musste er sich beeilen, sonst hatte sie wieder eingehängt.

»Was machen Sie heute Abend, Mademoiselle Warner?«

»Das Übliche. Essen im Hotel, ein bisschen lesen. Dann gehe ich zu Bett.«

»Darf ich Ihnen Gesellschaft leisten?« Als ihm bewusst wurde, dass seine Worte zweideutig waren, fügte Robert schnell hinzu: »Beim Essen, meine ich.«

Barbara stieg die Röte ins Gesicht. Sie war froh, dass Robert sie nicht sehen konnte.

»Ich würde mich freuen«, sagte sie.

»Gut. Dann mache ich Ihnen einen Vorschlag. Wir fahren nach Saint Antoine. Das ist fünfzehn Kilometer von hier entfernt. Dort gibt es ein sehr gemütliches Restaurant in einem alten Kellergewölbe. Das Essen ist hervorragend; die Weine sind noch besser. Der Wirt weiß gar nicht, was er für Schätze in seinem Keller hat.«

»Gern.« Barbara musste sich alle Mühe geben, nicht allzu begeistert zu klingen. Am liebsten hätte sie laut gesungen vor Freude.

Ein Abend mit Robert! Und dass er diesen Vorschlag machte, bedeutete doch wohl, dass er mehr als nur ein flüchtiges Interesse an ihr hatte.

»Wo treffen wir uns? Ich kann mit meinem Wagen zu diesem Restaurant fahren, wenn Sie mir den Weg beschreiben.«

»Kommt gar nicht in Frage. Ich hole Sie ab. Es wäre unsinnig, mit zwei Autos zu fahren. Um halb acht? Dann können wir unterwegs noch irgendwo einen Aperitif nehmen. Ich bestelle für halb neun einen Tisch. Um diese Jahreszeit ist eine solche Vorsichtsmaßnahme notwendig. Es sind im Augenblick viele Touristen unterwegs. Und einige von ihnen verirren sich sogar bis nach Saint Antoine.«

»Einverstanden«, meinte Barbara. »Dann bis heute Abend, Ich freue mich.«

»Ich mich auch«, sagte Robert.

Als Barbara in ihrem Zimmer ihren Kleiderschrank nach etwas Aufregendem zum Anziehen durchwühlte, klopfte ihr Herz immer noch wie wild. Ihre Vorfreude steigerte sich von Minute zu Minute, aber auch ihre Nervosität.

Würde sie sich an seiner Seite richtig bewegen, wenn es darauf ankam, oder charmant, wenn es die Situation erforderte?

Sie seufzte. Wenn sie sich doch nur nicht so unsinnige Hoffnungen machen würde!

Hatte sie sich nicht fest vorgenommen, vorerst in Sachen Liebe zurückhaltend zu sein? Und nun war der Funke schon wieder übergesprungen. Aber einem Mann wie Robert begegnete man nicht alle Tage. Sie konnte nichts mehr rückgängig machen. Ihre Gefühle für ihn nicht mehr verdrängen, vergessen.

Sie wollte Robert gefallen. So sehr, dass es nicht bei diesem einen gemeinsamen Abend blieb.

Und so begann Barbara mit ihren Vorbereitungen, obwohl sie noch fast zwei Stunden Zeit hatte. Sie probierte mehrere Blusen, Röcke und Kleider aus und entschied sich schließlich für ein schlichtes Seidenkleid.

Dann ging sie unter die Dusche, wusch sich das Haar, föhnte es und betrachtete sich zufrieden im Spiegel. Eine wilde Lockenmähne umrahmte jetzt ihr leicht gebräuntes Gesicht, das noch ein paar Sommersprossen mehr aufwies als vor ein paar Tagen.

Dann konnte sie nur noch hoffen, dass die Zeit bis halb acht nicht so quälend langsam verstrich.

***

Robert tat fast das Gleiche wie Barbara. Er wählte nach längerem Überlegen ein dezent gestreiftes Seidenhemd von einem der besten Herrenausstatter Frankreichs, dazu eine helle, gut sitzende Leinenhose. Die beigefarbenen Mokassins aus weichem Leder stammten aus einer italienischen Werkstatt und waren handgearbeitet.

Die Idee mit den Rosen war also gut gewesen. Zuerst hatte er befürchtet, Barbara Warner könne ihn für aufdringlich halten. Das wollte er um keinen Preis.

Robert sagte Paulette, dass er zum Abendessen nicht zu Hause sei. Danach hielt er nach seinem Neffen Ausschau, spielte noch eine Weile mit ihm und überließ ihn dann Ninas Obhut.

Den Vorfall von neulich Abend hatte er ihr gegenüber nicht wieder erwähnt. Wenn sie sich keine weiteren Ausfälle leistete, wollte er das gern vergessen. Dennoch nahm er sich vor, auf der Hut zu sein.

Als er ging, ahnte Robert nicht, dass Nina ihm eifersüchtig nachblickte. Warum hat er sich so fein gemacht? überlegte sie. Meistens ging er im Schloss in Jeans und einfachen T-Shirts herum.

Dennoch merkte jeder an seinem Auftreten, dass er nicht der Stallbursche oder der Gärtner war. In Roberts Augen konnte etwas sehr Herrisches liegen, das jedem Besucher sofort seine hohe Stellung anzeigte.

Ich gäbe was darum zu wissen, wohin er jetzt fährt, dachte Nina. Am liebsten wäre sie hinter ihm hergefahren. Doch natürlich vergaß sie sofort solche Ideen.

Jetzt nur nichts riskieren! Erst musste über das Ereignis von neulich ein wenig Gras wachsen.

Wie Ferdinand sie mit seinem Geschrei nervte! Sie würde aufatmen, wenn der Bengel endlich wieder zu seinen Eltern nach Paris fuhr.

Robert startete unterdessen den Sportwagen. Es würde angenehm sein, mit offenem Verdeck durch den immer noch ziemlich heißen Abend zu fahren.

Bald würde Barbara an seiner Seite sitzen. Die Frau, die sich ständig in seine Gedanken einschlich, ohne dass er etwas dagegen tun konnte.

Robert parkte den Wagen vor dem Hotel und bat Alphonse, Barbara Bescheid zu sagen. Während er wartete, unterhielt er sich ein wenig mit dem Hotelier, fragte nach dessen Familie.

Als er sah, dass Alphonse ganz fasziniert an ihm vorbeistarrte, wandte er sich ebenfalls um.

Barbara kam langsam die Treppe herunter. Sie lächelte strahlend. Die Lockenmähne verlieh ihr etwas Wildes, Ursprüngliches.

Wenn ich doch auf sie zugehen, sie in meine Arme nehmen könnte! dachte Robert hingerissen.

»Guten Abend, Mademoiselle Warner«, sagte er stattdessen höflich und fast ein bisschen steif. Dann reichte er ihr die Hand.

»Guten Abend«, sagte Barbara. Sie nickte Alphonse freundlich zu. Dann gingen sie beide zu dem wartenden Wagen.

Der Hotelier brauchte noch ein paar Sekunden, bis er sich von seiner Überraschung erholt hatte. Dass die neue Lehrerin hübsch war, hatte er längst gemerkt, aber ihr Aussehen heute Abend verschlug ihm glatt die Sprache.

Robert half Barbara beim Einsteigen. Nicht, dass er sich wie ein Kavalier der alten Schule vorkam, aber diese Höflichkeit erlaubte ihm, sie noch einmal am Arm zu berühren.

»So, dann kann's losgehen«, meinte er und warf ihr noch einen Seitenblick zu, bevor er startete. »Stört Sie der Fahrtwind?«

»Überhaupt nicht. Im Gegenteil. Es wird angenehm sein.«

Unterwegs hielt Robert in einer größeren Ortschaft, wo sie noch einen Aperitif nahmen.

Robert fragte Barbara, was sie von Serrigny und seinen Bewohnern hielt. Sie gab ihm freimütig Auskunft und beschrieb die Menschen als liebenswürdig und amüsant.

»Sie haben eine gute Beobachtungsgabe«, sagte Robert nach einer Weile schmunzelnd. »Genau so sind sie. Sie sollten Ihre Erlebnisse aufschreiben.«

»Um Himmels willen!«, rief Barbara aus. »Ich will es mir mit den Leuten doch nicht verderben. Im Gegenteil. Wenn ich länger in Serrigny bleibe, möchte ich mit allen gutstehen.«

Immer wieder musterte Robert sie verstohlen. Ihre Nase mit den Sommersprossen fand er einfach süß. Eine schöne Frau war sie, sehr sexy und begehrenswert.

Er machte sich nichts mehr vor. Er fand Barbara nicht nur attraktiv und verführerisch. Er hatte den unsinnigen Wunsch, sie für sich zu erobern. Dabei kannte er sie doch gerade erst ein paar Tage.

Robert begriff sich selbst nicht mehr. Das war ihm noch nie passiert. Dabei hatte er schon viele Frauen gekannt.

Kurz nach halb neun trafen sie in Saint Antoine ein und betraten das *Coq d'Or*. Der Wirt begrüßte Robert persönlich und begleitete das Paar unter vielen Verbeugungen an einen Ecktisch.

Er strich die Decke glatt, obwohl kein Fältchen zu sehen war, erkundigte sich nach Roberts Befinden, sagte zu Barbara, dass er sich sehr geehrt fühlte und dann brachte er endlich die Speisekarten.

Barbara ging die einzelnen Speisen durch, dann schaute sie Robert lächelnd an. »Ich würde mich freuen, wenn Sie für mich bestellen. Sie wissen, was hier gut ist.«

»Wollen Sie sich wirklich meinem Geschmack anvertrauen, Mademoiselle Warner?«

»Ja. Und bitte, sagen Sie Barbara zu mir.«

»Aber liebend gern.« Robert lachte wieder sein warmes, volltönendes Lachen. »Ich heiße Robert.«

Als ob sie das nicht schon längst wüsste! Mehr als einmal hatte Barbara seinen Namen in das Dunkel ihres Zimmers geflüstert. Der Klang faszinierte sie.

Robert bestellte provencalischen Schinken mit eisgekühlter Melone, danach Weinbergschnecken und schließlich *Gigot d'Agneau aux Herbes*. Zu den Vorspeisen wählte er einen leichten weißen Wein, und zum Fleisch einen kräftigen Rotwein.

Barbara war schon nach dem ersten Schluck wie berauscht. Sie wusste, dass ihre Erregung nicht vom Wein herrührte sondern von Roberts Gegenwart.

Und als sie spürte, dass auch er seine Anspannung nur schlecht verbergen konnte, steigerte sie sich in eine fast fieberhafte Erwartung. Wie würde dieser Abend enden?

Trotzdem brachte Barbara das Kunststück fertig, sich auch noch das Essen schmecken zu lassen. Es war köstlich. Und die Weine rundeten das Ganze zu einem vollendeten Genuss ab.

Der Wirt erschien mehrere Male, um sich persönlich vom Wohlergehen seiner Gäste zu überzeugen. Zum Dessert bestellte Robert für sie beide *Créme Bavarois* mit einer feinen Erdbeersoße. Schließlich kam sogar noch der Koch und erkundigte sich, ob es ihnen geschmeckt habe.

»Sie werden immer besser, Pierre«, lobte Robert und warf dem Wirt, der neben dem Koch stand, einen warnenden Blick zu. »Sie werden auf ihn aufpassen müssen, mein Lieber, sonst schnappt man Ihnen Pierre eines Tages weg.«

»Ach, ich bin sehr zufrieden hier in Saint Antoine«, versicherte der Koch. »Der Chef lässt mir völlig freie Hand in der Auswahl der Gerichte. Ich kann experimentieren. Und ich freue mich, dass ein Kreis von Stammgästen mir immer treu bleibt.«

»Und daran wird sich auch nichts ändern«, fügte der Wirt hinzu. Er beugte sich zu Robert hinunter. »Seit vier Wochen ist er mit meiner Marie-France verlobt«, wisperte er. »Und wenn die Liebe zwischen den beiden so groß ist, wie es den Anschein hat, wird ihn mir keiner mehr abwerben.«

»Meinen Glückwunsch«, sagte Robert. »Und dann möchte ich gern die Rechnung haben.«

Wenig später verließen Barbara und Robert das Lokal. Als sie draußen auf der Straße standen, war es schon nach elf Uhr.

»Wollen wir noch einen Spaziergang machen?«, fragte Robert.

Barbara war einverstanden. Sie fühlte sich vom Wein wunderbar beschwingt und frei. Sie ging an Roberts Seite durch die milde Nacht und glaubte, nie in ihrem Leben so glücklich gewesen zu sein. Dabei war überhaupt noch nichts geschehen. Aber sie spürten beide, dass ihnen etwas Atemberaubendes bevorstand.

***

Robert war es, der noch zögerte, obwohl es ihm schwerfiel. Er wusste, dass es Schwierigkeiten geben könnte, wenn er sein Herz der jungen Amerikanerin zu weit öffnete. Es war unmöglich auf die Dauer, in Serrigny mit einer Frau nur ein »Verhältnis« zu haben.

Hier in dem kleinen Ort gingen die Uhren noch anders. Die jungen Leute in Serrigny zogen die Ehe immer noch einer Bindung ohne Trauschein vor.

Zwar galten für ihn als Schlossherrn wieder andere Regeln. Dennoch wollte er sich nicht außerhalb der Dorfgemeinschaft stellen, denn im Grunde war er einer von ihnen. Seine Familie lebte seit Jahrhunderten in Serrigny, und in der Familienchronik wurde hervorgehoben, dass die de Rochevilles immer um ein sehr gutes Verhältnis zu den Dorfbewohnern bemüht gewesen waren.

All das musste Robert bedenken, wenn es ihm jetzt auch wahnsinnig schwerfiel.

Sie gingen schweigend nebeneinander her. Robert wollte Barbara nicht ins Gerede bringen, obwohl ihr das vielleicht egal gewesen wäre. Sie war eine junge Amerikanerin und in einer freien, völlig anderen Welt aufgewachsen.

Schließlich kamen sie wieder zum Wagen. Robert ging mit Barbara zur Beifahrertür. Er öffnete sie und hielt dann ihre Hand fest. »Es war ein sehr schöner Abend mit Ihnen, Barbara«, sagte er. Seine Stimme klang leicht heiser.

Sie bedauerte, dass er dann um den Wagen herumeilte, um sich hinters Steuer zu setzen. Er hatte seine Hand so schnell zurückgezogen, als habe er Angst, sich an ihrer Haut zu verbrennen.

Barbara war ein bisschen enttäuscht. Sie hatte so gehofft, dass Robert sie küssen würde.

Während der Fahrt spürte sie die Enttäuschung immer mehr in sich hochsteigen. Was hatte sie erwartet? Dass Robert sie gleich am ersten Abend in seine Arme nahm und ihr seine Liebe gestand?

Völliger Unsinn! sagte sie sich im nächsten Moment. Das Leben ist kein kitschiger Film.

Warum nicht?, widersprach trotzig eine Stimme in ihr. Genau darauf hatte sie gehofft. Sie hoffte es immer noch.

Barbara warf Robert einen Seitenblick zu. Er machte einen energischen Eindruck. Er schien ein Mann zu sein, der Vernunft über Gefühle setzte.

Jetzt wandte auch er den Kopf. Barbara konnte seine Augen nicht sehen, aber eine Welle der Erregung schlug über ihr zusammen. Sie seufzte leise, legte den Kopf zurück, schaute in den Himmel und wünschte sich plötzlich, zu den Sternen fliegen zu können.

Dann geschah alles sehr schnell. Die Gefühle in Robert hatten endlich die Vernunft besiegt. Sein rechter Fuß bekam den Befehl, das Bremspedal zu betätigen. Der Wagen kam an der Straße auf einem kleinen Platz zum Stehen, der in einen Feldweg mündete. Robert schaltete den Motor aus.

»Verzeihen Sie, Barbara, wenn ich Sie mit meinem Bremsmanöver erschreckt habe …«, sagte Robert mit seltsam belegt klingender Stimme.

»Das haben Sie nicht.« Barbara schlug das Herz hoch im Hals. Jetzt geschieht es doch, dachte sie.

Robert legte einen Arm um sie und rückte näher zu ihr heran. »Ich bin ganz verrückt nach dir!«, stieß er hervor. Im Gegensatz zu seinen erregten Worten berührten seine Lippen nur ganz sanft die ihren.

Barbara verharrte regungslos. Was für ein schöner Traum! Um nichts in der Welt wollte sie ihn zerstören durch eine unbedachte Bewegung. Sie sah Robert mit leuchtenden Augen an.

Endlich riss er sie an sich. Aufstöhnend schlang sie die Arme um seinen Hals. Sein Mund war nun eine einzige wilde Forderung, seine Küsse nahmen ihr den Atem.

Barbara reagierte mit ihrem ganzen Körper auf die Berührung seiner Lippen. Das Blut rann wie Feuer durch ihre Adern.

So hatte sie noch kein Mann geküsst. Und als Robert sich von ihr löste und sie eine Weile schweigend betrachtete, befand sich Barbara immer noch in einem Rauschzustand.

Ehe sie wieder zu sich kam, hörte sie ein Geräusch, das sie erst viel später als Motorengeräusch identifizierte.

Sie befanden sich also wieder auf der Straße. So plötzlich wie Robert über sie hergefallen war, so plötzlich hatte er auch wieder von ihr abgelassen. Was hatte das zu bedeuten? Barbara wagte nicht, ihn anzuschauen.

Als Robert vor dem Hotel anhielt und den Motor laufen ließ, wusste Barbara, dass es keine zärtliche Verabschiedung mehr geben würde. Wahrscheinlich fürchtete Robert, dass sie von irgendjemand beobachtet werden könnten.

»Gute Nacht und vielen Dank«, sagte sie, nur mühsam beherrscht.

»Es war schön, Barbara. Sehr schön. Ich rufe dich wieder an.« Robert lächelte. Seine Miene war fast ein wenig spöttisch.

Wahrscheinlich amüsiert er sich jetzt über das kleine Schaf, das ihm so bereitwillig auf den Leim gegangen war, dachte Barbara. Sie ärgerte sich über sich selbst.

Schnell stieg sie aus. Sie spürte, dass sie den Tränen nahe war. Auf irgendeine Weise musste sie ihrer Anspannung freien Lauf lassen.

Sie stürzte die Treppe hinauf und ließ sich in ihrem Zimmer auf das Bett fallen. Wild schluchzte sie auf. Sie fühlte sich verletzt, spürte Ärger und wusste gleichzeitig, dass sie sich wahnsinnig verliebt hatte – in Robert de Rocheville.

Sie, die immer eine sehr selbstständige und moderne Frau gewesen war, ahnte, dass sie sich zum ersten Mal in ihrem Leben gern und willig einem Mann unterordnen würde, wenn er das von ihr verlangte.

Barbara begriff sich selbst nicht mehr.

***

Lisette war in der Kreisstadt beim Friseur gewesen, zum ersten Mal seit vielen Jahren.

Eigentlich wusste sie nicht recht, warum sie sich zu einer solchen Ausgabe hatte hinreißen lassen.

War es die Ankunft der hübschen jüngeren Kollegin gewesen, deren frisches Aussehen in ihr den Wunsch erweckte, auch etwas attraktiver zu sein?

Jedenfalls hatte Lisette sich ihre langen Haare abschneiden lassen, die sie bis jetzt jeden Morgen zu einem großen Knoten am Hinterkopf aufgesteckt hatte.

Nun hatte sie sich eine Dauerwelle machen lassen. Der Friseur hatte das Haar stufig geschnitten. Die füllige Lockenpracht ließ Lisette tatsächlich jünger erscheinen.

Wenn sie nun noch eine schickere Brille trüge …

»Lisette, du bist total verrückt«, erklärte sie ihrem Spiegelbild. »Übergeschnappt und völlig daneben.«

Was würde Robert de Rocheville sagen, wenn er ihr das nächste Mal gegenüberstand? Würde er es überhaupt bemerken? Und die anderen Leute im Dorf?

Jeder würde eine Bemerkung über ihre neue Frisur machen, manche vielleicht sogar auf anzügliche Art? Lisette kaute nervös auf ihrer Unterlippe. Sie musste sich eben mit passenden Antworten wappnen.

Natürlich bildete sie sich keine Schwachheiten ein, was Robert betraf. Meine Güte, sie würde sich ihm gar nicht zumuten wollen.

Die Träume, in denen er die Hauptrolle spielte, genügten ihr. Darin führte sie Regie. Darin war er so, wie sie ihn sich wünschte. Sie war sich selbst im Klaren darüber, dass er in der Realität völlig anders war.

Sie kannte ihn als Wohltäter des Internats, als umgänglichen, freundlichen Menschen, der es jedoch an Autorität nicht fehlen ließ.

Lisette zog eine weiße Spitzenbluse zu einem dunklen Faltenrock an.

Heute Abend war sie mit Barbara Warner bei Jerome eingeladen. Sie freute sich auf diesen Besuch.

Mit Jerome Estournel, dem Bürgermeister von Serrigny, lieferte Lisette sich immer heiße Wortgefechte. Und sie machte keinen Hehl daraus, dass sie im politischen Bereich völlig anderer Meinung war als er.

Darüber hinaus machte er ihr hinter dem Rücken seiner Frau auch noch Avancen. Er leistete sich seine heimlichen Frechheiten nur, weil auch er genau wusste, dass nie etwas Ernstes daraus werden konnte.

Einmal konnte er sich nicht leisten, seinen Ruf als ehrenwerter Bürgermeister aufs Spiel zu setzen, und dann hatte er Respekt vor seiner Sophie.

Mit Sophie verstand sich Lisette blendend. Zwischen den beiden ungefähr gleichaltrigen Frauen bestand ein heimliches Einvernehmen, das auch Jerome spürte und über das er sich manchmal ärgerte.

Lisette zupfte noch an der großen Schleife, dann nahm sie ihre Tasche an sich und fuhr zum Hotel.

Barbara wartete bereits an der Rezeption. Sie hatte sich gerade mit Alphonse über die Möglichkeit unterhalten, ein Telefon in ihrem Zimmer anzuschließen.

Er versprach ihr, bei der Post einen zusätzlichen Apparat zu bestellen. Ein Anschluss befand sich noch von früher her in jedem Zimmer, aber da er vor ein paar Jahren die Telefonzentrale an der Rezeption abgeschafft hatte, weil sie sich seiner Meinung nach nicht lohnte, waren auch die Apparate wieder abgeholt worden.

Mademoiselle Warner konnte er jedoch diesen Wunsch nicht abschlagen.

»Guten Abend, Mademoiselle Chevalier«, begrüßte Barbara ihre zukünftige Chefin freundlich. Sie verspürte keine allzu große Lust auf den heutigen Abend beim Bürgermeister, sah aber ein, dass sie darum nicht herumkam, zumal sie schon vor zwei Tagen ihre Zusage gegeben hatte.

Sie hoffte nur, dass der Abend nicht allzu langweilig werden würde. Und wenn, würde sie sich den Gedanken an Robert hingeben.

Er hatte nichts mehr von sich hören lassen. Darüber war sie sehr traurig. Oder war sie zu ungeduldig?

Vielleicht war es ihm unangenehm, erst Alphonse an den Apparat zu bekommen, wenn er sie sprechen wollte. Wie auch immer – ihr Stimmungsbarometer ging immer rauf und runter.

Immerhin hatte er sie leidenschaftlich an sich gerissen und geküsst. Musste sie sich dann nicht fragen, warum er nichts mehr von sich hören ließ?

Lisette erzählte Barbara während der Fahrt über die Familie Estournel, die schon seit über hundert Jahren in Serrigny den Bürgermeister stellte.

»Und so etwas nennt sich Demokratie!«, schimpfte Lisette. »Ich habe schon zweimal seine Partei nicht mehr gewählt!«

»Mit Erfolg?«, fragte Barbara lächelnd.

»Nein«, bekannte Lisette und wich schwungvoll einer Kuh aus. Sie raste haarscharf an einem Weidezaun vorbei, doch das kümmerte sie wenig. Barbara sog erschreckt die Luft ein.

Lisette fuhr ziemlich wild. »Der hat seine Hände doch überall drin. Die reinste Vetternwirtschaft. Seine Stimmen sind gekauft«, schnaubte Lisette verächtlich. »Aber irgendwann werde ich ihm schon noch das Handwerk legen.«

»Und dann lassen Sie sich von ihm einladen?«, erkundigte sich Barbara verwundert.

Lisette brachte das Kunststück fertig, mit der rechten Hand in den dritten Gang zu schalten, während sie mit der anderen ihre Brille zurechtrückte.

»Das müssen Sie alles nicht so eng sehen, Kindchen. Hier in Serrigny ist ja doch einer auf den anderen angewiesen. Außerdem kocht Sophie fantastisch. Sie werden es heute Abend erleben. Bei ihr gibt es noch die typische provencalische Küche. Sie hat noch Rezepte von ihrer Großmutter, die sie aber natürlich nicht herausrückt.«

Barbara fand an diesem Abend keine Zeit, an Robert zu denken, so turbulent verlief der Besuch. Lisette und Jerome lieferten sich zündende Wortgefechte, und sie hatten dennoch Muße, sich Sophies köstlichen Schmortopf schmecken zu lassen. Die Zeit verging wie im Flug.

Als Barbara wieder in ihrem Hotelzimmer war, fühlte sie sich so munter, dass sie nicht einschlafen konnte.

Am übernächsten Tag bekam Barbara das Telefon. Natürlich wollte sie Robert nicht anrufen. Er sollte sich auch nicht einbilden, dass sie nichts anderes zu tun hatte, als auf seinen Anruf zu warten.

Nach einer halben Stunde hielt Barbara es jedoch nicht mehr aus. Sie wählte mit zitternden Fingern seine Nummer. Eine Frauenstimme meldete sich. Das musste Mademoiselle Berg sein.

Barbara versuchte, ihrer Stimme einen geschäftsmäßigen Ton zu verleihen und verlangte Robert zu sprechen.

»Einen Augenblick«, klang es kühl zurück. »Ich weiß nicht, ob er in der Nähe ist. Bleiben Sie am Apparat. Ich werde nachschauen.«

Barbara wartete mit klopfendem Herzen. Endlich ein Geräusch. Dann seine Stimme: »Ja, bitte?«

»Hier ist Barbara«, sagte sie leise. »Ich wollte einmal hören, wie es dir geht.« In ihrer Stimme war keine Spur von der kühlen Überlegenheit, die sie ihn merken lassen wollte.

»Ich habe so auf deinen Anruf gewartet«, erwiderte er heiser. »Wann sehen wir uns?«

»Wann du willst!« Verdammt! Warum gebe ich so schnell nach? Barbara ärgerte sich über sich selbst.

Warum verlangte sie nicht erst einmal eine Erklärung dafür, dass er sie hatte ein paar Tage warten lassen? Warum fragte sie ihn nicht, ob er von sich aus einen Schritt auf sie zu getan hätte. Und wenn ja, wann? Warum konnte sie ihre Stimme nicht sachlicher klingen lassen? Warum gab sie ihm so deutlich zu verstehen, wie sehr sie sich, nach ihm sehnte?

»Komm morgen zum Kaffee. Komm etwas früher, Barbara. Ich könnte dir vorher noch das Schloss zeigen!«, schlug Robert vor.

»Gern, das interessiert mich sehr«, hörte Barbara sich antworten.

»Ich hole dich ab.«

»Nein. Das ist nicht nötig. Ich habe selbst einen Wagen.«

»Passt es dir gegen vier? Dann schläft Ferdinand hoffentlich noch, und wir haben ein bisschen Zeit für uns.«

»Ja, gegen vier«, hauchte Barbara völlig unfähig, seinen Vorschlägen zu widersprechen. Sie fühlte sich schwach und hilflos. »Also dann, bis morgen.«

»Bis morgen, Barbara. Bis zu diesem Wiedersehen denke ich an dich. Ich kann gar nichts anderes tun.« Und dann hatte Robert eingehängt.

Barbara legte den Hörer auf die Gabel zurück und ließ sich aufs Bett fallen.

»Robert, Robert, Robert«, flüsterte sie immer wieder. »Liebster, ich gehöre dir – auch wenn du mich vielleicht gar nicht willst.«

***

Am nächsten Tag beobachtete Nina, dass Robert de Rocheville gegen halb vier für einige Zeit im Badezimmer verschwand. Er merkte nicht, dass sie ihn beobachtete.

Eigentlich hätte sie bei Ferdinand sein müssen. Aber der Kleine schlief fest wie ein Murmeltier, sodass Nina es mit ihrer Pflicht nicht so schrecklich genau nahm.

Und dann hörte Nina einen Wagen auf den Schlosshof fahren. Als sie sah, wer ausstieg, presste sie ihre Lippen zu einem schmalen Strich zusammen. Sie hätte es sich fast denken können!

Die Amerikanerin! Gewiss gab die vor, mit Robert dienstliche Dinge besprechen zu müssen. Aber jetzt waren Ferien. Also hatte das Zeit bis zum Anfang des Schuljahres.

Ihr Gefühl sagte Nina, dass sich zwischen den beiden etwas anbahnte. Schon neulich, als die »Neue« zum Essen in Schloss Rocheville war, hatte sie eine leise Ahnung bekommen.

Vielleicht war das auch der Grund für Roberts ziemlich kränkende Zurückhaltung ihr gegenüber. Sie verfluchte diese Barbara Warner! Nina beobachtete die beiden vom Fenster aus.

Barbara ging gerade auf Robert zu. Dicht voreinander blieben sie stehen. Sie sagten nichts. Jedenfalls sah Nina nicht, dass sie die Lippen bewegten. Die beiden sahen sich nur an.

Endlich hob Robert die Hand. Barbara legte ihre hinein, dann gingen sie zu dem Teil des Schlosses, der zur Besichtigung der Öffentlichkeit zugänglich war, allerdings nur zu festgelegten Zeiten an einigen Tagen in der Woche. Heute war kein solcher Tag!

Robert und Barbara verschwanden im Gebäude. Nina wartete noch ein paar Sekunden, dann ging sie hinunter.

Das Schlafzimmer des Jungen lag ebenfalls zum Hof hinaus. Wenn er rief oder, weinte, konnte sie ihn hören. Sie musste jetzt unbedingt wissen, was da vorging, was die beiden trieben.

Nina spähte durch eines der Fenster. Robert sprach. Und was er sagte, schien der Amerikanerin zu gefallen, denn sie lächelte ziemlich verzückt. Nina spürte kalte Wut in sich aufsteigen.

Was wollten die zwei hier? Warum gingen sie nicht in die große Empfangshalle? Wollten sie vielleicht allein sein? Es sah ganz so aus.

Jetzt nahm Robert wieder die Hände der Amerikanerin und zog sie an seine Brust. Barbara schaute zu ihm auf. Unendlich lange blickten sie sich stumm an, bis sich ihre Lippen zu einem Kuss fanden.

»Verdammt, verdammt«, murmelte Nina in ohnmächtigem Zorn vor sich hin. Aber auch Erregung erfasste sie, als sie weiter zuschaute. Robert gab Barbaras Hände frei und zog sie fest in seine Arme. Sie umschlang seine Taille. Die Küsserei wurde immer wilder. Seine Hände streichelten über ihren Rücken, pressten sie noch enger an sich.

Nina stöhnte leise auf. Wie oft hatte sie sich das gewünscht. Und nun musste sie mit ansehen, wie einer anderen seine Liebe zuteil wurde!

Es war unfassbar!

Jetzt führte Robert diese Barbara zu dem schönen alten Himmelbett. Als er sie sanft zum Sitzen nötigte, hörte Nina, wie Ferdinand laut nach ihr rief.

Sie wandte sich um und lief über den Hof ins Haus zurück. Sekunden später war sie bei dem Jungen.

»Meine Güte, was ist denn los? Musst du so herumschreien?«

Tränen liefen über das Kindergesicht. »Ich hab von einem großen, schwarzen Tier geträumt – mit ganz riesigen Zähnen«, brachte er unter Schluchzen hervor.

»Alles Unsinn. Hör auf zu heulen. Du machst dich ja lächerlich. Weißt du nicht, dass Männer nicht weinen? Dein Onkel wird sehr böse auf dich sein. Vielleicht wird er auch über dich lachen, wenn ich ihm das erzähle. Es kann dir hier doch nichts passieren! Und solche Tiere mit riesigen Zähnen gibt es gar nicht.«

Ferdinand schwieg verwirrt. Hin und wieder schüttelte noch ein Schluchzen seinen Körper. Er war wirklich verstört. Das »Traumungeheuer« ging ihm nicht so schnell aus dem Kopf.

Nina half ihm ziemlich ungeduldig beim Ankleiden. Dann ging sie mit ihm in die Küche, wo er eine Tasse heiße Milch bekam.

Nina kochte vor Wut, wenn sie an die beiden dachte. Die amüsierten sich, hatten ihren Spaß miteinander – und sie hatte das Nachsehen.

***

»Robert, o Robert ...« Barbara war sich nicht bewusst, wie oft sie seinen Namen schon geflüstert hatte.

Sie wusste nicht, wie und was ihr geschah. Sie trank die Küsse von seinem Mund. Ihr Atem ging stoßweise. Sie zitterte vor Verlangen unter seinen streichelnden Händen.

Längst hatte er sie von ihrer Bluse befreit. Doch trotz der wilden Sehnsucht, die ihn erfüllte, liebkoste er ihre schönen festen Brüste nur sanft.

Barbara hätte sich einen festeren Griff gewünscht. So führte sie seine Hand, um ihm zu zeigen, was sie wollte. Sprechen konnte sie nicht, weil sie sich nicht von seinen Lippen lösen wollte.

Träumte sie – oder war alles Wirklichkeit, was sich hier abspielte? In der vergangenen Nacht noch hatte ihre Fantasie solche Kapriolen geschlagen, dass ein inneres Feuer sie nicht einschlafen ließ.

Und jetzt hielt Robert sie im Arm. Sie spürte seinen muskulösen Körper, sein Gewicht auf sich, das sie als eine wunderschöne Last empfand.

Ihre Hände begannen, sich selbstständig zu machen. Robert rollte sich halb von ihr herunter, damit sie seine Schenkel streicheln konnte. Sie spürte seine harte Männlichkeit und keuchte unwillkürlich.

Mit beiden Händen bemühte sie sich, ihm beim Ausziehen der Hose zu helfen. Als sie es geschafft hatte, stöhnte Robert vor Erregung.

Barbara streichelte ihn, während er die harten Warzen ihrer Brüste küsste. Das Blut in ihren Ohren rauschte. Sie konnte kaum noch erwarten, die höchste Lust zu erleben. Gleichzeitig wollte sie diesen Zeitpunkt noch so weit wie möglich hinausschieben.

Sie war über ihre aufgepeitschten Gefühle erschreckt. So kannte sie sich gar nicht. Da musste sie erst auf Robert treffen, der solche Begierden in ihr auslöste.

Seine Hand glitt ihren Schenkel hoch. Sofort gaben ihre Beine seinem leichten Druck nach. Sie fühlte sich ihm hilflos ausgeliefert – und genoss das auch noch.

Sie sahen sich in die Augen und waren sich bewusst, dass sie eine wundervolle Leidenschaft miteinander erlebten.

Robert betrachtete hingebungsvoll Barbaras Gesicht, während er mit einem Finger ganz zart ihre intimste Stelle berührte. Barbara verging fast vor Erregung.

»Robert«, ächzte sie leise.

Minutenlang trieb er dieses aufreizende Spiel mit ihr. Erst nach einer Weile wurde es Barbara bewusst, dass sie es war, die dieses Stöhnen von sich gab.

Ihr Körper bog sich Robert entgegen. Alles würde sie für ihn tun, aber er durfte nicht aufhören mit diesen Zärtlichkeiten, die sie fast an den Rand des Wahnsinns brachten.

Und immer noch schaute er in ihr Gesicht. Die Erregung brachte ihr Blut bis an den Siedepunkt.

Barbara war nicht klar, wann Robert ihren dünnen Slip abgestreift hatte. Sie sah seine muskulösen Oberschenkel, seine kraftvolle Erektion.

Robert war bereit, in sie einzutauchen. Und wieder richtete er es so ein, dass sie sich dabei in die Augen sahen.

»Oh, das ist gut, Barbara«, sagte er heiser.

»Ich liebe dich«, flüsterte sie und schloss selig die Augen.

Er schob seine Hände unter ihren Unterleib und drückte sie so fest an sich, dass sie aufschrie. Gemeinsam erlebten sie den Höhepunkt der Lust.

Das Gefühl, das ihren Körper erfasste, war unbeschreiblich.

»Robert ...« Sie konnte nur noch seinen Namen stammeln.

Zärtlich strich Robert ihr eine Strähne aus der Stirn. Noch immer lag er auf ihr. Als er wieder anfing, sich langsam zu bewegen, ahnte Barbara, was er vorhatte. Er begann das Spiel wieder von vorn. Sie konnte es kaum begreifen.

Robert riss sie mit. Sie kam noch einmal mit ihm zusammen. Sie hörte ihn ihren Namen rufen, dann war es still. Sie blieben in inniger Umarmung. Ihre Herzen rasten. Alle Leidenschaft dieser Welt hatten sie in diesen vergangenen Minuten erlebt.

Ganz allmählich ebbte die Erregung ab.

»Wir sollten uns etwas anziehen«, flüsterte Barbara nach einer Weile. »Oder besteht keine Gefahr, dass man uns hier findet?«

»Doch. Wenn Ferdinand seinen Mittagsschlaf beendet hat, kann er jeden Augenblick hereinplatzen.«

Robert hob den Kopf, um sie anzuschauen. Ein Lächeln spielte um seinen Mund. Sein Gesicht wirkte ganz entspannt. Es hatte seine Härte verloren.

»Weißt du, dass wir im Bett der verrückten Jeanne de Rocheville liegen?«, fragte er.

»Wer war das?«

»Die Frau, die beinahe die Bibliothek angezündet hätte, weil sie sich von ihrem Mann vernachlässigt fühlte.«

»Er war bestimmt nicht so ein guter Liebhaber wie du«, meinte Barbara und rieb ihre Nase an seiner Wange.

»Danke für das Kompliment.«

»Bitte. Ich hoffe, wir wiederholen das gelegentlich noch einmal.« Barbara ging auf seinen liebevoll spöttischen Ton ein.

»Das hoffe ich auch. Wenn du willst, können wir gleich ...«

»Auf keinen Fall.« Barbara schwang die Beine, aus dem Bett, zog ihren Rock an und ordnete sich das Haar. Als sie jedoch ihre Bluse anziehen wollte, kamen Roberts Hände noch einmal von hinten, um nach ihren Brüsten zu fassen.

»Sie sind herrlich«, murmelte er hinter ihr. »Weißt du das?«

»Gefallen sie dir?«

»Wundervoll ...« Er streichelte und massierte die weichen Rundungen sanft. Die Warzen wurden schon wieder ganz hart. Barbara lehnte sich zurück und genoss dieses Streicheln.

»Eigentlich möchte ich dir verbieten, sie zu bedecken, denn ich möchte sie immerzu anschauen«, sagte Robert leidenschaftlich.

»Was sollen die Leute denken, wenn ich mit nacktem Oberkörper herumlaufe?« Barbara riss sich gewaltsam von ihm los.

»Dass du wunderschön gebaut bist, was sonst? Sollte jemand Hintergedanken haben, bekommt er es mit mir zu tun.« Robert half ihr beim Zuknöpfen.

»Und jetzt zeige ich dir wirklich das Schloss. Komm.«

»Gibt es noch mehr Himmelbetten?«, erkundigte sich Barbara vorsichtig.

»Ja, aber keine Angst. In einer halben Stunde müssen wir Paulettes Kuchen das nötige Lob erteilen. Er ist übrigens sehr gut.«

»Schade«, meinte Barbara versonnen. Sie lehnte den Kopf an Roberts Schulter und ließ sich von ihm führen. Verträumt schaute sie vor sich hin. Das Lächeln einer glücklichen Frau lag auf ihrem Gesicht.

***

Nina gab sich im Laufe des Nachmittags keine Mühe, ihren Unmut zu verbergen. Als sie den Jungen einmal anfuhr, musste sie sich einen Tadel von Robert gefallen lassen.

»Lassen Sie Ihre schlechte Laune nicht an anderen aus«, sagte er schneidend. »Und schon gar nicht an Kindern. Wenn Sie wollen, können Sie sich freinehmen und einen längeren Spaziergang machen. Das soll sehr gut sein, um Emotionen abzukühlen.«

Nina bedachte ihn mit einem vernichtenden Blick. Dann wandte sie sich mit einem ebenso süßen wie falschen Lächeln an den Jungen. »Entschuldige bitte, Ferdinand. Ich habe Kopfschmerzen. Darum bin ich so ungeduldig.«

Der Kleine war sofort besänftigt. Und als ihm Robert vorschlug, auf einem der Ponys zu reiten, leuchtete sein eben noch zum Weinen verzogenes Gesicht wieder auf.

Nina half Paulette beim Abräumen. Schließlich ging sie in ihr Zimmer und versuchte, sich zu beruhigen. Doch je öfter sie sich die Szene drüben im Schloss in Erinnerung rief, um so eifersüchtiger wurde sie.

Sie konnte sich denken, was die beiden miteinander getrieben hatten. Die Amerikanerin hatte ganz leuchtende Augen gehabt, und ihre Bluse war reichlich zerknautscht gewesen.

Sie hätte ihr das Gesicht zerkratzen können. Es war Nina unbegreiflich, dass Robert diese Frau ihr vorzog. Was hatte sie denn schon zu bieten, außer langen Beinen und einer wilden Lockenmähne?

Wenn ich doch nur wüsste, was sie mit ihm angestellt hat!

Wie kann ich Robert so scharf auf mich machen, dass er die andere für immer vergisst? Sie verstand eine Menge von Liebesdingen und war in punkto Sex, gewiss nicht prüde.

Doch Nina wusste, dass sie vorsichtig vorgehen musste. Auf keinen Fall durfte sie Robert so verärgern, dass er sie rauswarf.

Die Gelegenheit zu einem erneuten Versuch ergab sich einen Tag später.

Paulette war in der Küche mit dem Abwaschen beschäftigt. Ferdinand lag schon im Bett.

Nina hatte in dem großen Bad im Obergeschoss lange und ausgiebig geduscht. Sie wusste, dass Robert in der Bibliothek war und später noch seinen Abendspaziergang durch den Garten machen würde.

Sie wartete. Und als sie seine Schritte hörte, setzte sie die Kopfhörer ihres Walkmans auf, damit sie auf Robert einen ganz arglosen Eindruck machte, und trat schnell auf den Gang hinaus.

Sie tat so, als habe sie Robert nicht gesehen und wackelte mit dem ganzen Körper zu der für ihn nicht vernehmbaren Rockmusik.

Nina wusste, ihre Frotteejacke bedeckte so eben ihren Po – wenn sie sich gerade hielt. Und das tat sie, allerdings nur ein paar Sekunden. Dann fiel ihr programmgemäß die Haarbürste aus der Hand.

Mit gespreizten Beinen bückte sie sich, als sie wusste, dass Robert hinter ihr stand. Aufreizend langsam richtete sie sich dann wieder auf und ging tänzelnd weiter bis zu ihrem Zimmer.

Schweratmend lehnte sich Nina von innen gegen die Tür. Würde er kommen, ihrer Spur folgen und endlich in ihren Armen landen, damit sie ihm noch mehr von ihren Reizen zeigen konnte?

Doch Robert ging vorbei. Vor Wut und Enttäuschung begann Nina zu schluchzen. Was sollte sie noch alles anstellen? Was hatte die andere, was sie nicht hatte?

Robert machte sich so seine Gedanken über Nina. Er fand sie ziemlich verrückt, wenngleich dieser unverhoffte Anblick ihn angeregt hatte.

Das führte jedoch nur dazu, dass er Barbara anrief und sie sich heiße Liebesworte zuflüsterten, die den Telefondraht fast zum Glühen brachten.

Nach einer Stunde brachen sie das Gespräch ab.

»Bis morgen zum Picknick«, sagte Robert. »Schlaf gut, Barbara. Ich umarme dich in Gedanken ...«

»Gute Nacht, Robert. Bis morgen. Ich werde von dir träumen.«

***

Lisette war ganz aus dem Häuschen. Zu einem Picknick war sie von Robert de Rocheville eingeladen worden! Das hatte es noch nie gegeben. Voller Elan fuhr sie mit ihrem Auto auf den Schlosshof.

Robert hatte vor einen alten Leiterwagen Pferde spannen lassen. Nina und der Junge saßen schon darauf. Und auch Barbara.

Robert begrüßte die Internatsleiterin. »Schön, dass Sie gekommen sind, Lisette. Ich glaube, es lohnt sich. Paulette hat uns wundervolle Dinge eingepackt. Aber ich will nicht zu viel verraten. Lassen wir uns überraschen. Ich hoffe, Sie haben ordentlichen Hunger mitgebracht.«

Er half Lisette auf den Wagen. Sie begrüßte die beiden jüngeren Frauen, wobei sie zu Barbara wesentlich freundlicher war als zu Nina, die sie nun mal nicht ausstehen konnte.

Robert nahm auf der Bank Platz, auf der früher der Kutscher zu sitzen pflegte. Ferdinand drängelte so lange, bis er neben seinen Onkel klettern durfte. Und ab ging die Fahrt.

Der Schlossherr kannte einen wunderschönen Platz im Wald, eine kleine Lichtung, von herrlichen alten Steineichen umgeben. Dort wollten sie sich schmecken lassen, was Paulette vorbereitet hatte.

Die Fahrt dorthin dauerte eine knappe Stunde. Die Frauen hinten auf dem Wagen wurden ganz schön durcheinandergeschüttelt. Nina bemühte sich um eine krampfhafte Konversation. Barbara saß da und genoss die Fahrt in vollen Zügen. Im Wald war es schattig und angenehm. Das dichte Laub der Bäume hielt die Hitze zurück.

Endlich war das Ziel erreicht. Gemeinsam trugen sie die Körbe unter einen riesigen Baum, ließen sie jedoch wegen der Ameisen vorerst geschlossen.

Unterhalb der Waldlichtung befand sich ein romantischer Bachlauf, auf den Ferdinand sofort zulief. Nina folgte ihm, wenn auch widerwillig. Lisette beschloss, ein wenig in dem kühlen Wasser herumzuwaten.

»Wir werden inzwischen alles vorbereiten!«, rief Robert ihnen nach. »In einer Viertelstunde!«

Zusammen mit Barbara breitete er eine große Decke aus.

Als Barbara sich aufrichtete, begegnete sie Roberts sehnsüchtigem Blick und erschrak ein wenig. Immerhin waren sie nicht allein. Die Stimmen der anderen klangen zu ihnen herüber.

Robert fasste sie am Arm. Sein Griff war hart. Unnachgiebig zog er sie hinter den dicken Baum. Augenblicke später presste er seinen Mund auf den ihren. Seine Zähne gruben sich in ihre Lippen.

»Ich halte das nicht mehr aus«, raunte er an ihrem Ohr. »Die ganze Zeit stelle ich mir deine herrlichen Brüste nackt vor.« Schon war seine Hand unter ihrem T-Shirt.

Barbara wurde von einer Woge der Leidenschaft erfasst. »Robert, du bist wahnsinnig«, wisperte sie. »Wenn die anderen zurückkommen ...«

Er drückte sie gegen den dicken Stamm. Wieder küsste er sie wild und massierte dabei ihre Brüste. Barbara presste ihr Gesicht fest gegen seinen Hals, um ihre Stöhnlaute zu ersticken.

Schließlich ließ Robert sie los. Liebevoll betrachtete er ihre geröteten Wangen und ihre leuchtenden Augen.

»Ich liebe dich, Robert.« Etwas anderes konnte sie nicht denken. Immer wieder nur diese Worte.

»Ich liebe dich auch, Barbara«, sagte er weich und lehnte seine heiße Stirn an ihre. »Noch nie hat mich eine Frau so verzaubert. Was hast du nur mit mir gemacht?« Er streichelte ihre Wange.

Sein Geständnis machte Barbara froh. Sie hatte nicht geglaubt, dass Robert so schnell bereit war, sein Innerstes vor ihr auszubreiten.

Sie legte ihre Arme um seinen Hals und drückte sich an ihn. Sie spürte, dass er immer noch erregt war. Doch es war nicht der richtige Augenblick für ein Liebesspiel. Die Stimmen der anderen wurden lauter.

»Ich freue mich schon auf eine Nacht mit dir«, raunte Robert an ihrem Ohr.

Barbara ordnete hastig ihre Kleidung und hoffte, dass den beiden Frauen nichts auffallen würde.

Robert fuhr sich mit der Hand durchs Haar. Als er Barbara so anschaute, wurde ihm auf einmal klar, dass sie die Frau war, auf die er immer gewartet hatte.

Achtunddreißig musste er werden, um die Frau zu finden, die sein Blut zum Kochen brachte, in deren Armen er sich vergaß und verlor.

Er fragte sich, wie es sein würde, sie für immer an seiner Seite zu haben.

Seit er Barbara zum ersten Mal gesehen hatte, war er von ihr fasziniert, obgleich anfangs nur die Lust auf ein erregendes Abenteuer im Vordergrund gestanden hatte.

Inzwischen war er von tiefen Gefühlen für sie erfüllt und fand plötzlich nichts mehr dabei, ihr das auch zu sagen.

»Woran denkst du?«, fragte Barbara, die sein Grübeln beobachtet hatte.

»Ich kann manchmal noch gar nicht glauben, dass wir beide uns gefunden haben«, murmelte Robert. »Ein bisschen fürchte ich immer noch, aus einem wunderschönen Traum zu erwachen.«

Barbara lächelte glücklich. Was sie mit Robert erlebte, ging weit über ihre bisher gemachten Erfahrungen hinaus.

»Ich werde keinen anderen Mann lieben. Nur dich«, flüsterte sie.

»Das will ich hoffen«, erwiderte Robert ernst. »Ich bin nämlich schrecklich eifersüchtig.«

Bevor Barbara etwas erwidern konnte, kam Ferdinand angerannt. Robert blieb nichts anderes übrig, als die Arme auszubreiten und den kleinen Wildfang aufzufangen.

***

In Luciens Bar saßen zurzeit nur der alte Louis und ein junger blasser Mann, dem man schon von Weitem ansah, dass es sich nur um einen Städter handeln konnte.

Als er seinen dritten Pastis bestellte, kam Lucien mit der ganzen Flasche und schenkte ihm kräftig nach.

»Vielen Dank«, sagte der Fremde. »Ich muss ein bisschen aufpassen. Habe heute noch nicht viel gegessen.«

»Ich kann Ihnen gern ein Sandwich machen«, meinte Lucien hoffnungsvoll.

Er wäre gern mit dem Gast ins Gespräch gekommen. Mit Louis war heute nicht besonders viel los. Der Alte rauchte ein Zigarillo und starrte ausdruckslos in sein Rotweinglas.

Wahrscheinlich hatte er wieder einmal Krach mit seinem ältesten Sohn gehabt, der von der Universität zurückgekehrt war und als studierter Landwirt eine völlig anders Meinung von den Dingen hatte als sein Vater.

Louis haderte oft mit dem Schicksal. Er hatte zwei Söhne in die Welt gesetzt, in der Hoffnung, dass einer von beiden seinen Hof in der gewohnten Tradition weiterbewirtschaften würde. Der jüngste aber studierte Kunst in Paris, und der ältere kam ihm mit neumodischem Kram.

Louis verstand die Welt nicht mehr. So kam es, dass er oft mehr vom Roten trank, als ihm bekam.

All das ging Lucien durch den Kopf, als er hinter der Bar ein Käse-Sandwich für den Gast zubereitete. Er wickelte es in eine Serviette und brachte es auf einem Teller hinaus.

»Wenn Sie noch ein Bier hätten«, meinte der Mann. »Damit kann ich das Brot besser runterspülen als mit Pastis.«

»Aber selbstverständlich.«

Lucien beeilte sich, auch diesen Wunsch zu erfüllen. »Darf man fragen, woher Sie kommen?«, erkundigte er sich, als er ein frisches Glas und eine Flasche Bier vor den Gast auf den Tisch stellte.

»Aus Paris«, erwiderte Jean-Claude. »Ich bin die Strecke in einem durchgefahren. Ohne Pause.«

»Und jetzt wollen Sie sich hier bei uns erholen?«

»Mehr oder weniger.« Jean-Claude Lalande nahm einen kräftigen Schluck Bier. Dann schaute er den Wirt an. »Kennen Sie eine Mademoiselle Warner?«, fragte er.

»Mademoiselle Warner?«, wiederholte der und runzelte nachdenklich die Stirn.

»Barbara Warner?«

Luciens Augen leuchteten auf. »Aber natürlich. Die neue Lehrerin im Internat. Hin und wieder trinkt sie einen Grenadine bei mir. Sind Sie ein Verwandter?«

»Ein Freund«, erklärte Jean-Claude etwas griesgrämig, ohne sich dessen bewusst zu sein. »Ich war schon im Hotel Esplanade, aber sie ist nicht da.«

»Im Augenblick sind ja noch Ferien. Sie wird einen Spaziergang machen. Sie liebt es, hier durch die Gegend zu streifen. Hat sie mir selbst gesagt.«

Lucien betrachtete den Fremden jetzt mit ganz anderen Augen. Also war die hübsche Mademoiselle Barbara doch in festen Händen. Er hätte es sich ja fast denken können.

»Ich werde hier bei Ihnen auf sie warten«, erklärte Jean-Claude. »Bei Ihnen ist es sehr gemütlich. Außerdem kann ich den Marktplatz gut überblicken. Wenn drüben jemand ins Esplanade geht, kann ich sie nicht verpassen.«

Jean-Claude hielt inne. »Sagen Sie, sind die Preise dort einigermaßen zivil?«

Obwohl Lucien einen langjährigen Streit mit Alphonse hatte, nickte er. »Ja. Sie wohnen da gut. Und ruhig.« Er zwinkerte mit den Augen. »Und dann sind Sie ja auch ganz in ihrer Nähe.«

Nachdem Jean-Claude noch ein paar weitere Fragen gestellt hatte, kam der Redefluss des Wirtes in schnelleres Fahrwasser. Und es dauerte nicht lange, da wusste Jean-Claude eine Menge über Serrigny, über Mademoiselle Chevalier, den Schlossherrn und über das Leben hier in der Provinz.

Wenig später kamen neue Gäste. Lucien konnte sich zu seinem Bedauern nicht mehr mit Jean-Claude unterhalten. Während er Eiswürfel aus dem Gefrierfach holte, freute Lucien sich schon auf die abendliche Boule-Partie, die meistens auf dem Marktplatz stattfand.

Die Bewohner von Serrigny würden bei ihm einkehren – und er hatte ihnen wieder etwas Wichtiges mitzuteilen.

Jean-Claude aß sein Sandwich ziemlich lustlos, obwohl er eben noch Hunger gehabt hatte.

Wenn Barbara doch endlich mal käme! Er hatte ihr so viel zu sagen.

Auf ihr Gesicht war er gespannt, denn mit seinem plötzlichen Erscheinen würde sie kaum rechnen. Sie wusste noch nicht einmal, dass er ihre Adresse ausfindig gemacht hatte.

Eine Freundin von Barbara hatte sie ihm ganz arglos aufgeschrieben, nachdem er etwas von Schulden erzählt hatte, die er angeblich noch bei Barbara hatte.

Dennoch ging Jean-Claude keine einzige Sekunde davon aus, dass er Barbara möglicherweise ungelegen kommen würde. Auf diese Idee kam er überhaupt nicht.

Gut, er gab zu, dass er vielleicht ein bisschen ungeschickt vorgegangen war. Das würde ihm nicht wieder passieren. Er hatte sich einen Plan zurechtgelegt, eine Taktik, mit der gar nichts mehr schiefgehen konnte.

Als sich der Wirt erkundigte, ob er noch einen Pastis trinken wolle, lehnte Jean-Claude ab. Als er aufstand, merkte er, dass er schon etwas unsicher auf den Beinen war.

Ein kleiner Spaziergang an der frischen Luft würde ihm guttun.

Lucien beschrieb ihm noch den Weg zum zweitem Hotel des Ortes, in dem ebenfalls noch Quartiere frei waren, sodass Jean-Claude die Wahl hatte.

Er verabschiedete sich von dem freundlichen Wirt und versprach, bald wieder vorbeizuschauen.

Lucien hob zum Abschied grüßend die Hand. Er brannte geradezu darauf, den Freunden beim Boule diese Neuigkeit mitteilen zu können. Bestimmt waren sie daran interessiert.

Es passierte in Serrigny ja nicht viel. Manchmal vergingen Wochen und Monate, bis man etwas gefunden hatte, das einen Klatsch wert war.

Lucien spülte ein paar benutzte Gläser, dann goss er sich selbst wieder einen Pastis ein, denn er fand, dass er schon ziemlich lange keinen mehr getrunken hatte.

Jean-Claude aber schlenderte inzwischen durch das Dorf. Ihm war nicht bewusst, dass er immer wieder den Kopf schüttelte.

Wie konnte sich jemand hier an einer Schule verpflichten? Es fiel ihm wirklich schwer, Barbara zu verstehen.

An ihre Worte bei ihrer letzten harten Auseinandersetzung wollte er auch nicht mehr erinnert werden.

Seine Frau war mit dem Kind für zwei Wochen zu ihren Eltern in die Bretagne gefahren, nachdem sie dahintergekommen war, dass er sie mit einer anderen betrogen hatte. Nun brauchte sie Zeit, über alles nachzudenken. Doch er war sicher, dass sie nicht von ihm weggehen würde.

Er schlenderte zum »Esplanade« hinüber. Vor dem Hotel standen Tische und Stühle.

Jean-Claude nahm Platz. Ein Kellner kam und fragte ihn nach seinen Wünschen. Jean-Claude widerstand der Versuchung, noch einen Pastis zu bestellen und verlangte eine Limonade. Dann schaute er zum wiederholten Mal an diesem Nachmittag auf die Uhr.

Ganz allmählich wurde er ärgerlich. Wo trieb Barbara sich nur herum?

***

Nina spürte, dass Robert de Rocheville mit seinen Gedanken ganz woanders war. Je mehr sie gegen ihre Gefühle ankämpfte, um so wütender wurde sie.

Sie sah die andere in Gedanken vor sich, die glühenden Wangen, die strahlenden Augen, der sinnlich geöffnete Mund – all das sprach Bände, erzählte eine heiße Liebesgeschichte.

Das ganze Picknick hatte Nina wenig Freude gemacht. Sie ertappte sich ständig dabei, die beiden zu beobachten, ja, geradezu zu belauern. Gleichzeitig ärgerte sie sich über ihre Reaktion.

Dieser Robert de Rocheville sollte nicht denken, dass sie so versessen auf ihn war. Am Ende bildete er sieh noch etwas ein!

Mademoiselle Lisette und die Amerikanerin waren glücklicherweise nach dem Picknick nur noch für kurze Zeit mit ins Schloss gekommen. Dann hatten sie sich verabschiedet.

Barbara gab Robert zwar nur die Hand, aber Nina ließ sich nicht täuschen.

Der Blick, den die beiden zum Abschied wechselten, wäre geeignet gewesen, einen Heuhaufen in Brand zu stecken.

Nina schaute auf die Uhr. Noch eine halbe Stunde bis zum Abendessen. Sie hatte gar keinen Hunger und wusste, dass auch Ferdinand nicht mehr viel essen würde.

Der Junge war auf der Heimfahrt schon ziemlich müde und quengelig gewesen. Er musste so bald wie möglich ins Bett.

Vielleicht ergab sich heute Abend eine Möglichkeit, an Robert heranzukommen ...

Nina biss sich auf die Lippen. Hatte sie sich nicht geschworen, sich keinen falschen Hoffnungen mehr hinzugeben? Wie konnte sie glauben, bei ihm noch etwas zu erreichen? Aber je mehr ihr klar wurde, dass sie bei Robert nichts erreichen konnte, um so verbissener dachte sie sich neue Taktiken und Pläne aus.

Dennoch kam sie an diesem Abend zu der Ansicht, Robert erst einmal in Ruhe zu lassen. Sie durfte immer nur so weit gehen, dass er nicht ernsthaft verstimmt war.

Zu einer Annäherung sollte es auch aus anderen Gründen an diesem Abend nicht kommen.

Ferdinand wurde immer quengeliger. Er fing sogar an zu weinen.

Robert kam mit sorgenvollem Gesicht herbei. Nina ärgerte sich. Wenn mit dem Jungen etwas war, reagierte er sehr empfindlich. Dabei hatte der Junge höchstwahrscheinlich nur zu viel kalte Limonade getrunken.

Der Schlossherr legte seinem Neffen die Hand auf die Stirn. »Er hat ja Fieber«, stellte er fest. »Haben Sie das denn nicht gemerkt, Nina?«

»Nein, ich ...«

»Holen Sie ein Thermometer. Aber schnell, wenn ich bitten darf!«

Sie wollte widersprechen, kam aber doch seinem Befehl augenblicklich nach. Wenig später saßen sie bei dem Jungen.

Ferdinand nuckelte an seinem Daumen. »Nimm den Finger aus dem Mund! Du bist doch ein großer Junge!«, ermahnte Nina das Kind. »Die anderen lachen dich sonst aus.«

»Lassen Sie ihn«, herrschte Robert sie an. »Sie sehen doch, dass er sich nicht wohlfühlt.«

Als er dann einen Blick auf das Thermometer warf, runzelte er die Stirn. »Über neununddreißig«, stellte er fest. »Wir müssen Doktor Lonzo kommen lassen. Bleiben Sie bei ihm, während ich telefoniere.«

Ferdinand begann wieder zu weinen und verlangte nach seiner Mama. Robert hörte das Gejammer des Kindes, während er Albert Lonzos Nummer wählte. Der Arzt war sein Freund. Er war mit ihm zusammen zur Schule gegangen.

Albert Lonzo erschien eine Viertelstunde nach dem Anruf. Er untersuchte Ferdinand kurz und stellte fest, dass der Junge wahrscheinlich die Windpocken bekam.

»Kein Grund zur Aufregung. Ein paar Tage Bettruhe, danach wird es ihm besser gehen.«

Als Robert ihn fragte, ob er die Mutter des Jungen benachrichtigen sollte, zog Albert die Schultern hoch.

»Das liegt an dir, mein Lieber. Ich glaube aber nicht, dass es nötig ist. Sie wird diese harmlose Kinderkrankheit unnötig dramatisieren. Schließlich kenne ich sie recht gut.«

Robert grinste. Albert und seine Schwester waren einmal ein Paar gewesen, doch dann hatte sie die Verbindung gelöst.

Die beiden tranken noch einen Cognac. Dann verabschiedete Albert sich.

Robert brachte Albert noch bis zur Tür, verabschiedete sich mit einem kräftigen Händedruck von dem alten Freund und eilte zu seinem Neffen zurück.

***

Ferdinand war eingeschlafen. Nina hatte von Dr. Lonzo den Auftrag bekommen, dem Jungen kalte Wadenwickel zu machen, um das Fieber zu senken.

Auf Medikamente wollte er vorerst noch verzichten. Erst sollte einmal abgewartet werden, wie sich die Krankheit weiterentwickelte.

Nina spürte, dass Robert sich Sorgen machte. Sie legte eine Hand auf seinen Arm und lächelte ihn warm an. Robert war von dieser freundlichen Geste gerührt. Sie hatte nichts Berechnendes an sich, fand er.

»Danke, Nina«, murmelte er. »Es ist lieb von Ihnen, dass Sie sich so um den Jungen kümmern. Ich werde Ihnen das nicht vergessen. Vielleicht kann ich Ihnen mit irgendetwas eine Freude machen ...«

Sie musste an sich halten, jetzt nicht die Verführerische zu spielen, denn das konnte alles wieder verderben.

Vielleicht gab es ja doch eine Möglichkeit, über Ferdinand zu Robert de Rocheville zu finden. Wenn sie lieb und nett zu dem Jungen war, gewann sie Robert eher, als wenn sie es auf direktem Wege versuchte.

»Sie haben doch gehört, was Doktor Lonzo gesagt hat. Es handelt sich um eine Kinderkrankheit. Da müssen fast alle Kinder durch. Auch wir beide haben so was doch überstanden.«

Sie lächelte wieder. Auch Roberts Gesicht entspannte sich.

»Ich denke ja auch nur an meine Schwester. Sie macht immer einen ziemlichen Aufstand, wenn ihr Ferdinand etwas hat. Und sie bringt es sogar fertig, mich noch dafür verantwortlich zu machen. Am besten erfährt sie nichts davon. Der Junge mag es ihr erzählen, wenn er wieder gesund ist. Sollte sie anrufen, sagen Sie ihr, ich sei mit dem Jungen auf einer Wanderung. Oder irgendetwas dergleichen. Ich hoffe jedoch, dass sie sich vorerst nicht meldet. Soviel ich weiß, ist sie mit ihrem Mann für ein paar Tage in London.«

Roberts Schwager war ein sehr erfolgreicher Kunsthändler und besuchte Auktionen in der ganzen Welt. Und da Ferdinand bei ihm in Serrigny war, konnte seine Schwester ihren Mann auf seinen Reisen begleiten.

Nina genoss dieses vertrauliche Gespräch mit Robert. Ihre Hoffnung wuchs wieder.

»Ich werde heute Nacht auf einer Liege bei dem Jungen schlafen. Sollte sich sein Zustand verschlechtern, schlage ich sofort Alarm!«, bot sie an.

»Ich bin sehr froh, dass ich mich auf Sie verlassen kann«, sagte Robert.

Es tat ihm leid, dass er sie schon mehrmals so angefahren hatte. Sie war jung und hübsch. Warum sollte sie nicht einem Mann Avancen machen dürfen?

Heute war alles anders. Längst galten die strengen Moralbegriffe nicht mehr.

Die heutige Jugend nahm kein Blatt vor den Mund. Wenn zwei Menschen sich mochten, sprachen sie das offen aus.

Robert verließ das Zimmer und ging zum Telefon. Er verspürte große Sehnsucht nach Barbara. Das wollte er ihr jetzt sagen.

Er wunderte sich über sich selbst. Solche spontanen Aktionen gehörten normalerweise nicht zu seinem Leben. Aber seit er Barbara kannte, war vieles anders.

Er war verliebt und fühlte sich viel jünger und unbeschwerter als je zuvor. Außerdem wollte er ihr sagen, dass Ferdinand krank war. Bestimmt hatte der Junge heute zu viel im Bach herumgeplanscht.

Roberts schlechtes Gewissen rührte sich bei dieser Überlegung. Während er hinter dem dicken Baum Barbaras herrlichen Körper gestreichelt hatte, war ihm nicht in den Sinn gekommen, auf Ferdinand zu achten.

Einen Moment schloss er die Augen. Er sah Barbara vor sich. Fast glaubte er, den Duft ihres Parfums wahrnehmen zu können.

Der Gedanke an ihre weichen Lippen erregte ihn so sehr, dass er ihre Nummer ein zweites Mal wählen musste, weil er sich beim ersten Mal irrte.

Es klingelte lange. Barbara meldete sich nicht. Ob sie noch einen Abendspaziergang machte?

Robert beschloss, zu ihr zu fahren. Seine Sehnsucht wurde übermächtig in ihm.

Er wusste, dass er kein Auge zutun würde, wenn er nicht heute noch einmal erleben durfte, wie weich und anschmiegsam sie war.

Schnell ging Robert in sein Zimmer und holte den Autoschlüssel.

Wenig später startete Robert seinen Sportwagen so rasant, dass der Kies unter den Rädern aufspritzte. Die alte Paulette sah es vom Küchenfenster aus und konnte nur den Kopf schütteln.

***

Barbara empfand hilflose Wut auf Jean-Claude. Was ging in seinem Kopf vor?

Im Augenblick wohl nicht viel, denn sein Gehirn war offensichtlich vom Alkohol umnebelt. Es hatte überhaupt keinen Zweck, mit ihm zu schimpfen. Er lächelte dümmlich vor sich hin und murmelte immer wieder ihren Namen.

»Jean-Claude, du kannst nicht in meinem Zimmer bleiben. Hast du verstanden?« Sie rüttelte ihn an den Schultern.

»A … aber warum denn nicht?« Er bemühte sich zwar, die Worte klar zu artikulieren, konnte aber nicht verhindern, dass er leicht lallte.

Er hatte zu viele Pastis in sich hineingeschüttet. Und er war es nicht gewöhnt zu trinken. Tagsüber schon gar nicht. Dazu kamen die Hitze und die Tatsache, dass er kaum etwas gegessen hatte.

»Ich werde Monsieur Alphonse fragen, ob er ein Zimmer für dich frei hat.« Barbara fühlte sich so unbehaglich wie selten in ihrem Leben.

Monsieur Alphonse würde sich seinen Teil denken. Morgen würde das ganze Dorf wissen, dass Mademoiselle Warner Besuch aus Paris bekommen hatte.

Wenn sie gewusst hätte, dass die Gerüchte – von Lucien in Umlauf gesetzt – bereits jetzt kursierten, wäre Barbara noch viel unglücklicher gewesen. Aber vorerst ahnte sie noch nicht, dass Jean-Claude sich schon bei Lucien als ihr Freund vorgestellt hatte.

Sie konnte nicht an Robert denken, ohne dass sie ein Schwindelgefühl ergriff. Auf keinen Fall durfte Robert ihn sehen. Barbara spürte instinktiv, dass dies eine große Belastung ihrer noch so neuen jungen Liebe sein würde.

Über eine Stunde hatte sie mit Jean-Claude in dessen Wagen gesessen und versucht, mit ihm zu reden. Anfangs wollte sie ihn noch zur Rückfahrt bewegen, aber dann kam ihr ein solches Ansinnen unverantwortlich vor.

Jean-Claude hatte getrunken. Sie durfte nicht zulassen, dass er sich jetzt ans Steuer setzte. Sie fühlte sich in einem gewissen Maß für ihn verantwortlich.

Sie hatte ihn einmal geliebt. Sie wollte nicht, dass ihm etwas zustieß. Er hatte Frau und Kind.

Andererseits rebellierte alles in ihr gegen die Vorstellung, sich um ihn kümmern zu müssen. Sie hatte Jean-Claude doch nicht herbestellt! Und trotzdem musste sie jetzt zusehen, wie sie mit der Sache fertig wurde.

Deshalb hatte sie sich bereit erklärt, ihn mit auf ihr Zimmer zu nehmen, damit er sich dort ein bisschen ausruhen konnte. Leider missverstand Jean-Claude sie gründlich.

Sofort griffen seine Hände nach ihr. Immer wieder versuchte er, sie an sich zu ziehen, sie zu küssen.

Da er seine Bewegungen jedoch nicht mehr kontrollieren konnte, gelang es Barbara leicht, sich ihm zu entziehen.

Allmählich erkannte sie, dass es nicht damit getan sein würde, ihn in ihrem Bett einige Zeit ausruhen zu lassen. Er musste seinen Rausch ausschlafen. Aber natürlich konnte das nicht in ihrem Bett geschehen.

Allein war sie nicht in der Lage, Jean-Claude woanders hinzuschaffen. Also musste Barbara wohl oder übel Monsieur Alphonse bitten, ihr zu helfen. Vielleicht konnte sie den harmlosen Hinweis benutzen, dass es sich um einen Verwandten handelte?

Bevor sie ihren Entschluss in die Tat umsetzen konnte, hörte Barbara durch das offene Fenster ein Autogeräusch, das sie erschreckte.

Das war ohne Zweifel Roberts Wagen!

Schnell rannte sie ans Fenster und sah ihre schlimmsten Vermutungen bestätigt.

Entsetzt presste sie die Hand vor den Mund. Was sollte sie jetzt tun?

»Barbara«, lallte Jean-Claude. Er hatte Mühe, seine Augen offen zu halten. »Komm her zu mir …«

Ihr kroch die Angst zum Herzen. Auf keinen Fall durfte Robert ins Zimmer kommen und Jean-Claude sehen. Die Situation war entsetzlich.

Was sollte sie nur tun? Heftiger Zorn gegen den ehemaligen Freund stieg in ihr hoch.

Jean-Claude verdarb ihr alles. Wenn er nicht ausgerechnet heute nach Serrigny gekommen wäre, stünde ihr eine wunderbare Nacht mit Robert bevor. Wie sollte sie Robert jetzt abweisen, ohne dass er Verdacht schöpfte? Und sie wollte das doch auch gar nicht.

»Bleib hier und rühr dich nicht!«, zischte sie Jean-Claude wütend an und verließ das Zimmer. Sie eilte die Stufen hinunter und fiel direkt in Roberts Arme.

Er lachte dunkel auf.

»Genau das habe ich mir gewünscht, Liebste«, murmelte er und drückte sie an sich. »Alphonse sitzt wahrscheinlich vor dem Fernsehapparat, sodass ich unbeobachtet ins Haus schleichen konnte ... Ich habe mich so nach dir gesehnt, mein Herz. Ferdinand ist krank. Ich war voller Sorge, aber Dr. Lonzo meint, dass es sich nur um eine harmlose Kinderkrankheit handelt ...«

Während er sprach, zog er Barbara mit sich nach oben.

Nach fünf Treppenstufen leistete Barbara Widerstand. »Wollen wir nicht noch ein bisschen spazieren gehen? Ich hätte solche Lust dazu und ...«

»Gern. Warum nicht? Aber nur, wenn du mir versprichst, dass ich hinterher mit zu dir hinauf kommen kann. Barbara ...« Robert drückte sein Gesicht an ihren Hals. »Ich vergehe vor Sehnsucht. Lass uns gleich hinaufgehen. Alphonse hat mich nicht gesehen. Das ist doch eine gute Chance. Beim zweiten Mal sieht er mich vielleicht. Und dann gibt es ... Gerede.«

Robert betrachtete sie liebevoll. Er wollte nicht, dass man über Barbara sprach.

»Ich muss unbedingt an die frische Luft«, sagte sie. »Mir ist nicht gut.« Barbara versuchte zu lachen. »Ich glaube, ich habe heute zu viel gegessen. Irgendetwas liegt mir im Magen.«

Sie zog Robert am Arm. »Komm bitte ...«

Er strich über ihren flachen Bauch. »Mein armer Liebling. Würde es helfen, wenn ich versuchte, deine Schmerzen wegzuküssen? Was meinst du, sollten wir nicht doch ...«

Barbara wäre fast gestorben. Wahnsinnige Leidenschaft für Robert erfasste sie – und schreckliche Wut auf den Störenfried da oben in ihrem Zimmer, der alles zunichte machte.

Und das tat Jean-Claude gründlich. Als sie seine lallende Stimme hörte, gefror ihr das Blut in den Adern. »Ba ... Barbara ...«

»Komm!«, sagte sie hastig zu Robert und zog ihn so heftig mit sich, dass sie fast gestolpert wären.

»Wer ist denn das?«, wollte Robert wissen.

Sie hatten die Rezeption erreicht. Alphonse saß inzwischen rauchend hinter dem Tresen und begrüßte Robert untertänig.

Doch bevor Barbara weiter Erklärungen abgeben konnte, kam Jean-Claude die Treppe herunter.

Er fiel den Dreien an der Rezeption genau vor die Füße. Alphonse und Robert halfen ihm auf.

»Wo warst du denn, Liebling? Ich fühlte mich so einsam.« Jean-Claude legte einen Arm um Barbaras Schultern und betrachtete sie mit glasigem Blick.

Barbara wusste, dass sie eine Erklärung abgeben musste. Doch kein Wort wollte über ihre Lippen kommen. Sie glaubte zu lächeln. In Wirklichkeit war ihr Gesicht eine einzige Grimasse.

Robert fing an zu begreifen, so glaubte er jedenfalls. Sein Kinn wurde kantig, seine Augen verloren den liebevollen Ausdruck.

Barbara räusperte sich und brachte schließlich doch eine Erklärung zustande. »Das ist Monsieur Lalande. Ein ehemaliger Kollege aus Paris. Er ist auf der Durchreise.« Sie wandte sich an Alphonse. »Haben Sie noch ein Zimmer für ihn?«

Alphonse nickte eifrig. »Aber ja, Mademoiselle. Gleich neben Ihrem ist noch eins frei. Die Nummer vierzehn.«

»Oh, das ist nicht nötig«, erklärte Jean-Claude mit dem dümmlichen Lächeln eines Betrunkenen. »Wir werden uns schon einig. Ich schlafe im Zimmer meiner Verlobten, nicht wahr, Liebling?«

Alphonse machte eine zustimmende Handbewegung. Jean-Claude schwankte leicht. Er wollte nach etwas greifen, verlor das Gleichgewicht und taumelte.

Robert fing ihn auf. Mit angewiderter Miene hielt er den vermeintlichen Rivalen fest. Barbara wäre vor Scham am liebsten im Erdboden versunken. Doch es tat sich kein gnädiges Loch auf, in dem sie hätte verschwinden können.

»Ich werde ihn nach oben bringen. Würden Sie mir helfen, Alphonse?«, fragte Robert.

Der Hotelier nickte und eilte herbei.

»In Mademoiselles Zimmer ist Platz genug«, sagte er überflüssigerweise. »Es handelt sich um ein breites Doppelbett.«

Damit wollte er Barbara nur zeigen, dass er ein großzügiger Mensch war, der sich nicht mit überholten Moralvorstellungen hervortat.

Vor zwei Jahren noch hätte er nicht zugelassen, dass Unverheiratete zusammen in einem Zimmer übernachteten. Natürlich konnte er früher auf nächtliche Besuche von Zimmer zu Zimmer keinen Einfluss nehmen. Aber nach außen hin war wenigstens der Schein gewahrt. Heute nahm er das alles nicht mehr so genau.

Barbara war vor Entsetzen wie erstarrt. Sie versuchte, Blickkontakt mit Robert zu bekommen, weil sie vor Alphonse keine Erklärungen abgeben wollte. Doch Robert wich ihrem Blick aus.

Obwohl er Alphonse um Hilfe gebeten hatte, trug er Jean-Claude allein. Der Hotelier stieß die Tür von Barbaras Zimmer auf.

Robert registrierte das zerwühlte Bett. Sein Mund würde zu einem schmalen Strich.

Etwas unsanft ließ er Jean-Claude in die Kissen fallen. Der merkte jedoch davon nichts mehr. Er war eingeschlafen.

»Ich will ihn hier nicht haben«, brachte Barbara mühsam hervor.

»Keine Sorge, Mademoiselle«, erwiderte Alphonse. »Ich bin ein moderner Mensch. Sie brauchen sich nicht zu genieren.«

Barbara stöhnte auf. Waren denn hier alle verrückt? Warum verstand sie denn keiner?

Alphonse entfernte sich. Robert ging ebenfalls.

Barbara rief leise und flehend seinen Namen. »Bitte, bleib noch einen, Moment!«

Robert blieb stehen und wandte sich um. Die Verachtung in seinem Gesicht traf Barbara wie ein Schlag.

»Was gibt es noch zu besprechen? Ich denke, es ist alles klar. Ihren Geliebten habe ich Ihnen schon ins Bett gelegt. Bedienen Sie sich!«

Die Ironie in seiner Stimme war für Barbara eine einzige Qual.

Die Tür fiel unsanft ins Schloss. Sie stand da wie betäubt. Jean-Claude schnarchte leise.

Barbara schlug die Hände vors Gesicht und schluchzte herzzerreißend. Dass die wunderschöne Liebe zwischen Robert und ihr so schnell wieder vorbei sein sollte, konnte und wollte sie nicht verstehen.

Alles in ihr begehrte auf. Es durfte nicht sein!

Es war doch einfach lächerlich, dass sie nicht wie zwei vernünftige Menschen über einen Zwischenfall sprechen konnten.

Robert musste ihr glauben! Er konnte doch nicht davon ausgehen, dass sie mit ihm nur gespielt hatte! Er musste doch gemerkt haben, wie sehr sie ihn liebte!

***

In dieser Nacht konnte Barbara keinen Schlaf finden. Jean-Claudes Schnarchen ging ihr auf die Nerven. Außerdem war sie zu erregt und wütend.

Sie versuchte, es sich in dem Sessel so bequem wie möglich zu machen. Doch bald musste sie feststellen, dass sie in einer solchen Haltung nicht schlafen konnte.

Barbara ging nach unten. Zum Glück hatte Alphonse schon die Nachtbeleuchtung eingeschaltet und ließ sich nicht mehr blicken. Barbara verspürte keine Lust, jetzt noch einem bekannten Gesicht im Dorf zu begegnen und ein Schwätzchen halten zu müssen.

So ging sie bis zum Ortsrand und spazierte an den abgeernteten Feldern vorbei.

Der Mond schien, sonst hätte sie hier draußen nicht viel sehen können. Angst verspürte Barbara keine. Um sie herum zirpten und raschelten die Tiere der Nacht.

Nach einer Weile ließ Barbara sich auf einem großen Stein nieder. Sie musste sehr an sich halten, um nicht wieder in Tränen auszubrechen.

Sie hatte den Wunsch, zu Robert zu fahren, sich in seine Arme zu werfen und sein Gesicht mit Küssen zu bedecken. Dann spätestens musste er doch merken, wem ihr Herz gehörte.

Doch immer wieder sah sie sein zu einer abweisenden Maske erstarrtes Gesicht vor sich, einen Ausdruck, den sie noch nie bei ihm gesehen hatte. Sie fürchtete, ein zweites Mal von ihm zurückgewiesen zu werden – und das könnte sie nicht ertragen. Schließlich war sie sich keiner Schuld bewusst.

Die Sache mit Jean-Claude war für sie vorbei. Dass der ehemalige Freund sie gegen ihren Willen hier besuchte, lag nicht in ihrer Verantwortung.

Barbara wusste nicht, wie lange sie so gesessen hatte. Die Nacht war mild, wie geschaffen für die Liebe. Barbara riss sich aus ihrer melancholischen Stimmung und straffte sich. War sie wirklich nicht in der Lage, sich gegen den Lauf der Ereignisse zu wehren?

Morgen früh würde Jean-Claude in ein anderes Zimmer ziehen. Dort konnte er tun und lassen, was er wollte. Sie würde sich jedenfalls nicht um ihn kümmern. Wenn er in Serrigny Ferien machen wollte, war das seine Sache. Aber sie würde ein Wörtchen mit ihm reden, wenn er seinen Rausch ausgeschlafen hatte.

Im ersten Morgengrauen schlenderte Barbara zum Hotel zurück. Monsieur Alphonse war natürlich noch nicht an der Rezeption. So handelte sie eigenmächtig, nahm sich den Schlüssel vom Zimmer Nummer vierzehn vom Brett und stieg müde die Treppe hinauf.

Jean-Claude schlief immer noch. Im Schlaf lächelte er vor sich hin. Er schien keine Ahnung zu haben, was er angerichtet hatte.

Barbara berührte ihn an der Schulter. Keine Reaktion.

Sie versuchte es noch einmal. Diesmal etwas unsanfter.

Jean-Claude fuhr hoch und starrte sie erschreckt an. »Barbara, was ist los?«

»Nichts Besonderes. Du liegst nur im falschen Bett. Und das werde ich keine Sekunde länger ertragen. Steh auf und geh nach nebenan.«

»Aber ich bin schrecklich müde«, jammerte er und griff sich an den Kopf. »Ich habe wohl zu viel getrunken.«

»Das kann man wohl sagen«, meinte Barbara voller Ironie. »Du solltest besser auf dich achten, mein Lieber. Viel verträgst du nicht. Nun, komm.«

Es dauerte noch eine Weile, bis Barbara ihn von ihrem Zimmer in den Nebenraum komplimentiert hatte. Sie hoffte, dass Monsieur Alphonse ihr ihre Eigenmächtigkeit verzeihen würde.

Aufatmend verschloss sie ihre Tür von innen. Sie war froh, dass sie endlich wieder allein war.

Irgendwann schlief sie ein. Als sie erwachte, schien die Sonne hell ins Zimmer.

Barbara brauchte eine Weile, bis sie sich an die Geschehnisse der letzten Nacht erinnerte. Sofort sank ihre Stimmung auf den Nullpunkt.

Dennoch nahm sie ihren ganzen Mut zusammen und hob den Hörer ab. Nachdem sie die Nummer vom Schloss gewählt hatte, musste sie eine ganze Weile warten, bis endlich abgehoben wurde.

Nina war am Apparat.

»Kann ich bitte Monsieur Robert sprechen?«, fragte Barbara mit belegter Stimme.

»Wer ist da?«, erkundigte sich Nina kühl.

Barbara ärgerte sich. Sie musste sich beherrschen, um sich nichts anmerken zu lassen. Als ob Nina das nicht wüsste!

»Barbara Warner«, erwiderte sie gezwungen ruhig.

»Oh, Mademoiselle Warner«, sagte Nina mit falscher Freundlichkeit. »Wie geht es Ihnen? Haben Sie den gestrigen Tag gut überstanden?«

»Ja, danke. Ist Monsieur Robert zu sprechen?«

»Tut mir leid, er arbeitet und will nicht gestört werden. Ich muss mich leider an seine Anweisungen halten. Er hat mir vor einer halben Stunde noch einmal ausdrücklich gesagt, dass ich keine Ausnahme machen darf.«

Barbara murmelte ein Dankeschön. Das war deutlich. Robert wollte nichts von ihr wissen.

Also war es richtig gewesen, dass sie ihrem spontanen Wunsch nicht gefolgt war, ihn in der vergangenen Nacht noch aufzusuchen. Wahrscheinlich hätte er ihr kalt die Tür gewiesen.

Sie rief an der Rezeption an, erklärte Alphonse, dass Jean-Claude jetzt in Zimmer vierzehn sei, und bat um einen großen Milchkaffee.

Alphonse brachte den Kaffee zehn Minuten später persönlich. Doch Barbara wollte sich von ihm nicht in ein Gespräch verwickeln lassen.

Nachdem sie den Kaffee getrunken hatte, fühlte sie sich besser.

Schließlich begann sie einen langen Brief an Robert. Sie schilderte ihm ihre Beziehung zu Jean-Claude und war gerade am Ende der ersten Seite, als das Telefon läutete.

Mit klopfendem Herzen hob Barbara ab. Hatte Robert sich doch anders besonnen?

Es war Lisette, die darauf bestand, dass Barbara mit ihr zusammen frühstückte. Barbara sagte zu, obwohl sie dazu eigentlich nicht in Stimmung war.

***

Nina hatte längst gemerkt, dass Robert anders war als sonst. Er kam ihr verletzlicher vor, aber auch verärgert und mürrisch. Und er schien ihre Nähe zu suchen.

Mehrmals am Tag erschien er in Ferdinands Zimmer, erkundigte sich nach dem Zustand des Jungen und wollte von Nina wissen, ob sie etwas brauche.

Sie spürte die Gunst der Stunde und fand es schade, dass Ferdinand ihre ganze Aufmerksamkeit in Anspruch nahm.

Während des Mittagessens setzte sich Paulette für eine Stunde zu dem Jungen. Nina bediente Robert. Sie wollte ihre Chance nutzen.

»Noch zwei Tage Bettruhe, dann kann Ferdinand wieder herumtollen. Dr. Lonzo hat das vorhin auch gesagt.«

»Danke, dass Sie sich so um den Jungen kümmern, Nina. Ich weiß das sehr zu schätzen. Wollen wir nicht versuchen, unsere Reibereien zu begraben?«

»Gern, Monsieur.« Nina schaffte es tatsächlich, verlegen zu erröten. »Verzeihen Sie mein unmögliches Benehmen ...«

»Schon gut, Nina, schon gut.« Robert löffelte seine Suppe. Dabei warf er ihr einen verstohlenen Seitenblick zu.

Er fand, dass Nina eine ganz entzückende Stupsnase hatte. Ihm kam der Gedanke, warum er sich nicht an sie halten sollte. Schließlich hatte sie ihm mit verschiedenen Gesten zu verstehen gegeben, dass sie zu mehr als einem Flirt bereit war.

Es war dumm, einer Frau zu glauben. Wenn er daran dachte, was Barbara alles gesagt hatte, stieg ihm das Blut zu

Kopf. Kein Wort davon stimmte. Sie war wie alle anderen. Nur darauf aus, einen Mann hereinzulegen.

Nina war wenigstens ehrlich. Sie gab unverständlich zu verstehen, worauf sie hinauswollte. Warum sollte er ihr Angebot nicht annehmen? Damit konnte er sich an Barbara rächen.

Sie war ein raffiniertes Biest, das ihn um den kleinen Finger gewickelt hatte. Ausgerechnet ihm musste das passieren! Bis vor Kurzem hätte er das nicht für möglich gehalten. Nun konnte er zusehen, wie er aus diesem Seelenmorast wieder herauskam.

Nun wusste er, dass Barbara ihn gar nicht liebte, sondern wohl nur ein neues Abenteuer aufregend fand.

Robert merkte nicht, dass sein Steak immer noch unangetastet auf dem Teller lag. Seit der Erkenntnis, dass Barbara noch einen anderen Liebhaber hatte, war seine Stimmung auf dem Nullpunkt.

Den Nachmittag verbrachte Robert mit dumpfem Grübeln. Albert Lonzo kam noch einmal vorbei, um nach Ferdinand zu sehen. Er diagnostizierte einen ganz normalen Verlauf dieser Kinderkrankheit.

Robert brütete vor sich hin. Je länger das unerfreuliche Ereignis mit Barbara zurücklag, um so mehr ärgerte er sich über ihre Untreue.

Das Abendessen verlief ebenso schweigsam wie das Mittagessen. Robert trank drei Glas Rotwein, dann zog er sich in die Bibliothek zurück.

Gegen elf schaute er noch einmal nach dem Jungen. Ferdinand schlief. Nina bedeutete es Robert, indem sie den Zeigefinger auf die Lippen legte.

Robert trat hinter sie und schaute auf das friedliche Gesicht seines Neffen. Er war so froh, dass das Kind nichts Ernstes hatte.

Wie von selbst legte sich sein Arm von hinten auf Ninas Schulter. Sofort griff sie nach seiner Hand, hielt sie eine Weile fest und zog sich dann daran hoch.

Sie standen sich gegenüber und schauten sich in die Augen. Robert spürte, dass Nina vor Erregung zitterte.

In der nächsten Sekunde lagen ihre Lippen aufeinander. Robert küsste Nina fast wütend. Sie drängte sich an ihn. Er spürte die Wölbungen ihrer Brüste.

Er machte sich los von ihr und schob sie ein Stück von sich fort. Dann wies er mit dem Kopf auf Ferdinand, als sei das Kind der Grund für seine plötzliche Entscheidung, den Kuss an dieser Stelle abzubrechen.

Ohne ein weiteres Wort ging Robert hinaus und ließ eine enttäuschte Frau zurück, die nicht wusste, ob sie diesen Schritt nach vorn als Triumph verbuchen sollte oder nicht.

***

Barbara fragte sich, warum sie sich überhaupt noch auf ein Gespräch mit Jean-Claude einließ, obwohl es doch eigentlich nichts mehr zu klären gab.

Es war aus zwischen ihnen. Sie sagte ihm das in aller Deutlichkeit. Dennoch zweifelte sie daran, dass er ihr wirklich glaubte.

»Und darum möchte ich, dass du sofort wieder abreist«, sagte sie hart. »Ich habe dir nichts mehr zu sagen.«

»Aber wir können doch Freunde bleiben!«

Seine Sturheit ärgerte sie immer mehr. Was war er doch für ein weicher Mann! In seinen Augen lag keine Entschlußkraft, keine Härte. Wenn sie da an Robert dachte ...

»Du hast mir genug Scherereien gemacht, Jean-Claude. Das ganze Dorf wird über mich reden. Hier gehen die Uhren noch anders als in Paris.«

»Aber du wolltest doch, dass ich mich von meiner Frau trenne. Und genau das habe ich getan.«

»Du belügst mich!«, fuhr sie ihm ins Wort. »Deine Frau verbringt die Ferien woanders. Ihr werdet eine Aussprache haben. Du wirst sie um Verzeihung bitten und froh sein, wenn sie dich in Gnaden wieder aufnimmt. Machen wir uns doch nichts vor, Jean-Claude.«

»Wenn du willst, fahre ich nicht mehr nach Paris zurück. Ich bleibe hier in Serrigny und versuche, eine Anstellung zu finden.«

»Dazu ist es zu spät. Ich liebe dich nicht. Ich weiß nicht, was ich noch sagen soll, um dir meine Entscheidung begreiflich zu machen. Wenn du unbedingt in diesem Ort Ferien machen willst, dann tu's! Ich kann dir das nicht verbieten. Aber erwarte nicht, dass ich noch ein einziges Mal für dich zu sprechen bin!«

Barbara warf die Tür hinter sich zu und ging in ihr Zimmer zurück. Seit Jean-Claude ebenfalls im Esplanade wohnte, hatte sie es sich angewöhnt, die Tür zu verschließen. Sie traute ihm nicht und wollte sich auf keinen Fall von ihm überraschen lassen.

Traurig setzte Barbara sich wieder an den Brief, an dem sie nun schon zwei Tage schrieb, allerdings mit großen Unterbrechungen. Sie hatte vor Robert ihr ganzes Leben ausgebreitet, schonungslos und offen. Sie wollte, dass er alles von ihr wusste, damit er sie verstand und begriff, dass sie ihn liebte – nur ihn.

Ich hoffe, ich habe Dich mit meinen Ausführungen nicht gelangweilt, mein Liebster. Aber ich musste Dir das alles schreiben, um dir klarzumachen, dass es in meinem Leben noch keinen Mann wie Dich gegeben hat.

Und ich glaube auch nicht, dass ich mich jemals wieder so verlieben werde!

Ich weiß, dass wir erst am Anfang unserer Liebe stehen, aber ich bin bereit, jeden Weg mit Dir zu gehen.

Lieben heißt auch vertrauen. Vielleicht denkst Du einmal über diese Worte nach. Selbst wenn der erste Anschein noch so sehr gegen mich spricht, habe ich doch das Recht darauf, von Dir angehört zu werden.

Ich weiß, dass Du kein Mensch mit Vorurteilen bist. Darum bin ich doppelt betroffen von der Tatsache, dass Du mich die Situation nicht hast erklären lassen.

Wir wollen ein starkes Band aus unserer Liebe machen – davon träume ich nach wie vor.

Ich warte auf Dich. Komm bald und zeige mir, dass auch Du mich liebst.

Barbara

Als sie den letzten Absatz noch einmal gelesen hatte, seufzte Barbara tief auf. Sie fieberte einer Antwort entgegen, obwohl der Brief noch gar nicht abgeschickt war.

Sie fühlte sich jedenfalls besser. Ihr war, als hätte sie sich bereits mit Robert ausgesprochen. Sich alles von der Seele zu schreiben hatte ihr gutgetan.

Sie konnte sich nicht vorstellen, dass Robert auf ihren Brief nicht reagierte, so viel hatte sie von sich offenbart.

Barbara warf den schweren Umschlag in den Briefkasten. An diesem Abend aß sie nichts. Sie schloss sich in ihrem Zimmer ein und hörte Musik.

Irgendwann klingelte das Telefon. Sie hoffte, Roberts Stimme zu hören, aber es war Monsieur Alphonse, der ihr mitteilte, dass Jean-Claude an der Rezeption auf sie warte.

Barbara bat darum, in Ruhe gelassen zu werden, dann wandte sie sich einer Modezeitschrift zu.

Gegen zwölf wurde sie müde und legte sich zu Bett. Doch sie schlief sehr schlecht.

Am nächsten Vormittag bat Monsieur Alphonse sie herunter. Der Postbote sei da.

Er brachte ihren Brief zurück. *Annahme verweigert*, stand darauf.

Barbara spürte einen dicken Kloß im Hals, der auch nach mehreren Schluckversuchen nicht weichen wollte. Sie konnte sich einfach nicht vorstellen, dass Robert so unnachgiebig war.

Erst als sie wieder in ihrem Zimmer war, kamen ihr die Tränen. Sie wusste nicht mehr, wie sie es Robert jetzt erklären sollte, wenn er nichts anderes tat, als Barrieren zwischen ihnen aufzubauen.

***

»Dann bleibt es dabei«, stellte Robert fest. »Das diesjährige Sommerfest findet am 20. statt. Schaffen wir bis dahin alle Vorbereitungen, Lisette?«

Lisette nickte eifrig. »Paulette ist gerade dabei, eine Liste zusammenzustellen, was das kalte Buffet betrifft.«

»Das kann so gerichtet werden wie letztes Jahr. Kalter Braten, Salate, Käseplatten, Oliven und Cornichons. Zusätzlich werden wir im Garten Grillstände vorbereiten. Beim Metzger müssen also rechtzeitig Steaks und Würstchen bestellt werden.

Wollen Sie das übernehmen, Lisette? Sie können die Menge doch immer so gut schätzen.«

Sie fühlte sich geschmeichelt und neigte den Kopf. Ein Glück, dass Monsieur Robert nicht wusste, was sie gestern Nacht wieder im Traum mit ihm erlebt hatte. Leichte Röte stieg in ihr Gesicht. Lisette beugte sich über ihren Block, um sich entsprechende Notizen zu machen.

»Dann würde ich gern wieder die Gruppe ›Albatros‹ engagieren. Letztes Jahr haben die Leute ihre Sache wirklich gut gemacht. Sogar der Bürgermeister hat getanzt, der doch sonst ein entschiedener Gegner von solchen Vergnügungen ist.« Robert lächelte.

Nach einer halben Stunde besprachen sie, wer eine Einladung erhalten sollte. Natürlich alle Honoratioren des Dorfes, deren Frauen und die Bürger, die in irgendeiner Beziehung zu Schloss Rocheville standen.

Das bedeutete: Ganz Serrigny würde am übernächsten Samstag im Schloss feiern.

»Und Mademoiselle Warner«, sagte Lisette und schaute Robert an.

Er räusperte sich. »Natürlich, auch Mademoiselle Warner.«

Die anderen Lehrkräfte des Internats wurden deshalb nicht eingeladen, weil sie im Ausland Urlaub machten.

Nun würde er Barbara also doch wiedersehen. Nun, auch das musste bewältigt werden. Er konnte zwar versuchen, ihr so gut wie möglich aus dem Weg zu gehen, aber Begegnungen ließen sich nicht ganz vermeiden. Schließlich lag ihm das Internat besonders am Herzen, das er nach besten Kräften förderte. Mehrmals in der Woche besuchte er das Schulgebäude, um sich an Ort und Stelle davon zu überzeugen, dass alles seinen geregelten Gang ging.

»Die Einladungen gehen Ende der Woche raus«, meinte Lisette nach einiger Überlegung und machte sich eine entsprechende Notiz. »Aber der Briefträger wird bestimmt schon vorher dafür sorgen, dass alle Bescheid wissen.«

Eine Stunde später verabschiedete sich Lisette von Robert de Rocheville und fuhr in rasanter Fahrt nach Serrigny hinunter. Vor dem Esplanade bremste sie scharf, warf energisch die Autotür zu und stürmte hinein.

»Ist Mademoiselle Warner auf ihrem Zimmer?«, fragte sie Alphonse.

Der nickte.

Lisette eilte die Treppe hinauf und klopfte bei Barbara an.

»Guten Abend, meine Liebe. Was ist mit Ihnen? Sie wirken ziemlich blass. Warum gehen Sie nicht an die frische Luft? Wenn die Schule angefangen hat, wird Ihnen dazu nicht mehr viel Zeit bleiben. Ich lade Sie für heute Abend zum Essen ein.«

Barbara war überrascht vorn Lisettes plötzlichem Besuch. »Ich bin nicht hungrig«, sagte sie abwehrend.

»Der Appetit kommt beim Essen. Ich kann Ihnen schon einen guten Tipp geben: Halten Sie sich übernächsten Samstag frei. Da findet das große Sommerfest statt. Sie bekommen auch noch eine schriftliche Einladung.«

»Sommerfest? Wo? Hier in Serrigny?«

»Auf Schloss Rocheville. Das Sommerfest dort hat schon eine ziemlich lange Tradition. Der Vater von Monsieur Robert hat es wiederum von seinem Vater übernommen, einmal im Jahr alle Bewohner von Serrigny einzuladen und zu verköstigen.« Sie blinzelte Barbara zu. »Auf manchen Festen ist es ziemlich hoch hergegangen, wie man aus der Familienchronik ersehen kann.«

»Ich fürchte, ich werde es nicht einrichten können ...« Barbara setzte ein unbeteiligtes Lächeln auf.

»Sie werden es einrichten müssen, meine Liebe!«, sagte Lisette streng. »Jeder weiß, dass Sie hier sind, um sich im Dorf mit den Leuten bekannt zu machen. Jeder wird es als persönlichen Affront empfinden, wenn Sie durch Abwesenheit glänzen. Monsieur Robert hat Sie ganz ausdrücklich erwähnt. Wollen Sie ihn kränken? Vergessen Sie nicht, dass er das Internat und sein Lehrpersonal in der Hand hat. Wir können es uns nicht leisten, ihn zu verärgern.«

Zum Teufel mit »Ihrem Monsieur Robert« hätte Barbara am liebsten gerufen.

Ich pfeife auf ihn. Ich bin nicht seine Leibeigene.

Obwohl ich es wahnsinnig gern wäre, fügte eine andere Stimme in ihr hinzu. Erschreckt presste Barbara die Lippen zusammen. Nachdem sie jedoch Lisettes Gesicht gemustert hatte, kam sie zu dem Ergebnis, dass diese nach wie vor ahnungslos war.

»Also, was ist?«, fragte Lisette.

»Dann komme ich selbstverständlich.« Barbara wünschte sich sehnlichst, dass dieser Tag schon hinter ihr läge.

Aber vielleicht machte sie sich auch unnötige Sorgen. Wenn so viele Leute eingeladen wurden, wie Lisette sagte, bestand für sie die Möglichkeit, Robert aus dem Weg zu gehen.

»Gut«, lobte Lisette. »Ich bin davon überzeugt, dass es Ihnen gefallen wird. Letztes Jahr war es sehr nett. Was ist nun mit unserem gemeinsamen Abendessen?«

Am liebsten hätte Barbara sich wieder in ihrem Zimmer verkrochen, wie so oft in den letzten Tagen. Doch sie wusste, dass Lisette dann um so hartnäckiger nach dem Grund ihrer Weigerung fragen würde.

Jean-Claude hatte Serrigny glücklicherweise verlassen. Darüber war Barbara froh. Aber es half ihr auch nicht viel. Manchmal glaubte sie, die Einsamkeit nicht mehr ertragen zu können.

Nächtelang sehnte sie sich nach Robert, flüsterte seinen Namen in ihr Kopfkissen und weinte heiße Tränen.

Hörte er ihr Flehen nicht? Ließen ihn ihre Hilferufe wirklich so kalt?

Sie würde sich wohl damit abfinden müssen, dass es nichts mehr zwischen ihnen gab. Akzeptieren konnte sie diese Tatsache aber nicht. Etwas, das so schön begonnen hatte, konnte doch nicht von einem Augenblick auf den anderen vorbei sein!

Am Abend brachte Lisette es mit ihren lustigen Schilderungen von einigen Dorfbewohnern tatsächlich fertig, Barbara ein wenig aufzuheitern.

Lisette betrachtete die jüngere Kollegin nachdenklich durch ihre Brillengläser. Was war nur mit ihr los? Beim letzten Picknick hatte sie noch den Eindruck gehabt, dass die junge Amerikanerin eine geradezu überschäumende Lebensfreude ausstrahlte. Das fand sie nun nicht mehr. Das Gegenteil war der Fall.

Barbara machte einen sehr niedergeschlagenen Eindruck. Lisette hatte natürlich auch von dem jungen Mann gehört, der sich für ein paar Tage in Serrigny einquartiert hatte. Vielleicht hing es mit ihm zusammen?

Sie verkniff sich jedoch weitere Fragen, weil sie nicht wollte, dass Barbara wieder traurig dreinschaute. Lisette hatte die jüngere Kollegin in ihr Herz geschlossen.

Nach dem Essen brachte sie Barbara zum Hotel zurück. Sie wartete, bis sie das Haus betreten hatte und fuhr dann in ihrem üblichen, rasanten Tempo davon. Dass sie einige Bewohner in ihrer Nachtruhe störte, regte Lisette nicht weiter auf.

***

»Auf dein Wohl!« Robert hob Albert Lonzo das Glas entgegen. Er hatte sich mit dem Freund in sein Arbeitszimmer zurückgezogen, während im Schloss die letzten Vorbereitungen für das große Sommerfest getroffen wurden.

Lucien kümmerte sich um die Getränke, und Alphonse übernahm die Aufgabe des Grillmeisters. Die fünf jungen Männer der Musikgruppe Albatros bauten ihre Geräte und Instrumente auf.

Der große Park hinter dem Schloss war mit unzähligen Lampions geschmückt, die ihn taghell erleuchten würden, wenn die Nacht sich niedergesenkt hatte.

Die große Tanzfläche wurde von vier Spotlights angestrahlt. Der Bürgermeister von Serrigny prüfte gerade noch einmal, ob auch alles funktionierte.

Robert sah in den Park hinaus. Eigentlich konnte er zufrieden sein. Alles war perfekt vorbereitet worden. Es konnte nichts schiefgehen.

Lisette, Paulette und Nina hatten ziemlich geschuftet. Er beschloss, sich für die drei eine besondere Überraschung auszudenken. Aber was das sein sollte, wusste er jetzt noch nicht.

Seinen Kummer hatte er so verdrängt, dass er davon nicht mehr gequält wurde. Eigentlich hatte er gehofft, dass Barbara ihm eine Erklärung gab, aber sie ließ nichts von sich hören.

Und er war zu stolz, ihr nachzulaufen. Er wollte sich nicht auslachen lassen, vielleicht sich noch zum Gespött der Leute machen, weil Barbara ihn nur zur Überbrückung ihrer Langeweile benutzt hatte.

»Kommt der alte George auch?«, fragte Albert Lonzo.

»Ich will es hoffen«, Robert sah seinen Freund an. »Bei ihm bin ich gewesen und habe ihm die Einladung persönlich gebracht. Ich habe Nina mit dem Auto zu ihm geschickt, um ihn abzuholen, damit er es so bequem wie möglich hat.«

George Panzari war in den ersten Schuljahren ihr Lehrer gewesen.

»Ich freue mich auf ihn, obwohl ich jetzt schon weiß, was er wieder erzählen wird. Schließlich haben wir die Geschichten schon so oft gehört. Doch es macht immer wieder Spaß.«

»Je älter man wird, um so mehr gehen die Erinnerungen in die früheste Zeit zurück. Ich kann nur hoffen, dass ich im Alter eines Tages auch ein so netter Mensch wie George sein werde. Ich befürchte jedoch, dass ich eher einen zurückgezogenen Hagestolz abgebe.«

»Deine Frau wird dich daran schon hindern.« Albert Lonzo lachte.

»Welche Frau? Ich habe nicht die Absicht, zu heiraten«, erklärte Robert und trank noch einen Schluck. Ihm war gar nicht bewusst, wie sehr sich sein Gesicht verhärtet hatte.

»Warte es nur ab. Wenn die richtige Frau kommt, wirst auch du nicht Nein sagen.«

Robert warf dem Freund einen misstrauischen Blick zu. Wusste er etwas? Aber eigentlich konnte von seiner kurzen Affäre mit Barbara nichts an die Öffentlichkeit gedrungen sein.

Sie waren nicht gerade vorsichtig gewesen. Besonders beim Picknick hatte er sich sehr riskant verhalten. Dennoch ging er davon aus, dass niemand etwas gemerkt hatte. Er dachte nicht einen Augenblick daran, dass er Nina möglicherweise unterschätzte.

»Ich habe bis heute allein gelebt und denke, das wird auch so bleiben. Je älter man wird, um so größer werden die Ansprüche. Schau dich an! Du hast dich auch nicht zur Ehe entschließen können.«

»Bei mir hat das nun wahrhaftig andere Gründe«, wehrte Albert ab. »Welche Frau will schon einen Landarzt, noch dazu einen wie mich, der ständig unterwegs ist, der mehr bei seinen Patienten hockt als zu Hause? Eine Frau, die das hinnimmt, muss schon ein sehr geduldiges, engelgleiches Wesen sein. Ich schwärme aber eher für die leidenschaftlichen, die temperamentvollen. Mit so einer Frau hätte ich ständig Streit wegen meines Berufes.«

Robert musste lachen. »Du hast mir überzeugend dargelegt, warum du dir keine bessere Hälfte zulegen kannst. Dann versuch aber bitte auch nicht, mir eine aufzuschwatzen. Ich fühle mich ganz wohl – auch ohne Frau.«

Albert schüttelte zweifelnd den Kopf. »Junggesellen sterben eher, mein Lieber, weil sie ihre Einsamkeit doch nicht so gut verkraften, wie sie immer behaupten.«

Robert leerte sein Glas und erhob sich. »Ich glaube, wir sollten hinuntergehen. Es sind schon eine Menge Gäste eingetroffen.«

Er fieberte dem Wiedersehen mit Barbara entgegen, obwohl er jetzt schon wusste, dass er sie verletzend und kühl behandeln würde. Lisette hatte ihm gesagt, dass Barbara kommen würde.

Robert entschuldigte sich bei Albert, als sie in die Halle kamen, und ging auf ein paar gerade angekommene Gäste zu, um sie zu begrüßen.

***

Barbara starrte sinnend in den Spiegel. Sie fand nicht, dass sie sonderlich gut aussah. Zwar hatte sie Make-up aufgelegt, aber die tiefen Ränder unter ihren Augen konnte sie damit nicht ganz überdecken.

Sie fühlte sich matt und elend. Keine Nacht verging, in der sie nicht stundenlang verzweifelt weinte. Manchmal glaubte sie, keine Tränen mehr zu haben.

Erst ein paar Tage nach dem peinlichen Erlebnis mit Robert und Jean-Claude erfasste sie ganz, was wirklich geschehen war.

Sie hatte die große Liebe ihres Lebens verloren, einen Teil von sich selbst. Diesen Schock konnte sie nicht überwinden. Zu sehr, zu heftig hatte sie Robert geliebt. Darum war der Sturz aus dem siebten Himmel der Liebe auch schmerzhafter als bei den Männern, die sie vor ihm gekannt hatte.

Vor ihm ... sinnierte Barbara. Würde es einen nach ihm geben? Sie konnte es sich nicht vorstellen.

Dass man mit einem Menschen seelisch und körperlich so harmonierte, wie das bei Robert und ihr der Fall gewesen war, musste sie wohl als ein besonderes Glück betrachten. So etwas konnte man nicht wiederholen.

Barbara strich über ihre Hüften. In den letzten zehn Tagen hatte sie erheblich abgenommen. Fast war sie schon ein bisschen zu dünn. Das Essen bedeutete ihr einfach nichts mehr, obwohl sie wusste, dass sie etwas zu sich nehmen musste, um bei Kräften zu bleiben.

Barbara sah dem bevorstehenden Fest mit sehr gemischten Gefühlen entgegen. Sie erlaubte sich nicht das kleinste Fünkchen Hoffnung.

Immer wieder sah sie Roberts verächtliches Gesicht vor sich, das nicht den kleinsten Ausdruck von Versöhnungsbereitschaft zeigte. Robert hielt sich offensichtlich für unfehlbar und verlangte das auch von den Menschen, die ihm nahestanden.

Dabei hatte sie nichts getan, was sie sich vorwerfen musste.

Barbara griff nach ihrem Abendtäschchen und verließ das Hotel.

Nächste Woche konnte sie ins Schulgebäude umziehen. Darauf freute sie sich. Denn das Einrichten bedeutete eine Abwechslung, die sie von ihrem Kummer ablenken würde.

Unten auf der Straße stieg Lisette gerade aus ihrem Auto.

»Wir können mit meinem fahren!«, rief sie. »Ich bin extra wegen Ihnen schnell hergefahren, um Sie abzuholen.«

»Das ist lieb, Lisette, aber ich nehme doch lieber meinen eigenen Wagen.«

Lisette zuckte die Schultern, dann machte sie kehrt. Sie hatte noch den Auftrag, den alten Louis abzuholen, der so schlecht zu Fuß war.

Barbara aber setzte sich hinter das Steuer ihres Autos. Mit Bedacht hatte sie sich so entschieden. So konnte sie jederzeit das Fest verlassen, wenn sie es nicht mehr aushielt.

Je näher sie dem Schloss kam, um so heftiger klopfte ihr Herz.

Sie hatte Mühe, einen Parkplatz zu finden. An der Anzahl der Autos gemessen, mussten sich schon ziemlich viele Gäste im Schloss befinden.

Vielleicht konnte sie eine persönliche Begrüßung mit Robert vermeiden, indem sie sich etwas im Hintergrund hielt.

Langsam ging Barbara auf den Eingang des Schlosses zu. Sie sah Robert sofort. Hoch aufgerichtet stand er da, ein freundliches Lächeln auf dem Gesicht, das sich allerdings sofort veränderte, als er sie entdeckte.

»Guten Abend, Mademoiselle Warner«, sagte Robert mit verletzender Förmlichkeit und reichte ihr die Hand. »Willkommen auf Schloss Rocheville. Ich hoffe, Sie werden sich gut amüsieren.«

»Guten Abend«, sagte Barbara leise.

»Kommen Sie, ich will Sie noch mit einigen Leuten bekannt machen. Dann zeige ich Ihnen das kalte Buffet und die Grillstände. Doch erst müssen Sie noch mit mir zur Begrüßung einen Schluck Champagner trinken.«

Robert winkte einem der Kellner und nahm für Barbara und sich zwei Gläser vom Tablett. Zum ersten Mal wagte sie es, ihm in die Augen zu sehen. All ihre Sehnsucht, ihre unausgesprochenen Wünsche legte sie in diesen Blick.

Sein Lächeln wurde ironisch. »Nochmals auf gute Zusammenarbeit, Mademoiselle Warner!«

Barbara steckte ein dicker Kloß im Hals, der auch durch den Champagner nicht hinuntergespült wurde.

Plötzlich stand Nina neben Robert. Sie wirkte wie die Gastgeberin und nicht wie eine Angestellte. Das leuchtend rote Kleid betonte ihre schlanke Figur in atemberaubender Weise.

Das dunkle kurze Haar hatte sie zurückgekämmt. Es gab ihren schlanken, gebräunten Hals frei, um den eine Korallenkette lag.

Barbara kam sich neben Nina vor wie eine graue Maus. Sie wurde rot und ärgerte sich schrecklich darüber.

Nina begrüßte sie ziemlich von oben herab. Von ihrem aufgesetzten Lächeln ließ Barbara sich nicht täuschen.

Robert machte sie mit Dr. Lonzo bekannt. Dann entschuldigte er sich, um neue Gäste zu begrüßen.

Barbara fühlte sich unbehaglich. Schnell hintereinander trank sie zwei Glas Champagner. Danach sah die Welt ganz anders aus.

Barbara verspürte wieder ein Fünkchen Kampfgeist in sich. Vielleicht ergab sich doch irgendwann eine Gelegenheit, mit Robert allein zu sprechen.

Lisette gesellte sich zu ihr. »Gefällt es Ihnen?«, fragte sie.

Barbara nickte. »Sehr«, sagte sie wenig überzeugend.

»Warten Sie, bis das Buffet eröffnet wird. Es gibt einige leckere Überraschungen.«

In diesem Moment stimmte die Band das Eröffnungsstück an. Schwungvolle Musik ertönte.

Es könnte wirklich ein herrliches Fest sein, dachte Barbara bei sich, wenn zwischen mir und Robert in Sachen Liebe alles in Ordnung wäre. Aber das war vorbei …

***

Nina drückte sich beim Tanzen herausfordernd an Robert. Unentwegt schaute sie ihn an und fuhr mit der Zungenspitze über ihre vollen Lippen.

Robert braucht gar nicht so zu tun, als merke er nichts, dachte sie ärgerlich.

Er war mit seinen Gedanken jedoch wirklich ganz woanders. Zwar bewegte er sich mit Nina zu den Klängen der Musik, doch sein Blick war ständig auf der Suche nach Barbara.

Wo mochte sie stecken? Sie war doch nicht schon wieder nach Hause gefahren?

Das hätte ihn enttäuscht. Obwohl er ihr ihren Betrug nie verzeihen würde, suchte er doch ihre Nähe, wenn auch nur, um sich an ihr zu rächen.

Da sah er Barbara. Sie tanzte gerade mit Albert Lonzo. Die beiden schienen sich recht gut zu unterhalten. Sie lachten und scherzten miteinander.

Robert wunderte sich, dass er den Stachel der Eifersucht verspürte. Er war mit ihr doch längst fertig.

Die Frau im raffinierten roten Kleid, die er in seinen Armen hielt, genoss die bewundernden Blicke der anderen Männer, die ihr natürlich nicht entgingen. Zwar war Nina klar, dass sie bei Robert noch gar nichts erreicht hatte, außer dem einen Kuss, für den er sich dann auch noch übertrieben höflich entschuldigt hatte, aber sie hoffte, im Laufe der Zeit ihren Plan verwirklichen zu können, zumal sie die gefährliche Rivalin Barbara ausgeschaltet hatte.

Nina war es gewesen, die Barbara am Telefon abgewiesen und dem Briefträger in der Küche weisgemacht hatte, dass Monsieur de Rocheville den Brief von Mademoiselle Warner ungeöffnet zurückgehen lassen wollte.

Sie hatte so getan, als mache sie sich auf die Suche nach Robert, um ihm den Brief zu geben. In Wahrheit hatte sie nichts dergleichen getan. Sie war fünf Minuten später mit bedauerndem Gesichtsausdruck zu dem Pastis schlürfenden Postboten zurückgekommen.

»Annahme verweigert«, erklärte sie dazu und drückte ihm den Brief in die Hand.

Wenn Nina an diesen geschickten Schachzug dachte, ging jedes Mal ein äußerst zufriedenes Lächeln über ihr Gesicht. Es war nur schade, dass die Zeit nicht ausgereicht hatte, den Brief auch noch zu lesen, dann hätte sie jetzt noch mehr Informationen gehabt, die ihr bei der Verwirklichung ihres Plans nützlich gewesen wären.

Aber es würde auch so gehen. Ihr Weg lag klar und deutlich vor ihr. Und der hieß: eines Tages eine Nina de Rocheville zu sein.

Nina legte den Kopf zurück und suchte Roberts Blick. Vorerst wollte sie ihn nur anheizen, ohne zu mehr bereit zu sein. Robert wäre kein Mann, wenn er das auf die Dauer ertragen könnte.

Sie wollte ihm zeigen, wie schön die Liebe sein konnte, so lange – bis sie schwanger war. Dann musste er sie heiraten, wenn er nicht riskieren wollte, in Serrigny als Verführer verschrien zu sein. Als Gönner und Wohltäter des Internats konnte er sich einen solchen Ruf nicht leisten.

Robert ahnte nicht, welche Gedanken hinter Ninas Stirn arbeiteten.

Bevor die Band mit einem neuen Stück begann, löste er sich von Nina. »Bitte, schauen Sie doch nach dem Buffet. Einiges muss bestimmt aufgefüllt werden.«

Er ging zu Jerome Estournel, dem Bürgermeister, hinüber, der gerade mit Alphonse über den Verkauf einer Parzelle Land debattierte.

Robert beteiligte sich eine Weile an dem Gespräch. Dann kam Lisette auf ihn zu. Selbstverständlich musste er auch mit ihr tanzen.

Das tat er jedes Jahr. Er ahnte allerdings nicht, welche Fantasien Lisette in seinen Armen erlebte. Er absolvierte seine Pflicht.

Ich sollte mich auch mit Barbara auf der Tanzfläche sehen lassen, dachte er schließlich. Einmal wenigstens, damit niemand Verdacht schöpft, dass es zwischen der neuen Lehrerin und dem Schlossherrn Unstimmigkeiten gab.

Nach einer Weile machte sich Robert auf die Suche nach Barbara. Er fand sie jedoch nicht. Er ging vor das Schloss zu den Parkplätzen. Dort stand doch ihr Wagen. Also musste sie noch im Schloss sein ...

***

Barbara hatte sich in den hintersten Teil des Parks zurückgezogen. Mittlerweile war es dunkel geworden. Die bunten Lampions erhellten den Garten. Von hier aus sah das Bild besonders schön aus.

Barbara legte den Kopf in den Nacken und schaute zu den Sternen empor. Hier unten im Süden sah man die Milchstraße ganz deutlich.

Plötzlich wurde sie sich ihrer Unwichtigkeit angesichts des so unendlichen Alls bewusst. Diese Erkenntnis stimmte sie ein bisschen traurig.

Der nette Dr. Lonzo hatte sie zwar etwas aufgemuntert, aber als sie Robert und Nina zusammen tanzen sah, krampfte sich ihr Herz vor Trauer zusammen.

Eine Träne perlte unter ihren Wimpern hervor. Erschreckt tupfte Barbara sie vorsichtig ab, um ihr Make-up nicht zu zerstören. Außerdem wollte sie Robert auf keinen Fall zeigen, dass sie bedrückt war. Dass er sich auch noch über sie lustig machte, würde sie nicht ertragen können.

»So allein?«, hörte sie plötzlich seine Stimme hinter sich.

Die Kehle war Barbara wie zugeschnürt. Sie wollte seinen Namen aussprechen, brachte jedoch keinen Ton hervor.

»Ich ... es ist sehr angenehm hier ... so ruhig ...«, stammelte sie.

»Wir sollten miteinander tanzen, wenigstens einmal. Darf ich bitten?« Robert blieb vor ihr stehen und streckte ihr die Hand hin.

Barbara stand auf. »Oh, Robert, ich ...«

Er schob seine Hand unter ihren Arm und zog sie mit sich fort – in die Helligkeit. Barbara blinzelte. Ihr Herz schlug wild.

Jetzt waren wieder die vielen Menschen um sie herum. Die Chance zu einem Gespräch mit Robert war vertan. Wahrscheinlich legte er auch gar keinen Wert darauf. Sonst hätte er sich zu ihr gesetzt.

Robert legte seinen Arm um Barbaras Taille und zog sie an sich. Die Nähe seines Körpers verwirrte sie so, dass es ihr wieder die Sprache verschlug.

Sie hob den Kopf und sah ihm in die Augen, in denen sie aber nichts als Spott und Belustigung las.

»Du fühlst dich immer noch fabelhaft an«, sagte Robert mit einem ironischen Lächeln. »Ein bisschen abgenommen hast du. Du solltest auf dich aufpassen. Es wäre doch schade, wenn dein wunderbarer Körper sich verändert. Ich glaube, deine künftigen Liebhaber würde das auch stören.«

Alles Blut schoss Barbara zum Herzen.

»Du bist unverschämt«, zischte sie.

»Pst, nicht zu laut. Das kurze Techtelmechtel zwischen uns geht niemanden etwas an, oder?«

Robert presste Barbara fester an sich. »Du kannst einem Mann ziemlich unter die Haut gehen. Aber das weißt du ja und nutzt das auch aus ...«

»Robert, ich ...« Barbara war so wütend, dass sie zitterte.

»Vielleicht hast du hin und wieder mal einen Termin für mich frei?«

Empört wollte Barbara sich von ihm losmachen. Doch aus seinem eisernen Griff konnte sie sich nicht befreien.

Es kam ihr der verrückte Gedanke, laut zu schreien, aber auch das brachte sie nicht fertig.

Noch nie hatte sie einen solchen Zorn auf einen Mann gehabt – nicht einmal auf den betrunkenen Jean-Claude. »Du bist ein Ungeheuer«, stammelte sie. »Ein herzloses noch dazu.«

»Findest du?« Robert lachte.

Barbara fühlte sich erniedrigt und war doch zu kraftlos, um ihm eine schallende Ohrfeige zu versetzen. Hatte sie diesen Mann wirklich geliebt?

Zum Glück brach die Musik ab. »Ich würde mich freuen, wenn Sie mir noch einen Tanz schenken«, sagte Robert zynisch.

Aber Barbara ließ ihn einfach stehen und ging hastig zu den Toilettenräumen hinüber.

Als sie sah, dass sie dort allein war, ließ sie ihren Tränen freien Lauf. Dieser gemeine Mensch! Warum musste er sie auch noch quälen?

Allem Anschein nach machte ihm das Spaß. Er war ein Frauenhasser. Vor zwei Wochen war er ganz anders gewesen! Nur darauf bedacht, sie glücklich zu machen.

Barbara schämte sich entsetzlich. Erst nach einer Weile ging es Barbara auf, dass es dafür überhaupt keinen Grund gab. Sie hatte nichts Falsches getan. Alles war ein Missverständnis.

Robert hatte sie vorhin sehr hässlich behandelt. Warum ließ sie sich das gefallen? War ihr Stolz abhanden gekommen? Hatte sie es nötig, sich von ihm demütigen zu lassen?

Musste sie sich solche Grobheiten von ihm gefallen lassen, nur weil sie einmal mit ihm geschlafen hatte?

Barbara spritzte sich etwas kaltes Wasser ins Gesicht, tuschte ihre Wimpern neu und tat ein wenig Rouge auf die Wangen.

Sie spürte, dass sie immer sicherer wurde. Und sie wusste, was sie zu tun hatte. Sie würde Robert zwingen, sich ihre Meinung über ihn anzuhören. Und wenn er sich weigerte, mit ihr an einen ruhigen Ort zu gehen, würde sie das vor allen Leuten tun, selbst auf die Gefahr hin, dass sie ihre Stelle, die sie noch gar nicht angetreten hatte, wieder los wurde.

Barbara ging in den Garten zurück, fand Robert aber nirgendwo. Ungeduldig schaute sie auf die Uhr.

Die immer lauter werdende Fröhlichkeit der anderen Gäste steckte sie nicht an. Im Gegenteil, sie verspürte den Wunsch, in der Dunkelheit ihres Zimmers allein zu sein.

Aber vorher wollte sie sich Robert de Rocheville vornehmen. Sie musste das tun, wenn sie sich selbst morgen wieder in die Augen schauen wollte.

***

Robert starrte in sein Cognacglas. Er hatte sich in die Bibliothek des Schlosses zurückgezogen, nachdem er sich davon überzeugt hatte, dass das ihm anvertraute Kind friedlich schlief.

Der Lärm des Festes drang nicht bis ins Kinderzimmer. Der Junge hatte seine Krankheit überwunden und war wieder munter.

Robert setzte sich in seinen Lieblingssessel und legte die Beine auf den davorstehenden Hocker. Finster sah er vor sich hin und dachte an Barbara.

Er wusste auch nicht, warum er gegen sie so ausfallend geworden war. Noch nie hatte er eine Frau so gemein und herablassend behandelt. Der Schmerz, den sie ihm zugefügt hatte, schien noch viel tiefer zu sitzen, als er annahm.

Irgendwie musste er sieh bei ihr entschuldigen. Er wusste jedoch nicht, wie er das anstellen sollte, ohne sein Gesicht zu verlieren. Wenn er sich ihr gegenüber als ironisch und hochmütig ausgab, konnte er wenigstens sicher sein, von ihr in Ruhe gelassen zu werden. Dass sein Vorsatz auf recht wackligen Füßen stand, wollte er einfach nicht erkennen.

Ein Klopfen an der Tür riss Robert aus seinen Grübeleien. Bevor er etwas sagen konnte, öffnete sich die Tür.

Und dann stand Barbara vor ihm. Ihre Miene verriet Entschlossenheit und eine Geringschätzung, die ihn verletzte.

»Was du dir vorhin geleistet hast, war eine Unverschämtheit«, begann sie ohne Umschweife.

»Findest du? Ich dachte, es hätte dir gefallen, wenn ich dir sage, dass du Männern den Kopf verdrehst.«

Warum verfiel er schon wieder in diesen hochtrabenden Ton, der so gar nicht zu seiner Gemütsverfassung passte? Robert verstand sich selbst nicht.

Barbara hatte Mühe, ihren Zorn zu beherrschen. Am liebsten hatte sie dieses überhebliche Lächeln aus Roberts Gesicht gewischt.

Sie biss die Zähne zusammen und ballte die Hände zu Fäusten. Nur ihre Augen verrieten ihre Wut.

»Ich dachte, du ...«, redete Robert weiter.

»Schweig!«, sagte Barbara scharf. »Du bist für mich eine einzige Enttäuschung. Ich kann es immer noch nicht begreifen, dass ich dich geliebt habe. Ja, das habe ich tatsächlich. Du warst für mich die Erfüllung aller Wünsche, der Mann, den ich immer gesucht habe. Noch nie hatte ich mich bei einem Menschen so glücklich gefühlt wie bei dir. Ich wusste ja nicht, dass du dich nur verstellst, dass du in Wirklichkeit ein seelenloses Ungeheuer bist ...«

»Das bin ich nicht ...«, fuhr Robert auf.

»Und warum hast du mich vorhin so gemein behandelt?« Barbara hörte selbst, wie ihre Stimme zitterte. Das ärgerte sie. Sie wollte ganz cool und ruhig sein.

»Barbara ...« Seine Stimme klang rau. »Kannst du mich denn nicht verstehen?«

»Nein«, rief sie aufgebracht. »Nein und nochmals nein. Ich habe dich geliebt. Ich habe dir gegeben, wozu ich fähig war. Ich habe das Glück so genossen, aber plötzlich war alles vorbei.«

»Dieser Mann ...«

Barbara unterbrach ihn erregt. »Ich wusste nicht, dass er mich hier aufstöbert. Ich wollte mit ihm nichts mehr zu tun haben. Das habe ich ihm deutlich gesagt. Und trotzdem ist er mir hierher gefolgt. Er musste sich betrinken. Das ist leider seine Art, Probleme zu lösen. Dann hast du ihn in mein Bett gelegt.«

»War es wenigstens schön?« Wieder hätte sich Robert die Zunge abbeißen mögen, weil er so verbittert reagierte.

»Glaubst du wirklich, ich hätte in dieser Nacht mit ihm geschlafen? Ich gehe nur mit einem Mann ins Bett, den ich liebe.

Ich habe dir doch gerade erklärt, dass Jean-Claude mir nichts mehr bedeutet. Die halbe Nacht habe ich draußen im Freien zugebracht, weil mein Bett belegt war, das alles habe ich dir zu verdanken. Am nächsten Morgen wollte ich dich sprechen, dir alles erklären. Aber du hast dich verleugnen lassen. Mein Brief an dich ist ebenfalls ungeöffnet zurückgekommen. Du hast uns nicht die kleinste Chance gegeben, Robert. Also kann dir nicht viel an mir gelegen haben. Das tut mir wahnsinnig weh, denn ich liebte dich wie keinen Mann zuvor. Aber auch diese Enttäuschung werde ich verkraften. Wenn du mir jetzt kündigen willst – du weißt ja, wo ich zu erreichen bin. Gute Nacht, Robert.«

Nach diesen Worten rannte Barbara hinaus. Robert war mit einem Satz aus dem Sessel. »Barbara!«, schrie er.

Doch bevor er ihr nachlaufen konnte, hörte er Ferdinand weinen. Der Junge war aufgewacht.

Es stellte sich heraus, dass das Kind einen bösen Traum gehabt hatte. Robert tröstete es und wartete, bis es wieder eingeschlafen war.

Dann ging er zu den Gästen zurück. Barbara war jedoch nicht mehr da.

***

Nina wiegte sich in Alberts Armen. Dieser junge Landarzt gefiel ihr. Er war immer lustig und zu Scherzen aufgelegt. Da Robert nicht in der Nähe war, beschloss Nina, sich mit Albert zu amüsieren.

»Wenn Sie sich mal nach einer neuen Stelle umsehen müssen, können Sie bei mir anfangen. Ich zahle zwar nicht so gut wie Robert, aber dafür brauchen Sie bei mir auch nicht so viel zu tun. Es gibt nur mich und einen Hund zu versorgen; einen frechen kleinen Dackel.«

»Danke für Ihr Angebot, Doktor Lonzo ...«

»Albert, bitte. Kommen Sie, wir wollen uns noch ein Gläschen genehmigen.«

Nina ließ sich das nicht zweimal sagen. Schnell ging sie auf eine der freien Hollywood-Schaukeln zu und wartete auf Albert, der bald darauf mit den Getränken kam.

Hoffentlich sieht Robert mich mit seinem Freund. Das wird ihn vielleicht eifersüchtig machen, dachte Nina. Ein weiterer Pluspunkt für sie.

Albert und Nina tranken. Sie schaukelte kräftig. Der Champagner in ihrem Glas schwappte über und rann über ihre Hand.

»Schade um die köstlichen Tropfen«, meinte Albert.

Nina hielt ihm ihren Arm hin und lachte. »Bitte, bedienen Sie sich«, kicherte sie.

Albert zögerte nicht. Robert würde ja wohl nichts dagegen haben, wenn er mit seiner Angestellten ein wenig flirtete. Er nahm ihren Arm und leckte die Feuchtigkeit genießerisch ab.

Nina lachte und bog den Kopf zurück. Ihre weißen Zähne blitzten.

»Sie wissen, was ich jetzt denke?«, fragte Albert, als er ihren Arm losließ.

»Nein, sagen Sie es, Albert!«

»Sie sind eine kleine Hexe, Sie ...« Sein Mund glitt höher bis zu ihrer Schulter. Nina fing an zu stöhnen.

»Wir sollten uns in einen ruhigeren Winkel zurückziehen.« Albert stand auf und zog Nina mit sich. Hinter einem Holunderbusch schob er die dünnen Träger ihres Kleides herunter.

Er genoss die Situation, die ganz nach seinem Geschmack war. Obwohl er sich bis jetzt an keine Frau gebunden hatte, war er kein Kostverächter. Er nutzte die Gelegenheit, wann immer sie sich ihm bot. Jetzt bot sie sich. Dass Nina so willig war, hätte er nie für möglich gehalten.

***

Robert sah sich nach Nina um, konnte sie jedoch nirgends entdecken. Er hatte mit ihr ein Hühnchen zu rupfen.

Er ging zwischen seinen Gästen hin und her, sprach mit allen ein paar Worte und gab seiner Freude Ausdruck, dass sie sich bei dem Fest gut amüsierten.

Da sah er Nina über den Rasen kommen. Albert war an ihrer Seite und machte das unschuldigste Gesicht der Welt.

Beinahe hätte Robert aufgelacht, denn er konnte sich denken, was die beiden miteinander getrieben hatten.

Er kannte seinen Freund Albert. Für eine schöne Frau hatte der immer Zeit, auch wenn er total im Stress war.

Robert erinnerte sich an sein Vorhaben. Er hatte mit Nina ein Wörtchen zu reden.

»Nina, ich muss mit Ihnen sprechen!«, sagte er.

»Hör mal, alter Freund«, schaltete Albert sich ein und wirkte leicht beunruhigt, als er Robert zur Seite nahm. »Ich wollte auf keinen Fall in deinem Bereich wildern. Ich ...«

»Mach dir keine Sorgen, mein Lieber. Es ist alles in Ordnung.«

Robert ging mit Nina in die Bibliothek. Hier waren sie ungestört.

»Ist es wahr, dass Mademoiselle Barbara anrief und Sie ihr sagten, ich sei nicht zu sprechen?«, fragte er streng.

Nina presste die Lippen zusammen und starrte trotzig vor sich auf den Fußboden.

»Und Sie haben auch die Frechheit besessen, einen an mich gerichteten Brief wieder zurückgehen zu lassen? Was nehmen Sie sich heraus? Sind Sie übergeschnappt – oder was ist los mit Ihnen?« Robert redete sich richtig in Zorn.

»Robert, ich ... ich liebe Sie«, schrie Nina auf.

»Ach? Und vor lauter Liebe zu mir mussten Sie vorhin Dr. Lonzo verführen? Hören Sie auf mit dem Unsinn! Sie werden Ende des Monats Ihre Sachen packen und sich einen neuen Job suchen. Hier können Sie nicht länger bleiben. Ich hoffe, Sie haben Verständnis für diese Maßnahme.«

Nina klammerte sich an seinen Arm. »Sie können mich doch nicht einfach auf die Straße setzen«, flehte sie. »Bitte, Monsieur.«

»Tut mir leid, Nina. Aber das haben Sie sich selbst zuzuschreiben. Ich bin Ihnen sehr dankbar, dass Sie sich so aufopfernd um Ferdinand gekümmert haben. Das ist mir auch eine Abfindung wert. Sie werden also nicht mittellos dastehen und können sich in Ruhe nach etwas anderem umsehen.«

Dieser Satz versöhnte Nina. Vielleicht konnte sie auf Alberts Angebot zurückkommen, falls er das wirklich ehrlich gemeint hatte.

»Ich finde es nicht nett von Ihnen, dass Sie mich auf die Straße setzen, nachdem ich in ihrem Haus so geschuftet habe.« Sie spielte die Beleidigte.

»Ich glaube, die Bezahlung war angemessen«, beschied Robert sie.

Nina maulte noch etwas, doch Robert hörte nicht mehr hin, sondern verließ die Bibliothek. Jetzt hatte er nur noch den einen Wunsch: in Barbaras Augen zu sehen.

Ihre Augen logen nicht. Wenn er die Zeit doch zurückdrehen könnte! Nur zwei Wochen!

Er war sicher, dass er jetzt alles anders machen würde.

***

Barbara war mitten auf der dunklen Landstraße, als das Auto plötzlich streikte.

»Auch das noch«, stöhnte Barbara.

Der Motor tuckerte noch ein paarmal, dann gab er keinen Muckser mehr von sich.

Barbara betätigte mehrmals hintereinander den Anlasser. Nichts. Wütend schlug Barbara mit der Faust auf das Lenkrad. Dann saß sie eine Weile reglos da und starrte in die Dunkelheit.

Schließlich stieg sie aus. Sie machte sich erst gar nicht die Mühe, den Fehler zu suchen, weil sie wusste, dass sie doch nichts finden würde.

Getankt hatte sie erst gestern, die Batterie war relativ neu und andere technische Mängel konnte sie allein nicht beheben.

Barbara orientierte sich kurz. Ungefähr einen Kilometer mochte sie gefahren sein. Wenn sie den Weg über die Landstraße bis nach Serrigny nahm, würde sie ziemlich lange unterwegs sein, mindestens eine Stunde oder mehr. Dazu hatte sie wenig Lust.

Es gab einen Weg quer durch die Felder. Den war sie zwar noch nie gegangen, aber Barbara fand, dass es durch den Vollmond hell genug war, die Abkürzung zu wagen.

Dummerweise trug sie Schuhe mit sehr hohen Absätzen, weil sie nicht damit gerechnet hatte, heute Nacht noch einen längeren Fußmarsch machen zu müssen.

Barbara nahm ihr Täschchen aus dem Wagen, zog den Schlüssel ab und machte sich auf den Weg. Nach einigen Metern blieb sie stehen, um ihre Schuhe in die Hand zu nehmen. So kam sie zwar schneller voran, lief aber auch Gefahr, auf spitze Steine zu treten.

Als sie ein beträchtliches Stück hinter sich hatte, legte Barbara eine kleine Verschnaufpause ein. Die Lichter von Serrigny konnte sie bereits sehen, aber es war noch ein ganz schönes Stück Weg bis dahin.

Der Mond verbreitete genügend Licht. Barbara setzte sich an den Wegesrand, schlang die Arme um die Knie und schaute zum Himmel empor.

Tiefe Traurigkeit erfasste sie. Das Leben hier hätte so wunderschön sein können, aber wahrscheinlich waren Menschen nicht in der Lage, mit dem Glück so umzugehen, dass es ihnen erhalten blieb.

Sie hatte wirklich geglaubt, in Robert den Mann ihres Lebens gefunden zu haben. Bei keinem hatte sie diese überwältigende Leidenschaft verspürt und eine so tiefe Liebe.

Ihm war es offensichtlich nur um Sex gegangen. Sie musste nun alles tun, um diesen Mann zu vergessen.

Am liebsten würde ich Serrigny verlassen und mich nach etwas anderem umsehen, dachte Barbara. Aber sie wusste, dass sie für das beginnende Schuljahr nichts mehr finden würde.

Also blieb ihr nichts anderes übrig, als wenigstens ein Jahr hier auszuharren. Vielleicht konnte sie es irgendwie einrichten, Robert so wenig wie möglich zu begegnen.

Und mit der Zeit würde ihre Wunde ja auch verheilen, so hoffte Barbara jedenfalls.

Sie spürte schon wieder Tränen in den Augen. Energisch stand sie auf. Erst einmal musste sie zusehen, dass sie gut nach Hause kam.

Barbara fürchtete sich nicht, aber ihr war doch ein bisschen unbehaglich zumute. Es fiel ihr nämlich ein, dass die Abkürzung an dem alten Friedhof von Serrigny vorbeiführte. Alphonse hatte es einmal erwähnt.

Da sie jedoch nicht an Gespenster glaubte, wischte sie ihre Beklommenheit zur Seite.

Doch je näher sie der Totenstätte kam, um so heftiger musste Barbara an den schaurigen Vampirfilm denken, den sie vor einiger Zeit in Paris gesehen hatte.

»Alles Unsinn!«, sagte sie laut, um sich Mut zu machen.

Der alte Friedhof, auf dem schon lange keine Beerdigungen mehr stattfanden, tauchte in der Dunkelheit auf, beziehungsweise die Umrisse seiner hohen Mauern.

Ein Käuzchen schrie. Wie in dem Film, dachte Barbara fröstelnd und ging etwas schneller. Der Weg führte an der Mauer vorbei, dann kam noch ein Stück Feld – und dann musste sie endlich am Ortsrand von Serrigny sein.

Wind war aufgekommen. Um sie herum erhob sich ein Rauschen und Raunen, das ihr nun wirklich angst machte.

Barbara fing an zu laufen. Sie achtete nicht auf den Weg. Sie war jetzt nur noch von dem Gedanken besessen, so schnell wie möglich nach Hause zu kommen. Nach wenigen Metern stolperte sie, strauchelte, verlor das Gleichgewicht und fiel.

Atemlos untersuchte sie ihre Arme und Hände, nachdem sie sich vom ersten Schreck erholt hatte. An einer Hand waren Abschürfungen zu ertasten. Eine Stelle blutete heftig. Barbara zerrte ein Taschentuch aus ihrer Handtasche. Nach einigen Augenblicken hörte das Bluten auf.

Barbara wollte sich erheben. Da erlebte sie die nächste böse Überraschung. Ihr linker Fuß tat so weh, dass sie keinen Schritt mehr tun konnte.

Sie ließ sich mit zusammengebissenen Zähnen nieder und versuchte eine Verletzung zu ertasten. Doch sie konnte nichts feststellen, außer dass das Gelenk rasch anschwoll.

»O nein!«, murmelte sie entsetzt und massierte sich die schmerzende Stelle. Vorsichtig richtete sie sich auf einem Bein auf und stützte sich mit den Händen an der Friedhofsmauer.

Dann setzte sie den Fuß behutsam auf und begann ihr Gewicht auf das verletzte Bein zu verlagern. Rasende Stiche hielten sie davon ab, ihren Plan ganz auszuführen.

Es war einfach unmöglich. Das Gelenk tat zu weh. Sie konnte keinen Schritt mehr tun. Resigniert ließ sie sich nieder.

Barbara spürte, dass sie am ganzen Körper zitterte. Jetzt erst machte sich der Schock bemerkbar.

Was sollte sie tun? Ein Weiterlaufen kam nicht in Frage. Also musste sie hier sitzen und warten, bis es hell wurde.

Um Hilfe zu rufen, hatte keinen Sinn. Wer sollte sie hier hören? Und außerdem waren fast alle Einwohner von Serrigny im Schloss.

Müde und verzweifelt lehnte Barbara den Kopf gegen die Mauer. Plötzlich überlief sie eine Gänsehaut. Irgendetwas krabbelte an ihrem Arm. Womöglich eine Spinne!

Mit einer unkontrollierten Bewegung versuchte sie das Tier abzuschütteln. Das Herz schlug ihr immer noch bis in den Hals.

Ganz allmählich erst wurde Barbara ruhiger – bis ein erneutes Geräusch das Blut in ihren Adern erstarren ließ. Was war das?

Ein leises Klappern trieb ihre Furcht auf die Spitze. In Barbaras Kopf überschlugen sich die Gedanken. Gewaltsam zwang sie sich zur Ruhe.

Es hatte wenig Sinn, sich verrückt zu machen. Sie konnte von diesem Platz nicht weg und musste einfach ausharren. Und wenn noch so gespenstische Monster und ekelhafte Gestalten in der Dunkelheit lauerten.

Als sie sich an das scheppernde, monoton wiederkehrende Geräusch gewöhnt hatte, wurde sie etwas ruhiger.

Barbara schloss die Augen. Und dann wurde ihr Bewusstsein ausgelöscht ...

***

Verstört riss Barbara die Augen auf. Ihr Herz schlug wild. Ihr Hals war ganz trocken.

Sie musste eingeschlafen sein. Mittlerweile war der Mond untergegangen. Es war stockfinster.

Wenn sie nichts sah, konnte auch sie nicht gesehen werden. Diese Vorstellung beruhigte Barbara ein wenig.

Erschöpft ließ sie sich auf die Erde sinken und versuchte, eine bequeme Stellung zu finden. Ihr Fuß schmerzte höllisch. Wie tausend kleine Hämmerchen klopfte es unter der Haut.

Wenn sie ihn etwas auf die Seite legte, konnte sie die Qualen einigermaßen ertragen.

Hin und wieder verschaffte sie sich durch ein unterdrücktes Stöhnen Erleichterung. Wenn es doch endlich hell würde!

Nie hätte sie geglaubt, dass eine kurze Sommernacht so lang sein könnte!

Barbara versuchte, auf dem Zifferblatt ihrer Uhr etwas zu erkennen.

Doch das war nicht möglich. Ein Feuerzeug oder Streichhölzer hatte sie auch nicht dabei.

Barbara erinnerte sich an einige Yoga-Übungen. Vielleicht konnte sie sich damit entspannen. Da sie sich jedoch zu sehr auf ihren Fuß konzentrierte, brachte sie es nicht fertig, ihre Nervosität zu dämpfen.

Plötzlich saß sie wieder kerzengerade. Nahmen die Schrecken denn kein Ende?

Sie lauschte. Jetzt hörte sie nichts mehr. Doch – da war es wieder! Das klang wie – wie ein Hecheln.

Sofort sah Barbara in ihrer Fantasie ein riesiges Ungeheuer, das mit großen Sätzen über die dunklen Wege sprang, um nach ihr zu suchen!

Konnte ein Mensch so laut atmen? Das Keuchen wurde immer lauter. Jetzt gewahrte Barbara auch den tanzenden Lichtstrahl, der näherkam.

Ihr Verfolger suchte sie mit einer Taschenlampe! Sie war ihm hilflos ausgeliefert!

Sie drückte sich flach auf die Erde und deckte die Arme über den Kopf. Sie wollte nichts mehr hören und sehen – erst recht nicht in das Gesicht ihres Peinigers.

An ihrer Schulter spürte sie etwas Weiches, Warmes. Barbara schrie und versuchte es abzuwehren, bis sie endlich begriff, dass es sich um eine Hundeschnauze handelte.

»Bonzo! Prince!«

Diese Stimme! Barbara stemmte sich hoch und blinzelte verstört in den Lichtschein einer Taschenlampe.

Sekunden später spürte sie eine Hand auf ihrer Schulter.

»Barbara!«, sagte Robert. »Gott sei Dank!« Er wandte den Kopf.

»Hierher, Albert! Ich habe sie gefunden!«

Die Hunde winselten aufgeregt. Und dann stürmte Dr. Lonzo herbei. Fast wäre auch er gestolpert. Er konnte sich gerade noch halten.

»Was ist passiert?«, fragte er, als er sich über Barbara beugte.

»Ich bin gefallen. Mein Fuß tut schrecklich weh.«

Robert leuchtete das linke Fußgelenk mit seiner Lampe ab.

Albert betastete es vorsichtig, hörte jedoch sofort auf, als Barbara gequält aufstöhnte.

»Erst einmal müssen wir sie von hier wegbringen. Ich habe meinen Arztkoffer nicht dabei«, sagte der junge Arzt.

Robert erhob sich. »Ich nehme sie auf die Arme, und du gehst voran und leuchtest.«

Vorsichtig hob er Barbara hoch. »Geht es so?«, fragte er sanft.

»Ja, ich glaube«, erwiderte sie kläglich.

Der Fuß tat entsetzlich weh, aber sie war glücklich, aus ihrer schrecklichen Lage befreit zu sein. »Wie habt ihr mich gefunden?«

»Dein Auto stand am Straßenrand. Wir haben die Hunde geholt, als wir hörten, dass du im Hotel noch nicht angekommen bist. Ich dachte mir, dass du die Abkürzung genommen hast.«

»Ich hatte eine Panne«, erklärte Barbara leise.

Ihr Kopf lag an Roberts Brust. Sie hörte sein starkes Herz klopfen. Dieses Geräusch war wie Musik für ihre Ohren. Wenn sie sich jetzt noch seiner Liebe sicher gewesen wäre, hätte sie sich wie im Paradies gefühlt und alle Schmerzen vergessen.

Robert sagte nichts mehr. Er konzentrierte sich völlig auf den Weg. Albert ging voran.

Endlich hatten sie die Straße erreicht. Vorsichtig bettete Robert Barbara auf den Rücksitz seines Wagens. Albert setzte sich ans Steuer.

***

Minuten später kamen sie im Schloss an.

Das Fest war längst vorbei, die Beleuchtung brannte aber immer noch.

Robert trug Barbara in die Halle.

Wenig später bettete er sie im Wohnsalon auf eine Couch.

»Möchtest du einen Cognac?«, fragte er.

Barbara konnte nur nicken, von Erleichterung und Dankbarkeit überwältigt. Mit zitternder Hand nahm sie das Glas entgegen. Doch sie brachte es nicht fertig, es an ihre Lippen zu setzen, ohne etwas zu verschütten.

Robert half ihr. Liebevoll stützte er sie und flößte ihr den Alkohol ein. Die Wärme, die sich in ihrem Magen ausbreitete, tat Barbara gut. Und dann fühlte sie auch trotz des Schmerzes eine körperliche Entspannung.

Wenig später begutachtete Dr. Lonzo ihren Fuß. Er bewegte ihn so vorsichtig wie möglich hin und her, nachdem er Barbara eine schmerzstillende Injektion verabreicht hatte.

»Ich glaube nicht, dass etwas gebrochen ist«, meinte er schließlich. »Natürlich werden wir den Fuß noch röntgen müssen. Es handelt sich allem Anschein nach um eine Prellung des Gelenks. Diese Diagnose aber unter Vorbehalt. Heilkräuterumschläge und Ruhigstellung genügen.«

Er sah auf die Uhr. »Bald wird es hell. Dann fahren wir. Ich werde in der Zwischenzeit telefonieren.«

»Telefonieren?« Barbara schaute Robert fragend an.

»Mit dem Röntgeninstitut. Wir können den Apparat nicht herbringen lassen, oder?«

Klang seine Stimme schon wieder spöttisch? Sie suchte in seinem Blick.

»Was ist? Machst du dich über mich lustig?« Sie ereiferte sich wieder.

Robert strich ihr beschwichtigend über die Hand. »Nur ein bisschen. Wenn du dich im Spiegel sehen könntest, würdest du verstehen warum.«

»Wo ist meine Handtasche?« Barbara erschrak. Ihre ganzen Papiere befanden sich darin.

»Draußen. Im Wagen. Soll ich sie dir holen?«

»Ja, bitte.«

Wenig später war Robert zurück und legte ihr die Tasche in den Schoß. Barbara holte einen kleinen Handspiegel heraus, in dem sie ihr Gesicht betrachten konnte. Was sie sah, war nicht gerade ermutigend.

Sie hatte Flecke im Gesicht, teils von Erde, teils von verschmierter Wimperntusche.

Barbara schaute Robert an, sah das Blitzen in seinen Augen. Endlich wagte sie ein Lächeln. Dann lachten sie beide.

»Ich bin froh, dass ich keine Schmerzen mehr habe«, bekannte Barbara.

»Sie werden wiederkommen, hat Albert gesagt. Freu dich also nicht zu früh. Nachher werden wir ja hören, was du dir am Fuß zugezogen hast.«

Er holte ein nasses Tuch und begann, ihr Gesicht zu säubern. Barbara fühlte sich wie ein kleines Kind, das von seiner Mutter versorgt wurde.

Fast hätte sie wohlig geseufzt. Robert so nahe bei ihr! War ein Wunschtraum in Erfüllung gegangen?

Seine Hand berührte ganz zart ihre Wange. Seine Finger zeichneten ihre Brauen nach, fuhren über ihre Nase, strichen sacht über ihre Lippen.

»Ich bin ja so froh, dass wir dich gefunden haben«, sagte er leise.

»Ach, Robert«, murmelte Barbara. Hoffnung keimte in ihr auf.

»So, und jetzt wird noch ein bisschen geschlafen«, befahl er und zog eine Decke über sie. »Du musst müde und völlig erschöpft sein.«

Sie wollte aufbegehren, doch ihre Glieder wurden schwer. Endlich konnte sie sich fallen lassen, brauchte an nichts mehr zu denken, sich um nichts mehr zu sorgen. Es gab ja jemanden, der ihren Schlaf bewachte.

***

Gegen elf Uhr kamen Albert, Robert und Barbara vom Röntgeninstitut zurück. Alberts Diagnose war richtig gewesen.

Nach ein paar Tagen der Schonung würde sie ihren Fuß wieder aufsetzen können.

Albert Lonzo verabschiedete sich und versprach, am Abend noch einmal vorbeizuschauen.

»Und was ist mit mir?«, wollte Barbara wissen, nachdem er gegangen war.

»Du bleibst natürlich hier!«, entschied Robert. »Willst du allein in deinem tristen Hotelzimmer liegen?«

»So trist ist es gar nicht. Lass das Alphonse nicht hören. Er würde tödlich beleidigt sein, wenn man so über sein Hotel spricht.«

»Wie auch immer, du bleibst hier.« Robert lächelte. »Dann habe ich dich auch besser unter Kontrolle. Bei dir weiß man ja nie, welchen Unsinn du in der nächsten Minute anstellst.« Er lachte. »So, und nun wird erst einmal ausgiebig gefrühstückt«, fügte er hinzu und kam damit ihrem Protest zuvor.

Barbara war selig. Sie lehnte sich in ihrem Bett zurück und hätte fast vor Rührung geweint. Doch sie hatte genug Tränen vergossen. Es wurde Zeit, dass sie endlich wieder lachte.

Sie ließ sich das Frühstück schmecken. Robert bediente sie aufmerksam. Auch er langte kräftig zu.

Nachdem sie den letzten Rest Orangensaft getrunken hatte, seufzte Barbara behaglich. »Jetzt habe ich nur noch einen Wunsch«, sagte sie.

Robert räumte schnell das Tischchen beiseite. »Ja?«, erkundigte er sich hoffnungsvoll.

»Ich würde so gern baden.«

»Sofort. Ich lasse dir Wasser in die Wanne.«

Nach einer Weile kam Robert zurück und zog Barbara behutsam die Bettdecke weg.

Er nahm Barbara wieder auf die Arme und trug sie ins Bad. Vorsichtig ließ sie sich auf dem Wannenrand nieder, den Fuß hielt sie von sich gestreckt.

»Komm, ich helfe dir …«, bot Robert an.

Doch Barbara wehrte ab. »Danke, aber ich weiß mir selbst zu helfen.«

»Wirklich?« Enttäuschung zeichnete sich auf seinem Gesicht ab.

Barbara lächelte. »Ja wirklich, Robert.«

Er wandte sich um und zog die Tür hinter sich zu. Nach ein paar Minuten erkannte Barbara, dass sie den Mund zu voll genommen hatte. Sie wusste nicht, wie sie in die Wanne kommen sollte, ohne mit dem verletzten Fuß auftreten zu müssen.

Sie ärgerte sich über ihre Hilflosigkeit. Wie von selbst öffnete sich ihr Mund, und sie rief kläglich nach Robert.

Im nächsten Augenblick stand er neben ihr. Er musste hinter der Tür gestanden haben, sonst hätte er nicht so schnell da sein können.

Einem ersten Impuls folgend, wollte Barbara ihre Nacktheit mit den Händen bedecken. Doch dann erkannte sie die Sinnlosigkeit ihres Tuns. Robert hatte sie doch schon nackt gesehen, schon jede Stelle ihres Körpers erforscht. Was also sollte jetzt eine so dumme Prüderie?

Robert schaute sie ruhig an. Sein Blick umfasste ihre Brüste, ihre schmale Taille und die Hüften, die vor zwei Wochen noch runder gewesen waren.

Sein Blick glitt tiefer. Von ihrem dunklen Dreieck ging eine Signalwirkung aus, die ihn sofort erregte.

Robert trat zu ihr und hob sie hoch. Eine ihrer Brüste befand sich direkt vor seinen Lippen. Zärtlich küsste er sie, dann ließ er Barbara langsam in die Wanne sinken. Den verletzten Fuß legte sie auf den Rand der Wanne. Wohlig umschmeichelte das warme Wasser ihren Körper bis zum Hals.

Für Sekunden verfing sich Barbaras Blick in Roberts. Dann tastete er nach der Seife und einem flauschigen Waschlappen.

Robert wusch Barbara sanft den Hals, die Arme und umkreiste mit den Händen ihre Brüste. Dann tauchte seine Hand tief unters Wasser und berührte Barbara an ihrer empfindlichsten Stelle. Ihr Stöhnen fing Robert mit einem Kuss auf. Schließlich nahm er sich den gesunden Fuß vor.

Robert kitzelte sie ein bisschen. Barbara lachte. Sie war erregt und glücklich.

Schließlich ließ Robert das Wasser ablaufen. Er brauste Barbara noch einmal mit einem warmem Wasserstrahl ab, dann hob er sie vorsichtig aus der Wanne und setzte sie auf einen Hocker. Nachdem er ein großes weiches Frotteehandtuch um sie geschlungen hatte, trug er das süße Bündel zum Bett zurück.

Roberts Atem ging heftig, als er Barbara trockenrieb. Aber auch Barbara verging fast vor Sehnsucht. Sein heißer fordernder Kuss war wie eine Erlösung für sie. Sie war bereit, die Welt um sich herum zu vergessen, auch ihren kranken Fuß.

Roberts Hand schob das Badetuch weg. »Ich bin verrückt nach dir«, raunte er heiser in ihr Ohr.

»Ich auch nach dir«, flüsterte sie. »Oh, Robert, ich liebe dich. Halte mich fest, immer, hörst du?«

Er entledigte sich seiner Kleider und legte sich vorsichtig neben sie, um nicht versehentlich an ihren Fuß zu stoßen.

»Ich lasse dich nie mehr los«, sagte er und streichelte sie so aufreizend langsam, dass sie kleine klagende Laute von sich gab.

Dann schob er sich auf sie, hielt sich aber immer noch zurück, weil er die Wogen der Leidenschaft voll auskosten wollte.

Barbara wand sich unter ihm. »Komm«, keuchte sie. Da endlich gab Robert nach und bezähmte sein wildes Verlangen nicht länger.

Sie hielten sich heftig atmend umschlungen. »Robert, ich liebe dich. Es war so wunderschön.« Barbara weinte und schluchzte vor Freude.

Ergriffen streichelte er ihr Haar. »Habe ich dir wehgetan?«

»Nein!«

»Ich meine deinen Fuß.«

»Den hatte ich völlig vergessen. Ich war so von dir erfüllt, ich …« Barbara versagten die Worte. Sie wusste nicht, wie sie diesen Zustand der Lust beschreiben sollte, der sie in eine andere Welt geführt hatte.

Es war noch schöner gewesen als sonst. Und Barbara glaubte in diesem Moment sogar daran, dass es noch wunderbarer werden konnte.

Man musste sich nur lieben, sich dem anderen öffnen, nichts von sich zurückhalten, sich hingeben – im wahrsten Sinne des Wortes. Nur so war wahre Liebe möglich.

Nach einer Weile schlief Barbara ein. Roberts Kopf ruhte auf ihrer Brust, sein Arm umschlang ihre Hüfte. Er war glücklich, dass er sie nach Hause geholt hatte.

Er würde sie festhalten, mit beiden Händen. Noch nie hatte er Worte so ernst gemeint.

***

Barbara fühlte sich wie im Paradies. Der verletzte Fuß hatte fast keine Bedeutung mehr für sie. Und weil ihr allgemeiner Zustand so gut war, heilte die Prellung sehr schnell.

Paulette und Robert kümmerten sich rührend und liebevoll um sie. Täglich einmal kam Albert vorbei. An sein anzügliches Schmunzeln hatte Barbara sich in der Zwischenzeit gewöhnt. Robert gab sich aber auch keine Mühe mehr, ihre Liebe vor den anderen zu verstecken.

Nina war schon vorzeitig gegangen, mit einer ordentlichen Abfindung in der Tasche und einem verlockenden Angebot aus Nizza.

Albert empfand wegen ihres Weggangs keine Trauer, eher Erleichterung. So schön es mit ihr gewesen war, so wenig wollte er sich doch auf eine Frau festlegen. Und Nina erschien ihm zu flatterhaft und leichtsinnig.

Ferdinand kam regelmäßig an Barbaras Bett, unterhielt sie mit Spielen und ließ sich von ihr Geschichten erzählen.

Robert besorgte Barbara nach drei Tagen einen Stock, mit dessen Stütze sie recht gut gehen konnte. Als sie an diesem Abend vor dem Kamin saßen, genossen sie beide die intime Vertrautheit, die zwischen ihnen herrschte.

Obwohl die Nächte sich etwas abgekühlt hatten, war das Feuer im Kamin doch mehr gemütliche Dekoration als Wärmequelle.

Barbara hatte sich auf einem großen Fell ausgestreckt. Fasziniert sah sie in die tanzenden Flammen.

Sie nahm von Robert ein Glas Champagner entgegen.

»Danke«, murmelte sie abwesend.

»Woran denkst du?«, wollte Robert wissen, als er sich neben sie setzte.

»Dass es im Paradies auch nicht schöner sein kann«, gestand Barbara lächelnd. »Ich kann noch gar nicht fassen, dass mein Leben eine solche Wendung genommen hat. Vor Kurzem habe ich mich so damit gequält, mich mit unserer Trennung abzufinden.«

Robert senkte den Kopf und starrte auf das Glas in seiner Hand. »Verzeih mir meine Eifersucht«, sagte er leise. »Als ich diesen Mann sah, drehte ich durch. Ich gönne dich einfach keinem anderen.«

In Barbaras Augen leuchtete alle Zärtlichkeit, die sie für Robert empfand. »Es war doch alles längst vorbei. Jean-Claude weiß offensichtlich selbst nicht, was er will. Das war mir schon seit einiger Zeit klar.«

Sie streckte Robert ihre Hand hin. Er ergriff sie und presste seine Lippen darauf. Seine Zunge kitzelte die Innenfläche. Barbara seufzte verzückt.

»Ich gehöre nur dir«, fuhr sie fort. »Ich hoffe, dass du das endlich weißt, ein für allemal. Glaubst du, diese Leidenschaft, die uns beide verbindet, ließe sich beliebig wiederholen? Noch nie in meinem Leben habe ich etwas so Schönes erlebt. Im Gegenteil. Wenn ich ganz ehrlich sein soll – ich war von der Liebe immer ziemlich enttäuscht.«

»Ist das wahr?«

»Ja, ich ...« Barbara merkte, dass Robert näher zu ihr rutschte.

Sie trug ein langes Kleid aus hauchdünner Seide. Seine Hand legte sich um das Gelenk ihres rechten gesunden Fußes. Dann streichelten sich seine Finger langsam am Bein hinauf.

Barbara lag ganz still und genoss seine Berührung, die sie immer mehr erregte. »Mach mit mir, was du willst«, flüsterte sie ergeben.

Robert sagte nichts. Spielerisch setzte er weiter seine Finger ein. Er drehte sich um, und dann spürte Barbara seine Lippen auf ihrem Hals.

Seine Hand griff zu ihren Brüsten, die der dünne Stoff kaum verbarg. Lustvoll bewegte Barbara ihren Kopf hin und her und murmelte dabei unablässig Roberts Namen. Im nächsten Moment wurden sie jäh aus ihren Lustgefühlen gerissen.

Draußen fuhr ein Wagen mit quietschenden Reifen vor, dann wurde eine Tür geschlagen. Durch das geöffnete Fenster hörten sie leichte, huschende Schritte.

»Lisette«, stöhnte Robert auf. »Was will sie denn noch?«

Barbara richtete sich hastig auf. Robert zog ihr Kleid herunter. Sein Gesicht drückte unendliches Bedauern aus.

»Ärgere dich nicht, Liebster. Aufgeschoben ist nicht aufgehoben«, sagte Barbara. »Lisette wollte mir Bücher bringen. Ich bat sie, heute Abend noch vorbeizukommen.«

Robert half ihr hoch. Barbara setzte sich in einen Sessel. Robert nahm auf dem Sofa Platz. Dennoch glaubte er, dass man ihnen ansehen müsse, welcher Tätigkeit sie gerade noch nachgegangen waren.

Lisette kam mit geröteten Wangen herein. Sie begrüßte Robert. Ihre Augen hinter den dicken Brillengläsern funkelten. Dann erkundigte sie sich, wie es Barbara ging.

»Monsieur Alphonse lässt Sie grüßen. Und Lucien. Alphonse fragt, wann Sie wieder ins Hotel zurückkehren. Natürlich wird er die Tage Ihrer Anwesenheit nicht berechnen.«

»Ich weiß es noch nicht«, erwiderte Barbara und warf Robert einen unsicheren Blick zu.

»Ich habe ihm gesagt, dass Ihr Appartement im Internat fertig ist. Sie können einziehen, so bald Sie wollen. Sparen Sie sich das Geld. Kein Grund mehr, es dem gierigen Alphonse in den Rachen zu werfen. Der hat sich mit seinem Hotel schon eine goldene Nase verdient. Im Internat kann ich mich um Sie kümmern, für Sie einkaufen und so weiter.« Freundlich tätschelte Lisette Barbaras Arm.

»Machen Sie sich keine Umstände, Lisette«, erklärte da Robert. »Hier im Schloss ist Barbara auch gut aufgehoben. Oder finden Sie nicht?«

Lisette schaute ihn verwundert und überrascht an. »Ja ... ja ... natürlich«, stotterte Lisette, als sie wieder sprechen konnte. »Ich wollte Ihnen nur ... nur die Mühe abnehmen.«

Robert lachte leise. »Es gibt wunderschöne Mühen, Lisette, wissen Sie das?« Er stand auf und legte den Arm um Barbaras Schultern.

Barbara fühlte sich unbehaglich bei Lisettes ungläubigem Blick.

»Mademoiselle Barbara und ich verstehen uns ausgezeichnet«, sagte Robert.

»Oh, das freut mich ... das freut mich sehr.«

»Wir verstehen uns so gut, dass wir ausgesprochen gern zusammen sind«, fuhr Robert nach einem Räuspern fort. »Darf ich Ihnen ein Glas Champagner anbieten, Lisette?«

»Ja, gern«, wisperte sie erregt. Etwas schnürte ihr die Kehle zu. Eine große Neuigkeit stand bevor. Sie spürte es ganz deutlich.

Ihre Hand zitterte leicht, als sie das prickelnde Getränk in kleinen Schlückchen zu sich nahm.

»Mademoiselle Barbara und ich haben uns verlobt«, sagte Robert. »Sie sind die Erste, die davon erfährt. Noch nicht einmal Paulette weiß davon.«

Paulette hatte er zwar noch nichts gesagt, aber Robert nahm an, dass seine treue Seele Augen im Kopf hatte und sich ihren Teil dachte.

»Meinen ... meinen herzlichen Glückwunsch!«, stammelte Lisette und trank hastig ihr Glas leer.

Dann hielt sie es Robert hin. Sofort schenkte er ihr nach.

»Wirklich, das ist aber eine Überraschung. Werden Sie trotzdem unterrichten?«, wandte sie sich an Barbara.

»Ich denke schon«, erwiderte Barbara.

»Wenigstens vorerst«, schränkte Robert ein. »Wir wollen so bald wie möglich heiraten. Und ich würde mich glücklich schätzen, wenn Sie unsere Trauzeugin sein würden.«

»Oh, welche Ehre!«, rief Lisette und verschüttete vor Aufregung etwas Champagner.

Nach einer Weile verabschiedete sie sich. Barbara und Robert hörten ihren üblichen lautstarken Start. Sie mussten beide lächeln.

Dann wandte sich Barbara an Robert. »Ich wusste gar nicht, dass wir verlobt sind.«

»Nun weißt du es, Liebste«, erklärte er seelenruhig. »Dir hätte ich es auch irgendwann gesagt. Aber kleine Mädchen müssen nicht alles wissen.«

Dann war er bei ihr, nahm ihr das Glas aus den Händen und bettete sie vorsichtig auf das Fell.

»Und warum hast du es Lisette gesagt?«, wollte Barbara wissen.

»Weil ich sicher sein kann, dass morgen ganz Serrigny im Bilde ist, und keiner der Männer wird wagen, dich mit frechen oder gar lüsternen Blicken zu betrachten. Das darf in Zukunft nur noch einer.«

»Du, Robert.« Barbara strich zärtlich über sein Gesicht.

»Ja, ich. Niemand sonst.« Zart küsste er sie. Dann drängte sich seine Zunge zwischen ihre Lippen und erforschte all das, was sie schon längst kannte.

Irgendwann rückte Robert von Barbara ab. Der liebevolle Blick seiner Augen umhüllte sie. Barbara fühlte sich so wunderbar sicher und geborgen in seinen Armen.

Langsam hob sie die Hand. Ihre Finger tasteten über Roberts sinnliche Lippen. »Wie ich dich liebe!«, flüsterte sie. »Ich gehöre dir mit Leib und Seele.«

Robert presste sein Gesicht zwischen ihre Brüste. Seine Hände streichelten zärtlich ihren Körper.

»Wir sind vorhin von Lisette unterbrochen worden«, murmelte er. »Wo waren wir stehen geblieben?«

»Bei dem Schönsten, was zwei Menschen zusammen tun können«, flüsterte Barbara. Sie schmiegte sich selig an Robert. »Ach, Robert – mit dir ist die Liebe einfach wunderbar ...«

Dann konnte sie nicht mehr sprechen, denn Robert küsste sie wild und leidenschaftlich. Seine Küsse peitschten Barbaras Sinne auf, und sie gab sich ganz ihren Gefühlen hin ...

ENDE

Die heiße Glut der Lust

Lars streifte die Träger der Bluse herunter, drückte Nicole sanft aufs Bett und zog ihr das Kleidungsstück über den Kopf. Dann lag sie vor ihm, so schön, wie er es sich nicht erträumt hatte.

Zart, fast ein bisschen scheu, berührte er ihre Brüste. Ein Keuchen kam von Nicoles Lippen. Lars beugte sich über sie und küsste sie auf den Mund. Dann nahmen seine Lippen den gleichen Weg wie vorher seine Hände.

Nachdem er sie eine Weile liebkost hatte, nestelte er am Verschluss ihres dünnen Rockes herum. Nicole half ihm. Zu seinem Entzücken trug sie darunter nur ein Höschen. Gleich darauf fiel es zu Boden …

»Noch ist es Zeit! Mach dich doch nicht unglücklich!«, sagte Christian.

Nicole warf ihm einen Blick zu. Dieser Mann ging ihr auf die Nerven.

»Warum lässt du mich nicht endlich in Ruhe?«, fragte sie und zwang sich mit aller Gewalt zu einem freundlichen Tonfall.

Sie verstand sich selbst nicht mehr, dass sie fast ein Jahr lang mit Christian gegangen war. Was hatte sie bloß an ihm gefunden? »Lass uns noch mal über alles reden«, hörte sie Christian sagen.

Er versperrte ihr den Weg. Nicole wollte ihn zur Seite schieben, aber er packte mit festem Griff ihren Arm. »Ich werde dich nicht fortlassen ...«

»Au! Du tust mir weh!« Nicole versuchte, seine Hand abzuschütteln. »Wenn du mich nicht sofort loslässt ... Es ist aus zwischen uns. Begreif das doch endlich. Wir haben genug darüber diskutiert!«, sagte sie so laut, dass sich einige Leute vor ihnen umschauten.

Christian biss sich auf die Lippen, jetzt Ratlosigkeit im Gesicht. Wie brachte man seine Freundin in der Halle eines Flughafengebäudes zur Räson, noch dazu eine temperamentvolle wie Nicole?

Er beschränkte sich darauf, leiser auf sie einzureden. Nicole gab mit keiner Miene zu verstehen, dass die Worte bei ihr ankamen.

Endlich standen sie vor dem Check-in-Schalter der Air France. Nicole hob ihren schweren Koffer auf die Waage.

Christian machte keine Anstalten, ihr zu helfen. Wild flackerte sein Blick. Am liebsten hätte er das Gepäckstück heruntergerissen und zusammen mit Nicole zum Auto geschleppt.

Die freundliche Stewardess prüfte das Ticket, trug das Gewicht des Gepäcks auf dem Flugschein ein und warf nur einen flüchtigen Blick auf Nicoles große Umhängetasche.

Nicole war erleichtert, als sie die Bordkarte entgegennahm. Sie hielt sie ganz fest, weil sie Angst hatte, Christian könnte sie ihr entreißen, was sie ihm durchaus zutraute.

Mit schnellen Schritten eilte sie dann auf die Inlandflughalle zu. Christian lief neben ihr her.

»Dahinter steckt doch nur dieser Kraftprotz. Ein Schwede! Dass ich nicht lache! Weißt du nicht, dass die unmäßig viel trinken und alle impotent sind?« Er gab immer noch nicht auf.

Als er sah, dass Nicole ihren starren, überlegenen Gesichtsausdruck beibehielt, wusste er, dass er sie einfach nicht treffen konnte. Seine Wut wurde immer größer. Und als er schließlich zurückbleiben musste, war sein Gesicht hochrot.

Nicole verzog sich in eine Ecke und hoffte inständig, dass ihr Flug bald aufgerufen wurde. Nach zehn Minuten tönte endlich die Anssage über die Lautsprecher.

Nicole winkte Christian noch einmal zu und wusste, dass diese kleine Gemeinheit nicht nett von ihr war, aber sie konnte nicht anders. Schließlich war er ihr eine halbe Stunde lang auf die Nerven gegangen.

Als sie sich in einem bequemen Flugsessel direkt am Fenster niederließ, seufzte sie vor Erleichterung. Ihre Ferien hätten begonnen. Zwei Monate Korsika lagen vor ihr.

Ein Kribbeln in der Magengegend stellte sich ein. Nicole lehnte den Kopf zurück und schloss die Augen.

Was würde sie erwarten? Oder wichtiger: Wer?

Dass er Lars Anderson hieß, achtundzwanzig Jahre alt und Schwede war, in der Welt herumzog und sich jetzt auf der Insel als Surflehrer verdingt hatte – das wusste sie. Auch, dass er am liebsten Nudeln aß, gern trockenen Wein trank, klassische Musik und Folklore liebte, hin und wieder Jazz hörte und warme Nächte in südlichen Gefilden lieber mochte als den kühlen Norden.

Nicole wusste eigentlich eine ganze Menge von Lars. Zwei Jahre intensive Brieffreundschaft hatten sie einander nähergebracht. Und dennoch – ob sie sich wirklich sympathisch finden würden, blieb abzuwarten. In ungefähr einer Stunde würde sie das wissen.

In Briefen lässt sich viel vermitteln, dachte Nicole, aber manchmal bekommt man auch ein falsches Bild. Vielleicht erwartete Lars zu viel – und das Kennenlernen würde für sie beide enttäuschend werden.

Die Düsentriebwerke heulten auf, dann setzte sich die Maschine in Bewegung, rollte die Piste entlang und hob in einen regnerischen Pariser Himmel ab.

Sie wurden ganz schön durchgeschüttelt, bis die Boeing die Wolkendecke durchstoßen hatte. Hier war endlich die Sonne, die sich über der französischen Hauptstadt schon so lange nicht hatte blicken lassen.

Jetzt wurde Nicole voll und ganz von der Ferienstimmung erfasst, verzehrte mit Genuss den kleinen Imbiss, der gereicht wurde, und bestellte sich zur Feier des Tages eine kleine Flasche Champagner.

Examen bestanden. Herzlichen Glückwunsch, Nicole! Sie trank mit Genuss.

Zwei Monate süßes Nichtstun lagen vor ihr. Was danach kam, war ihr jetzt noch ziemlich egal. Das Diplom als Übersetzerin hatte sie in der Tasche, kein Grund also, sich Sorgen zu machen. In diesem Bereich wurden qualifizierte Leute immer gesucht.

Viele Kommilitonen von ihr hatten sich schon frühzeitig um einen Job beworben, nicht so Nicole. Sie wusste noch nicht so recht, was sie tun wollte. Auch darüber wollte sie in den nächsten acht Wochen nachdenken. Dass ihr das Richtige einfiel, daran zweifelte sie nicht.

Sie war gespannt darauf, ob sie es genießen konnte, den Tag mit lauter angenehmen Beschäftigungen zu verbringen. Ob ihr das Büffeln nicht fehlte. Zur Vorsicht hatte sie einige Bücher im Koffer.

Sie nahm noch einen Schluck des köstlichen Getränks. Der Champagner brachte sie noch mehr in Ferien- und Erwartungsstimmung. Ihre Aufregung wuchs, je näher sie nach Süden kamen.

Gerade überflogen sie Lyon, und Minuten später kam auch schon die Küste in Sicht.

Glitzernd lag das Meer unter ihnen. Es schimmerte verheißungsvoll herauf, sodass Nicole direkt Lust bekam, in das nasse Element einzutauchen. Ab Lyon war der Himmel tiefblau.

Nicole öffnete ihre Handtasche und überprüfte ihr Make-up, das sie, wie üblich, sehr zart aufgetragen hatte. Sie wusste, dass sie Wimperntusche und Lidschatten heute wohl zum letzten Mal benutzt hatte. Das Zeug vertrug sich schlecht mit Salzwasser.

Und nach ein paar Tagen am Strand würde sie eine schöne natürliche Bräune haben, da brauchte sie solche kleinen Hilfsmittelchen nicht mehr.

In der Seitentasche steckte Lars' Bild. Nicole zog es hervor. Das Herz klopfte ihr bis zum Hals. Wie gut sie dieses markante Gesicht schon kannte! Wie oft hatte sie sich das Foto angeschaut!

Leider hatte Christian es auch irgendwann bei ihr gesehen und seine ironischen Bemerkungen nicht zurückgehalten. Nicoles Miene verdüsterte sich bei der Erinnerung daran.

Dieser Mensch konnte einfach nicht einsehen, dass sie beide überhaupt nicht zueinander passten. Sie hätte sich so oder so von ihm getrennt, einfach weil sie erkannt hatte, dass ihr das Zusammensein mit ihm nichts brachte, nur Ärger und ständige Auseinandersetzungen wegen Kleinigkeiten, dazu noch eifersüchtige Beschimpfungen.

Vergiss Christian, befahl sie sich. Richte die Gedanken nach vorn – auf die Ferien, auf eine aufregende Zeit. Und vielleicht auf eine neue Liebe.

Nicole schaute hinunter. Die Berge kamen näher. Die Maschine flog vom Meer her den Flughafen an. Unten war schon das Flughafengebäude zu erkennen.

Lars hatte sie gestern kurz angerufen, um ihr zu sagen, dass er sie abholen würde. Wenn sie an seine Stimme dachte, verstärkte sich das Kribbelgefühl in der Magengegend noch. Tief und voll hatte sie geklungen.

Die Boeing machte eine Schleife, sackte noch tiefer – und setzte schließlich weich auf der Piste auf. Nicole lehnte sich zurück.

»Wir sind soeben in Ajaccio gelandet«, erklärte die freundliche Stewardess. »Die Temperatur beträgt achtundzwanzig Grad. Wir hoffen, Sie hatten einen angenehmen Flug mit uns. Kapitän Chevalier und seine Mannschaft bedanken sich herzlich, dass Sie unsere Gäste waren. Wir wünschen Ihnen einen angenehmen Aufenthalt auf Korsika.«

***

Lars stand an der kleinen Kaffeebar im Flughafengebäude und schlürfte bereits seinen dritten Espresso. Schließlich schob er die geleerte Tasse von sich weg. Als ob er nicht schon genug Herzklopfen hätte!

Als die Ankündigung kam, dass soeben die Air-France-Maschine, Flug Nummer zweihundertelf gelandet war, zahlte er hastig und stellte voller Schreck fest, dass seine Hände leer waren.

Dabei hatte er doch die letzte halbe Stunde einen Blumenstrauß mit sich herumgetragen. Wo mochte er den nur hingelegt haben?

Suchend schaute Lars sich um. Er lief nach oben auf die Terrasse. Dort hatte er eine Weile in der Sonne gesessen, war dann aber wieder in das kühlere Gebäude zurückgegangen.

Da lagen sie, seine Blumen, die er heute früh in einem Laden auf dem *Cours Napoleon* erworben hatte. Aber wie sahen sie aus! Traurig und angewelkt ließen sie sich hängen. Lars nahm sie trotzdem an sich, eilte auf die Herrentoilette und bespritzte sie ein wenig mit Wasser.

Bei dieser Gelegenheit prüfte er noch einmal sein Aussehen im Spiegel. Das Kinn war glatt rasiert – zum ersten Mal seit vielen Tagen. Das weiße T-Shirt mit den weit angeschnittenen Ärmeln stand ihm gut. Er hatte es sich extra für diesen Anlass gekauft. Ebenso die Leinenhose und die Sandalen.

Bis jetzt hatte er sich mit Jeans begnügt und zwei verschlissenen T-Shirts, die er im Meer wusch und die schon ganz ausgebleicht waren.

Aber da er nicht sicher sein konnte, wie Nicole auf so legere Kleidung reagierte, hatte er sich besser angezogen, obwohl er das eigentlich gar nicht mochte.

Auch war er dem Rat seines korsischen Freundes Ange gefolgt und hatte bei ihm übernachtet. Er hatte sich geduscht, Anges Rasierwasser benutzt – und sogar ein paar Tropfen seines Herrenparfums, das ebenfalls im Bad seines Freundes stand.

Nun duftete er gut, sah gut aus, war ordentlich gekleidet – um nur ja von Anfang an einen bleibenden Eindruck auf Nicole zu machen.

Ange war wirklich ein guter Freund. Sogar seinen Renault hatte Lars sich ausleihen dürfen, aber den hatte Ange ihm ohnehin von Anfang an angeboten. Denn er selbst fuhr einen italienischen Sportwagen mit zweihundert PS und litt offensichtlich darunter, diesen »Feuerofen« auf der Insel niemals ausfahren zu können.

Es gab nur wenig gute Straßen, geschweige denn Autobahnen. Im Osten, auf der Strecke zwischen Bastia und Porto Vecchio, konnte man die Tachonadel schon mal auf hundert treiben, aber auch nur für kurze Zeit.

Lars kam wieder in die Wirklichkeit zurück. Wie würde Nicole auf ihn reagieren?

Gleich wirst du es wissen, sagte er sich. Er verließ die Toilette und ging zur Ankunftshalle hinüber.

Durch die großen Glasscheiben sah er, wie die ersten Passagiere über die Rolltreppe ins Freie traten. Sein Herz klopfte immer erwartungsvoller, sehr zu seinem Ärger.

Wenn sie sich nun nicht mochten? Er hätte so viel Vorfreude und Spannung gar nicht zulassen dürfen. Die Enttäuschung würde um so größer sein.

Es war eben doch etwas anderes, einem Menschen leibhaftig gegenüberzustehen, als mit ihm zu korrespondieren.

Er erkannte Nicole sofort. Keine Frage, das war sie!

Sie lächelte – wie auf dem letzten Foto, das sie ihm geschickt und das sie in einem äußerst knappen Tanga gezeigt hatte.

Ihm war das Blut ganz schön in Wallung geraten. Eine wunderbare Figur hatte sie – und sie schien das auch genau zu wissen.

Nicole kam näher. Sie steuerte direkt auf ihn zu.

»Hallo, Lars«, sagte sie. Ihre Stimme klang munter, doch er spürte sofort, dass sie genau so aufgeregt war wie er.

»Hallo, Nicole! Herzlich willkommen auf Korsika.«

Sie reichten sich die Hände, verharrten einen Moment, dann beugte Nicole sich vor und küsste Lars nach französischem Brauch rechts und links auf die Wange.

»Schließlich sind wir gute Bekannte«, kommentierte sie diese Begrüßung.

Der Bann war gebrochen. Lars drückte sie kurz an sich und machte aus seiner Aufregung keinen Hehl.

»Ich bin froh, dass du da bist«, murmelte er an ihrem Ohr. »Lange hätte ich diese nervliche Belastung nicht mehr ausgehalten.«

Nicole lachte. Lars konnte gar nicht aufhören, sie anzuschauen und sich zu freuen. Er fühlte sich wie ein kleiner Junge, der feststellte, dass dieses Jahr Weihnachten, Ostern und Geburtstag zusammenfielen.

Nicole schnupperte. »Sogar hier im Flughafengebäude riecht man das Meer. Ich kann es kaum erwarten, mich hineinzustürzen. Von oben hat es schon so verlockend ausgesehen.«

Sie gingen langsam zum Gepäckband. Es dauerte eine Weile, bis die ersten Koffer erschienen.

Immer wieder betrachtete Lars Nicole von der Seite. Kaum zu glauben, dass sie sich auf Anhieb so sympathisch waren. Unfassbar, aber wahr. Eine herrliche Zeit lag vor ihnen.

»Ist das dein Wagen?«, fragte Nicole, als er auf den Renault zusteuerte.

»Nein. Der gehört Ange, meinem Freund. Bisher habe ich keinen Wert auf dieses umweltverschmutzende Ding gelegt. Aber jetzt können wir ihn benutzen, wenn wir wollen. Bestimmt willst du dir die nähere Umgebung anschauen.«

»Ja. Ich kenne Korsika nur aus Büchern.« Wieder lachte Nicole. »Wie es in Wirklichkeit aussieht, weiß ich nicht.«

»Das verhält sich ja so ähnlich wie mit uns beiden«, meinte er und grinste.

Sie stiegen ein, nachdem Lars das Gepäck verstaut hatte.

»Mit uns beiden?«, wiederholte sie. Ihre Augen leuchteten. »Das ist doch etwas anderes. Wir kennen uns doch schon ewig. Du bist genau so, wie ich dich mir vorgestellt habe.«

Lars wandte sich ihr zu und legte den Arm um ihre Schultern. »Nicole«, sagte er rau.

Da hupte es hinter ihnen. Ein Taxifahrer lehnte sich zum Wagenfenster heraus und machte unübersehbare Drohgebärden.

»Du stehst auf dem für Taxis reservierten Platz«, stellte Nicole fest.

»Der soll sich nicht so anstellen«, brummte Lars. Doch dann ließ er sie los und startete den Wagen.

***

Die Wirtin Pauline Rocca sah ihren Sohn strafend an, dann seufzte sie. Kaum hatte sie die Pension mal für kurze Zeit seiner Obhut überlassen, da häuften sich auch schon die Pannen.

»Wie kann ein einzelner Mensch nur so viel Mist machen!«, schimpfte sie. »Wie konntest du das Einzelzimmer vermieten? Das war doch für Mademoiselle Lang reserviert, schon seit Wochen! Jetzt muss ich ihr ein Doppelzimmer geben – zum gleichen Preis! Wenn nun noch ein Paar kommt und ein Zimmer haben will, muss ich die Leute wegschicken. Lucien, du bist ein Dummkopf.«

Lucien schielte zum Hauseingang. »Kann ich jetzt gehen, Mama? Ich habe noch was zu erledigen.«

»Was du schon erledigen nennst«, zischte Pauline ärgerlich. »Du willst doch nur wieder mit deinen Freunden in der Gegend herumknattern und Touristinnen am Strand anquatschen.«

»Mama, bitte!«

»Hau schon ab. Seit dein Vater tot ist, machst du ja doch, was du willst. Du brauchst eine starke Hand. Die hab ich nicht. Gott sei's geklagt. Aber vielleicht finden wir nochmal jemanden, der dich zur Räson bringt.«

Lucien war längst draußen. Er hörte die Worte seiner Mutter nicht mehr.

Als das Geknatter seines Motorrads bis in die Rezeption drang, seufzte Pauline auf. Vielleicht sollte sie doch Xaviers Werbung annehmen und ein zweites Mal heiraten. Xavier hatte einen Lebensmittelladen, den er verkaufen wollte. Den Erlös des Geldes wollten sie in Umbauten stecken und vielleicht sogar ein Restaurant eröffnen. Das kleine Hotel allein warf nicht sonderlich viel ab.

Draußen war das Klappen von Autotüren zu hören. Stimmen erklangen, junge, fröhliche.

»Guten Tag. Madame Rocca? Ich bin Nicole Lang.«

»Herzlich willkommen, Mademoiselle. Wie gefällt Ihnen unsere schöne Insel?«

»Ganz wunderbar. Ich finde es toll hier. Und das Wetter ist einfach super. In Paris hat es seit vier Tagen fast ununterbrochen geregnet. Können Sie sich das vorstellen?«

Pauline Rocca schüttelte den Kopf. »Gott bewahre uns vor solchem Unglück. Dann liefen uns die Touristen weg. Kommen Sie. Ich zeige Ihnen Ihr Zimmer.«

Sie bedachte den hochgewachsenen blonden Mann an der Seite ihres neuen Gastes mit neugierigem Blick. Kam Mademoiselle Lang doch nicht allein? Das änderte natürlich alles.

»Sie brauchen ein Doppelzimmer, nicht wahr?«

»Also, ich ...« Nicole brach ab, war sich aber nicht im Klaren, warum.

»Kommen Sie. Ich hab ein wunderschönes. Das schönste im ganzen Haus. Mit Balkon. Das Einzelzimmer hat längst nicht so eine herrliche Aussicht. Und es kostet gar nicht so viel mehr. Im Prinzip ist es immer billiger als ein Einzelzimmer.«

Nicole ging hinter der Frau her. Das Doppelzimmer war wirklich schön.

»Wir nehmen es«, entschied Lars. »Vielen Dank, Madame.«

»Wenn Sie etwas brauchen, Sie finden mich in der Rezeption. Wenn ich da nicht bin, klopfen Sie an die Tür mit der Aufschrift ›Privat‹.« Die Wirtin zwinkerte den beiden zu. »Also dann, viel Spaß.«

Nicole warf ihre Handtasche auf das breite Doppelbett, als sie mit Lars allein war. »Eigentlich hatte ich ja ein Einzelzimmer bestellt ...«

»Keine Sorge wegen der Kosten, Nicole. Die teilen wir uns. Ich verdiene im Augenblick genug mit meinem Job.«

»Hast du denn hier kein Zimmer?«, fragte Nicole.

Lars lächelte schief. »Hin und wieder schlafe ich bei einem Freund. Ansonsten am Strand.«

Nicole riss entsetzt die Augen auf. »Am Strand?«

»Ja. Dort schläft man wunderbar. Die Wellen singen dir ein Lied zum Einschlafen. Die Luft ist frisch und gut. Der Sand als Unterlage warm und angenehm. Soll auch gut gegen Rheuma sein, hab ich mir sagen lassen.«

Nicole lachte. »Du siehst nicht so aus, als ob du damit zu tun hättest.«

»Du wirst erleben, wie herrlich eine Nacht am Strand ist.«

Sie sahen sich in die Augen. Nicole glaubte plötzlich, dass sich das Zimmer um sie drehte. »Ich muss ein paar Sachen auspacken«, murmelte sie.

Lars griff nach ihr. »Nicole«, sagte er mit belegter Stimme und zog sie an sich.

Sie spürte, wie sie in seiner Nähe willenlos wurde, sich gegen seine zärtlichen Hände nicht wehren konnte. Sie legte ihr heißes Gesicht an seine Brust. Dann endlich schaute sie zu ihm auf.

Sein Mund kam näher. Sie küssten sich. Langsam und vorsichtig schob sich seine Zunge zwischen ihre Lippen, tastete sich suchend vor, um dann endlich ihre zu treffen.

Nicole stöhnte auf und drückte sich an ihn. Ihre Arme schlangen sich um seine Taille. Und als sie seine Erregung spürte, wusste sie, wie sehr er sie begehrte.

Ein Klopfen an der Tür ließ sie auseinanderfahren. Es war Pauline, die wissend lächelte und ihnen eine Flasche Schaumwein und zwei Gläser brachte.

»Wohl bekomm's«, sagte sie. »Normalerweise ist das nicht im Preis. Nur bei Gästen, die länger als einen Monat bleiben.«

Lars öffnete die Flasche.

»Ich bin gleich betrunken«, meinte Nicole. »Ich habe im Flugzeug schon ...«

»Einen Schluck nur. Dann gehen wir zum Strand. Ich habe leider noch zu tun.«

Nicole war ein bisschen enttäuscht. Gleichzeitig aber wurde die Spannung in ihr wieder erhöht. Auch eine schöne Empfindung, dachte sie.

***

»Wo bleibt denn unser Surflehrer heute?«, fragte Danielle ihre Freundin Christine. Die beiden Badeschönheiten lagen mit nacktem Oberkörper im heißen Sand und langweilten sich. »Schließlich waren wir für zwei Uhr verabredet, oder?«

»Er wird aufgehalten worden sein«, meinte Christine. »Bis jetzt haben wir uns immer auf ihn verlassen können. Er kommt schon. Wart's ab.«

Damit hatte sie recht. Doch zur Enttäuschung der beiden kam Lars nicht allein, sondern in Begleitung einer Frau.

»Die ist neu«, zischte Danielle, als sich die beiden bis auf wenige Schritte genähert hatten. »Ist ja noch ein richtiges Bleichgesicht.«

»Aber tadellose Figur«, flüsterte Christine, während sie Lars entgegenlächelte.

»Hallo, ihr beiden!«, sagte Lars. »Warum habt ihr in der Zwischenzeit nicht ein bisschen geübt?«

»Und wer zieht uns aus dem Wasser?« Danielle stand auf.

Sie klopfte sich den Sand von Bauch und Oberschenkeln. Dann schaute sie Nicole herausfordernd an. Selbst ihre erigierten Brustwarzen hatten etwas Provozierendes an sich.

Nicole starrte auf die wohlgeformten Brüste der ungefähr Gleichaltrigen. Dann warf sie Lars einen verstohlenen Seitenblick zu, doch der schien weit davon entfernt zu sein, sich von einem so hübschen Busen verführen zu lassen. Er schaute Danielle nur ins Gesicht.

»Darf ich vorstellen? Nicole, meine Freundin aus Paris. Das sind Danielle und Christine, zwei meiner Schülerinnen. Sie wollen das Surfen lernen, haben bis jetzt aber noch nicht sehr große Fortschritte gemacht.«

Danielle gab Nicole etwas widerwillig die Hand. Christines Begrüßung war freundlicher. Nicole breitete ihre Badematte aus.

»Surfst du auch?«, wollte Christine wissen.

»Ja«, erwiderte Nicole.

Lars wusste das natürlich aus ihrem Briefwechsel. Er war gespannt darauf, wie sie mit dem Segelbrett umging.

Nicole streifte ihre Shorts herunter, die recht weit war und mit einem breiten Gürtel in der Taille zusammengehalten wurde. Dann zog sie die weite, schlabbernde Seidenbluse über den Kopf. Ihr Bikini war atemberaubend, von sehr raffiniertem Schnitt das Oberteil.

Sie hatte sich vorher durch geübten Rundblick davon überzeugt, dass die Frauen hier am Strand alle oben ohne badeten. Sie spürte Lars' Blick auf sich gerichtet, wandte sich um und schaute ihm tief in die Augen.

Dabei glitten ihre Hände nach hinten, um den Verschluss zu lösen. Sie ließ den winzigen Fetzenstoff sinken und entblößte zwei vollkommen gerundete Brüste.

Lars schluckte. Das war mehr, als er verkraften konnte. Sein Körper reagierte heftig. Schnell murmelte er etwas von »Abkühlung« und hechtete mit großen Sätzen ins Wasser.

Nicole legte sich ihre Sonnenmilch und eine Zeitschrift zurecht.

Danielle musterte sie neugierig und auch etwas giftig. »Bleibst du lange?«, war das Erste, was sie interessierte.

»O ja.« Nicole seufzte und streckte sich genüsslich in der Sonne aus. »Zwei Monate.«

»Zwei Monate?«, entfuhr es Danielle. Schlagartig wurde ihr klar, dass sie dann keine Chance mehr bei Lars hatte. »Kennst du Lars schon lange?«

»Ja. Zwei Jahre.«

Alle Fröhlichkeit wich aus Danielles Gesicht. Das war also der Grund dafür, dass sie sich seit einer Woche vergeblich bemühte, den gutgewachsenen Schweden in ihre Netze zu bekommen. Der aber war standhaft geblieben. Wahrscheinlich, weil er Komplikationen zwischen ihr und seiner Dauerfreundin von vornherein vermeiden wollte.

Danielle musterte die Rivalin und musste im Stillen zugeben, dass die andere eine noch bessere Figur hatte. Deren Brüste waren üppiger, die Taille dennoch unglaublich schmal. Und die langen Beine schienen auch ziemlich makellos, soweit Danielle das auf den ersten Blick feststellen konnte.

»Pass auf, dass du keinen Sonnenbrand bekommst!«, mahnte Christine, die der Neuen gegenüber etwas freundlicher gesonnen war. »Wenn du willst, creme ich dir den Rücken ein.«

»Oh, wie lieb von dir.« Nicole reichte ihr die dunkelbraune Flasche.

In diesem Moment kam Lars aus dem Wasser. Wassertropfen glitzerten auf seiner bronzefarbenen Haut.

Nicole betrachtete ihn. Selten hatte sie einen so gutgebauten männlichen Körper gesehen. Sie war verliebt wie noch nie. Was daraus werden sollte, wusste sie noch nicht, wollte sich auch gar keine Gedanken machen. Sie wollte die vor ihr liegenden zwei Monate genießen, und je früher sie damit begann, um so besser.

Lars sah ihr in die Augen, während sie sich von Christine den Rücken massieren ließ. Und beide, Lars und Nicole, hatten denselben Gedanken. Und sie wussten es. Wären es doch seine Hände, die sie berührten, streichelten und so massierten!

Seufzend wandte Nicole sich zu Christine um. »Vielen Dank. Nett von dir. Soll ich dich auch?«

»Nein, nicht nötig. Ich bin ja schon braun.«

Dem musste Nicole neidvoll zustimmen.

***

Danielle bemühte sich, das Segel in die gewünschte Richtung zu drücken. Doch heute gelang ihr gar nichts. Das war ja auch kein Wunder!

Dass Lars mit einer anderen daherspaziert kam, hatte ihr einen ziemlichen Schock versetzt.

»Herrgott nochmal!«, rief Lars ziemlich ungeduldig. »Das konntest du gestern doch schon ganz gut und vorgestern.«

Danielle stand schwankend auf dem leicht schaukelnden Surfbrett. Es fehlte ihr einfach die Kraft, das Segel, das auf dem Wasser lag, hochzuziehen. Zweimal war sie schon wieder ins Meer gefallen und ärgerte sich schrecklich darüber, weil sie wusste, dass einige Leute am Strand ihr zuschauten.

Lars trat hinter sie. Seine Hände berührten sie an der Schulter.

»Du musst noch mal die Balance einüben«, sagte er. »Du darfst das Gleichgewicht nicht verlieren. Aber das hat man doch im Gefühl, wenn ...«

»Ja, ja, schon gut«, fuhr Danielle ihm über den Mund. Dann nahm sie seine Hand und legte sie auf ihre nackte Brust. »Lars«, hauchte sie. »Fass mich an, bitte! Ich kann es kaum noch erwarten.« Das war mehr, als sie sich jemals einem Mann gegenüber gestattet hätte.

»Willst du surfen lernen oder was?«, erwiderte Lars bewusst grob. »Für erotische Abenteuer ist jetzt keine Zeit. Immerhin hast du für eine ganze Stunde bezahlt.«

»Eben!«, stieß sie wütend hervor. »Und dafür kann ich etwas verlangen, oder?«

»Ja. Nämlich, dass der Surflehrer versucht, dir alles über diesen Sport beizubringen. Doch der Lehrer selbst ist nicht käuflich.« Lars grinste.

»Scheusal!«, zischte Danielle.

»Auch gut. Also jetzt, hopp rauf aufs Brett. Und diesmal mit etwas mehr Fingerspitzengefühl, wenn ich bitten darf. Oder willst du mich unbedingt blamieren?«

Danielle bedachte ihn mit einem vernichtenden Blick und schickte sich an, auf das Surfbrett zu klettern. Zum dritten und zum letzten Mal, schwor sie sich. Wenn es wieder daneben geht, werde ich für heute aufhören.

Lars achtete nicht auf sie. Er sah, dass Nicole in einigen Metern Entfernung mit seinem Kumpel Jean-Claude sprach, der ihr half, ein Brett ein paar Meter über den Strand zu tragen. Das Segel warf er ihr nach. Es platschte auf dem Wasser auf. Nicole steckte es in die Vorrichtung.

Dann stieg sie auf – und sie machte das um Noten eleganter als Danielle. Es war wunderbar anzuschauen, mit welcher Leichtigkeit sie das Segel hochzog, den Griff packte und davonglitt.

»Einsame Klasse«, murmelte Lars vor sich hin und konnte sich ein Grinsen nicht verkneifen, als Danielle mit einem wütenden Schrei wieder ins Wasser fiel.

***

Nicole hatte sich geduscht und das Haar gewaschen. Während sie es trocken föhnte, überlegte sie, was sie anziehen sollte.

Der erste Abend mit Lars! Er hatte sie zum Essen eingeladen, war aber vom Strand aus nicht mit ihr in die Pension zurückgekommen. Angeblich musste er noch etwas mit seinem Freund Ange besprechen.

Sie betrachtete ihre leicht gerötete Haut. Wenn sie vorsichtig war beim Sonnenbaden, würde sie in wenigen Tagen so aussehen wie Danielle und Christine.

Es war ihr nicht entgangen, dass die blonde Danielle es auf Lars abgesehen hatte. Ob die beiden wohl etwas miteinander gehabt hatten?

Eifersucht stieg in ihr hoch. Doch dann beschloss sie, vorerst nur das für sie Angenehmste zu glauben. Und das hieß, dass Lars kein Interesse an Danielle hatte.

Er kam pünktlich, wie er es versprochen hatte. Er trug die gleichen Sachen wie am Vormittag, doch Nicole sah sofort, dass er sein Haar gewaschen hatte. Es bildete einen atemberaubenden Kontrast zu seiner dunkelbraunen Gesichtshaut.

»Fertig?«

»Ja. Wir können gehen.« Nicole verspürte bereits ziemlich großen Hunger. »Wohin entführst du mich?«, fragte sie.

Er warf ihr einen liebevollen Blick zu. »Ins Restaurant Lido«, erwiderte er. »Dort gibt es die besten Fischgerichte.«

Sie wurden von einem freundlichen Kellner, der Lars allem Anschein nach kannte, zu ihrem Platz geführt. Ein Tisch in einer kleinen Nische, draußen auf der Terrasse, einige Meter über dem Meer. Die Lichter des Golfes von Ajaccio grüßten herüber.

Nicole war beeindruckt. Was für ein wundervoller Abend! Spontan fasste sie nach Lars' Hand. »Ich bin glücklich«, sagte sie leise. »Ich fühle mich so wohl wie schon seit Langem nicht mehr. Die Insel, das Meer, die Sonne, die herrliche Luft – und du! Ich glaube, ich bin heute im Paradies angekommen.«

»Noch nicht ganz«, erwiderte er und zog ihre Hand an die Lippen.

Nicole hielt unwillkürlich den Atem an. Ihre Blicke trafen sich mit einer Sehnsucht, die sie ganz schwindelig machte. Um sie herum gab es nichts mehr, nur noch Lars' Augen.

Der Kellner kam und brachte die Karten. »Du brauchst nur eine Vorspeise auszuwählen«, erklärte Lars mit einem spitzbübischen Lächeln. »Ich habe mir erlaubt, Langusten zu bestellen. Ich hoffe, du magst das?«

»Aber ja!« Nicole betrachtete seinen Mund und wünschte sich nichts sehnlicher, als diese Lippen auf ihren zu spüren. »Ist das nicht zu teuer?«

»Ein Surflehrer verdient nicht schlecht. Die Saison ist zwar nur kurz, aber ich kann es mir heute Abend leisten, sonst hätte ich dich in eine Pizzeria geführt.«

Als Vorspeise bestellten sie pochierten Lachs mit Rotweinsoße und grünem Pfeffer, anschließend eine normannische Muschelsuppe.

»Das ist aber keine korsische Küche!«, stellte Nicole fest. Ihr Wohlgefühl wurde durch das wunderbare Essen nur noch verstärkt. Natürlich wurde zu diesen Köstlichkeiten Champagner getrunken.

»Nein! Aber die wirst du auch noch kennenlernen«, antwortete Lars. »Du bist erst einen Tag hier. Also Geduld, schöne Frau! Die korsische Küche ist deftiger, der italienischen verwandt. Korsisch isst man am besten bei Marie. Sie hat ein kleines Lokal außerhalb der Stadt. An einem der nächsten Abende werden wir hinfahren.«

Zum Abschluss aßen sie Himbeereis-Parfait. Trotz des Genusses, den Nicole beim Essen verspürt hatte, fühlte sie sich nicht übersättigt.

»Und nun einen kleinen Spaziergang am Meer?«, schlug Lars vor.

»O ja, gern. Das wäre schön.«

Lars zahlte. Als Nicole sich beteiligen wollte, wehrte er ab. »Heute nicht. Du bist mein Gast.«

Sie ließ ihn gewähren, obwohl sie ein schlechtes Gewissen hatte.

Meistens fand Lars so einträgliche Jobs wie den eines Surflehrers nur in Sommermonaten. Natürlich schnitt sie dieses Thema nicht an. Sie würden noch genug Zeit haben, über alles zu sprechen. Heute Abend wollte sie jede Minute genießen, an seiner Seite, in seinen Armen.

Schweigend gingen sie am Strand entlang. Die Wellen plätscherten leise, obwohl eine stärkere Brise aufkam.

Lars hatte den Arm um Nicoles Schultern gelegt. Sie fühlte sich rundum wohl und geborgen. Die Sterne am Himmel strahlten, und sie staunte, wie gut man sie hier sehen konnte.

Schließlich gingen sie zum Auto. Lars fuhr zur Pension zurück. Nicole schaute ihn an. Er hielt ihrem Blick stand. Keiner von beiden sprach. Sie verstanden sich auch so. Einer spürte das Begehren des anderen.

Lars schloss den Wagen ab und folgte Nicole in das Zimmer. Sie zündete die kleine Stehlampe an und ließ ihre Tasche achtlos auf den Boden fallen.

Da stand Lars auch schon hinter ihr. Seine Hände fuhren über ihre nackten Schultern. Nicole spürte seine heißen Lippen auf ihrem Hals und zitterte vor Erregung.

Aufstöhnend wandte sie sich um und umschlang ihn. »O Lars!«, murmelte sie.

»Wir haben es zu eilig. Die Sehnsucht ist so stark.«

»Wir wollen trotzdem versuchen, uns Zeit zu lassen«, erwiderte er leise. »Wenn ich auch zugeben muss, dass es mir schwerfällt.«

Er streifte die Träger ihrer Bluse herunter, drückte sie sanft aufs Bett und zog ihr das Kleidungsstück über den Kopf. Dann lag sie vor ihm, so schön, wie er es sich nicht erträumt hatte.

Zart, fast ein bisschen scheu, tasteten seine Hände über ihren Hals, glitten tiefer, berührten ihre Brüste.

Ein klagender Laut kam von ihren Lippen. Lars beugte sich über sie und küsste sie auf den Mund. Dann nahmen seine Lippen den gleichen Weg wie vorher seine Hände.

Nachdem er sie eine Weile liebkost hatte, nestelte er am Verschluss ihres dünnen Rockes herum. Nicole half ihm, weil er allein nicht zurechtkam.

Zu seinem Entzücken trug sie darunter nur ein Höschen. Andächtig fast betrachtete er das seidig schimmernde Dreieck, bevor er wagte, sie auch dort zu berühren. Schnell gaben ihre Schenkel seinem leichten Druck nach. Gleich darauf fiel das Höschen zu Boden.

Lars streichelte Nicole gefühlvoll und aufreizend. Wo hat er das nur gelernt?, schoss es Nicole durch den Kopf. Sie brannte lichterloh und war nur noch von dem Verlangen gefüllt, ihn in sich zu spüren.

Lars richtete sich auf und zog sich mit wenigen Handgriffen aus. Der Anblick seines nackten Körpers nahm Nicole fast den Atem. Alles wurde unwichtig in diesem Moment. Sie wollte ihm gehören, sich ihm öffnen, wie sie sich noch nie einem Mann geöffnet hatte.

Lars setzte sein zärtliches Liebesspiel fort. Auch Nicole begann ihn zu streicheln. Und sie hörte an seinen stöhnenden Lauten, dass sie es so machte, wie es ihm gefiel.

Endlich glitt er in sie hinein und begann, sich sanft und rhythmisch in ihr zu bewegen. Mühelos fand sie seinen Takt. Sie hielt ihn fest umschlungen, drückte sich an ihn und strich über seinen muskulösen Rücken. Nicole keuchte vor Lust. Sie konnte nicht anders, sie musste ihre Empfindungen herauslassen. »Oh, Lars, Lars!«

»So ist es gut, Liebste«, murmelte er.

Als es soweit war, wurde ihr nicht bewusst, dass sie schrie. Und dass sie vor Glück weinte, merkte sie erst, als Lars ihr sanft und zärtlich die Tränen von den Wangen küsste.

Eine so wundervolle Vereinigung hatte sie noch nie erlebt. Dazu musste sie sechsundzwanzig Jahre alt werden!

Nicole hatte gehofft, dass es so sein würde zwischen ihnen. Jetzt erlebte sie die Liebe. Eine wunderbare, großartige Liebe.

Und doch empfand sie auch ein nie gekanntes Gefühl von unbestimmter Wehmut. Sie hatten also recht, die großen Dichter, die sagten und schrieben, dass Wollust und Schmerz, Liebe und Trauer, Glück und Traurigkeit dicht beieinander lagen.

Schluchzend drehte sie sich auf die Seite. Lars drückte sich mit seinem warmen Körper an sie. Und schon fühlte sie wieder die ihr schon bekannte Geborgenheit.

Nicole liebte ihn dafür, dass er mit ihr im Sturm der Leidenschaft davonflog, sie aber dennoch mit seinen starken Armen festhielt. Ihr konnte bei ihm nichts passieren.

***

Brigit Duval schüttelte immer wieder den Kopf. Nicole war verrückt geworden. Ganz eindeutig.

Einen so schwärmerischen Brief hätte sie ihrer sonst so realistischen Freundin nicht zugetraut. Wie sie von diesem Lars schrieb – wie eine Schülerin, die in glühender Verehrung für ihren Lehrer nicht die richtigen Worte fand.

»Mädchen, du spinnst!«, sagte Brigit laut vor sich hin und schob sich zur Beruhigung ein feines Praliné in den Mund.

Hundert Gramm hatte sie davon heute bei Fauchon gekauft. Zwei waren nur noch übrig.

Sie ließ den Brief ihrer Freundin sinken und legte sich aufs Bett. Ihre Hände tasteten den Leib ab – und zu ihrem Kummer stellte Brigit fest, dass die Beckenknochen schon nicht mehr zu fühlen waren. Vor lauter Ärger über ihre dickmachende Naschsucht nahm sie gleich noch eine süße Köstlichkeit, nachdem sie sich wieder aufgesetzt hatte.

Warum gelang es ihr nicht, auch so schlank zu sein wie Nicole? Sie brachte es einfach nicht fertig, an den Auslagen der Konditoreien vorbeizugehen. Dabei hatte sie sich so fest vorgenommen, bis zum Sommer mindestens zehn Pfund abzunehmen. Nun musste sie feststellen, dass ihr Plan nicht gelungen war.

O ja, sie hatte auch Lust, zwei oder drei Wochen nach Korsika zu fliegen. Nicole schilderte die Schönheiten dieser Insel – neben den Vorzügen des »göttergleichen« Lars – so anschaulich, dass sie wirklich Appetit bekam. Auf die Insel, natürlich.

Kurz entschlossen rief Brigit ihren Vater in Nantes an, wo er ein Schuhgeschäft hatte. Es dauerte eine Weile, bis die Verkäuferin ihn an den Apparat geholt hatte.

»Hallo, Papa, hier Brigit. Wie geht es euch?«

»Danke der Nachfrage. Gut. Dir auch, hoffe ich.«

»Es geht so. Ständig regnet es. Ich bin schon ganz krank. Außerdem langweile ich mich, meinen Job kann ich erst nächsten Monat anfangen.«

Brigit hatte ihr Diplom als Übersetzerin zusammen mit Nicole gemacht und konnte bei einem Verlag anfangen. Ihr Papa war sehr freigiebig gewesen und hatte ihr Geld für einen eigenen gebrauchten Wagen geschickt. Den hatte sie auch gekauft. Leider war das Geld völlig draufgegangen, sodass an eine Spritztour an die Atlantikküste nicht mehr zu denken war.

»Wie bist du mit dem Wagen zufrieden?«, wollte Monsieur Duval von seiner Tochter wissen.

»Ganz gut. Ich glaube, ich habe einen guten Griff getan.«

»Versteht dein Freund etwas von Autos?«

»Hat er jedenfalls gesagt«, gab Brigit zurück. »Wie geht's Mama?«

»Gut. Gibt's was Neues?«

»Ich möchte gern verreisen, hab aber kein Geld mehr. Könntest du ...«

»Schon wieder!«, rief Monsieur Duval aufgebracht. »Du hast doch gerade erst den Scheck bekommen. Wenn Mama das hört!«

»Ach, bitte! Du brauchst ihr doch nichts zu sagen. Ich würde Nicole so gern besuchen. Ein Flug nach Korsika ist nicht so teuer, und bestimmt finde ich dort eine billige Pension. Papa! Du bist der liebste, der wunderbarste Mensch auf der Welt.«

Robert Duval schmunzelte gerührt vor sich hin, doch er ließ sich von den honigsüßen Worten nicht täuschen. Brigit wollte was von ihm. Dazu war ihr jedes Mittel recht.

»Gut«, meinte er und gab sich Mühe, streng zu klingen. »Ich schicke dir nochmal eintausend Euro. Die müssen aber reichen. Und das ist der letzte Scheck für dieses Jahr, verstanden? Es wird Zeit, dass du endlich selbst dein Geld verdienst. Wozu habe ich diese lange Ausbildung finanziert?«

»Ist ja gut. Bald verdiene ich ja mein erstes Geld. Dann kaufe ich dir ein wunderschönes Geschenk.«

Monsieur Duval räusperte sich ergriffen. »Schon gut, mein Spätzchen. Wann willst du fliegen?«

»Keine Ahnung. Ich muss erst ins Reisebüro. Ich ruf zurück. Wann wird der Scheck hier sein?«

»Ich schicke ihn noch heute ab.«

»Danke, Papa. Ich liebe dich wahnsinnig. Küsschen.«

»Küsschen«, murmelte Robert Duval ermattet und hängte ein.

Brigit aber sprang hoch wie von der Tarantel gestochen. Die letzte verlockend duftende Praline verschmähte sie. Sie hatte es schrecklich eilig, in das nächste Reisebüro zu kommen.

Enttäuscht musste sie sich sagen lassen, dass es gar nicht so einfach war, in der Hochsaison von heute auf morgen Hin- und Rückflug Paris – Ajaccio – Paris reservieren zu lassen. Erst in zwei Wochen konnte sie einen Flug bekommen, jedenfalls einen zum günstigen Wochenendtarif. Brigit buchte ohne Zögern, zahlte fünfzig Euro an und ging dann in das nächste Café.

Während sie die Menschen durch die großen Glasscheiben betrachtete – einige hatten immer noch Schirme aufgespannt, obwohl der Regen endlich mal aufgehört hatte – nahm sie sich fest vor, bis zu ihrem Abflugtermin mindestens fünf Kilo abzunehmen.

Sie konnte sich dann noch ein paar schicke Sachen kaufen, – auch einen neuen Bikini – und fände auf Korsika dann vielleicht auch einen tollen Mann wie Nicole.

Beschwingt von dieser Vorstellung eilte Brigit in den nächsten Supermarkt, kaufte Gurken, Radieschen und Tomaten, dazu ein Sträußchen Basilikum. Es wäre doch gelacht, wenn sie sich nicht endlich bewies, dass sie willensstark sein konnte.

Als sie zu Hause war, schrieb sie einen Brief an Nicole, kündigte ihr Kommen an und bat die Freundin, ihr ein Zimmer reservieren zu lassen.

Mit Appetit aß sie dann ihren Rohkostteller, trank dazu Mineralwasser und warf schließlich die teure Praline von Fauchon ins Klo, um jeglichen Rückfällen vorzubeugen.

***

Diesmal war es Nicole, die auf dem Flughafen auf die Maschine aus Paris wartete. Es wurde soeben eine Verspätung angekündigt.

Nicole setzte sich in eine ruhige Ecke, um sich in eine Modezeitschrift zu vertiefen. Doch dann beobachtete sie die Menschen, die an ihr vorbeigingen. Einige waren braun gebrannt und warteten offensichtlich auf ihren Rückflug nach Hause.

Die mussten wieder fort, sie konnte bleiben! Noch viele Wochen! Aber was war, wenn sie eines Tages auch wieder hier stand – mit Tränen in den Augen, um sich von Lars zu verabschieden?

Nicole starrte erschreckt vor sich hin. Ein paar Sekunden war sie wie gelähmt.

Sich von Lars trennen? Das war der reinste Albtraum. Aber welche Möglichkeiten hatten sie? Er war in Schweden zu Hause, wenn man überhaupt davon ausgehen konnte, dass er ein festes Zuhause hatte.

Lars Anderson zog in der Welt herum und fühlte sich dabei offensichtlich so wohl, dass es ihm gar nicht einfiel, irgendwo sesshaft zu werden.

Eine Lautsprecherdurchsage unterbrach ihre Grübeleien. Nicole stand auf, stopfte ihre Zeitschrift in die Strandtasche und vergaß, womit sie sich gerade noch sorgenvoll beschäftigt hatte.

Gleich würde Brigit vor ihr stehen. Sie freute sich auf die Freundin. Bestimmt gab es eine ganze Menge aus Paris zu berichten.

Wenig später entdeckte sie Brigit und konnte kaum glauben, dass das wirklich ihre Freundin sein sollte. Eine schlanke Blondine im supermodischen Sommerkleid eilte auf sie zu. Im nächsten Moment lagen sie sich in den Armen.

»Sag mal, was ist denn mit dir passiert? Der ganze Speck ist verschwunden«, wunderte sich Nicole.

Brigit freute sich. »Eiserne Disziplin. Ich habe fast Null-Diät gemacht. Nur noch Salat und Wasser. Hin und wieder Vitaminpillen und Eiweißdrinks. Ehrlich gesagt, ich bin über mein Durchhaltevermögen selbst erstaunt. Aber ich hatte einfach keine Lust, mich hier am Strand unter weiten Gewändern zu verstecken. Ich hab mir ein paar superschicke Bikinis gekauft. Du wirst noch ganz neidisch werden.«

»Die Oberteile kannst du ohnehin im Schrank lassen. Jede Frau, die was auf sich hält, zeigt sich hier oben ohne. Nur die Schüchternen bedecken sich. Und natürlich die Dicken.«

Als sie im Wagen saßen, musste Nicole von Brigit ihre gleichmäßige Bräune bewundern lassen.

Dann aber kam Brigit auf das zu sprechen, was ihr so am Herzen lag. »Was ist mit dir und Lars?«

Nicole schaute kurz zu ihr hin. »Was soll sein? Es ist alles so, wie ich dir geschrieben habe. Wir lieben uns. Es ist ein Wahnsinn. Ich kann mir überhaupt nicht mehr vorstellen, ohne ihn zu sein ...«

»Teufel – das sind starke Worte. Ein einziger Mann bringt das Kunststück fertig, dich total zu erobern? Na, ich bin wahnsinnig gespannt auf ihn.«

»Er sieht großartig aus. Alle Frauen möchten ihn haben. Wenn du manchmal die Blicke sehen könntest! Aber ich passe natürlich auf. Lars hat auch kein Interesse für andere.«

»Bist du sicher? Männer lieben doch die Abwechslung, denke ich.«

»Nicht Lars, das schwöre ich dir.«

»Er scheint ja wirklich super zu sein. Ist er so toll in der Liebe?«

»Du beziehst das gleich auf Sex. Das ist es nicht allein, glaub mir! Er und ich – wir sind füreinander wie geschaffen, in allen Bereichen. Es ist einfach herrlich mit ihm. Ich glaube, ich könnte mit Lars in der schäbigsten Hütte leben, auf alles verzichten ...«

»Du bist süß, Schätzchen! Du kommst ja ins Stottern, wenn du von ihm sprichst. Und rot wirst du auch noch.« Brigit lachte. Nicole stimmte ein.

In der Pension bekam Brigit das Einzelzimmer, das ursprünglich für Nicole vorgesehen war. Sie fand es annehmbar, auch wenn sie bedauerte, dass der Blick nach hinten raus ging.

»Das macht nichts, Brigit. Wir sind ohnehin den ganzen Tag unterwegs. Und die Abende natürlich auch. Es lohnt sich nicht, viel Geld in ein luxuriöses Zimmer zu stecken. Du wirst dich ohnehin kaum hier aufhalten«, tröstete Nicole sie.

»Du hast recht.« Brigit packte schnell ein paar Sachen aus. Als sie einen ihrer Bikinis angezogen hatte, präsentierte sie sich stolz Nicole und strich dabei aufreizend wie eine Stripteasetänzerin über ihre Hüften.

»Sag noch mal, wie schlank ich bin. Solche Komplimente sind Musik in meinen Ohren.«

Nicole nickte anerkennend. Brigit hatte sich wirklich angestrengt.

»Hoffentlich kann ich das beibehalten«, seufzte Brigit. »Ich will nie wieder Süßigkeiten in mich hineinstopfen. Außerdem liest man ja auch immer, dass das gar nicht gut sein soll für den Organismus.«

»Vielleicht brauchst du nie mehr süße Sachen, wenn du verliebt bist«, meinte Nicole nachdenklich. Dann besann sie sich. »Nun komm!«

»Ich verliebe mich nicht mehr. Das habe ich mir nach der Sache mit Charles geschworen. Dieses Ekel. Aber so sind sie alle. Glaub mir, ich weiß Bescheid!«

Natürlich erwiderte Nicole nichts auf diese Behauptung.

Unten an der Rezeption stand Lucien. Als er Brigit sah, leuchteten seine dunklen Augen auf. »Bonjour, Mademoiselle. Herzlich willkommen bei uns in Ajaccio. Ich wünsche Ihnen einen schönen Urlaub.«

»Vielen Dank, junger Mann.« Brigit spielte die Gnädige so hervorragend, dass sich Nicole ein Lachen nur schwer verkneifen konnte.

»Wer war denn das?«, wollte Brigit wissen, als sie im Auto saßen.

»Der Sohn der Pensionswirtin. Er ist viel zu jung für dich, höchstens achtzehn.«

»Und? Hübsch sieht er aber aus ...«

»Das Meer!« Brigit kreischte plötzlich auf. »Herrlich, diese Wellen! Ich werde mich sofort hineinstürzen.«

»Hast du mich erschreckt!«, beschwerte sich Nicole. »An deine Temperamentsausbrüche muss ich mich erst wieder gewöhnen.« Sie kaute auf ihrer Unterlippe. »Was macht eigentlich Christian?«, fragte sie dann.

»Läuft immer noch ziemlich sauer durch die Gegend. Den hat's ganz schön getroffen. Aber er muss damit fertig werden. Was soll's?«

»Bei ihm ist auch viel gekränkte Eitelkeit im Spiel.« Nicole schüttelte den Kopf, als ihr die heftige Szene mit ihm vor dem Check-in-Schalter wieder in den Sinn kam. Doch dann drängte sie diese unerfreuliche Erinnerung ganz schnell zurück.

Sie fand einen Parkplatz. Und wenig später gingen die beiden Mädchen über den breiten Strand auf die »Surf-Bar« zu. Es war ein hübsches Bretterhaus mit einer Veranda, auf der man unter Sonnenschirmen eiskalte Erfrischungen zu sich nehmen konnte. Nachts diente es als Aufbewahrungsort für Surfbretter und Segel.

»Da vorn ist Lars!«, sagte Nicole. Winkend hob sie ihren Arm. Lars hatte sie auch schon gesehen. Er redete gerade mit jemanden.

Beim Näherkommen erkannte sie Ange.

Hin und wieder kam der Freund an den Strand, meistens hatte er jedoch zu tun. Er arbeitete noch als angestellter Architekt in einem Büro, wollte sich aber so bald wie möglich selbstständig machen.

Nicole fiel Lars um den Hals, als hätte sie ihn eine Ewigkeit nicht gesehen. Dann erst stellte sie ihn ihrer Freundin vor.

Brigit begutachtete Lars ausführlich und kam zu dem Schluss, selten einen so gut aussehenden Mann gesehen zu haben.

»Das ist Ange, mein Freund«, sagte Lars.

Brigit sah in zwei dunkle Augen. »Hallo«, sagte sie. »Wie geht's?«

Sie ließen sich unter einem großen Sonnenschirm nieder. Brigit erzählte von Paris, dass dort das Wetter in den letzten beiden Wochen scheußlich gewesen war, dass sie in gut drei Wochen ihren Job anfing und sich freute, dann ihrem Vater nicht mehr auf der Tasche zu liegen.

»Was machen Sie, wenn ich fragen darf?« Ange hatte Brigit nicht aus den Augen gelassen. Sie gefiel ihm ausnehmend gut. Allerdings fand er sie ein bisschen zu schlank. Ange liebte üppigere Frauen.

»Meine Güte!«, fuhr Nicole dazwischen. »Fang gar nicht erst an, Brigit zu siezen.

Sag du zu ihr, so wie wir das hier alle halten. Brigit ist nichts Besseres!«

»Oh, sag das nicht!«, widersprach Brigit im Scherz. »Ich bin eine Tochter aus gutem Haus, diplomierte Übersetzerin – um deine Frage zu beantworten, Ange – und ich bin immerhin schon in einem ehrwürdigen Alter.«

»Wie wär's mit einem Fruchtsaft?« Ange deutete auf die Bar. »Ich lade euch ein.«

Doch Lars konnte nicht. Er musste sich wieder mal als Lehrer betätigen. Nicole blieb in seiner Nähe, weil sie auch surfen wollte. Gerade war ein Brett frei geworden. Das wollte sie nutzen.

Lars brachte nicht nur Anfängern das Surfen bei. Er wartete die Bretter auch und vermietete sie. Einen großen Teil der

Einnahmen musste er allerdings an den Hotelier abführen, der ihm die Surfbretter zur Verfügung stellte.

Nicole brauchte natürlich nichts zu bezahlen, wenn sie surfen wollte. Allerdings musste sie immer warten, bis eins übrig war.

Ange Alfonsi musste Brigit immerzu ansehen. Sie war der krasse Gegensatz zu den dunkelhaarigen korsischen Frauen, deren Gesichter eher klassische Züge aufwiesen.

Brigit trug das Haar halblang. Noch vor ihrem Urlaub hatte sie sich eine neue Dauerwelle machen lassen. Ihre Augen waren herrlich blau. Am meisten aber entzückte ihn ihre niedliche Stupsnase, die ihrem Gesicht etwas Kindliches gab.

»Cheerio!« Brigit hielt Ange ihr Glas entgegen, dann trank sie. Die Blicke eines blauen und eines dunklen Augenpaars tauchten ineinander. Und Brigit rann dabei ein erregendes Prickeln durch den ganzen Körper.

***

»Sie ist nett, deine Freundin Brigit«, sagte Lars. »Anfangs war mir etwas mulmig, aber jetzt mag ich sie, nachdem ich sie ein bisschen besser kennengelernt habe.«

»Ich verstehe mich gut mit ihr, und das schon seit vielen Jahren.« Nicole rollte sich auf den Bauch. »Manchmal zieht sie allerdings ganz schön über die Männer her. Ich hab noch nicht herausgefunden, ob sie das wirklich so meint, oder ob sie nur schimpft, weil sich keiner für sie interessiert.«

»Ange interessiert sich sehr für sie!« Lars grinste. »Gleich am ersten Tag hat es bei ihm gefunkt. Das habe ich sofort gemerkt.«

Tagsüber traf man sich am Strand. In der Mittagspause kam meistens Ange dazu. Hin und wieder machten sie auch einen Ausflug zusammen. Abends wurden Steaks oder Lammkoteletts gegrillt, dazu herrlich reife Tomaten gegessen, die von der Insel kamen und ein unvergleichliches Aroma hatten.

Bis weit nach Mitternacht saßen sie unter sternenklarem Himmel am Strand, tranken Rotwein und lauschten Anges Gitarrenmusik. Manchmal sang er auch eigentümlich klingende korsische Lieder ohne Musikbegleitung.

Nicole mochte die korsische Sprache, obwohl sie so gut wie nichts verstand. Manches konnte sie sich zusammenreimen, weil sie ein paar Brocken Italienisch kannte.

In der letzten Nacht war es ebenfalls sehr spät geworden. Nicole war ziemlich müde: Sie verzog sich unter den Sonnenschirm und schlief ein Stündchen. Danach erfrischte sie sich im Meer und schlenderte dann auf die Bar zu.

Brigit war schon in die Pension zurückgegangen, denn sie wollte sich für heute Abend besonders schön machen. Ange hatte sie zum Essen eingeladen.

Nicole sah sich nach Lars um, konnte ihn aber nirgends entdecken. Da ihr Sonnenschirm ein Loch hatte, beschloss sie, im Schuppen hinter der Bar nach einem besseren Stück Ausschau zu halten.

Sie fand einen ziemlich alten, der zwar noch in Ordnung zu sein schien, aber voller Spinnenweben war. Den würde sie erst einmal säubern müssen.

Die Schuppentür klappte hinter ihr. Erschreckt fuhr Nicole herum. Es war dunkel im Raum. Sie konnte nichts erkennen.

»Ich bin's, Chérie«, sagte Lars mit leiser Stimme. »Kein böser Bube, der etwas von dir will.«

Nicole schlang die Arme um seinen Hals und drückte sich an ihn. »Schade«, meinte sie zwischen zwei Küssen. »Wäre ganz nett gewesen, so ein Liebesstündchen zwischendurch.«

»Ich habe dich hier reingehen sehen«, sagte Lars leise, »und bin dir sofort gefolgt.«

»Warum?«

»Um dich zu beschützen – was sonst?«

Von nebenan drang das Klirren von Gläsern durch die dünne Bretterwand. Toto arbeitete dort als »Geschäftsführer« der Bar, mixte kühle Getränke und war stets zu einem Flirt bereit – sehr zum Ärger seiner Verlobten Lisette, die mit Argusaugen darüber wachte, dass ihm keine zu nahe kam.

Lars beugte sich über Nicoles Brüste. Seine Zunge umspielte die Warzen, die sofort größer wurden.

»Doch nicht hier!«, murmelte sie, schon wieder schwach bei seinen Liebkosungen. »Wenn uns jemand sieht! Außerdem gibt's hier Spinnen.« Sie stöhnte leise, denn Lars Hand streichelte über ihren Bauch, schob sich tiefer und schließlich zwischen ihre Schenkel.

»Oh, Lars ...« Zu mehr war Nicole nicht mehr fähig. Sie wusste, dass sie jetzt nur noch seinen Namen stammeln konnte. Völlig wehrlos war sie ihrer Leidenschaft für diesen Mahn ausgeliefert, den sie bis zum Wahnsinn liebte und der ein wundervoller Liebhaber war, der wundervollste der Welt.

Lars zog seine Hand zurück und küsste ihre Lippen. Nicole schmeckte das Salz auf seiner Haut, als Lars' Mund über ihren Hals glitt.

Dann ging Lars vor ihr in die Knie. Ihr Bikinihöschen war längst auf den Boden gefallen. »Oh, nein, Lars, nicht, bitte. Ich schreie ... ich ... ich muss schreien, wenn du ... denk an die Leute ...«

Seine Zunge kümmerte sich nicht um ihren gestammelten Protest. Das Blut rauschte in ihren Ohren. Und als sie spürte, dass die Erlösung nicht mehr weit war, presste Nicole eine Hand auf ihren Mund, um wenigstens die Lustschreie zu dämpfen.

»Du bist eine wundervolle Geliebte«, stöhnte Lars auf ihr. »Du darfst mich nie verlassen. Nie – hörst du? Ohne dich kann ich nicht mehr leben.«

»Lars!« Nicole klammerte sich an ihn. Dass sie im Schuppen der Surf-Bar lagen, hatte sie ebenso vergessen wie die Gefahr, dass jeden Augenblick jemand hereinkommen konnte.

***

Ange Alfonsi, sonst ein Mann mit Verstand, war sich selbst nicht im Klaren darüber, dass er drauf und dran war, ihn zu verlieren.

Brigit saß ihm wie Gift im Blut, und wenn er daran dachte, dass ihre Urlaubszeit bald zu Ende war, wurde ihm ganz flau.

Sie hatten ihr Essen beendet. Brigit schaute satt und zufrieden in die Welt.

Seit sie ihre Ernährung umgestellt hatte, fühlte sie sich wie neugeboren. Sie hungerte nicht, aber sie aß nach wie vor nur kalorienarme Speisen, viel Salat, Steaks oder mageren Fisch. Und Fisch gab es hier in Hülle und Fülle, täglich frisch aus dem Meer.

»Was mache ich nur ohne dich?« Ange griff nach ihrer Hand. »Noch nie war ich so verliebt.«

Anfangs hatte Brigit die Absicht gehabt, mit Ange Alfonsi nur ein bisschen zu flirten, einfach weil sie sich nicht engagieren wollte. Doch bald hatte sie erkennen müssen, dass es mehr war. Jetzt machte sie sich und ihm schon lange nichts mehr vor. Sie mochte Ange.

»Es ist immer irgendwann das erste Mal. Aber man überlebt es, Ange. Es wird dir noch öfter passieren, sei ganz unbesorgt.«

»Das will ich aber gar nicht. Ich möchte mit dir zusammen sein. Brigit – warum verlängerst du deinen Urlaub nicht?«

»Ich habe mit einem Verlag einen Vertrag abgeschlossen«, wies sie ihn zurecht. »Ich muss am Ersten anfangen. Und ich werde das auch tun. Solche Jobs sind rar. Ich bin froh, überhaupt einen gefunden zu haben.«

»Du kannst doch auch hier arbeiten.«

»Als Übersetzerin?« Sie schüttelte heftig den Kopf. »Das glaube ich nicht, Chéri. Hier werde ich nichts finden.«

»Doch, als meine Frau«, stieß Ange hastig hervor.

Brigit sah ihn erstaunt an. Dann strich sie ihm liebevoll sein dunkles Haar aus der Stirn. »Ange, Ange«, sagte sie leise und lächelte wehmütig. »Das ist doch nicht dein Ernst! Wir kennen uns keine drei Wochen. Das ist eine vorschnelle Entscheidung. Sie passt so gar nicht zu dir.«

»Aber ich liebe dich doch!« Er sah unglücklich aus.

»Im Augenblick. Bevor wir einen so einschneidenden Schritt wie die Ehe wagen, müssen wir uns doch besser kennen. Ich weiß nicht einmal, ob mir das Leben hier gefallen könnte.«

Als sie sah, dass er noch trauriger wurde, hätte Brigit am liebsten geweint. »Ange, das war doch nicht gegen dich gerichtet! Hier ist alles so anders als in Paris, wirklich. Ich meine das nicht abwertend. Aber in den Bars sieht man fast nur Männer – oder Touristinnen. Wo sind die korsischen Frauen? Ich kann mich nicht auf Herd und Kinder beschränken, Ange! Dafür habe ich nicht jahrelang Sprachen studiert.«

»Das verlange ich doch auch gar nicht. Du sollst tun, was dir beliebt. Nur bleiben sollst du. Nicole bleibt auch.«

»Nicole ist in dieser Hinsicht ein ganz anderer Typ Mensch als ich. Sie will sich erst um einen Job kümmern, wenn sie nach Paris zurückkehrt. Ich könnte das nicht. Was ich habe, das habe ich. Wahrscheinlich hängt eine solche Einstellung von der Erziehung ab. Ich weiß es nicht. Jedenfalls bin ich nun mal so.«

»Wenn du länger bleiben würdest, hätten wir die Möglichkeit, uns besser kennenzulernen.«

Brigit betrachtete ihn. »Warum kommst du nicht nach Paris? Als guter Architekt würdest du da bestimmt sehr schnell eine Stelle finden.«

»Das geht nicht«, erwiderte Ange mit ablehnender Miene. »Ich gehöre auf diese Insel. Ich will hier bleiben. Zu viele von uns mussten bereits gehen, um sich auf dem Festland ihren Lebensunterhalt zu verdienen. Ich muss hier leben, ich will hier Häuser bauen. Schöne korsische Häuser aus Natursteinen. Ich brauche das Meer und seinen Geruch. Ich brauche den Blick auf die Berge. Meine Zunge ist an den Geschmack unserer Weine gewöhnt, an den Schafskäse, den unsere Hirten immer noch herstellen.«

»Das war eine Liebeserklärung! Eine Liebeserklärung an deine Insel.«

»Brigit!« Ange bedeckte ihre Hand mit Küssen. »Ich liebe dich, bitte, glaube mir. Aber ich kann meine Insel nicht verlassen. Mein Platz ist hier. Ich will helfen, dass unsere jungen Männer und Frauen nicht mehr von hier weggehen müssen. Das Land muss wieder fruchtbar gemacht werden. Wir Korsen müssen uns auf alte Traditionen besinnen.«

»Und was willst du tun?«

»Mich politisch betätigen, zum Beispiel. Das kann ich nicht, wenn ich in Paris arbeite.«

»Mein Vorschlag war auch gar nicht ernst gemeint, Ange«, sagte Brigit leise, denn sie hatte längst gespürt, dass er mit der Insel verwachsen war. »Wir sind wie die beiden Königskinder, die nicht zueinanderfinden können, weil das Wasser zwischen ihnen zu tief ist.« Sie lehnte eine Zigarette ab. »Lass uns zahlen und noch einen Spaziergang am Meer machen, ja?«

Ange kam ihrer Aufforderung nach. Draußen legte er einen Arm um sie und drückte sie fest an sich.

Brigit lehnte den Kopf an seine Schulter, schloss die Augen und ließ sich von ihm führen. Die Luft war wunderbar mild. Und jetzt hatte auch Brigit das Gefühl, so mit Ange bis ans Ende der Welt gehen zu können. Er würde schon aufpassen, dass ihr kein Hindernis im Wege lag.

»Ach, Ange«, murmelte sie.

***

Nicole saß neben Lars unterm Sonnenschirm. Sie war dabei, aus Tomaten, Käse, Baguette und Salami einen kleinen Mittagsimbiss vorzubereiten.

Lars langte kräftig zu. Er hatte Hunger. »Schmeckt wunderbar dieser Schafskäse«, sagte er. »Wo hast du den gekauft?«

»Bei Madame Rocca. Wir sprachen doch über ihren Bruder, der oben in den Bergen einen kleinen Bauernhof hat. Erinnerst du dich nicht? Das ist jedenfalls eines seiner Erzeugnisse. Käse aus reiner Schafsmilch, ohne chemische Zusätze.«

Sie schnitt sich auch ein Stück ab. Auf ihre Linie achtete Nicole überhaupt nicht. Seit sie hier war, hatte sich das auch als überflüssig erwiesen.

Auf das Frühstück verzichtete sie meistens, weil es ohnehin nur aus Weißbrot und Konfitüre bestand. Lieber aß sie morgens einen Apfel oder eine Banane, das sättigte mehr. Mittags aß sie meistens mit Lars eine Kleinigkeit, und abends gegrillte Fische oder Steaks am Strand. Hin und wieder gingen sie in ein Restaurant.

Aber am liebsten saß sie mit Lars und den anderen am Abend hier draußen. Sie schwamm jeden Tag viel und kreuzte surfend über die Wellen. Ihr Körper war noch straffer geworden.

»Wann fliegt Brigit?«, wollte Lars jetzt wissen.

»Morgen Mittag, vierzehn Uhr. Die Ärmste ist schon ganz unglücklich.«

»Und Ange erst! Der ist zu nichts mehr zu gebrauchen.«

Nicole bedauerte Brigit. Sie hatte sich mit ihrer Freundin darüber unterhalten, ob es nicht doch eine Möglichkeit gab, den Urlaub zu verlängern, aber Brigit blieb hart. Erstens war ihr Geld aufgebraucht, und zweitens wollte sie den neuen Job nicht aufs Spiel setzen.

Nicole verstand sie, obwohl sie anders gehandelt hätte. Was gab es Wichtigeres auf dieser Welt als Liebe?

»Woran denkst du?«, fragte Lars.

»An unsere Liebe«, erwiderte sie. Und als ihr plötzlich klar wurde, dass auch ihr Urlaub in gut zwei Wochen zu Ende gehen würde, bekam sie einen solchen Schreck, dass sie sich verschluckte.

Die Tage wurden nun schon merklich kürzer. Das Ende des Ferienmonats August stand bevor. Und mit ihm würden die meisten Touristen die Insel verlassen.

»Was ist?« Lars sah sie grinsend an. »Schmeckt dir der Käse doch nicht so recht?« Liebevoll klopfte er ihr den Rücken.

»Doch«, erwiderte Nicole mühsam, als sie wieder Luft bekam. »Weißt du, dass meine Zeit am zweiten September abgelaufen ist?«

Lars legte das Brot auf das karierte Tuch und schaute sie groß und ernst an. »Wir müssen über uns reden, Nicole. Dieser Sommer geht vorbei, aber wir können nicht einfach so auseinander gehen.«

»Nein, das können wir nicht«, stimmte sie ihm ernsthaft zu.

»Du bedeutest alles für mich. Deine Liebe ... unsere Liebe ist mir das Wichtigste geworden.«

»Ich könnte vielleicht noch bis Ende September bleiben«, überlegte Nicole.

»Aber, dann stehen wir vor dem gleichen Problem. Das meine ich nicht. Wir müssen eine Lösung finden, wie wir zusammenbleiben können. Für immer.«

»Darüber sollten wir heute Abend reden«, murmelte Nicole und packte die Sachen wieder in den Korb. »Da kommt Kundschaft.«

Danielle war längst abgereist. Ihren Platz hatte eine etwas eigenwillige Engländerin eingenommen, die sich einbildete, der junge Surflehrer habe nur auf sie gewartet.

»Hallo«, ertönte es da auch schon hinter ihm. »Hier bin ich, Darling.«

Lars bedachte Nicole mit einem übertrieben verzweifelten Blick. »Sie zahlt gut«, sagte er leise. »Und gibt ein anständiges Trinkgeld.«

»Oder ein ›unanständiges‹«, erwiderte Nicole schlagfertig. »Eines, in dem alles enthalten ist.«

»Zieht bei mir nicht. Lars Anderson gehört Nicole, heute und für immer.«

Beglückt von seinen Worten legte sich Nicole in den Sand. Sie gab sich keine Mühe, die beiden zu beobachten. Sie wusste, dass sie seiner sicher sein konnte. Dass sie in der Liebe so gut harmonierten, mochte ein Zufall sein.

Gerade deswegen glaubte Nicole auch nicht daran, dass sich solche Zufälle häuften. Wenn sie nur daran dachte, was sie letzte Nacht empfunden hatte, wurde ihr heiß. Jede Gelegenheit nutzten sie – und es war noch kein Tag vergangen, an dem sie sich nicht gezeigt hatten, wie sehr sie sich gegenseitig begehrten.

Nicole lächelte glücklich vor sich hin. Natürlich war ihr klar, dass diese große Leidenschaft nicht ewig anhalten würde. Einmal würde auch in ihre Beziehung der Alltag einkehren. Aber sexuell würden sie immer gut miteinander harmonieren, das wusste sie.

Sie dachte über Lars' Worte nach. Wie sollte es weitergehen mit ihnen? Sie hätte nichts dagegen, hier zu bleiben, bei ihm. Irgendwo würden sie bestimmt eine kleine Wohnung finden. Sie mussten nur wissen, wie sie ihren Lebensunterhalt verdienen wollten. Aber vielleicht kam Lars auch mit nach Paris?

Plötzlich wurde es Nicole klar, dass sie eigentlich kaum etwas von ihm wusste. Lars hatte mal erwähnt, dass seine Eltern nicht unvermögend seien, er aber schon lange keinen Kontakt mehr mit ihnen hatte.

Lars stammte aus Stockholm. Vor drei Jahren war er das letzte Mal in seiner Heimat gewesen.

Eine dumpfe Ahnung überkam sie, dass die unbeschwerten Tage ihrer Liebe gezählt waren. Ein neuer Abschnitt stand bevor. Musste sie sich davor fürchten?

Nein, sie hatte keinen Grund dazu. Lars stand zu ihr und sie zu ihm. Sie würden schon einen Weg für eine gemeinsame Zukunft finden.

Am Abend fuhr Lars zu Ange, während Nicole ihrer Freundin beim Packen half. Außerdem musste sie Brigit trösten, die immer wieder von neuen Weinkrämpfen geschüttelt wurde.

»Dass morgen alles vorbei sein soll, kann ich noch gar nicht begreifen. Ich krieg es nicht in meinen Kopf.« Wie zum Beweis schlug sich Brigit gegen die Schläfen. »So eine wunderschöne Zeit geht vorbei! Warum kann die Uhr denn nicht stillstehen?«

Nicole strich Brigit über das Haar, das in der Sonne noch heller geworden war. »Alles ist in Bewegung. Und das ist doch gut so, Bewegung heißt Leben.«

»Wie soll ich ohne Ange leben?« Brigit schluchzte auf.

»Wenn du weiter so weinst, wirst du ihn nicht mehr sehen können. Denn dann werden deine Augen total zugeschwollen sein«, warnte Nicole.

Das wirkte. Brigit stürzte ins Bad und kühlte sich die Augen lange mit kaltem Wasser. Nicole stand an den Türrahmen gelehnt und schaute ihr zu.

»Und außerdem ist die Entfernung zwischen Paris und Ajaccio mit dem Flugzeug in bequem neunzig Minuten zu schaffen. Und da verstehe ich deine Aufregung nicht.«

»Wenn wir uns erst aus den Augen verloren haben, verblasst die Liebe nach und nach. Am Anfang schreibt man sich noch, telefoniert täglich miteinander, dann lernt man andere Menschen kennen ...«

Brigits Stimme klang undeutlich, weil sie sich immer wieder Wasser auf die Augen spritzte.

»Du musst wissen, was du willst. Entweder ihn – oder den Job in Paris.«

»Den Job in Paris! Ich hab mich ja schon entschieden. Am liebsten möchte ich beides, aber das geht ja nicht. Ange will nicht von hier weg. Und er hat mir sehr genau erklärt, was ihn hier hält. Ich verstehe ihn sogar.«

»Er kann dich doch Weihnachten besuchen.« Nicole reichte ihrer Freundin ein Handtuch. »Ostern kommst du her. Und dann wieder im Sommer. Du wirst sehen, die Zeit geht schnell vorbei.«

»Wenn man auf etwas Schönes wartet, kann sie quälend langsam dahinschleichen«, protestierte Brigit. »Ich fürchte, dass ich mir in Paris sofort wieder Kummerspeck anfresse.«

»Es wird Zeit. Die beiden warten bestimmt schon«, mahnte Nicole. »Beeile dich ein bisschen.«

Sie hatten beschlossen, heute zu viert zu essen. Nach dem Essen wollten sich die beiden Paare trennen, damit Ange und Brigit voneinander Abschied nehmen konnten. Um Brigit zum Flughafen bringen zu können, hatte Ange sich für morgen ab mittags Urlaub genommen.

»Kannst du mir mal helfen?« Brigit war in ein duftiges Sommerkleid geschlüpft. »Ich krieg den Verschluss nicht zu.«

Tatsächlich zitterten ihre Hände. Nicole half ihr. Schließlich umarmte sie die Freundin mitleidig.

»Ich kann verstehen, wie dir zumute ist, Schätzchen. Das sind die Prüfungen des Lebens. Da müssen wir alle durch.«

***

Lars und Ange saßen draußen vor der Bar.

Ange war sehr einsilbig. Es gab kaum ein Thema, das ihn interessiert hätte. Immer wieder musste er daran denken, dass ihr letzter Abend, ihre letzte Nacht bevorstand.

»Noch einen Drink?«, fragte Lars.

Ange nickte nur, und Lars machte dem Mixer ein Zeichen.

»Ich brauche deine Hilfe, Ange«, sagte Lars leise. »Kannst du mir bei der Suche nach einer kleinen Wohnung behilflich sein? Eigentlich hatte ich mir etwas anderes vorgestellt. Aber ich weiß nicht, ob sich das jetzt noch realisieren lässt.«

»Du sprichst in Rätseln, mein Lieber«, meinte Ange und trank einen Schluck.

»Ich suche ein kleines Häuschen, das ich kaufen kann. Ich will es mir selbst renovieren. Wenn zum Haus ein Stückchen Land gehört, um so besser. Ich möchte nämlich den Winter über hierbleiben. Diesen Winter und alle anderen Winter auch. Ich glaube, ich werde mich auf Korsika niederlassen. Lange genug habe ich ja darüber nachgedacht …«

Ange freute sich, dass Lars sich in ›seine Insel‹ verliebt hatte und hier leben wollte. »Ich werde mich für dich umhören«, versprach er. Dann hielt er inne. »Stellst du große Ansprüche?«

»Nein, keine. Du müsstest mich doch langsam kennen.«

»Mein Onkel Jean hat ein kleines Häuschen in den Bergen. Es liegt in einem Hochtal. Leider gibt es weder Wasser noch andere Annehmlichkeiten des modernen Lebens. Es ist auch nicht sehr groß. Der Stall nebenan ist reparaturbedürftig. Wie es um das Haus selbst bestellt ist, weiß ich nicht. Ich müsste Onkel Jean anrufen.«

»Tu das bitte!« Lars richtete sich auf. »Und frag ihn gleich nach dem Preis.« Er war ganz aufgeregt.

Wieso hatte er vorher nicht die Idee gehabt, Ange um Rat zu fragen? Der kannte doch viele Leute und wusste schon von Berufs wegen, welche Objekte zum Verkauf angeboten wurden.

»Wenn er sich im Rahmen meiner Vorstellungen bewegt, zahle ich bar auf die Hand. Ich habe ein bisschen was gespart.«

»Mach ich, Lars. Ich bringe das für dich in Erfahrung, verlass dich drauf«, versprach Ange. »Wir können morgen Nachmittag hinfahren, wenn du willst. Ich habe ja frei.« Als er sich erinnerte, warum er ab morgen Mittag Urlaub hatte, wurde Anges Blick wieder düster. Er schaute auf die Uhr. »Ich glaube, wir sollten uns auf den Weg machen, damit die beiden nicht warten müssen.«

Lars zahlte, dann gingen sie ein paar Straßen weiter zum Restaurant Thalassa. Als sie den Eingang erreichten, bog gerade der Renault mit Nicole und Brigit um die Ecke.

Wehmut schimmerte in Anges dunklen Augen. Morgen würde sie weg sein, seine Brigit, sein blonder Engel aus Paris. Und wann er sie wiedersehen würde, diese Frage wagte er sich gar nicht zu stellen.

***

Der tränenreiche Abschied von Nicole lag schon hinter ihr. Brigit hatte darauf verzichtet, Augen-Make-up aufzulegen. Sie wusste aus Erfahrung, wie sie nach Tränenausbrüchen aussah. Und sie wollte nicht, dass ihr Abschied von Ange lächerlich wurde, weil ihre Tränen schwarze Streifen auf den Wangen hinterließen.

Sie wagte nicht, Ange anzusehen, während er den Wagen steuerte. Ange aber warf ihr hin und wieder einen traurigen Seitenblick zu.

Vor dem Flughafengebäude parkte er im Halteverbot. »Dein Entschluss ist unumstößlich?«, fragte er.

»Ja, Ange. Es geht nicht anders. Versteh mich doch! Wir trennen uns doch nicht für immer. Ich fahre für eine Weile nach Paris und komme, sobald ich kann, zurück.«

Spätestens im nächsten Sommer, fügte Brigit in Gedanken hinzu.

Zärtlich strich sie über sein dichtes schwarzes Haar. Nie wieder würde sie in so feurige und doch so ernste Augen schauen, das wusste sie.

Wortlos nahm Ange die Koffer und trug sie zum Schalter. Nachdem sie das Gepäck abgegeben hatten, standen sie stumm und verzweifelt da.

»Komm, wir trinken noch einen Kaffee. Es ist ja noch Zeit«, schlug Ange schließlich mit heiserer Stimme vor.

»Für mich bitte einen Cognac«, bat Brigit. Sie wusste zwar, dass sie Alkohol am Tag schlecht vertrug, aber heute war ihr das egal.

Sie musste ihren Kummer einfach betäuben. Es würde nicht mehr lange dauern, dann konnte sie ihren Tränen freien Lauf lassen. Für den Augenblick schien der Cognac sie ein wenig zu beruhigen.

»Was machst du nach deiner Ankunft in Paris?«, wollte Ange wissen.

»Ich weiß noch nicht.« Brigit versuchte, unbekümmert zu wirken, was einen seltsamen Ausdruck in ihrem Gesicht bewirkte. Der Mund war zu einem verkrampften Lächeln verzogen, die Augen voller Tränen.

»Du weinst!«, stellte Ange fest.

Er warf ein paar Geldstücke auf den Tresen und zog Brigit an sich. Das Flughafengebäude versank und die Welt dahinter auch. Es gab keine Menschen mehr, die das Paar neugierig musterten.

»Ach, Ange!« Brigit barg ihr Gesicht schluchzend an seiner Brust. Sie hatte nicht geglaubt, dass der Abschied von ihm so schmerzhaft sein könnte.

Ange zog ein sauberes Taschentuch heraus und tupfte ihr damit zart übers Gesicht. »Wir wollen ein bisschen auf und ab gehen«, schlug er vor. »Gleich wird dein Flug aufgerufen.«

»Ich werde viel an dich denken«, sagte Brigit mit erstickter Stimme. »Heute Abend ruf ich dich an, okay?«

Ange nickte. Er wusste nicht, ob er dann nicht noch trauriger sein würde.

Er drückte Brigit an sich. Er wollte ihr kein Versprechen abnehmen. Er konnte auch keins machen. Er war so unglücklich, dass er sie hergeben musste.

Brigit hatte einen Treueschwur auf den Lippen, aber sie besann sich noch rechtzeitig anders. Was sollte das bringen? Sie waren erwachsene Menschen. Jeder von ihnen musste seinen Weg gehen, und ihrer führte nun mal nach Paris. Ange wollte sich für seine Insel einsetzen.

Aber dass sie eines Tages doch noch zusammenfanden, erschien ihr nicht so unwahrscheinlich.

Da ertönte auch schon der erste Aufruf. Die Passagiere für den Flug nach Paris wurden gebeten, sich zum Ausgang drei zu begeben.

Ange blieb stehen. Ein letztes Mal spürte Brigit seine Lippen auf ihren, nahm schwach den Duft seines Rasierwassers wahr. Ein letztes Mal strich sie ihm über die Wange.

»Brigit ...«, sagte Ange heiser. »Leb wohl ...«

»Alles Gute, Ange. Auf Wiedersehen. Ich glaube ganz fest daran. Du musst es auch.«

»Meine Liebste ...« Nur zögernd entließ er sie aus seinen Armen.

Brigit hastete zum Ausgang. Fast wäre sie gestolpert, weil alles vor ihren Augen verschwamm.

Sie drehte sich noch einmal um, bevor sie ins Freie trat. Ange stand immer noch da, hoch aufgerichtet. Er wirkte starr und ernst.

Jetzt erst kam Bewegung in ihn. Er hob das Taschentuch, mit dem er ihr noch vor wenigen Sekunden die Tränen getrocknet hatte, und winkte.

***

Lars gefiel das Haus auf Anhieb. Eigentlich war es mehr eine Hütte, aber sehr schön aus Natursteinen gebaut. Aus diesem Material bauten die Korsen schon seit vielen hundert Jahren ihre Häuser, die auf Fremde so abweisend wirkten.

»Die Fenster müssen natürlich alle erneuert werden«, meinte Ange. »Und auch sonst gibt es eine Menge auszubessern.«

»Was soll es kosten?«

»Willst du das Ding wirklich nehmen?«, fragte Ange. »Überleg es dir gut, Lars.«

»Die Reparaturen kann ich allein durchführen. Die Gegend ist wunderbar. Nicht weit vom Haus ist ein Fluss. Auf dem Grundstück stehen sogar zwei Orangenbäume. Was will ich mehr?«

Da rückte Ange mit dem Preis heraus. Lars war sofort einverstanden. Genau diese Größenordnung hatte er sich vorgestellt. Es blieb ihm sogar noch etwas Geld übrig, um Material zu kaufen. Wenn er sich das Geld einteilte, kam er damit über den Winter. Und in der nächsten Saison wollte er wieder als Surflehrer arbeiten.

»Und was sagt Nicole dazu?«

»Ich weiß nicht. Ich glaube, es wird ihr gefallen. Ich möchte das Leben in seiner ursprünglichen Form kennenlernen. Verstehst du? Hier kann ich das«, erklärte Lars.

Der Freund verstand ihn, dennoch blieb er bei seiner skeptischen Miene. »Das einfache Leben ist gut und schön, Lars. Aber meinst du nicht, dass wir alle schon viel zu sehr von der Zivilisation verwöhnt sind?«

»Ich nicht«, versicherte Lars überzeugt. »Ich hätte den ganzen Sommer am Strand geschlafen – wenn Nicole nicht gekommen wäre.«

Ange lächelte wehmütig. Er gönnte dem Freund sein Glück, obwohl er dadurch immer wieder an seine Probleme erinnert wurde.

»Du kannst meinen Wagen weiterhin behalten«, sagte Ange spontan, als sie im etwa einen Kilometer entfernten Dorf ausstiegen, um sich dort etwas umzusehen.

»Kommt gar nicht in Frage«, widersprach Lars. »Ich will hier nicht mit einem Auto die Luft verpesten. Vielleicht kann ich einen Esel kaufen. Damit können wir unser Wasser holen.«

Ange unterdrückte ein Grinsen. Er wollte sich nicht einmischen. Lars musste selbst wissen, was er wollte. Sie unterhielten sich mit einigen Dorfbewohnern, dann fuhren sie nach Ajaccio zurück.

»Also, alles klar. Ich kaufe die Hütte. Sag deinem Onkel bitte so bald wie möglich Bescheid, damit mir kein anderer Interessent zuvorkommt.«

Ange musste lachen. »Wer soll sich für diese Ruine interessieren? Nein, mein Lieber, da mach dir man keine Sorgen. Natürlich muss Onkel Jean einen Notar einschalten, damit alles seine Ordnung hat. Soviel ich weiß, ist er mit Maître Luciani befreundet. Ich werde ihn bitten, die Gebühren so niedrig wie möglich zu halten.«

Lars war sehr zufrieden. Das Häuschen war genau das, was er sich vorgestellt hatte. Und die herrliche Lage! Keine Nachbarn weit und breit. Nicole und er – sie würden mitten in der Natur leben und sich ihr anpassen.

Hinter dem Haus konnten sie Gemüse und Kräuter anbauen, Tomaten, Paprika, Gurken und Auberginen im Sommer; Kohl, Radieschen und Spinat im Winter.

Lars' Gedanken gingen in die Zukunft. Er sah sich im Geiste im Garten arbeiten. Nicole erntete, was er gesät hatte und machte daraus schmackhafte Mahlzeiten. Abends saßen sie beim Schein von Kerzen und Petroleumlampen glücklich beisammen und freuten sich ihrer Liebe.

Er seufzte. Es würde schön sein, schöner noch als jetzt, weil sie ganz allein sein konnten.

Als er jedoch an seine Eltern in Stockholm dachte, fühlte Lars sich unbehaglich. Irgendwann musste er ihnen mitteilen, wo er zu erreichen war. So hatte er das in den letzten Jahren immer gemacht.

Seine Mutter tat ihm oft leid, weil er wusste, dass sie unter der Trennung von ihrem Sohn litt.

Aber warum wollte sie seine Lebensweise einfach nicht akzeptieren? Nach wie vor war sie der Meinung, dass sein Platz in Stockholm sei, an der Seite seines Vaters, des Inhabers der Anderson-Werke, einem pharmazeutischen Großbetrieb.

Ange bremste den Wagen etwas unsanft ab. Das brachte Lars in die Wirklichkeit zurück.

»Du träumst wohl schon von deinem Leben als Bauer und Viehzüchter, wie?«, scherzte Ange. »Bis später, ich lasse wieder von mir hören.«

Nicole lag nackt neben Lars im Bett und seufzte glücklich. »Ein winziges Schlückchen Wein möchte ich noch.«

»Sofort, mein Schatz.« Lars reichte ihr das Glas, nachdem er es halb mit Rotwein gefüllt hatte.

Sinnend betrachtete er Nicoles schönen Körper und strich dann ganz zart mit dem Zeigefinger über ihren Bauch.

»Werden wir eigentlich nicht schwanger?«, fragte er.

Nicole musste über das »wir« lachen. »Nein, Lars. Ich nehme die Pille.«

»Verträgst du die gut?«, erkundigte er sich.

Nicole wunderte sich über diese Frage. »Ich hatte bis jetzt noch keine Schwierigkeiten damit. Aber irgendwann möchte ich schon mal Kinder haben. Zwei oder drei.«

Lars nickte. »Ich auch. Warum fangen wir nicht gleich damit an? Worauf warten wir noch?«

»Kinder brauchen eine gesicherte Zukunft«, wies Nicole ihn zurecht. »Wir zwei allein können leichter so in den Tag hineinleben und tun, was uns gefällt. Ein Kind braucht seine Ordnung und Sicherheit, verstehst du?«

Lars nahm ihr das Glas aus der Hand und trank auch einen Schluck. Dann räusperte er sich. »Du liebst mich doch, oder?«

Nicole warf ihm einen erstaunten Blick zu. »Aber ja. Was soll diese Frage?«

»Du willst doch mit mir zusammenbleiben?«

»Ja. Aber Lars ...«

»Mit mir leben?«, setzte er sein Verhör fort.

»Für mich bist du der einzige Mann ...«

»Wirst du mir folgen, wohin ich auch gehe?«

»Sind wir schon in der Kirche, ohne dass ich etwas davon mitbekommen habe?«, spottete Nicole und verdeckte gespielt schamhaft ihre nackten Brüste mit den Händen. »Was soll der Pfarrer denken, wenn er mich in meinem durchsichtigen Hochzeitskleid sieht.«

Lars lachte, wurde aber sofort wieder ernst. »Und das einfache Leben schreckt dich auch nicht?«

»Ich werde es ausprobieren! So viele meiner Bekannten und Freunde reden davon. Aber keiner rafft sich wirklich auf, es zu versuchen.«

»Und du glaubst, dass ein einziger Mann dir genügen wird?«

Nicole kuschelte sich an seine Brust und küsste zärtlich seine Haut. »Wenn er Lars Anderson heißt, dann ja.«

»Gut.«

»Warum verhörst du mich so?«, wollte Nicole wissen.

»Weil ich von dir noch einmal bestätigt haben wollte, dass ich alles richtig gemacht habe. Hör zu, Nicole!«

Er beschrieb die Hütte in den schillerndsten Farben und stellte Nicole vor die Tatsache, dass sie in zwei Wochen dort einziehen würden.

Was sie hörte, begeisterte sie. Sie konnte sich nichts Schöneres vorstellen, als in aller Weltabgeschiedenheit mit ihrem geliebten Lars zusammen zu sein.

»Warum erst in vierzehn Tagen?«, fragte sie. »Wir könnten doch schon morgen oder übermorgen aufbrechen und die Ausgaben für das Zimmer hier sparen.«

»Es müssen ein paar kleine Reparaturen durchgeführt werden. Und ich möchte dir alles erst zeigen, wenn das Häuschen fertig ist. Einverstanden?«

Nicole war mit allem einverstanden, was Lars vorschlug. Sie hatte sich längst mit dem Gedanken vertraut gemacht, nicht nach Paris zurückzukehren. Diese Entscheidung war ganz langsam in ihr gewachsen. Sie würde sich nicht von Lars trennen.

Brigit schrieb ihr traurige Briefe. Das Unglück der Freundin stand ihr also als warnendes Beispiel vor Augen.

Nicole verfügte über ein paar Ersparnisse, die sie natürlich zusammenhalten musste, wenn sie damit über den Winter kommen wollten. Aber für das einfache Leben, wie Lars es so begeistert beschrieb, würde es schon reichen.

»Hast du deinen Angehörigen schon Bescheid gesagt?«, fragte Lars.

»Nein«, gestand Nicole leise. »Aber das werde ich in den nächsten Tagen tun. Ich habe nur eine Tante, die wissen muss, wo ich mich aufhalte. Eine jüngere Schwester meiner Mutter. Claire heißt sie.«

Lars wusste, dass Nicoles Mutter tot und der Vater wieder verheiratet war.

»Sie kann dann meinen Vater benachrichtigen, falls sie es für nötig halten sollte. Ich verstehe mich nicht gut mit ihm. Hin und wieder habe ich ihn und seine neue Familie in Lille besucht, aber ich konnte einfach keinen Draht zu seiner Frau finden ...« Nicole hielt inne. »Und was ist mit deinen Eltern?«

»Ich gebe ihnen meine neue Anschrift, damit sie notfalls wissen, wo ich zu erreichen bin.«

Nicole schlang die Arme um ihn. »Lars, halt mich ganz fest! Ich kann noch nicht glauben, dass unser Traum so schnell Wirklichkeit werden soll.«

»Warum nicht? Wir beide müssen es nur wollen.«

Nicole genoss die Wärme seines Körpers. »Werden wir auch Hühner haben?«, fragte sie nach einer Weile.

»Ja. Vier oder fünf, und einen Hahn. Vielleicht auch einen Esel und ein Schaf.«

Nicole räkelte sich genüsslich. »Es wird ein wunderbares Leben. Wir werden uns nie langweilen. Das weiß ich.«

»Wir werden viel zu tun haben. Der Garten muss bearbeitet, der Wasserbehälter immer gefüllt werden. Die Tiere brauchen Pflege und Futter. Ich werde gleich Holz schlagen müssen, damit wir im Winter nicht frieren ...«

»Du und ich in einer kleinen Hütte, am warmen Ofen, ganz dicht beieinander, ach, Lars, das wird schön. Die Welt kann uns nichts anhaben. Aber sag mal, glaubst du wirklich, dass wir heizen müssen?«

»Ohne das werden wir nicht auskommen, auch nicht auf einer Mittelmeerinsel. Die Durchschnittstemperaturen liegen hier im Winter bei ungefähr vierzehn Grad. Das gilt natürlich nur für Küstenregionen. In den Bergen wird es schon kälter sein.«

»Bei dir ist mir nie kalt«, murmelte Nicole, nun schon etwas schläfrig geworden.

Mitternacht war schon lange vorbei. Sie kuschelte sich in seine Arme und wenig später hörte Lars an ihren tiefen Atemzügen, dass sie eingeschlafen war.

»Geliebte Nicole«, murmelte er leise. »Das Leben liegt vor uns. Hoffentlich wird es so schön, wie wir beide es uns vorstellen.«

***

Pauline Rocca ließ ihre Pensionsgäste nicht gern ziehen, doch schließlich blieb ihr nichts anderes übrig.

Noch eine Woche – und sie würde die Pension sowieso schließen. Es lohnte sich nicht, im Winter zu vermieten. Es kamen um diese Zeit wenig Gäste nach Ajaccio, und die meisten stiegen in den größeren Hotels ab.

Nicole ging zum Wagen. Im Kofferraum befand sich ihr ganzes Gepäck. Ange saß am Steuer, Lars hinten.

»Es kann losgehen«, sagte Nicole, nachdem sie Platz genommen hatte. Dann winkte sie Madame Rocca zum Abschied.

Sie spürte Lars' Hand, die von hinten kam und ihr sacht über die Wange strich. »Nun gibt es kein Zurück mehr«, meinte er und versuchte, seinem Gesichtsausdruck etwas Dramatisches zu geben. »Sind Sie sich darüber im Klaren, Mademoiselle Lang?«

»Natürlich. Ich gehe mit dir ins Verderben.«

»So schlimm wird es nicht werden«, meinte Ange und warf Nicole einen belustigten Seitenblick zu. »Wenn was schiefläuft – Anruf genügt. Ange kommt sofort.«

»Von wo aus sollen wir denn anrufen?«, erkundigte sich Nicole mit leichtem Spott. »Wir gehen doch in die Wildnis. Hast du das vergessen?«

»Im Dorf gibt es eine Telefonzelle. Das wäre also gar kein Problem.«

Sie fuhren aus der Stadt. Eine Viertelstunde später befanden sie sich bereits auf einer schmalen Nebenstraße, die sehr kurvenreich war und Anges ganze Aufmerksamkeit erforderte.

Lars lehnte sich in seinen Sitz zurück, schloss die Augen und versuchte, sich Nicoles Gesicht vorzustellen.

Was würde sie zu ihrem neuen Zuhause sagen? Vielleicht wäre es doch besser gewesen, ihr das Häuschen vorher zu zeigen.

Es waren neue Fenster eingesetzt worden. Von Anges Familie hatte Lars zwei alte, aber noch gut erhaltene Matratzen bekommen. Ebenso etwas Geschirr, ein paar natürliche Geräte für den Haushalt und einige Decken.

Er selbst hatte dann noch in einem Warenhaus in Ajaccio das eingekauft, was er für unbedingt notwendig hielt: vier Laken, vier Handtücher und zwei dicke Topflappen für Nicole. Die hatte er im Vorbeigehen gesehen und eigentlich nur wegen ihres hübschen Musters mitgenommen.

Als ihr Ziel in Sicht war, fuhr Ange langsamer, damit sich Nicole an den Anblick gewöhnen konnte. Zuerst sah sie das Haus gar nicht, weil es von einer großen Steineiche fast verborgen wurde. Als sie es erblickte, stieß sie einen entzückten Laut aus.

»Ein kleines Schloss! Einfach himmlisch.«

Lars fand das zwar übertrieben, aber er lachte, als er sah, dass Nicole sich freute.

Ange bremste den Wagen ab. Nicole sprang heraus, lief auf das Haus zu und dann einmal um das Gebäude herum. Schließlich traf sie sich wieder mit Lars unter der Eiche und fiel ihm um den Hals.

»Es ist alles ganz wundervoll! Ich finde es toll hier. Du hast genau den richtigen Platz ausgesucht. Ich fühle mich jetzt schon wie im Paradies.«

Ange, der die beiden beobachtet hatte, wandte sich einen Moment ab. Er musste an Brigit denken, und das Herz wurde ihm schwer.

Er stieg aus und ging langsam auf die beiden zu. »Was ist?«, wollte er von Lars wissen. »Warum zeigst du ihr das Haus nicht von innen?«

Lars drückte ihm den Schlüssel in die Hand. »Öffne du!«, bat er. »Damit ich Nicole über die Schwelle tragen kann.«

Nicole fand alles sehr feierlich, und fast wären ihr die Tränen gekommen. Sie machte die Augen zu. Erst, als sie Lars' Lippen auf ihrer Wange spürte und er sie langsam auf den Fußboden gleiten ließ, schaute sie sich um.

»Wie hübsch!«, rief sie aus.

Im Haus standen eine kleine Holzbank vor einem gusseisernen Ofen, zwei Stühle, ein blank gescheuerter Tisch, ein alter Bauernschrank. Und in einer Ecke lagen zwei Matratzen, die mit einer selbst gezimmerten Holzumrandung zusammengehalten wurden.

»Gefällt es dir wirklich?«

»Und wie. Wo ist die Küche?«

»Dort! Wo der Gaskocher steht und der Wasserbehälter.«

Nicole ging in den hinteren Teil des Raumes. Auf einem Regal standen etwas Geschirr, Gläser, Tassen, Teller und Bestecke.

»Und die Toilette?«

»Draußen, Gnädigste, gleich neben dem Schuppen.«

Nachdem Nicole alles gebührend bewundert und bestaunt hatte, holte sie mit den beiden jungen Männern das Gepäck herein.

»Wir danken dir, dass du uns hergebracht hast«, sagte Lars zu Ange. »Was darf ich dir anbieten? Wir haben Pastis und Campari im Haus.«

»Nichts. Ich muss zurück. Muss ich wirklich allein fahren?« Ange sah Nicole an.

»Denkst du, ich komme wieder mit zurück?« Nicole lachte. »Weit gefehlt, lieber Ange. Ich bleibe. Schöner kann es nirgendwo auf der Welt sein.«

»Na, dann viel Spaß euch beiden«, sagte Ange seufzend. Er hielt die beiden für ein bisschen verrückt und gab sich keine Mühe, das zu verbergen. Sie waren alt genug, um zu wissen, was richtig war und was nicht.

»Ihr wollt den Renault wirklich nicht noch ein Weilchen behalten?«

»Nein, auf gar keinen Fall«, entgegnete Lars entschieden. »Wir haben Zeit genug, die Wege zu Fuß zu erledigen. Und morgen kann ich Lola von unserem Nachbarn abholen.«

Lola war eine schon ziemlich betagte Eselin, die aber noch recht gut Lasten schleppen konnte. Ihr Besitzer hatte sie Lars geschenkt, um sich die Futterkosten zu sparen.

Ange setzte sich in seinen Wagen, winkte nochmal, hupte kräftig, als er anfuhr – und hinterließ dann nur noch eine Staubwolke.

»Er hält uns für überspannte Großstädter«, sagte Nicole zu Lars und rieb zärtlich ihre Nase an seiner Wange.

»Wir werden ihm schon zeigen, dass wir wunderbar zurechtkommen«, erwiderte Lars voller Zuversicht und küsste sie hingebungsvoll. Als Nicole heftige Erregung in sich aufsteigen spürte, schob sie ihn von sich weg.

»Erst wollen wir unsere Sachen verstauen. Und dann möchte ich die nähere Umgebung erkunden. Wir sollten uns auch den Leutchen im Dorf vorstellen. Was meinst du?«

***

Der Tag verging wie im Flug. Am frühen Abend fühlte sich Nicole rechtschaffen müde.

Im kleinen Lebensmittelladen im Dörfchen hatten sie Oliven, Wein, Salami und Brot gekauft. Fleisch gab es dort nur einmal in der Woche. Samstags, wenn der Metzger aus der zwanzig Kilometer entfernten größeren Ortschaft mit seinem Wagen ins Dorf gefahren kam.

Sie aßen bei Kerzenschein. Nicole war so glücklich und zufrieden wie nie zuvor. Eine himmlische Ruhe umgab sie.

»Hier werden wir hoch besser schlafen als bei Madame Rocca«, meinte sie, nachdem sie ihre Mahlzeit beendet hatte. »An die Geräusche der Nacht muss ich mich erst noch gewöhnen.«

»Das geht rasch«, sagte Lars. »Aber an das Paradies gewöhnt man sich sehr schnell.«

»Den Abwasch erledige ich morgen. Am Vormittag werde ich auch zum ersten Mal Wasser holen. Frisches, klares Brunnenwasser. Welch ein Luxus!«

»Und ich werde damit anfangen, den Garten umzugraben und Kohl auszusäen.«

»Hast du überhaupt Saatgut?«

»Aber ja. Ich habe an alles gedacht.« Lars strich ihr liebevoll über das Haar.

»Du bist wunderbar, Lars. Ich weiß gar nicht, wie ich so viele Jahre ohne dich leben konnte.«

Nicole gähnte, dann reckte sie sich. »Gehen wir zu Bett?«

»Unsere erste Nacht im eigenen Haus. Ist das nicht ein wunderbarer Gedanke?«

»Ja«, murmelte Nicole schläfrig, als sie sich auszog. Das Laken fühlte sich etwas steif an, denn es war neu und noch nicht gewaschen. Die raue Decke kratzte ein bisschen auf ihrer Haut. Sie beschloss, morgen das Bett richtig herzurichten. Von solchen Dingen schienen Männer nicht viel zu verstehen.

Lars streckte sich mit einem genüsslichen Seufzer neben ihr aus. Und bald spürte Nicole seine tastenden Hände, die sie schon sehnlichst erwartet hatte.

Es dauerte nicht lange, bis der Funke der Leidenschaft eine Flamme der Lust entzündete und ihre Müdigkeit mit einem Schlag in fieberhafte Erwartung umwandelte. Das ebenso aufregende wie ausgedehnte Liebesspiel erfüllte sie mit Glück und noch mehr Erregung.

Und als Lars sanft ihre Beine auseinanderdrückte, konnte Nicole es kaum erwarten, ihn in sich aufzunehmen. Er begann mit einem langsamen Auf und Ab und wurde dann schneller.

Nicole stöhnte. »O ja, Lars«, stieß sie hervor. »So ist es gut.« Ihre Stimme klang zittrig, doch sie war Musik in seinen Ohren, wusste er doch, dass sie bald ihren Höhepunkt erlebte.

Er wollte bei ihr sein in diesem Moment höchster Lust, darum hielt er inne. Er stützte sich auf, um in ihr Gesicht zu sehen. Ihre Augen glänzten, ihr Mund war leicht geöffnet.

»Lars, willst du mich ewig warten lassen?«, klagte sie leise.

Die Flamme der Kerze flackerte leicht. »Nein, ich will, dass du vor Lust keuchst ...«

Er nahm seine Bewegung wieder auf. Sie erreichten den Höhepunkt gemeinsam und empfanden dies als Vervielfältigung der eigenen Lust.

Als wohlige Entspannung seinen Körper durchflutete, bettete Lars den Kopf auf Nicoles Brust und lauschte dem wilden Schlag ihres Herzens, der sich erst ganz allmählich beruhigte.

»Ich liebe dich, Nicole«, flüsterte er.

Sie streichelte sein Haar und fühlte sich eins mit ihm. Sie liebte ihn mit einer Intensität, die sie fast schmerzte.

Sie waren Kinder des Glücks, Auserwählte des Schicksals, liebende Menschen. Ihnen konnte nichts Böses widerfahren.

***

Ein wunderschöner Oktobertag zog langsam herauf. Heute würde es warm werden.

Die Tage wurden zwar immer kürzer. Der Sommer ging unwiderruflich zu Ende. Aber auch der Herbst war auf Korsika eine sehr angenehme Jahreszeit, wie ihnen von den Einheimischen versichert worden war.

Auch im Winter brauchte man kaum mit einem Kälteeinbruch zu rechnen. Es schneite so gut wie nie in diesen Höhenlagen. Erst ab tausend Metern konnte man vom Schnee überrascht werden.

Nicole begann den Tag mit einem Spaziergang zum Brunnen. Lola, die Eselin, zeigte sich wieder mal recht störrisch. Es dauerte eine ganze Weile, bis sie sich zu einer flotten Gangart bewegen ließ. Nicole zog das Tier hinter sich her.

Noch immer hatte sie nicht gewagt aufzusitzen. Lars war ihr zwar schon ein paarmal mit beispielhaftem Mut vorangegangen und auf Lola geritten, aber Nicole traute sich nicht, und der Eselin auch nicht.

Mit vierzig Liter Wasser in zwei Behältern kehrte sie zurück. Es fiel ihr schwer, das große Becken zu füllen. Ein Kanister mit zwanzig Litern wog eine ganze Menge.

Lars war im Garten beschäftigt. Seit sie hier lebten, arbeitete er jeden Tag. Es schien ihm Spaß zu machen.

Nicole räumte im Haus auf, kehrte den Steinfußboden mit einem großen Besen und entdeckte dabei, dass sie ein Liedchen vor sich hinträllerte.

Plötzlich wurde es ihr bewusst, dass sie gern einmal wieder Musik gehört hätte. Eigentlich hätten sie daran denken können, ein kleines Transistorgerät mitzunehmen.

Überhaupt erschienen ihr immer mehr Utensilien als nützlich – die aber leider in der Hütte fehlten.

Wenig später kam Lars zu einem kleinen Mittagsimbiss herein. »Der Boden ist verdammt hart«, erklärte er seufzend, als er sich die Hände wusch. Er betrachtete die Schwielen an den Handinnenflächen. »Aber er muss für den Gemüseanbau nun mal gut vorbereitet sein. Sonst wächst nichts.«

»Wurde früher hier in dieser Gegend Landwirtschaft betrieben?«, wollte Nicole wissen.

»Ich glaube schon. Heute beschränken sich alle auf Tierhaltung. Ist ja auch verständlich. Im Dorf leben nur alte Leute, die nicht mehr so zupacken können.«

Nicole schob sich eine Olive in den Mund. »Was mag wohl draußen in der Welt vor sich gehen?«, fragte sie dann unvermittelt.

»Was soll da schon passieren? Das Gleiche wie immer. Flugzeugentführungen, Putschversuche, Terroranschläge, Katastrophen und jede Menge Verkehrsunfälle. Die Welt ist, wie sie ist. Aber wir haben uns verändert.«

»Meinst du?«

»Aber ja. Sieh uns beide doch an. Wir sind glücklich und zufrieden. Wer kann das schon von sich behaupten?«

Am Nachmittag badeten sie im Fluss. Das Wasser war kühl, aber nicht kalt.

Lars schwamm auf Nicole zu. Sie spürte seine Hände unter Wasser an ihrem Körper.

»Wenn es Sommer wäre, könnten wir auch den Bach hier zu einem Liebesnest machen«, sagte er mit einem verschmitzten Lächeln.

»Aber wir haben Herbst!«, rief Nicole und klapperte demonstrativ mit den Zähnen. Sie ging aus dem Wasser und wickelte sich in ein großes Handtuch. Lars folgte ihr wenige Sekunden später.

Sie hielt das Badelaken auf, ließ es zu, dass er seinen kalten, nassen Körper an sie drückte, und wickelte das Tuch auch um ihn. »Iiii, bist du kalt!«, rief sie aus.

»Wie meinst du das?«, erkundigte er sich und biss sie liebevoll ins Ohrläppchen.

Nicole lachte nur und rubbelte ihm den Rücken trocken. »Lass uns reingehen, ich friere. Drinnen musst du mir beim Haarewaschen helfen.«

Nachdem sie sich angezogen hatte, setzte sie einen Topf mit Wasser auf die Gasflamme und wartete, bis es sich etwas erwärmt hatte. Dann ließ sie es sich von Lars übers Haar gießen, aber so, dass es von einer Schüssel wieder aufgefangen wurde. Nicole tat sich Haarwaschmittel in die Handfläche, verrieb es und begann, es einzumassieren.

Die Prozedur fand sie zwar ziemlich umständlich. Aber es ging nicht anders. Einen flüchtigen Moment dachte sie sehnsuchtsvoll an die Dusche in Paulines Pension, die zwar einen neuen Brausekopf nötig gehabt, aber immerhin eine schnelle Reinigung von Körper und Haar ermöglicht hatte.

»Dieses Shampoo solltest du nicht benutzen«, meinte Lars. Er nahm die Plastikflasche in die Hand und runzelte die Stirn. »Es ist biologisch nicht abbaubar.«

»Wie soll ich hier in der Einöde an solches Shampoo kommen?« Nicoles Stimme klang schärfer als beabsichtigt.

»Nimm doch Schmierseife, so wie ich!«, schlug Lars vor.

»Danach fühlt sich dein Haar auch an, spröde und stumpf.«

»Sehnsucht nach der Zivilisation?«, neckte er sie.

»Ach, hör doch auf!« Erschreckt erkannte Nicole, dass sie wirklich sauer auf ihn war, das erste Mal.

Sie rubbelte mit einem Handtuch ihr Haar, kämmte es aus und versuchte, es mit den Fingern in Wellen zu drücken.

»Der Briefträger war heute Vormittag da, als du im Garten warst«, sagte sie schließlich, nachdem ihre Verstimmung ein wenig abgeklungen war.

»Was wollte er?«

»Erst einmal seinen Pastis, wie immer. Dann hat er einen Brief von Brigit gebracht. Sie hat meine Sachen aus meinem Apartment abgeholt. Es ist schon wieder vermietet.«

»Und?«

»Ein bisschen bin ich traurig. Ich habe gern dort gewohnt.«

»Meine Güte!« Jetzt war Lars ungehalten. »Möblierte Apartments gibt's in Paris wie Sand am Meer. Einer solchen Behausung muss man doch wirklich nicht nachtrauern! Sie haben keine Seele, Nicole!«

»Ich weiß. Aber dieses Haus hier hat eine, was?«

»Und ob. Alle alten Häuser haben eine Seele, erzählen die Geschichte ihrer Bewohner. Wusstest du das nicht?«

»Jetzt, wo du es mir sagst, bin ich im Bilde«, antwortete sie spöttisch. »Danke, für die Belehrung, Herr Lehrer.«

»Sei doch nicht so kratzbürstig!« Lars wunderte sich. »Was ist nur mit dir los?«

»Ach nichts«, sagte Nicole und trat ans Fenster.

Draußen zog ein Gewitter herauf. Über der Bergspitze, die sie sehen konnte, lag eine dicke schwarze Wolke.

Wie soll ich Lars meinen Zustand erklären?, überlegte Nicole. Sie wusste ja selbst nicht so recht, was mit ihr los war. Brigits Bericht hatte sie den ganzen Tag beschäftigt. Die Freundin schien es in dem Verlag sehr gut getroffen zu haben. Es gefiel ihr. Sie schilderte ihren Arbeitsbereich, erzählte von den Menschen, die sie kennengelernt hatte, erwähnte neue Filme und neue skandalumwitterte Theateruraufführungen in Paris.

»Ich geh noch ein bisschen spazieren«, beschloss Nicole spontan.

»Du wirst dich erkälten mit deinen nassen Haaren!«, warnte Lars. »Und das Gewitter ...«

»Keine Sorge. Ich pass schon auf mich auf.«

Ihre Ironie tat ihm weh, doch Lars ließ sie gehen, weil er Verständnis dafür hatte, dass sie mal allein sein wollte.

Vielleicht wäre ein zweites Zimmer doch besser gewesen, in das sich jeder von ihnen mal zurückziehen konnte. Doch für solche Überlegungen war es zu spät.

Als Nicole nach einer Stunde zurückkam, war ihr Haar trocken. Es donnerte und blitzte, aber es fiel immer noch kein Regen. Gelblich-graues Licht verwandelte die Landschaft in eine verschwommene Kulisse, von der etwas Bedrohliches ausging.

Es war Zeit zum Abendbrot, doch Nicole hatte keinen Hunger. Sie sehnte sich nach einem saftigen Steak mit zarten Gemüsebeilagen – und Pommes frites. Natürlich verschwieg sie Lars diesen Wunsch, auch weil sie keine Lust hatte, sich von ihm verspotten zu lassen.

Lars hatte ein kleines Schachspiel in seinem Rucksack, das ihm schon auf vielen Reisen ein treuer Begleiter gewesen war. »Hast du Lust auf eine Partie?«, fragte er.

Sie spielten öfter zusammen. Doch heute wollte Nicole nicht. »Ich bin müde, ich leg mich ins Bett.«

Wenig später lag Lars neben ihr. Er streckte die Hand nach Nicole aus, um sie zu streicheln. Zum ersteh Mal entzog sie sich ihm.

»Ich bin wirklich müde, Lars«, murmelte sie.

Enttäuscht schlief er ein.

Drei Stunden später erwachte Nicole aus einem bösen Traum. Sie vernahm ein merkwürdiges Geräusch, das sie erst Sekunden später als Regentropfen erkannte, die auf die Dachziegel prasselten. Es dauerte nur wenige Augenblicke, dann war es wieder ruhig.

Sie lauschte auf die Geräusche der Nacht. Und als sie gerade dabei war, wieder einzuschlafen, hörte sie etwas anderes. Es klang, als ob ein Tier an einem Holzstück nagte.

Fröstelnd zog sie die Decke höher. Durch das Leinen hindurch spürte sie das kratzige Gewebe der Wolldecke. Und plötzlich empfand Nicole etwas, das sie schon längst vergessen zu haben glaubte: Niedergeschlagenheit.

Sie brauchte lange, bis sie endlich wieder einschlafen konnte. Als sie am Morgen erwachte, zog der Duft von Malzkaffee durch den Raum.

Lars kam zu ihr und nahm sie in die Arme. »Ausgeschlafen?«

»Ja.«

»Und hoffentlich gut gelaunt?«

»Ich glaube schon.« Nicole berichtete von dem merkwürdigen Geräusch und vernahm mit leichtem Schaudern, dass Lars vermutete, es könne sich dabei nur um Ratten gehandelt haben.

Auch Tage später noch verdrängte Lars die Tatsache, dass die Missstimmung, die sich so klammheimlich eingeschlichen hatte, noch anhielt. Nicole hatte Angst, sich die Veränderung einzugestehen. Es konnte, es durfte nicht sein, dass ihre Liebe bereits einen Knacks bekommen hatte.

Was war sie wert, wenn sie sich von solch lächerlichen Alltagskleinigkeiten erschüttern ließ?

Sie schaute aus dem Fenster. Lars arbeitete im Garten. Die Hacke fuhr auf und nieder. Sie bewunderte ihn wegen seiner Tatkraft.

Er war so sicher und wusste hundertprozentig, was er wollte: Und sie? Sie schwankte bereits.

Gewissensbisse überkamen sie. Musste sie nicht endlich etwas tun, um ihre Partnerschaft zu festigen? Sie hatte sich schon so oft eingestanden, dass sie ohne Lars nicht leben konnte. Ein solches Leben war schön. Man musste nur verstehen, etwas daraus zu machen.

Unschlüssig ging Nicole im Haus auf und ab. Schließlich gestand sie sich ein, dass sie auf den Postboten wartete. Ein Brief von Brigit war fällig.

Ein bisschen beneidete sie die Freundin, die für ein ordentliches Gehalt in einen Pariser Verlag ging, dort ihre Arbeit tat, mit Kolleginnen und Kollegen Kontakt hatte und Karriere machen konnte.

Sie stellte sich vor, wie Brigit mit einer Gruppe von jungen Leuten mittags in ein Bistro ging, um bei einem Glas Rotwein und einem kleinen Imbiss über aktuelle und politische Probleme zu diskutieren.

Nicole drückte ihre Stirn an das kühle Fensterglas. Wie lange hatte sie solche Gespräche schon nicht mehr geführt! Seit die merkwürdige Spannung zwischen ihr und Lars war, unterhielten sie sich auch weniger miteinander.

Sie sprach zwar mit dem Briefträger, mit dem Metzger, der samstags mit seinem Wagen kam, hin und wieder auch mit einigen Frauen, wenn sie Wasser am Brunnen holte. Aber die Frauen waren alle schon ziemlich alt, und ihre Gespräche drehten sich immer um die selben Dinge.

Nicole betrachtete ihr Gesicht in dem kleinen Handspiegel, den sie am Küchenregal aufgehängt hatte. Die Bräune schwand dahin. Am Kinn bekam sie einen Pickel.

Unwillkürlich fiel ihr der Vergleich von der abblätternden Farbe ein. Galt das auch für ihre Liebe zu Lars?

Langsam schüttelte sie den Kopf. Nein, sie liebte ihn! Das wusste sie ganz sicher! Die Vorstellung, sich von ihm zu trennen, erfüllte sie mit Schrecken.

Nicole hörte den Wagen des Briefträgers, noch bevor sie ihn sah. Der Wind trug das Motorengeräusch vor sich her.

Mit einem fröhlichen Grinsen trat er ein. Ein Brief für Lars. Schade, dachte sie enttäuscht.

Der Mann setzte sich an den Küchentisch, ließ sich einen Pastis einschenken – und Nicole stellte fest, dass die Flasche bald leer war.

Sie würde wieder eine kaufen müssen. Auch Lars trank hin und wieder einen vor dem Essen.

Das Zeug war nicht gerade billig, eine Ausgabe, die sich in ihrem schmalen Haushaltsbudget empfindlich bemerkbar machen würde.

Als Lars gegen Mittag seine Arbeit unterbrach und hereinkam, reichte Nicole ihm wortlos den Brief. Er schaute kurz auf den Absender. Sein Gesicht verschloss sich, und er legte ihn zur Seite. Auch das kränkte Nicole.

Hatte Lars Geheimnisse vor ihr? Warum sagte er ihr nicht, wer da geschrieben hatte? Es gab ja nun wirklich nicht viel Abwechslung in ihrem Leben. Da war sie für jede Neuigkeit dankbar.

»Ob Ange mal wieder kommt?« Sie biss lustlos in ein Stück Brot und schob einen Käsewürfel hinterher. Einmal war der Freund bis jetzt hier gewesen.

»Warum?«, wollte Lars wissen. »Hast du Sehnsucht nach ihm?«

»Ich mag Ange!«, begehrte Nicole auf. »Stört dich das etwa?«

»Nein«, gab Lars zurück. »Aber was soll der hier oben? Er hat seine Arbeit in Ajaccio und wahrscheinlich wenig Lust, am bäuerlichen Leben teilzuhaben.«

Nicole war erleichtert, dass Lars wieder nach draußen ging. Schnell räumte sie auf. Und danach fühlte sie sich so müde, dass sie sich am helllichten Tag ins Bett legte.

Natürlich wusste sie im Stillen, dass dies nichts als eine Flucht vor den eigenen Gedanken bedeutete.

Erst gegen vier wachte sie wieder auf. Nicole beschloss, sich auf den Weg ins Dorf zu machen. Sie brauchten Gemüse. Ihr eigenes war noch nicht so weit. Außerdem Wurst und Olivenöl. Und eine neue Flasche Pastis.

Nicole steckte sich dreißig Euro ein. Der Wind hatte etwas nachgelassen. Sie schaute zum Himmel hinauf. Die Wolken gaben immer wieder große Stücke blauen Himmels frei. Die Luft war angenehm.

Es war immer noch ungewöhnlich warm. Bis jetzt hatten sie noch kein einziges Mal den Ofen anzünden müssen. Wenn es ihnen abends zu kühl wurde, zogen sie einfach Pullover über – oder nahmen sich in die Arme, wenn die Verstimmung nicht so groß war.

»Je t'aime, chéri, oh, je t'aime ...«, klang es Nicole munter aus Serafinas Lebensmittelladen entgegen. Sie hielt verwundert inne. Dann zog ein Lächeln über ihr Gesicht. Ein dümmlicher Text zwar, der sich auch noch ständig wiederholte, aber ein flotter Rhythmus. Augenblicklich fühlte sie sich besser.

»Na, Kindchen? Was darf's denn heute sein?«

Nicole starrte auf das einfache Transistorradio, das neben Serafinas Kasse stand. »Gehört das zum Sortiment?«

Die korpulente Sechzigjährige lachte auf. »Sie wollen wohl ein Warenhaus zum Einkaufen, wie? Nein, Kindchen, natürlich nicht. Ich bleibe bei Lebensmitteln. Aber wollen Sie das Ding haben?«

»Kostet es viel?«

»Es ist schon alt. Aber spielen tut es noch ganz gut. Fünfzehn Euro. Dafür können Sie es mitnehmen. Sie müssen es auch nicht gleich zahlen.«

Nicole war sofort einverstanden. Sie strahlte über das ganze Gesicht, als sie das kleine Radio in ihren Korb legte. Natürlich reichte ihr Geld nicht.

Allein der Schnaps kostete schon zehn Euro. Sie musste etwas schuldig bleiben. Serafina schrieb die Summe in ein angeschmuddeltes Heft.

Bevor Nicole den Laden verließ, fiel ihr Blick auf eine Zeitschrift. »Ist die neu?«

»Ja, vorgestern eingetroffen. Ein ganz unterhaltsames Magazin. Mode, Kreuzworträtsel, Kurzgeschichte, Fernsehprogramm, alles drin.«

»Fernsehprogramm ...« Nicole seufzte auf.

»Ach ja, Sie haben ja keinen Strom da draußen«, erinnerte sich Serafina. »Wie halten Sie die Abende ohne Fernsehen aus? Also, ich könnte nicht darauf verzichten.«

In dem kleinen Dorf hatte jeder Haushalt ein Fernsehgerät, und ausnahmslos in Farbe. Der Fortschritt hat die korsischen Bergdörfer längst eingeholt, dachte Nicole ironisch, nur uns hat er links liegen lassen.

»Ich mache mir nicht viel draus«, sagte sie. Vor ein paar Monaten hätte dieser Satz noch gestimmt. Jetzt jedoch sehnte sie sich geradezu nach einer solchen Abwechslung.

»Sie sind ja auch noch jung«, meinte Serafina mit einem unverschämten Augenzwinkern. »Da ist ein Fernsehapparat nicht nötig. Wenn Sie erstmal vierzig Jahre verheiratet sind, so wie ich mit meinem Joseph, dann denken Sie darüber ganz anders.«

»Wir gehen viel spazieren«, lenkte Nicole vom Thema ab und legte die Zeitschrift wieder zurück.

»Warten Sie!« Serafina hatte eine Idee. »Im Schuppen steht noch ein altes Fahrrad. Es gehört meiner Tochter, aber die fährt schon lange nicht mehr damit. Hat sie auch nicht nötig. Vor zwei Monaten hat ihr Mann ihr einen kleinen Wagen gekauft. Wenn Sie die Bereifung in Ordnung bringen lassen, können Sie noch gut damit fahren.«

Sie ging Nicole durch die Hintertür voran. Das Fahrrad setzte an vielen Stellen schon Rost an. Die Reifen waren platt, aber das würde Lars ihr richten können.

»Es ist noch gut in Schuss, nicht?«, wollte Serafina wissen.

»Was soll es denn kosten?«

»Ach, Kindchen, nehmen Sie's mit. Hier steht es mir nur im Wege. Wenn Sie es nicht mehr brauchen, werfen Sie es auf den Müll.«

»Ein Geschenk?« Nicoles Stimme zitterte vor Freude. Dann fiel sie der dicken Serafina um den Hals, mit Tränen der Rührung in den Augen.

Die Lebensmittelhändlerin war von Nicoles Ausbruch ganz überrascht und auch etwas verlegen. Nicole hängte ihren Korb an die Stange und schob mit dem Rad davon.

Nach einigen Metern drehte sie sich um. Serafina stand immer noch im Eingang. Die beiden Frauen winkten sich zu.

»Was ist denn das?«, wollte Lars wissen, als er das Fahrrad sah.

Nicoles Stimmung sank sofort wieder auf den Nullpunkt. »Ein Fahrrad«, fauchte sie. »Hast du noch nie eins gesehen?«

»Und was soll das?«, brummte er.

»Ich will, dass du es mir in Ordnung bringst. Dann kann ich damit ein bisschen in der Gegend herumfahren.«

»Tun's die Füße nicht mehr?«, erkundigte Lars sich höhnisch.

»Lars, du bist gemein!« Nicole wandte sich ab, damit er ihre Tränen nicht sehen konnte.

Er war bestürzt über ihre Reaktion und nahm sie schnell in die Arme. Doch der Geste fehlte das wärmende Feuer, die Innigkeit. Dass Nicole sich widersetzte, verdross ihn außerdem. Lars nahm das Fahrrad und trug es hinters Haus, um es in Ordnung zu bringen.

Nicole ging seufzend ins Haus. Sie räumte die eingekauften Sachen ins Regal und nahm das kleine Transistorradio wie einen kostbaren Schatz in die Hände.

Sie schaltete es ein, suchte einen Sender mit flotter Musik. Sekunden später tanzte sie durch die enge Hütte. Die Batterien seien fast neu, hatte Serafina ihr noch versichert.

Nicoles Ärger schwand mit der leichten Musik. Sie deckte den Abendbrottisch besonders liebevoll, tat die schwarzen Oliven in eine kleine Tonschale, stellte Brot und Käse bereit, dazu Wein und Gläser und entschloss sich, heute eine Dosensuppe aufzuwärmen.

Fischsuppe! Hoffentlich würde die schmecken.

Lars blieb wie vom Donner gerührt in der Tür stehen. Im nächsten Moment hatte er die Quelle des Lärms entdeckt und ging drohend darauf zu.

»Noch ein Zugeständnis an die Zivilisation!«

»Meine Güte, Lars, nun hab dich nicht so! Es ist ein kleines Radio. Was ist daran so verurteilenswert? Ich finde, du übertreibst schrecklich. Wir können damit doch auch Nachrichten hören ...«

»Interessieren mich nicht.«

»Aber wir leben doch nun mal auf dieser Welt!«, rief Nicole aus. Schon wieder standen ihr die Tränen in den Augen.

Lars bedachte sie mit einem verächtlichen Blick und stürmte wieder hinaus. Die Suppe kochte über und brachte die Gasflamme zischend zum Erlöschen. Nicole drehte den Herd ab. Dann lief sie zum Bett und warf sich schluchzend auf die Decke.

Sie weinte sich fast die Seele aus dem Leib und konnte sich gar nicht wieder beruhigen. Nie hätte sie geglaubt, dass die Liebe ihr eines Tages so viel Kummer bereiten würde.

***

Dr. Barnström lächelte aufmunternd. »Sie haben gute Fortschritte gemacht, Frau Anderson. Als Ihr Arzt kann ich Ihnen nur empfehlen, so weiterzumachen. Denken Sie mal in Ruhe über meinen Vorschlag nach.«

Er nahm seinen Hut und wandte sich zur Tür. Olaf Anderson folgte ihm.

»Vielen Dank, Herr Doktor. Ich bin froh, dass es ihr wieder besser geht.«

»Mit einer solchen Leberinfektion ist nicht zu spaßen«, meinte der Arzt. »Die Behandlung mit Antibiotika ist sehr gut angeschlagen. Aber bedenken Sie, dass Ihre Frau ein schwaches Herz hat. Sie sollten wirklich eine längere Erholungspause einplanen. Und zwar im sonnigen Süden.«

Olaf Anderson reichte dem Arzt den dicken Mantel und einen Wollschal. Der Winter war ziemlich früh über Schweden hereingebrochen.

»Woran denken Sie?«

Dr. Barnström zuckte die Schultern. »Die Kanarischen Inseln sind angenehm warm um diese Jahreszeit. Madeira auch. Aber das wäre vielleicht schon eine zu große Klimaumstellung für Ihre Frau. Eine Mittelmeerinsel wäre besser. Balearen oder so. Erkundigen Sie sich mal im Reisebüro.«

»Vielen Dank, Doktor. Ich werde schon eine Lösung finden. Darauf können Sie sich verlassen. Mir liegt Kristinas Gesundheit sehr am Herzen.«

Als Olaf Anderson Sekunden später wieder am Bett seiner Frau saß, tätschelte er ihr liebevoll die Hände. »Ich freue mich, mein Kleines, dass du diese Krankheit überwunden hast.«

»Ich bin zwar klein und schwach«, erwiderte Kristina mit einem spitzbübischen Lächeln, »habe aber einen unheimlich starken Willen. Barnströms Vorschlag gefällt mir gut. Und weißt du, woran ich denke?«

»Korsika«, knurrte Olaf Anderson. »Du willst deinen missratenen Sohn wiedersehen, stimmt's?«

»Wir werden älter, Olaf. Wir sollten aufhören, die gekränkten Eltern zu spielen. Warum freuen wir uns nicht, dass Lars allein seinen Weg machen will?«

»Welchen Weg?«, rief Olaf Anderson aufgebracht. »In der Weltgeschichte treibt er sich herum! Dabei ist sein Platz hier! Hier im Werk!«

»Nun regst du dich schon wieder auf«, stellte sie mit weicher Stimme fest. »Das sollst du doch nicht! Unser Schwiegersohn ist doch gut in seine Führungsaufgaben hineingewachsen.«

Björn Kungsvägen hatte vor fünf Jahren Siv, die Tochter der Andersons, geheiratet. Allerdings nicht in der Absicht, in den Konzern seines Schwiegervaters einzutreten. Björn war Arzt. Und er hatte nicht Medizin studiert, um die Geschicke eines Pharmabetriebes zu leiten. In einer eigenen Praxis wollte er arbeiten.

Nach und nach war der Druck der Familie Anderson jedoch stärker geworden. Schließlich hatte er sich überreden lassen und trug seitdem einen stummen Groll auf Lars in seinem Herzen mit sich herum.

Wenn der Bursche getan hätte, was seine verdammte Pflicht gewesen wäre, müsste er nicht seinen Posten ausfüllen.

»Ich kann einfach nicht vergessen, dass Lars mir einen solchen Strich durch die Rechnung gemacht hat!«, brummte Olaf Anderson.

»Du kannst den Jungen nicht zwingen. Wenn er es nun mal nicht für seine Bestimmung hält ...«

»Er hält nichts für seine Bestimmung – nur das Faulenzen«, raunzte Olaf grimmig. »Ich bedaure, dass Arthur ihm sein Vermögen hinterlassen hat. Von mir hätte der Bengel nichts bekommen.«

»Du tust ihm unrecht, Olaf. Lars hat das Geld noch nicht angerührt. Nur neulich hat er einen kleineren Betrag abgehoben. Was er für sich verbraucht, verdient er sich durch Arbeit ...«

»Arbeit!«, höhnte Olaf. »Seit wann ist Surfen Arbeit? Lars will nur zu seinem Vergnügen leben.«

»Nun beruhige dich ... bitte.«

»Verzeih, Kristina. Anstatt dir beim Gesundwerden zu helfen, mache ich meinem Ärger schon wieder Luft.«

»Lass uns nach Korsika fliegen. Wir mieten uns in einem bequemen Hotel ein und haben dann viel Zeit, unserem Sohn wieder näherzukommen. Bitte, Olaf! Mir liegt so viel daran.«

»Ich werde es mir nochmal durch den Kopf gehen lassen«, brummelte er nach einer Weile. »Im Prinzip habe ich nichts dagegen. Voraussetzung ist natürlich, dass Björn hier allein zurechtkommt.«

»Ein ganzes Heer von qualifizierten Mitarbeitern steht hinter ihm! In diesem Punkt solltest du dir wirklich keine Gedanken machen. Auch dir würde es guttun, einmal auszuspannen.«

»Hat Lars noch einmal von sich hören lassen?«

»Nein.« Kristina Anderson verschwieg, dass sie ihrem Sohn vor einigen Tagen einen langen, ausführlichen Brief geschrieben hatte. Nur von ihrer gerade überstandenen Krankheit natürlich nichts.

Olaf Anderson schaute auf die Uhr. »Nun, dann fahre ich jetzt nochmal ins Werk zurück.«

Er küsste sie. »Bis heute Abend.« Er verließ das Zimmer. In der großen Wohnhalle ließ er sich von dem Mädchen in den Mantel helfen und rief nach seinem Chauffeur, der in der Küche heißen Tee schlürfte.

Draußen roch es nach Schnee. Plötzlich hatte Olaf Anderson Sehnsucht nach einem warmen Klima, nach etwas Ruhe und Entspannung.

***

Nicole war gespannt, welche Überraschungen der heutige Tag für sie bereithielt.

Lars hatte ihr das Fahrrad in Ordnung gebracht. Doch fahren konnte sie heute nicht damit. Ein schwerer Sturm heulte ums Haus. Die Balken ächzten, die Dachziegel rappelten.

Zwar hatte sich Nicole mit Lars halbwegs ausgesöhnt, doch sie spürte, dass nichts mehr so war wie vorher. Jeder Tag brachte neue Enttäuschungen für sie. Auch verstand sie sich selbst nicht mehr.

Im Sommer hatte sie das einfache, genügsame Leben wunderschön gefunden. Jetzt verging keine Stunde, ohne dass sie nicht von einer lockenden Vorstellung heimgesucht wurde. Eine warme Dusche, ein heißes Bad, einen Föhn, eine elektrische Lockenbürste, einen Plattenspieler, elektrisches Licht und eine Kaffeemaschine. Was gab es doch für sinnvolle Kleinigkeiten, die den Menschen das Leben erleichterten!

Telefon, ein feudales Essen in einem guten Restaurant, ein Espresso in einem hübschen Straßencafé ein Auto, ein Fernsehgerät, tiefgefrorene Pizza, die man im Mikrowellenherd nur aufzuwärmen brauchte ... die Liste war lang.

Ob sie Ange anrief und ihn bat? Aber dann musste sie den Weg ins Dorf noch einmal machen. Dazu hatte sie bei dem Sturm keine Lust. In der Nacht hatte er den Ast eines alten Olivenbaumes abgerissen.

Lars arbeitete draußen. Das kam Nicole ziemlich verbissen vor, als müsse er ihr um jeden Preis beweisen, wie sehr er dieses Leben liebte. Manchmal glaubte sie, dass er nur deshalb so lange draußen blieb, um nicht mit ihr in einem Raum sein zu müssen.

Bekümmert seufzte sie vor sich hin. Wie sollte es weitergehen? Sie spürte, dass etwas Entscheidendes geschehen musste, und zwar bald. Lange hielt sie diese Spannung nicht mehr aus. Wenn ihr vor zwei Monaten jemand einen solchen Verlauf ihrer Beziehung zu Lars vorausgesagt hätte – Nicole hätte demjenigen das Gesicht zerkratzt.

Und nun saß sie vor einem Scherbenhaufen und war den Tränen näher als dem Lachen.

Es klopfte. Nicole zuckte zusammen und beeilte sich zu öffnen. Es war der Postbote.

»Ganz schönes Windchen, was?«, meinte er und steuerte seinen Platz am Küchentisch an.

Nicole schenkte ihm seinen Schnaps ein, erkundigte sich nach Neuigkeiten im Dorf. Sie wünschte sich, dass er bald wieder ging, denn auf dem Tisch lag ein Brief von Brigit! Ein Bericht von der Freundin könnte sie vielleicht aus ihrer trüben Stimmung herausreißen.

Endlich war Nicole wieder allein. Sie riss den Umschlag auf. Fünf Seiten hatte Brigit eng beschrieben!

Nicole legte sich aufs Bett und begann zu lesen. Als sie fertig war, stellte sie fest, dass sie den Brief nicht nur gelesen, sondern richtig mitgelebt hatte.

Sie war dabei gewesen, mitten unter den Leuten, von denen Brigit so anschaulich berichtete. Einen gewissen Alain gab es seit zwei Wochen, den Brigit betont beiläufig erwähnte. Bestimmt steckte viel mehr dahinter!

Oh, was gäbe ich darum, einen langen ausgedehnten Schwatz mit der Freundin halten zu können!, dachte Nicole sehnsüchtig.

Lars stürzte herein. Sie schrak zusammen.

»Der Sturm hat einige Ziegel vom Dach gefegt!«, rief er ärgerlich aus, als wäre das nur passiert, um ihm zu schaden.

»Dann musst du das reparieren«, meinte Nicole.

»Bei dem Sturm kann ich nicht rauf. Außerdem muss ich erst die Leiter wieder richten. Die ist nämlich auch kaputt.«

»Es gibt kaum etwas in diesem Haus, was nicht kaputt ist«, hörte Nicole sich sagen. »Sogar unsere Liebe.«

Ungläubig starrte Lars sie an. Ganz langsam kam er näher. »Ist das wahr?«, fragte er heiser.

Sofort tat es ihr leid. »Ich habe ein wenig übertrieben«, meinte sie einschränkend. »Wir sind beide nicht in guter Stimmung.«

Stöhnend ließ Lars sich auf dem Bettrand nieder. »Was ist bloß los mit uns?«, murmelte er und legte das Gesicht in die Hände.

Nicole berührte sein Haar und stellte im gleichen Moment fest, dass Lars es ruhig etwas öfter waschen könnte. Im Fluss war es zum Baden jetzt doch zu kühl, und Lars schien die umständliche Prozedur mit den diversen Töpfen heißen Wassers noch mehr zu scheuen als sie.

Aber dennoch konnten sie doch nicht leben wie die Wilden! Bedeutete ein einfaches Leben gleichzeitig, dass man sich vernachlässigte und sein Äußeres verkommen ließ? Nicole begehrte dagegen auf.

Langsam hob Lars das Gesicht. Er schaute sie lange und eindringlich an. Etwas von der alten Leidenschaft flammte in seinem Blick auf und wirkte sofort ansteckend auf sie.

»Lars«, murmelte sie, »wir müssen miteinander reden.«

Er warf sich über sie und bedeckte ihr Gesicht und ihren Hals mit Küssen. Seine Hand schob sich unter ihren Pullover, fanden ihre Brüste mit den großen Warzen, die jetzt ganz hart wurden. Warum hatte er sie in der letzten Zeit so vernachlässigt?

»Chérie«, keuchte er, »wir sollten uns viel öfter lieben.«

Nicole seufzte mit geschlossenen Augen. Sie spürte seine Männlichkeit an ihrem Oberschenkel. Langsam tastete ihre Hand nach unten, berührten den gewölbten Stoff und suchte nach dem Reißverschluss seiner Jeans.

Lars' Zunge spielte wild in ihrem Mund. Nicoles Verlangen wurde aufgepeitscht. Sie wollte mit Lars wieder diesen wunderbaren Rausch der Sinne erleben. Da klirrte plötzlich ohrenbetäubend Glas zu ihrer Rechten auf den Steinfußboden.

Erschreckt ruckten ihre Köpfe in diese Richtung. Der Sturm hatte ein Fenster eingedrückt und fuhr nun ungehindert herein, wirbelte Zeitungen durcheinander und fegte welke Blätter ins Haus.

»Verdammt!«, schrie Lars und sprang auf. Vergessen war die Lust auf Liebe. Auch Nicole hatte nichts mehr damit im Sinn. Fröstelnd zog sie sich noch einen Pullover über, denn der Mistral war der kälteste aller Winde, die über die Insel hinwegbrausten. Er deckte Dächer ab, entwurzelte Bäume und fegte nun sogar die Erotik hinweg.

Lars eilte hinaus und holte ein paar Bretter aus dem Schuppen zurück, die er von außen gegen das Fenster nagelte. Nicole fegte die Scherben zusammen. Danach war es dunkel in der Hütte, obwohl es noch gar nicht Abend war. Sie musste die Kerzen anzünden.

Lars kam wieder herein. »Morgen fahre ich mit dem Rad ins Dorf und erkundige mich, wo ich neues Glas kriegen kann.«

Nicole antwortete nicht. Sie hockte mit hängenden Schultern auf einem Stuhl.

»Machst du mich vielleicht für das Unwetter verantwortlich?«, fuhr Lars auf.

»Nein, Lars«, sagte sie leise.

***

Der Nachmittag verlief in gedrückter Stimmung. Gegen acht ließ der Mistral endlich nach, was aber zur Folge hatte, dass es regnete.

Und da im Dach mehrere Löcher waren, bildeten sich schnell zwei größere Pfützen auf dem Fußboden. Nicole holte Töpfe, um das Wasser aufzufangen. Doch das ständige Stakkato der Tropfen zerrte an ihren Nerven. Sie bedachte Lars mit einem anklagenden Blick. Der tat jedoch, als ob er nichts merke.

»Jetzt machen wir uns was Vernünftiges zu essen«, schlug er mit gespieltem Optimismus vor. »Was sagen denn unsere Vorräte?« Er trat vor das Küchenregal. »Elsässisches Sauerkraut mit Beilagen. Das ist bestimmt etwas Leckeres. Weißt du was? Heute bin ich der Koch.«

»Fantastisch!«, murmelte Nicole, jedoch ohne jede Begeisterung. Lars wollte unbedingt die Stimmung wieder heben, ahnte aber, dass dies kein leichtes Unterfangen sein würde. »Und damit es etwas gemütlicher ist, mache ich uns den Ofen an. Du wirst sehen, gleich haben wir es gemütlich warm.«

Nicole bemerkte sehr wohl seine Absicht, die Spannungen zu mildern, konnte jedoch nichts dazu beitragen. Brigits Brief fiel ihre wieder ein. Sie beneidete die Freundin glühend.

Sie wollte auch endlich mal etwas für sich tun. Sie musste eine Entscheidung treffen, was ihren Beruf anging. Aber wie sollte sie von hier aus etwas unternehmen? Sie konnte hier noch nicht einmal Zeitungen kaufen, um nach geeigneten Annoncen Ausschau zu halten.

Es blieb ihr gar nichts anderes übrig, als nach Ajaccio zu fahren, um sich dort mit entsprechenden Blättern einzudecken. Zwar gab es keine Busverbindung dorthin, aber das war kein großes Problem. Es würde sie schon jemand mitnehmen.

Lars hantierte am Ofen herum, schob Zeitungspapier hinein, eilte hinaus, um Holz zu holen und schichtete alles aufeinander. Gemütlich warm wurde es aber nicht. Dafür qualmte es entsetzlich. Schwarzer Rauch drang aus allen Ritzen des Ofens.

Nicole war außer sich. »Nun tu was, Lars!«, schrie sie. »Willst du uns völlig einräuchern?«

»Was soll ich denn machen? Ich kann das brennende Zeug doch jetzt nicht rausholen. Der Abzug funktioniert nicht. Das ist alles. Eine Kleinigkeit. Das repariere ich morgen!«

»Kleinigkeit! Kleinigkeit! Alle diese Kleinigkeiten türmen sich zu einem riesigen Berg. Ich habe genug davon, Lars!« Nicole konnte sich nicht länger beherrschen.

»Stell dich nicht so an, Das ist doch kein Weltuntergang.« Lars riss die Tür auf und das unversehrte Fenster. Regen peitschte herein.

Nicoles »seelisches Fass« lief brodelnd und zischend über. »Ich habe genug, genug, genug!«, schrie sie wütend. Der Rauch brachte sie zum Husten. »Es regnet rein, es ist kalt, der Ofen qualmt – und du stinkst, weil du dich schon seit Tagen nicht gewaschen hast. Schluss jetzt.« Zornig riss sie ihren Koffer aus dem wackeligen Schrank und stopfte wahllos hinein, was ihre Hände zu fassen bekamen. Ihre Augen waren rot vor lauter Rauch, und immer wieder musste sie husten.

Lars sah ihr zu. Er war wie gelähmt und brachte es nicht fertig, ihr in den Arm zu fallen.

Die Szene, die sich da vor ihm abspielte, empfand er als unwirklich. Es konnte doch nicht sein, dass die geliebte Frau die Flucht ergriff, weil sie ein paar Regentropfen abbekam und ein bisschen Rauch einatmen musste!

»Du hättest das Dach vorher reparieren müssen!«, schrie Nicole. »Schließlich weiß jeder Mensch, dass das Wetter um diese Jahreszeit auch auf Korsika unbeständig ist.«

»Sollte ich vielleicht bei dem Sturm auf dem Dach herumturnen? Ich hätte herunterfallen und mir alle Knochen brechen können.«

»Und wenn schon?«, meinte sie verächtlich – hielt aber sofort erschreckt inne. Das hätte sie nicht sagen dürfen, sie wusste es, als sie Lars' Miene sah. Sein Gesicht wirkte wie aus Stein gemeißelt.

Die Entschuldigung blieb Nicole im Hals stecken. Sie spürte, dass es in dieser Situation sinnlos war, sich zu rechtfertigen. »Ich fahre nach Ajaccio, Lars. Bis bald. Ich melde mich, wenn ...« Ihr Stolz ließ nicht zu, dass sie jetzt nachgab.

»Vergiss dein Radio nicht«, unterbrach er sie mit schneidender Stimme. »Und vergiss alles, was ich dir jemals gesagt habe. Alles, hörst du?«

Nicole schluckte vor Schreck. Bedeutete das das Ende? Aber sie wollte doch nur ...

»Lars«, bat sie mit hilflosem Gesicht, »ich ...«

»Mach's gut, Nicole. War nett, dich kennengelernt zu haben.«

Sie zögerte nicht länger, stürzte ohne jeden Abschied hinaus. Minuten später saß sie auf dem Fahrrad, nachdem sie den Koffer mühsam auf dem Gepäckständer befestigt hatte, und strampelte, als ging es um ihr Leben ...

Lars brauchte eine Weile, bis er sich von dem Schreck erholt hatte. Dann beschloss er, so zu tun, als sei nichts geschehen. Er würde so weitermachen wie bisher.

Er war wütend auf Nicole und fluchte wütend vor sich hin. Er wusste, dass er sich kindisch verhielt, aber er musste einfach Luft ablassen.

Er nahm eine Schüssel, füllte sie mit Wasser und goss sie über den rauchenden Ofen. Es zischte, brodelte, verkohlte Papierfetzchen wirbelten durch die Luft, dann war Ruhe.

Lars lüftete noch eine Weile, dann machte er Tür und Fenster zu und beschloss, erst einmal etwas zu essen. Als er sich gesättigt fühlte, nahm er seinen ursprünglichen Plan wieder auf: ein Regal an der Wand anzubringen. Zwar war es ursprünglich als kleine Ablage für Nicoles Bettseite gedacht. Doch sie brauchte es nun ja nicht mehr. So hämmerte er auf seiner Seite.

Danach war sein Zorn verraucht. Er war allein und konnte nun so leben, wie es ihm gefiel. Das redete er sich jedenfalls ein.

***

Unter dem misstrauischen Blick des Portiers durfte Nicole das Fahrrad in der Tiefgarage unter dem Haus abstellen und sichern. Bevor sie jedoch das Einzelzimmer mit Dusche beziehen konnte, musste sie erst eine Vorauszahlung leisten. Sie schien nicht sehr solvent auf ihn zu wirken.

Drei Stunden hatte sie für die Fahrt gebraucht. Pauline Rocca hatte ihre Pension geschlossen. So war Nicole gezwungen, im Hotel abzusteigen, was natürlich entsprechend teurer sein würde.

Nicole war es egal. Sie konnte kaum erwarten, das Zimmer betreten zu dürfen. Sie verschloss von innen, streifte sich die Schuhe von den Füßen, ging auf nackten Sohlen über den Teppichboden und glaubte, sich nie im Leben so wohl gefühlt zu haben.

Sie ging ins Bad. Ein Waschbecken, eine Toilette, eine Dusche, frische Frotteetücher!

Welch ein Luxus!

Erst als sie im Spiegel über dem Waschbecken ihr verzücktes, fast andächtiges Gesicht sah, kam Nicole wieder zur Besinnung. Sie wusch sich die Hände, packte ihre Sachen aus und beschloss, gleich morgen in eine Reinigung zu gehen. Ihr gelber Rock und die graue Hose mussten unbedingt ins Benzinbad.

Dann zog sie sich aus und ging unter die Dusche. Sie seifte sich von Kopf bis Fuß ein, und konnte von dem warmen Wasser gar nicht genug bekommen. Plötzlich hatte sie den heftigen Wunsch, Lars jetzt bei sich zu haben, seinen Körper zu berühren. Jetzt erst kam die Reaktion auf den schrecklichen Abschied von ihm. Sie weinte. Die Tränen vermischten sich mit dem Wasser. Nicole schluchzte und schniefte auch noch vor sich hin, als sie sich das Haar wusch. Endlich konnte sie ihren Föhn wieder benutzen. Danach fiel ihr Haar viel lockerer auf die Schultern.

Danach benutzte Nicole ausgiebig Make-up. Ein bisschen Rouge auf die Wangen, Wimpern getuscht, Augenbrauen nachgezogen und einen leuchtend roten Lippenstift aufgelegt. Nicole gefiel sich mit einem Mal wieder. Ein bisschen störten noch die vom Qualm und vielen Heulen geröteten Augen, aber das würde sich im Laufe der nächsten halben Stunde auch noch normalisieren.

Eigentlich verspürte sie großen Hunger, aber es war schon spät. Nicole rief die Rezeption des Hotels an, um sich zu erkundigen, ob sie aus der Küche noch etwas bekommen könnte.

»Leider nein«, lautete die Antwort. »Aber ganz in der Nähe ist eine Pizzeria, die bis ein Uhr nachts geöffnet hat.«

Nicole bedankte sich und legte auf. Dann zog sie eine Jacke über, warf sich ihre Tasche über die Schultern und verließ ihr Zimmer.

Sie fand das Restaurant auf Anhieb. Und sie genoss es, eine Bestellung aufzugeben und sich bedienen zu lassen. Allmählich ging es ihr etwas besser, obwohl sie natürlich die plötzliche Trennung von Lars noch nicht überwunden hatte. Vorerst versuchte sie, diese Gefühle von Schmerz und Trauer in sich einzukapseln.

Langsam ging sie durch die Nacht zum Hotel zurück. Hier in der Stadt spürte man nicht viel von dem Sturm. Wahrscheinlich hatte er auch nachgelassen. Ja, der Himmel war sogar sternenklar.

Es war nicht kalt. In den Küstenregionen lagen die Temperaturen ohnehin immer einige Grad höher als im Landesinnern. Je höher man dort kam, um so kühler wurde es.

In ihrem Zimmer angekommen, stellte sich Nicole das Telefon griffbereit und rief Brigit an. Es war zwar schon mitten in der Nacht, doch das machte nichts.

Wenn eine von ihnen Kummer hatte, konnte sie die andere jederzeit aus dem Bett klingeln. So war es zwischen ihnen abgemacht.

Brigits verschlafene Stimme meldete sich erst nach mehrmaligem Läuten.

»Hallo, Brigit! Ich bin's, Nicole.«

»Nicole? Um Himmels willen, was ist passiert?«

»Beruhige dich und entschuldige, dass ich dich aus dem Schlaf reiße, aber es geht nicht anders. Ich bin vollkommen am Ende ... Ich ...« Nicoles Stimme begann zu zittern. Den sachlichen Ton konnte sie einfach nicht beibehalten. Sie schluchzte auf. »Ach, Brigit, es ist aus. Ich weiß nicht, wie ich das ertragen soll.«

»Aus? Was ist aus? So rede doch endlich zusammenhängend.«

»Ich hab mich von Lars getrennt. Das heißt, eigentlich wollte ich nur mal weg, weil ich es da oben in den Bergen nicht mehr ausgehalten habe. Ich brauchte eine Veränderung, verstehst du, um über alles nachdenken zu können. Aber er ... er ...«

»Ist eine andere Frau im Spiel?«

»Aber nein. Es ist das Leben, das mir so auf die Nerven gegangen ist.«

»Anfangs warst du so begeistert«, stellte Brigit fest. »Deine Briefe klangen geradezu überschwänglich. Erst nach und nach wurden sie etwas nüchterner. Da hab ich mir schon gedacht, dass nun auch bei euch der Alltag eingekehrt ist. Aber gleich Trennung?«

»Er war so scheußlich zu mir, so verletzend. Nie hätte ich ihm solche Sturheit zugetraut. Ach, Brigit, ich bin so unglücklich.«

»Das glaube ich dir, Schätzchen«, sagte Brigit mitfühlend. »Was willst du jetzt tun?«

»Wenn ich das wüsste!«

»Komm nach Paris zurück!«

Nicole zögerte mit einer Antwort. »Das werde ich wohl auch müssen. Kann ich vorerst bei dir wohnen, bis ich was gefunden habe?«

»Aber natürlich. Stell nicht so dumme Fragen!«

»Es hätte ja sein können, dass du einen neuen Freund hast ...«

»Der würde Verständnis dafür haben, wenn meine beste Freundin eine Weile bei mir einziehen muss. – Wann kommst du?«

Nicole überlegte. »Ich weiß noch nicht, Brigit. Erst will ich ein bisschen zu mir kommen. Ein paar Tage bleibe ich noch hier. Ich muss mir allerdings ein billigeres Hotel suchen. Dies hier ist zu teuer. Ich rufe dich an, wenn ich umgezogen bin, ja?«

Sie sprachen noch eine Weile miteinander. Um diese Zeit telefonierte man um die Hälfte billiger als tagsüber.

Nicole bedankte sich bei der Freundin. Es hatte ihr gutgetan, sich einmal alles von der Seele zu reden. Anschließend fühlte sie sich sehr erschöpft.

Sie legte sich schlafen und träumte von Lars. In ihrem Traum streichelte und küsste er sie und sagte ihr immer wieder, wie sehr er sie liebe.

***

Das Telegramm versetzte Lars ganz schön in Aufregung. Natürlich passte ihm der Besuch überhaupt nicht, aber schließlich konnte er seinen Eltern nicht verbieten, nach Korsika zu kommen.

Im Stillen musste er zugeben, dass er sich sogar freute, seine Mutter wiederzusehen. Mit ihr hatte ihn immer ein gutes Verhältnis verbunden. Nur sein Vater war bisweilen ein sehr rechthaberischer Mensch, der glaubte, mit Geld die ganze Welt kaufen zu können. Eine Einstellung, die Lars immer wütend gemacht hatte.

Er wollte nie Unternehmer sein, schon gar nicht ein pharmazeutisches Werk leiten. Und nach Schweden zog es ihn auch nicht zurück.

Seit er die Mittelmeerländer kennengelernt hatte, wusste er, dass er hier leben wollte. Und alles hätte auch so schön sein können, wenn Nicole mehr Stehvermögen gezeigt hätte.

Seine Miene wurde traurig. Er war sich im Klaren darüber, dass er sie verloren hatte. Er hatte von Anfang an damit gerechnet, dass sich Spannungen einschleichen könnten. Aber man konnte schließlich über alles reden.

Lars fühlte sich im Stich gelassen, hilflos und war ein bisschen wütend. Dass Nicole aber auch gleich bei der ersten Katastrophe weglaufen musste!

Er suchte nach Verbandszeug, weil er sich beim Reparieren des Daches verletzt hatte. Sein Daumen war blutunterlaufen. Lars schnitt kurzerhand ein Stück von einem nicht sehr sauberen Taschentuch ab und wickelte es um den Finger.

Dann schrieb er eine Liste von den Dingen, die er dringend brauchte. Wenn er schon nach Ajaccio musste, konnte er auch gleich ein paar Sachen einkaufen, die er hier oben nicht bekam.

Er suchte lange nach passenden Kleidungsstücken, fand schließlich eine Jeans und einen dunkelblauen Pullover. Als er ihn über den Kopf streifte, rieselte etwas Sand zu Boden.

Wehmütige Erinnerungen überkamen ihn und machten ihn noch trauriger. Energisch ging Lars einen Schritt vor den kleinen Handspiegel, rasierte sich und suchte dann nach ein paar Zehn-Euro-Scheinen.

Viel Geld war nicht mehr da, wie er feststellte. Bald würde er etwas von seinem Konto abheben müssen.

Lars verschloss das Haus und setzte sich in Bewegung. Es war noch früh am Vormittag. Er hoffte von einem Autofahrer nach Ajaccio mitgenommen zu werden. Dann konnte er am Nachmittag gegen vierzehn Uhr seine Eltern auf dem Flughafen in Empfang nehmen.

Er war viel zu früh da. Ein netter Weinbauer hatte ihn mitgenommen und vor dem Flughafen abgesetzt.

Lars schlenderte durch das Gebäude und wurde auch hier wieder von Erinnerungen heimgesucht. Es tat weh, an Nicole zu denken.

Die kleinen Läden, in denen man während der Saison Souvenirs, Wein, luftgetrocknete korsische Wurst, Honig und Puppen in Trachtenkleidung kaufen konnte, waren geschlossen. Die Halle wirkte trist. Nur wenige Fluggäste saßen wie verloren herum. Es war Winter auf Korsika.

Und doch weitete sich Lars' Herz, als er in den klaren blauen Himmel hinaufschaute. Es war, als hätte es nie einen Sturm gegeben. Man würde bestimmt noch baden können, wenn man zu den abgehärteten Naturen gehörte.

Nachdem er eine Limo getrunken hatte, beschloss Lars, an den Strand zu gehen, um aufs Wasser hinauszuschauen. Der Flughafen Campo dell'Oro lag direkt am Meer.

Wenig später hockte er in der Sonne und ließ sich wärmen. Die Schlechtwetterperiode schien vorerst vorbei zu sein. Nach einer Weile zog Lars seinen Pullover aus. Er bedauerte, keine Badehose zu haben. Das Wasser lockte sehr.

Blauer Himmel, so weit das Auge reichte. Auch über den Bergen hingen keine Wolken. Ein wunderbares Novemberwetter! Wenn er dann an die tristen, grauen Tage in Stockholm dachte!

Lars schreckte hoch. Er musste eingeschlafen sein. Rasch streifte er sich den Pullover wieder über und eilte zum Flughafengebäude zurück.

In einer Viertelstunde sollte die Maschine landen!

Zwanzig Minuten später standen seine Eltern vor ihm. Lars hatte sich zwar vorgenommen, seinem Vater gegenüber reserviert aufzutreten. Doch dann zeigte er offen, dass er sich freute.

Kristina Anderson konnte sich an ihrem Sohn gar nicht stattsehen. »Ach, Lars, du fehlst mir sehr. Ich bin so froh, bei dir zu sein.«

»Wie war das Wetter in Schweden?« Lars fiel nichts Besseres ein.

»Schlecht«, antwortete Olaf Anderson und betrachtete seinen Sohn ebenfalls wohlwollend. »Aber das können wir alles später besprechen. Nun wollen wir mal sehen, ob das Reisebüro alles richtig gemacht hat. Wenn ja, müsste jemand von der Autovermietung kommen und mir Wagenpapiere und -schlüssel überreichen ...«

»Monsieur Anderson, bitte kommen Sie zum Informationsschalter!«, ertönte es da auch schon durch die Lautsprecher.

Die kleine Gruppe lachte. »Na, siehst du, auf die Korsen ist Verlass!«, meinte Lars.

Seine Mutter hängte sich bei ihm ein.

Lars griff sich einen Kofferkuli, der verloren an der Wand stand, und schlenderte mit seiner Mutter zum Gepäckband hinüber.

Olaf Anderson gesellte sich zu ihnen. Er hielt seinem Sohn den Autoschlüssel vor die Nase. »Ich dachte, dass du uns chauffierst. Die Fahrweise der Korsen bin ich schließlich nicht gewöhnt.«

Lars presste die Lippen zusammen. Das fing gut an. Sein Vater belegte ihn wie selbstverständlich mit Beschlag. Mit einem schiefen Lächeln nahm er den Schlüssel an sich. »Habt ihr schon ein Hotel?«

»Ja. Hotel Napoleon. Ist mir vom Reisebüro empfohlen worden. Die Zimmer sind reserviert.«

»Zimmer?«, erkundigte sich Lars irritiert.

»Nun, ich denke doch, dass du die ersten Tage mit deinen alten Eltern verbringst, sie zum Essen ausführst, ihnen ein wenig die Stadt zeigst – oder irre ich mich? Immerhin haben wir uns lange nicht gesehen, mein Junge. Und hauptsächlich sind wir wegen Mutter hier. Der Arzt hat ihr einen Aufenthalt am Mittelmeer empfohlen. Und ich glaube, daran hat Barnström recht getan.«

Lars lud das Gepäck auf den Kuli. Draußen stand ein ziemlich neuer Peugeot. Nachdem seine Eltern im Fond Platz genommen hatten und die Koffer verstaut waren, setzte sich Lars hinter das Steuer.

Zum ersten Mal seit vielen Wochen fuhr er wieder ein Auto. Und nach wenigen Metern fand er sogar Gefallen daran.

Er war gespannt, was sein Vater von ihm wollte, schwor sich aber jetzt schon, hart zu bleiben. In erster Linie war Vater dem Rat des Arztes gefolgt und mit seiner Frau in südlichere Gegenden gefahren. Aber er kannte ihn. Olaf Anderson wusste das Angenehme mit dem Nützlichen zu verbinden. Bestimmt würde er keine Gelegenheit verstreichen lassen, seinem Sohn Zukunftspläne zu unterbreiten.

Den Wagen konnten sie in der Tiefgarage des Hotels abstellen. Seine Eltern hatten ein sehr schönes Apartment. Schräg gegenüber lag Lars' Zimmer.

»Na, dann mach dich mal ein bisschen frisch, Junge«, meinte Olaf Anderson etwas anzüglich. »Wir treffen uns in einer halben Stunde in der Bar. Deine Mutter muss sich erst ausruhen. Sie kommt dann später nach. Du kannst dir in der Zwischenzeit schon mal ein gutes Restaurant einfallen lassen, wo wir heute Abend unser Wiedersehen feiern können.«

Lars nickte seinem Vater zu, gab seiner Mutter einen Kuss und schloss das Zimmer auf.

Er wusste nicht, dass der Gast, der vor ihm hier gewohnt hatte, Nicole gewesen war.

***

Die Pension »La Pergola« war sehr einfach. Bett, Schrank, Tisch, zwei Stühle, eine nachträglich eingebaute Dusche, Toilette auf dem Flur.

Nicole hatte sich vor einigen Tagen hier eingemietet. Allmählich lastete die Ungewissheit so sehr auf ihr, dass sie es im Zimmer kaum noch aushielt.

Ständig streifte sie durch die Straßen, erstand hier und da eine Kleinigkeit, was sich dann doch jedes Mal zu einer größeren Ausgabe summierte. Einmal war sie noch zum Essen aus gewesen. Jetzt aß sie in ihrem Zimmer, was sie sich im Supermarkt gekauft hatte.

Am Nachmittag rief sie Brigit im Verlag an. Die Freundin drängte sie, endlich nach Paris zu kommen. Doch Nicole schob diese Entscheidung immer noch hinaus.

Sie konnte nicht so einfach von Korsika wegfliegen und tun, als sei gar nichts geschehen.

Obwohl sie wusste, dass es zwischen Lars und ihr aus war, fühlte sie sich dennoch auf geheimnisvolle Weise mit ihm verbunden, solange sie noch auf der Insel blieb. Der Abflug käme einem endgültigen Abschied gleich, einem Abschied für immer. Diese Vorstellung schmerzte sie ungemein.

Und noch etwas anderes kam hinzu: Sie machte sich Sorgen um Lars. Sie hatte ihn allein dort oben in den Bergen sitzen lassen. Er musste nun ganz allein zurechtkommen und hatte niemanden, mit dem er ein Wörtchen reden konnte.

Nicole setzte sich in ein Café und überlegte, ob sie heute zum Essen ausgehen sollte. Doch dann entschied sie sich für Käse, Salami und Stangenbrot, obwohl ihr schon sehr nach einer warmen Mahlzeit zumute war.

Es dämmerte. Nicole fröstelte. Sie bezahlte ihren Kaffee und machte sich ans Einkaufen.

Als sie zwei Stunden später in der Pension saß und feststellte, dass sie eigentlich gar keinen Hunger hatte, wurde sie durch ein Klopfen aufgeschreckt.

Ihr Herz fing an zu rasen. Lars? War er gekommen, um sie zu holen? Aber woher wusste er, wo sie war? Ob er sich bei Brigit erkundigt hatte? Sie konnte sich allerdings nicht erinnern, ihm die Telefonnummer der Freundin in Paris gegeben zu haben.

»Nicole?«

Meine Güte, diese Stimme! Nicole, wurde blass. Am liebsten hätte sie sich verkrochen. Rechtzeitig genug erkannte sie, dass dies eine sehr dumme Reaktion gewesen wäre.

Sie stand auf und ging zur Tür. Sie schaute gleich darauf in graue Augen, die sie in so schlechter Erinnerung hatte.

»Christian«, sagte sie matt, »wie kommst du denn hierher?«

»Mit dem Flugzeug«, erwiderte er grinsend. »Darf ich reinkommen?«

Er wartete ihre Antwort nicht ab, sondern schloss die Tür hinter sich.

»Und was willst du hier?«

»Sehen, wie es dir geht«, erklärte er ernst. »Ich weiß von Brigit, dass du total am Boden zerstört bist. Sie macht sich Sorgen um dich. Mein armer Liebling!«

Er nahm sie einfach in die Arme. Es tat Nicole so gut, dass sich ein Mensch nach ihrem Befinden erkundigte, sich sogar Sorgen um sie machte.

Sie begann zu weinen, dann schluchzte sie und konnte sich gar nicht wieder beruhigen.

Christian ertrug es mit Geduld. Er drückte sie auf das Bett und setzte sich neben sie. Das war bequemer für sie beide. Er hielt sie in seinen Armen und wartete.

»Brigit hat mir gesagt, dass es mit dem Schweden aus ist. Ich habe gleich gewusst, dass er nicht der Richtige für dich ist.«

Nicole wollte ihm widersprechen, ließ es dann aber. Christian hatte ja recht, ob es ihr nun gefiel oder nicht. Sie und Lars passten nicht zusammen, alles war schiefgelaufen. Die ständige Spannung hatte ihre Liebe vergiftet.

»Und warum bist du gekommen?«, fragte sie schließlich.

»Weil ich glaube, dass du jetzt jemanden brauchst, der dir beisteht.«

»Und da hast du dich einfach ins Flugzeug gesetzt?«

»Warum nicht? Ich will dir helfen, Nicole. Ich stehe zu dir – in jeder Situation. Vergiss das nicht.«

Die Szene auf dem Pariser Flughafen fiel ihr wieder ein. Sie wusste nicht einmal zu sagen, ob die Begegnung mit Christian unangenehm war oder nicht. Ein vertrauter Mensch war da, der sich anhörte, was sie zu sagen hatte, der ihr das Gefühl von Ruhe vermittelte.

»Ich weiß nicht, worin diese Hilfe bestehen soll«, sagte sie nach einer langen Pause. »Ich weiß nicht mal, was ich will.«

»Du hast Zeit, es dir zu überlegen. Vielleicht darf ich dir erst einmal ein paar ganz sachliche Vorschläge machen? Dein guter alter Freund Christian lädt dich hiermit zum Essen ein. Das Zeug da räum mal ganz schnell wieder weg. Wir trinken ein Gläschen Wein zusammen. Dann erzählst du mir, was passiert ist. Oder du lässt es, ganz wie du willst. Dann schlafen wir erst mal aus – und machen morgen Vormittag einen Museumsbesuch. Was hältst du davon?«

Nicole musste lachen. »Ach, Christian«, sagte sie schließlich erleichtert. »schön, dass du da bist.«

»Na also, du lächelst! Ein Anfang ist gemacht. Und jetzt spritz dir Wasser ins Gesicht. In einer Viertelstunde gehen wir. Ich ziehe mir nur noch einen Pullover über.«

»Wohnst du auch hier?«

»Ja, nebenan. Bis gleich also.«

Als Christian die Tür hinter sich geschlossen hatte, schüttelte Nicole verwundert den Kopf. So etwas Verrücktes! Christian kam aus Paris, um sie, seine Verflossene, zu trösten? Merkwürdig, merkwürdig.

Dennoch beschloss sie, den heutigen Abend zu genießen, soweit ihre vorherrschend depressive Grundstimmung das zuließ.

***

Drei Tage wohnte Lars nun schon mit seinen Eltern im Hotel Napoleon. Er hatte sich sehr schnell wieder an die »Zivilisation« gewöhnt und sich auch ein paar neue Kleidungsstücke gekauft.

Seine Mutter war glücklich und blühte mit jedem Tag mehr auf. Das freute ihn. Er war ziemlich erschreckt gewesen, als er erfahren hatte, wie schlecht es ihr gegangen war.

Mit dem Vater gestaltete sich alles etwas schwieriger. Doch zu Lars' Überraschung hatte sein Vater seinen üblichen Befehlston abgelegt, wahrscheinlich der Mutter zuliebe.

Olaf Anderson bemühte sich geduldig, aber auch sehr beharrlich, herauszufinden, wie sein Sohn sich die Zukunft vorstellte. Es dauerte eine ganze Weile, bis er das herausgefunden hatte, denn ebenso beharrlich redete Lars drum herum. Einmal, weil er es selbst nicht genau wusste, zum anderen, weil er seinem Vater natürlich nicht so gern Einblick in seine augenblickliche Seelenlage geben wollte.

Dass er in den Bergen eine Hütte besaß, in der er wohnte, wussten die Eltern. Kristina machte ihrem Sohn keine Vorwürfe. Sie war einfach selig, bei ihm zu sein. Sie genoss das milde Klima, ging viel am Meer spazieren und wollte von Zuhause gar nichts wissen. Ihr Mann telefonierte hin und wieder mit Siv oder Björn, um zu hören, dass alles in Ordnung war und in der Firma alles ohne ihn funktionierte.

»Noch einen Pastis?«, fragte Olaf seinen Sohn. »Das Zeug schmeckt gut.«

»Nein. Ich habe genug.«

Lars betrachtete seinen Vater nachdenklich. Viele Gespräche lagen hinter ihnen. Und Lars war zu der Einsicht gelangt, dass er endlich etwas Sinnvolles tun musste. Nicht, dass er diese Erkenntnis von seinem Vater bekommen hatte. Sie steckte in ihm, bis jetzt hatte er sich nur nicht darum gekümmert.

»Ich möchte nicht mehr nach Schweden zurück«, sagte er leise. »Jedenfalls vorerst nicht. Ich habe mich so an das Mittelmeerklima gewöhnt, dass ich hier leben will, auf dieser Insel. Ich liebe Korsika.«

»Was ich bis jetzt gesehen habe, gefällt mir auch sehr«, musste Olaf seinem Sohn recht geben. »Aber wenn du hier bleiben willst, musst du dich nach einer passenden Tätigkeit umsehen.« Olaf Anderson hielt inne. »Wie wäre es mit einem Hotel?«

Ein Hotel? Lars schaute seinen Vater nachdenklich an.

»Man müsste sich erkundigen, ob es hier etwas zu kaufen gibt. Meinetwegen auch eine größere Ferienanlage mit Sporteinrichtungen, du weißt schon. Von Onkel Arthurs Geld könntest du schon was kaufen. Ich kann dir auch Geld ausleihen.«

»Um so etwas habe ich mich noch nie gekümmert«, antwortete Lars gedehnt.

»Dann fangen wir am besten gleich damit an«, meinte Olaf geschäftig.

Das ständige Spazierengehen und in Cafés Herumsitzen war auf die Dauer nichts für ihn. Er musste sich betätigen. »Wir suchen ein paar Immobilienhändler auf und erkundigen uns, ob überhaupt etwas Derartiges angeboten wird.«

»Ich habe einen Freund, einen Architekten. Ange Alfonsi. Sein Onkel ist Notar, sein Vater Zahnarzt und noch dazu Mitglied in der Nationalversammlung. Über solche Leute können wir etwas erfahren.«

»Dann ruf ihn an, deinen Freund Ange. Worauf wartest du noch?«

Ange versprach, sich gegen halb acht im Hotel einzufinden. Man wollte essen gehen. Er zeigte keinerlei Überraschung, dass Lars nicht mehr in der Hütte war.

»Ist Nicole auch da?«

»Nein«, antwortete Lars gepresst. »Wir haben uns getrennt. Ich erkläre dir alles.«

»Okay, alter Freund. Bis später also.«

Am Nachmittag zog sich Lars in sein Zimmer zurück, um den Vorschlag seines Vaters noch einmal zu überdenken. Schlecht war er gewiss nicht. Warum sollte er seine Erbschaft nicht gewinnbringend anlegen? Die Hütte würde er trotzdem behalten, sie renovieren lassen und dort die Wochenenden verbringen!

Diese Vorstellung beflügelte ihn. Er gestattete sich nicht, an Nicole zu denken und war sich manchmal gar nicht bewusst, wie abweisend sein Gesichtsausdruck war.

Nicole empfand Christians Anwesenheit langsam als lästig. So sehr sie sich anfangs auch gefreut hatte, einen Menschen um sich zu haben, um so mehr ging er ihr nun mit seinem fröhlich-optimistischen Gerede auf die Nerven.

Irgendwie musste sie ihm klarmachen, dass er sie in Ruhe lassen sollte. Sie wusste nicht, wie sie das tun sollte. Sie hatte ein schlechtes Gewissen Christian gegenüber. Sie hatte sich seiner bedient, nun sollte er gehen. Das war nicht fair.

Seit der Trennung von Lars waren nun schon fast zwei Wochen vergangen. Nicole wusste immer noch nicht, was sie machen sollte. Sie sehnte sich nach Lars. Immer öfter kamen jetzt die schönen Erlebnisse in ihr Gedächtnis zurück, und sie musste dann weinen, weil sie etwas so Wunderbares verloren hatte.

Christian drängte zum Abflug. Es sah so aus, als habe er sich fest vorgenommen, nicht ohne sie nach Paris zurückzukehren.

Nicole kam es vor, dass er sie mehr als eine Art Trophäe sah, die er den staunenden Freunden präsentieren wollte, nach dem Motto: Seht her, meine Geduld hat sich gelohnt. Langes Warten zahlt sich aus.

Der erste Abend mit Christian war sehr nett gewesen. Immer wieder verstand er es, sie zum Lachen zu bringen. Doch sie wusste, dass dies alles nur Ablenkungsmanöver waren.

Sie musste endlich mit Lars reden, und sie musste Christian sagen, dass es für ihre Beziehung keine Chance gab, nie eine gegeben hatte. Und zwar noch heute.

Sie rechnete ihm hoch an, dass er sich sofort ins Flugzeug gesetzt hatte und hergekommen war, um sie zu trösten. Das machte es ihr ja auch so schwer, ihn jetzt zurückzuweisen.

Gerade kam Christian von einem Einkauf zurück. Er hatte ein Taschenbuch für sie gekauft und warf es mit Schwung auf die Bettdecke.

»Etwas zum Schmökern, wenn du abends schlecht einschlafen kannst.«

»Danke, Christian. Ich will nicht, dass du Geld für mich ausgibst.«

»Lass mich nur«, beruhigte er sie. »Du weißt, es trifft keinen Armen.«

Nicole bat ihn, ihr Zimmer zu verlassen, weil sie noch schlafen wollte.

»Aber selbstverständlich«, sagte Christian sofort.

An der Tür drehte er sich noch einmal um. Nicole streifte gerade ihren Pullover über den Kopf. Darunter trug sie keinen Büstenhalter. Er starrte auf ihre nackten Brüste, die er schon so oft berührt hatte, die sie ihm jetzt verwehrte.

Wie gern hätte er sie gestreichelt, doch er mahnte sich zur Vernunft. Nur nichts mit einer übereilten Aktion verderben! Geduld und nochmals Geduld, das allein musste seine Devise sein.

Nicole legte sich ins Bett.

»Schlaf gut. In zwei Stunden hole ich dich zum Essen ab«, sagte Christian.

»Bis dann«, murmelte sie müde und war in wenigen Sekunden eingeschlafen.

***

Serafina hatte sich auf den Weg gemacht, weil ihr zu Ohren gekommen war, dass mit dem heruntergekommenen Steinhaus eine wundersame Veränderung vorgegangen war.

Autos mit Baumaterial hatten davor gestanden – wenn sie den Worten des Briefträgers glauben durfte. Viele Männer wären emsig bei der Arbeit gewesen. Nun konnte sie sich mit eigenen Augen davon überzeugen, dass er nicht geschwindelt hatte.

Sie begrüßte Lars und Ange. Dann fiel sie mit einem Schwall von korsischen Worten über Ange her, der ihr geduldig jede Frage beantwortete. Nur einmal hielt er inne.

»Sie will wissen, wo Nicole ist.«

Serafina schaltete auch wieder auf Französisch um. »Ja, wo ist sie?«

»Sie musste nach Paris zurück, Madame Serafina. Ganz plötzlich.«

Unter ihrem misstrauischen Blick fühlte er sich zwar nicht wohl, aber er hatte auch keine Lust, der Frau seine Privatangelegenheiten zu erzählen.

»Kommt sie zurück?«

»Ich weiß noch nicht. Vielleicht erst nächstes Jahr.«

»Sie wird sich freuen, wenn sie das hier sieht, Monsieur Lars. Ein richtiges kleines Schlösschen haben sie ihr gebaut. Ein Liebesnest.« Serafina kicherte, dann begann sie eine Unterhaltung mit einem der Arbeiter, der aus einem Nachbardorf stammte und mit dem sie zusammen zur Schule gegangen war.

Lars ging ins Haus zurück. Es war wirklich hübsch geworden. Ein Wasseranschluss war gelegt, und ein großes weißes Waschbecken eingebaut worden. Das Dach war erneuert, der Fußboden gefliest. Weißer Mörtelverputz an den Wänden gab dem Raum ein überaus freundliches Aussehen. Petroleumlampen standen da, Kerzen in schönen Zink- und Messinghaltern, ein batteriebetriebenes Fernsehgerät und zwei schöne Sessel.

Das Haus wirkte sehr wohnlich und gemütlich. Ein bisschen fehlte ihm noch die persönliche Note der Bewohner.

Lars nahm sich vor, in der nächsten Zeit noch nach dem einen oder anderen passenden Möbelstück zu suchen.

Eine Truhe schwebte ihm vor oder ein altes korsisches Buffet. Vielleicht fand er etwas Antiquarisches, das er notfalls aufarbeiten lassen konnte.

Ange stieß seinen Freund sanft in die Seite. »Wovon träumst du?«, fragte er leise.

»Dreimal darfst du raten«, erwiderte Lars traurig. »Ich werde wohl nie mehr mit ihr hier glücklich sein ...«

Ange schwieg. Mit diesem Kummer musste der Freund allein fertig werden, dabei konnte ihm niemand helfen. Er schaute auf die Uhr.

»Es wird Zeit«, sagte er schließlich und wies die Arbeiter an, für heute Schluss zu machen.

Die Männer fuhren in dem kleinen Lastwagen davon. Ange wartete, bis Lars das Haus verschlossen hatte, dann brachten sie erst Serafina ins Dorf zurück, wo sie sofort damit begann, die Neuigkeiten weiterzugeben. Ange wendete und fuhr nach Ajaccio zurück.

»Wann kommt Pontini?«, fragte Lars.

»Gegen acht. Er will sich bis dahin den Kaufpreis überlegt haben. Ich glaube, er ist ein fairer Mann. Na, wir werden sehen.«

Pontini verkaufte ein Hotel mit einem recht großen Grundstück, auf dem sich viele Sportmöglichkeiten errichten ließen. Das Haus selbst, ganz aus Natursteinen erbaut, sollte erhalten bleiben. Nur innen mussten Renovierungen vorgenommen werden.

Es verfügte über zwanzig Zimmer und ein kleines Restaurant, das jedoch schon lange nicht mehr benutzt worden war. Pontini hatte vorgeschlagen, eine Baugenehmigung für mehrere kleine Bungalows zu beantragen, zur Unterbringung weiterer Gäste. Unter Olivenbäumen versteckt, sollten sie mit einer kleinen komplett eingerichteten Küche ausgestattet sein, so dass die Leute sich selbst versorgen konnten.

Es war noch viel zu regeln. Lars schwirrte der Kopf. Alles war so schnell gegangen.

Jetzt war er im Stillen froh, dass sich sein Vater eingeschaltet hatte. Er war nicht sicher, ob er jemals so viel Initiative aufgebracht hätte, schon gar nicht in seiner jetzigen Trauerphase. Nicole steckte immer noch in ihm. Und es schien ihm fast unmöglich, sich von ihr zu lösen.

Manchmal, wenn er die Augen schloss, glaubte er sie zu spüren. Ihre Lippen, ihre samtweiche Haut – an all das erinnerte er sich voller Sehnsucht. Lars riss sich gewaltsam aus seinen Grübeleien.

Heute Abend kam Pontini, um seine Kaufpreisvorstellung zu unterbreiten. Für den Fall, dass sie akzeptabel war, konnte der Notar gleich morgen mit der Aufsetzung des Vertrages beginnen.

»Schade, dass ich mich vorher nicht noch ein Stündchen hinlegen kann«, meinte Lars bedauernd. »Ich fühle mich ziemlich … schlapp.«

»Du schläfst wohl nicht genug?«, erkundigte sich Ange mitfühlend.

»Es scheint so. Ich liege viel wach und denke nach.«

»Über Nicole?« Anges Stirn runzelte sich.

Lars nickte. »Ja, über mich und Nicole …«

***

Die Zeit reichte gerade noch zum Anziehen. Lars wurde in eine Depression gerissen, die er sich nicht erklären konnte.

Während des Essens hörte er kaum auf das, was Pontini erzählte. Seine Mutter war von dem charmanten Mann begeistert. Sie hing an seinen Lippen und lachte, wenn er galante Gesten machte.

Olaf Anderson freute sich, seine Frau so munter und guter Dinge zu sehen. Er beschloss, Barnström ein dickes Lob auszusprechen.

Abwesend griff Lars nach seinem Glas. Ich sitze hier und rede mit anderen Menschen über den Kauf einer Ferienanlage, dessen Inhaber und Besitzer Lars Anderson heißen soll.

Warum habe ich Nicole Vorwürfe gemacht, als ihr bei all den widrigen Umständen die Nerven durchgegangen sind?

Hatte er es länger dort oben ausgehalten? Wenn er sich wirklich so wohl in seiner Hütte fühlte – warum ließ er sich dann von seinem Vater ein Hotel aufschwatzen?

Lange hast du dich nicht gegen diesen Vorschlag gewehrt, mein Lieber, flüsterte eine hämische Stimme in sein Ohr. Du warst ganz froh, mit einem Mal in eine gesicherte Zukunft sehen zu können. Jetzt hat dich die Konsumgesellschaft wieder. Herzlichen Glückwunsch. Ade, Protest- und Wanderjahre!

Wahrscheinlich war er nur deshalb so ärgerlich auf Nicole gewesen, weil sie das aussprach, was in ihm selbst gärte. Und nur, weil sie immer öfter ein unzufriedenes Gesicht zur Schau trug, hatte er geglaubt, um so standhafter sein zu müssen.

Und was machte er jetzt mit all der Erkenntnis?

»Zum Wohl, mein Junge!«, sagte Olaf Anderson und hielt seinem Sohn das Glas entgegen. »Auf den künftigen Hotelier Anderson!«

Lars' Lächeln wirkte etwas gequält. Aber das merkte nur seine Mutter. Sie fragte sich bangen Herzens, warum Lars nicht glücklich war.

Doch Lars wünschte sich nur eines: Noch einmal mit Nicole sprechen zu können. Es konnte einfach nicht sein, dass eine Liebe wie die ihre so endete.

Aber wo sollte er Nicole finden? Er wusste nicht einmal, ob sie noch in Ajaccio war. Vielleicht war sie längst nach Paris zurückgeflogen.

Wenn ihm wirklich an einer Aussprache lag, konnte er sie natürlich ausfindig machen. Ange kannte Brigits Adresse und Telefonnummer. Sie würde ihm weiterhelfen können.

Das beruhigte Lars jedoch nur wenige Sekunden, denn im nächsten Moment sah er sie, die Ursache seines Kummers war ...

Die kleine Geschäftsrunde Pontini – Anderson saß im hinteren Teil des Restaurants, der vom vorderen Trakt durch einen Perlenvorhang abgeteilt war.

Und dort stand Nicole! Sie war nicht allein! Ihr Begleiter legte einen Arm um sie, zog sie zu sich heran, um ihr einen Kuss auf die Wange zu drücken.

Lars konnte kaum fassen, was er da sah. So schnell hatte sie sich also getröstet! Er konnte es nicht glauben. Verzweifelt starrte er in sein Glas, trank es dann in einem Zug leer.

»Wie wär's noch mit einem Cognac zum Abschluss?«, erkundigte sich Pontini.

Ange und Olaf nickten, Kristina lehnte ab.

»Für mich einen Doppelten!«, sagte Lars mit brüchiger Stimme. Jetzt erst war er sicher, dass es mit Nicole endgültig aus war. Aus, vorbei. Er fühlte sich um Jahre gealtert.

Wie sie ins Hotel gekommen waren, wusste er nicht. Nach der Verabschiedung von den anderen, ging Lars in sein Zimmer.

Aber er konnte nicht schlafen. Die Zeit mit Nicole lief wie ein wunderschöner Film vor seinem geistigen Auge ab. Wenn er zu Ende war, begann er wieder von vorn. Sein Herz raste wild und schmerzte. Die ganze Brust tat ihm weh. Lars massierte sie unaufhörlich.

Nach einer halben Stunde hatte er einen Entschluss gefasst. Er brauchte Ruhe! Die Hütte! Wenn morgen die Baukolonne kam, konnte er die Arbeiten beaufsichtigen.

Anschließend würde er noch ein oder zwei Tage dort oben in der Einsamkeit bleiben, um ein wenig Abstand zu gewinnen.

Lars schrieb eine Nachricht für seine Mutter und hinterließ sie beim Nachtportier. Dann stieg er in den Wagen und fuhr los.

***

Nicole wusste, dass sie ein Gläschen zu viel getrunken hatte. Das war nicht gut.

In ihrer Beschwipstheit wurde sie nachlässig, gestattete Christian zu viel. Zum Beispiel, dass er sie küsste. Auf die Wange, die Nase, die Hände. Lauter zärtliche Gesten, die zu nichts führten.

Christian half ihr die Treppe hinauf und begleitete sie in ihr Zimmer.

»So, und nun geht mein Mädchen brav ins Bett.«

»Ach, Christian«, seufzte Nicole. »Ich glaube, du hast mir zu viel Wein eingeschenkt.«

»Ach wo«, beruhigte er sie. »Du bist unheimlich süß in diesem Zustand, weißt du das?«

Er half ihr aus der Jacke, legte ihre Tasche neben das Bett und hob ihre Beine hinauf.

»Schuhe aus. So. Brav, mein Mädchen. Jetzt den Pullover ...

Nicole murmelte etwas Unverständliches vor sich hin. Christian sah ihre Brustspitzen leben. Das trieb sein Blut schneller durch die Adern.

Sie war so dicht bei ihm. Zum Greifen nah! Und er wollte sie haben!

Er half ihr, die Jeans auszuziehen und gab sich kaum noch Mühe, seine Erregung zu verbergen. Nicole merkte es ohnehin nicht, denn ihr fielen immer wieder die Augen zu.

Das war der Moment, auf den er schon lange gewartet hatte.

Hastig entledigte Christian sich seiner Kleider. Nicole blinzelte – und fuhr sofort erschreckt hoch, als sie ihn nackt vor sich sah.

»Was soll das?«, fragte sie und war mit einem Mal nüchtern. »Bist du verrückt?«

»Nicole«, sagte Christian heiser. »Ich liebe dich immer noch, das weißt du doch. Ich werde es dir beweisen ...« Und schon war er über ihr. Seine Lippen saugten sich an ihrem Hals fest.

Sein Stöhnen stieß sie ab. Nicht das kleinste Fünkchen von Lust regte sich in ihr. O nein, diesen Lohn für seine Hilfsbereitschaft würde er nicht bekommen!

»Hör bitte auf, Christian. Ich schlafe nicht mit dir. Und ich finde es auch ziemlich gemein, dass du die Situation ausnutzt ...«

»Aber Nicole ... Kleines ...« Er wollte sie wieder küssen. Als sie sich wehrte, wurde er ärgerlich. Er drückte sie fester in die Kissen.

»Du gehörst mir. Das hast du nur vergessen in der Zwischenzeit. Nicole ... ich ...« Sein Mund suchte ihre Lippen.

Nicole drehte den Kopf zur Seite. »Lass mich, Christian ... Du hast kein Recht ... Ich sage dir doch, dass ich das nicht will ...«

»Soll das ein neckisches Spielchen sein? Nun, du schaffst es, mich noch wilder zu machen ...« Christian glühte vor Leidenschaft. Er stützte sich auf, um Nicole anzusehen.

Diese Situation nutzte Nicole sofort. Sie rollte sich weg – und stand neben dem Bett.

»Geh! Auf der Stelle. Wenn du nicht sofort verschwindest, schreie ich das ganze Haus zusammen.«

Er starrte sie an. Angst und Hass im Blick.

»Nicole, ich wollte doch nur ...«

Sie blitzte ihn wütend an. »Wenn du nicht in zwei Sekunden draußen bist ...«

Da raffte er seine Sachen an sich und eilte aus dem Zimmer, so nackt wie er war. Sein Zimmer lag ja direkt nebenan. Und um diese Zeit bestand keine Gefahr, einem anderen Pensionsgast zu begegnen.

Nicole drehte von innen den Schlüssel um, dann lehnte sie sich schwer atmend gegen die Tür. Dann kamen die Tränen. Spannung und Angst lösten sich.

Sie schluchzte verzweifelt vor sich hin – und dachte an ihren geliebten Lars, der so etwas niemals getan hätte. Lars war ein zärtlicher Liebhaber.

Die Sehnsucht nach Lars war nach diesem schrecklichen Erlebnis fast unerträglich für Nicole. Sie trat ans Fenster und schaute auf die menschenleere Straße hinunter.

Der Panzer um ihr Herz war zerbrochen. Wie oft hatte sie sich vorgenommen, zu Lars zu fahren und noch einmal mit ihm zu reden.

Nun wusste sie, was sie tun musste. Ja, sie war bereit zu einer klärenden Aussprache.

Nicole packte ein paar Sachen in ihre Segeltuchtasche, den Rest ließ sie hier. Morgen konnte sie vom Dorf aus in der Pension anrufen und sagen, wann sie wiederkam.

Nicole schlich leise über den Gang. Von der Straße aus versuchte sie, in den Hinterhof zu gelangen, weil dort ihr Fahrrad stand.

Als das Tor laut quietschte, hielt sie erschrocken inne. Sie würde alle Leute aufwecken und dann womöglich Erklärungen abgeben müssen, was sie um diese Zeit hier suchte.

Sie würde mit dem Fahrrad ohnehin viel zu lange unterwegs sein. Also nahm sie lieber gleich ein Taxi, auch wenn der Preis wahrscheinlich ihr ganzes Bargeld verschlingen würde.

So war es schließlich auch.

»Fünfzig Euro«, verlangte der Taxifahrer, der gerade ein kurzes Nickerchen gemacht hatte. Nun aber sofort hellwach dreinblickte, denn mit einem solchen Geschäft hatte er diese Nacht gar nicht mehr gerechnet.

»Fünfundvierzig«, sagte er schließlich.

Nicole stieg ein. Mit aufgeregt klopfendem Herzen saß sie im Fond des Wagens, der sie nach Pinaccia bringen sollte. Würde Lars dort sein? Wenn er nun nicht allein war?

Unsinn, beruhigte sie sich. So schnell konnte er keine andere finden, die bereit war, mit ihm dort oben zu leben.

Und warum nicht?, meldete sich eine andere Stimme zu Wort. Lars ist der bestaussehendste Mann, den du kennst, Nicole. Denk nur an die Blicke der Frauen am Strand, letzten Sommer, als ihr so glücklich wart. Weißt du noch, wie ihr im Schuppen an der Bar ... Und Lars ist ein wunderbarer Liebhaber. Welche Frau sehnt sich nicht nach einem solchen Mann? Manche ist bereit, in der Einsamkeit mit ihm glücklich zu sein.

Die Angst, ihn für immer verloren zu haben, drückte Nicole fast die Luft ab. Sie liebte ihn. Das wusste sie. Sie war ganz erfüllt von diesem starken Gefühl.

Es half nichts, immer wieder sämtliche Möglichkeiten durchzuspielen. Sie musste einfach abwarten, bis sie vor Lars stand und in seine Augen schauen konnte ...

***

Lars stand am offenen Fenster. Die Luft war frisch. Er atmete noch einmal tief durch, dann schloss er die Vorhänge.

Zwei Petroleumlampen tauchten den Raum in warmes Licht. Die Nacht neigte sich dem Ende zu. Er hatte nicht schlafen können. Unruhe erfüllte sein Herz.

Wieder legte Lars sich auf das Bett, starrte an die Decke und sah sofort wieder Nicoles Gesicht. Das Blut rauschte in seinen Ohren.

Als er draußen einen Wagen vorfahren hörte, hielt er die Luft an. Eine Autotür klappte?

Nicole hatte den fremden Wagen sofort gesehen, der vor dem Haus parkte.

Entsetzen erfasste sie. Was sollte sie tun, wenn Lars wirklich nicht allein war?

Sie hatte kein Geld mehr für eine Rückfahrt.

Als der Wagen abfuhr, war ihr klar, dass die Entscheidung gefallen war. Sie musste alles durchstehen, ganz gleich, wie es ausgehen würde.

Da wurde auch schon die Tür geöffnet. Lars stand ganz ruhig auf der Schwelle. Nicole sah ihn unverwandt an. Sie konnte sich nicht bewegen. Nur ihr Herz floss ihm entgegen.

Lars trat einen Schritt zurück und hielt die Tür ganz weit auf. »Willst du nicht hereinkommen?«

Da erwachte Nicole aus ihrer Erstarrung und folgte seiner Aufforderung.

Drinnen musste sie erst einmal blinzeln, dann bemerkte sie die Veränderungen, die vorgenommen worden waren.

Langsam hob sie den Blick, immer höher.

Ein Schwindel erfasste sie, als sie in die geliebten Augen schauen konnte.

»Lars ...« Wie eine Ertrinkende breitete sie hilflos die Arme aus. Im nächsten Moment umfing Lars sie und konnte endlich glauben, dass sie es wirklich war, dass er sie spürte, ihren Körper aus Fleisch und Blut, ihr klopfendes Herz, ihr heißes Gesicht, ihr weiches Haar.

Er stöhnte auf. Der Laut hatte etwas Wildes an sich, klang nach einem Tier, das sich endlich wieder in Freiheit befand.

»Es war schrecklich ohne dich ...«

Nicole bog den Kopf zurück, um noch einmal in seine Augen sehen zu können. Dann küssten sie sich. Es war der leidenschaftlichste und längste Kuss, der sie jemals verbunden hatte.

»Ich bin gekommen, um mit dir zu reden«, sagte sie schließlich. »Ich liebe dich immer noch, Lars. Und ohne dich ist das Leben kein Leben.«

»Ich war dir heute so nahe«, meinte Lars nachdenklich. »Vielleicht gibt es doch so etwas wie übersinnliche Kräfte. Du hast meine große Sehnsucht einfach gespürt.«

»Ich musste vor einem Mann fliehen ...«, murmelte sie – mehr zu sich selbst.

»Ich habe dich gesehen, Nicole. Im Restaurant. Und da dachte ich, dass ich dich wirklich verloren habe.«

»Er war ein ehemaliger Freund von mir. Von Brigit wusste er, dass ich mich in Ajaccio ziemlich einsam fühlte. Er hängt wohl immer noch an mir. Ich aber nicht an ihm. Im Gegenteil ...«

Lars unterbrach sie mit einem Kuss. Wenn es so war, wie sie sagte, und daran zweifelte er keine Sekunde, dann wollte er nichts mehr hören. Ihm stand der Sinn nach Liebe.

Er hob Nicole hoch und trug sie zum Bett hinüber. Vorsichtig legte er sie nieder und streckte sich neben ihr aus.

Nicole legte ihren Kopf auf seine Brust. Lars streichelte ihr Haar, ihre Schultern, ihre Hüften.

»Bin ich froh, dass du da bist. Ich liebe dich so, Nicole. Und daran wird sich nie mehr etwas ändern. Kannst du dir das hinter deine süßen kleinen Ohren schreiben?«

Sie knöpfte ungeduldig sein Hemd auf, um ihre Wange an seine nackte Brust zu legen. Sein Herz schlug schnell und kräftig. Welch vertrauter Takt, wie oft hatte sie ihn schon gehört, ihm hingebungsvoll gelauscht.

»Was ist hier passiert?« Nicole richtete sich leicht auf.

Lars lachte leise. »Eine ganze Menge«, erwiderte er. »Aber nichts, was dich beunruhigen müsste.« Er umschlang sie mit beiden Armen.

Sie machte sich von ihm los und schaute sich um. »Das könnte mir direkt gefallen«, meinte sie schließlich.

Dann stand sie auf, um alles in Augenschein zu nehmen. »Und Wasser!« Sie schlug erfreut die Hände vor den Mund. »Ein Fernsehgerät! Und ein Kühlschrank!«

»Der wird mit Gas betrieben. Das muss ich morgen noch kaufen.«

»Was hat das alles zu bedeuten? Hast du das für mich getan?«

»Ja. Du sollst dich wohlfühlen, wenn wir hier die Wochenenden verbringen.«

»Die Wochenenden? Und wo willst du ...«

»Nicole, komm her zu mir«, bat Lars mit heiserer Stimme. »Ich habe dir eine Menge zu erzählen, aber es gibt noch etwas, was viel wichtiger ist. Ich will dich. Jetzt ...«

Seine Stimme vibrierte vor Erregung. Auch Nicole lief ein Schauer über den Rücken. Es war so schön, zu erkennen, dass sie Lars noch viel mehr liebte als vorher, seine zärtlichen Hände, seine sehnsüchtige Stimme, seine verlangenden Augen und seinen sinnlichen Mund.

Einen Meter vor dem Bett blieb sie stehen und zog sich vor seinen Augen ganz langsam aus. Lars stand auf, berührte andächtig ihre Schultern, streichelte über ihren Rücken, küsste ihre Brüste und spürte, wie sie unter seinen Liebkosungen zitterte.

»Frierst du?«

»Nein«, brachte sie mühsam hervor. »Mir ist heiß. Ich glühe vor Verlangen.«

Er streichelte sie, zärtlich und überall. Sie fielen auf das Bett. Dann ertasteten seine Lippen jeden Zentimeter ihrer Haut. Ihr Stöhnen war Musik in seinen Ohren.

Endlich zog Lars sich auch aus. Als Nicole begann, sein Glied leicht zu massieren, wühlte Lars sein Gesicht in ihr Haar.

»Ich liebe dich«, sagte er heiser, »ich liebe dich …«

Mit sanftem Druck zog sie ihn zu sich herunter, umschlang ihn und küsste ihn wieder und wieder. Ihr Vertrauen war grenzenlos. In seinen Armen wusste sie, dass ihr nichts geschehen konnte.

Die Laute ihrer Lust durchdrangen das kleine Haus in den Bergen. Ein leidenschaftlicher Schrei entrang sich Nicoles Lippen, als sie vom Höhepunkt erfasst wurde.

Lars explodierte wie ein Vulkan. Erschöpft ließen sie dann die verebbenden Wellen der Lust über sich hinweggehen. Sie hielten sich fest. Nach einer Weile lagen sie ganz ruhig da.

»Ich wusste, dass ich außer dir keinen anderen mehr lieben kann«, murmelte Nicole nach einer Ewigkeit leise. »Ich glaube, ich bin dir hörig.«

»Wie schön«, sagte er mit einem Lächeln auf den Lippen. »Aber mir geht es nicht anders. Wir halten uns gegenseitig gefangen, meine Süße …«

»Ein bisschen frei möchte ich schon sein …«

»Schon wieder diese Ansprüche!«, tadelte er sie.

Sie fingen an, sich zu necken, lachten, alberten und berührten sich zwischendurch immer wieder voller Zärtlichkeit. Sie waren so glücklich, endlich wieder zusammen sein zu können.

Keiner von ihnen merkte, dass draußen der Tag heraufdämmerte. Und keinem von beiden war bewusst, dass sie in der vergangenen Nacht kein Auge zugetan hatten.

***

Ein Autogeräusch ließ Nicole zusammenfahren.

Christian!, dachte sie im ersten Moment erschreckt. Doch dann beruhigte sie sich. Woher sollte er von dieser Hütte hier wissen? Oder ob Brigit …?

»Das werden die Arbeiter sein!«, meinte Lars. »Nun müssen wir wohl oder übel aufstehen, wenn wir sie nicht nackt empfangen wollen.«

Schnell zogen sie sich an. Lars öffnete die Tür und begrüßte die Männer. Zwei von ihnen entdeckten Nicole und setzten augenblicklich ein verständnisvolles Grinsen auf.

Nicole machte eine große Kanne Kaffee. »Ich geh mal eben ins Dorf«, sagte sie dann, nachdem sie noch einmal die neue Inneneinrichtung betrachtet hatte. »Der Bäcker war bestimmt schon da und hat frisches Brot gebracht. Außerdem kann ich Serafina auch gleich begrüßen.«

»Nimm den Wagen«, sagte Lars, »sonst wird dein guter Kaffee in der Zwischenzeit kalt.«

Nicole küsste ihn, bevor sie davoneilte.

Das Schwätzchen mit Serafina war sehr erheiternd. Mit einigen Baguettes, Butter und Konfitüre kehrte Nicole zurück. Es wurde ein großes Frühstück veranstaltet, dann ging es mit der Arbeit weiter.

Am frühen Nachmittag waren die Männer fertig. Lars bezahlte, bedankte sich – und war dann endlich mit Nicole wieder allein. Und plötzlich musste er gähnen.

»Wir sollten uns ein wenig schlafen legen«, schlug Nicole vor. »Ich bin auch schrecklich müde.«

»Schaffen wir das denn? Ich meine, dass wir brav nebeneinander liegen und ...« Lars brach ab und lächelte.

»Wir wollen es versuchen. Zur Liebe bleibt uns immer noch Zeit genug.«

»Hoffentlich«, verkündete er. »Du weißt ja nicht, was uns noch alles erwartet.« Und dann erzählte er ihr, was sich in der Zwischenzeit zugetragen hatte.

Nicole war erst sprachlos. »Du willst nicht hier bleiben?«, fragte sie dann.

»Nicht ständig. Ich eigne mich wohl doch nicht dazu, nur Bauer zu sein. Aber wann immer ich frei habe, möchte ich mich hierher zurückziehen können. Mit dir! Du willst doch nicht nach Paris zurück?«, neckte er sie.

Liebevoll fuhr Nicole durch sein dichtes Haar. »Bei dir ist mein Zuhause. In Paris müsste ich mich vor lauter Sehnsucht nach dir verzehren. Und das willst du doch nicht, oder? Außerdem brauchst du hier Hilfe ...«

»Du kümmerst dich um Planung und Empfang der Gäste, ich mich um die Erhaltung der Sportanlagen, Instandsetzungen, Reparaturen und so weiter. Hättest du Lust dazu? An uns liegt es, ob wir diese Ferienanlage so leiten, dass die Gäste immer wieder gern zu uns zurückkehren. Wir können gemeinsam etwas aufbauen. Wir können neue Ideen verwirklichen. Und wir können hier auf der Insel bleiben und ein Leben führen, das unseren Vorstellungen entspricht. Im Winter könnten internationale Tagungen bei uns stattfinden. Die Übersetzerin werden wir gleich mitliefern ...«

Nicole empfand großes Glück, als sie seinen Worten lauschte. Das Zukunftsbild, das Lars da entwarf, war wirklich schön und verlockend. Und wenn nur die Hälfte von dem einträfe – sie würde zufrieden sein. Von ihm ging sie jedenfalls nicht mehr fort.

»Nicole?«

»Ja, Liebster«, murmelte sie und senkte schläfrig die Lider.

So viel war geschehen in den letzten vierundzwanzig Stunden. Das musste sie erst einmal verarbeiten. Doch es sollte noch mehr kommen.

»Willst du mich heiraten?«, fragte Lars.

Nicole riss die Augen wieder auf. »Heiraten?«, flüsterte sie.

»Ja.« Eine trotzige Falte entstand auf seiner Stirn. »Was ist daran so komisch? Du sollst als Miteigentümerin eingetragen werden. Na, und dann dachte ich auch an Kinder. Die Erbfolge muss schließlich geregelt sein ...«

»Deswegen müssen wir heiraten?« Nicole rieb ihre Nase an seinem Hals. »Lars, ich liebe dich. Und da kann man doch ...«

»Also gut, ich will dich aus Liebe heiraten!«

»Warum nicht?« Sie lachte. »Früher hat man das manchmal gemacht. Werden mich deine Eltern mögen?«

»Aber ja«, antwortete er überzeugt. »Du wirst ihre Herzen im Sturm erobern, da bin ich ganz sicher.«

Endlich schliefen sie ein. Die Aufregungen des letzten Tages forderten ihr Recht. Erst am späten Abend wurden sie wach, aßen eine Kleinigkeit und tranken Rotwein dazu.

Dann begann das Spiel der Liebe von Neuem. Lars und Nicole wurden nicht müde, füreinander da zu sein und sich ihre Zuneigung zu zeigen.

***

Erst am nächsten Nachmittag machte Lars den eher halbherzigen Vorschlag, nach Ajaccio zu fahren, damit Nicole seine Eltern kennenlernen konnte.

»Im Napoleon sind noch Doppelzimmer frei. Dort werden wir uns für die nächsten Tage einquartieren.«

»Was werden deine Eltern dazu sagen?«

»Warum sollen wir zwei Einzelzimmer beziehen, um nachts dann doch in einem Bett zu schlafen? Mein Vater ist zwar äußerst geschäftstüchtig und geht mir damit manchmal ziemlich auf die Nerven, aber ein verbohrter Moralist ist er nicht.«

Nach einer Weile rüsteten sie zum Aufbruch. Lars verschloss das Haus sorgfältig, nachdem er die neu angebrachten Fensterläden von innen verankert hatte. Dann fuhren sie los.

Nicole bat Lars, zuerst zur Pension »La Pergola« zu fahren, damit sie ihre Rechnung bezahlen und ihre Sachen holen konnte. Sie wollte ihn dabei haben, weil sie sich vor Christian fürchtete.

Doch ihre Angst erwies sich als unbegründet.

»Monsieur ist vor zwei Tagen abgereist«, erfuhr sie zu ihrer großen Erleichterung.

Wenig später parkten sie in der Tiefgarage des »Napoleon«. Und als Nicole sich mit Lars in einem luxuriös ausgestatteten Zimmer befand, da fiel sie ihm um den Hals – und mit ihm zusammen auf das breite Bett.

Lachend balgten sie herum. Doch bevor dieses Spiel in Leidenschaft überging, besann sich Nicole und setzte sich wieder auf.

»Du solltest deine Eltern aufsuchen«, meinte sie. »Sie werden sich schon Sorgen machen. Schließlich hast du ihnen nur ein paar kurze Zeilen hinterlassen.«

»Sie können sich sicher denken, wo ich war. Sie wissen von der Hütte. Gesehen haben sie sie allerdings noch nicht. Ich bin gespannt, was sie dazu sagen werden.«

Lars erhob sich, fuhr sich mit den Fingern durchs Haar und ging zur Tür. »Dass du mir nicht davonläufst«, mahnte er.

»Niemals.« Nicoles Gesicht war sehr ernst, als sie das sagte. »Darauf kannst du dich verlassen, Lars. Ich habe selbst am meisten unter meiner Flucht gelitten.«

Als sie allein war, brachte sie ihr Haar in Ordnung und suchte in ihrem Gepäck nach einer knitterfreien Bluse. Alle Sachen mussten aufgebügelt werden. Aber so schnell würde der Hotelservice wohl nicht arbeiten. Also blieb doch wieder nur ein Pullover.

Nicole verzichtete auf jegliches Make-up und legte nur ein zartes Lippenrouge auf.

Das Telefon klingelte. Sie schrak zusammen. Sie wusste, was das bedeutete. Lars bat sie, herüberzukommen.

Ihr schlug das Herz bis zum Hals, als sie an die Tür des Doppelzimmers klopfte. Aber dann sah sie in Kristina Andersons Augen, die sie ebenso warm anstrahlten wie die ihres Sohnes. Mit einem Schlag war ihre Befangenheit verschwunden.

Sie begrüßte Olaf Anderson sehr herzlich und war betroffen von der Ähnlichkeit zwischen Vater und Sohn.

Sie verbrachten einen angenehmen Abend miteinander.

Zum Dessert bestellte Lars eine Flasche Champagner und teilte seinen Eltern mit, dass er und Nicole heiraten wollten.

»Wann?«, erkundigte sich Kristina.

Nicole hielt den Atem an. Würden Lars' Eltern jetzt Einspruch erheben?

»Oh, darüber haben wir uns noch keine Gedanken gemacht«, meinte Lars zögernd. »Warum ist das so wichtig?«

»Weil ich dabei sein möchte«, sagte Kristina bestimmt. »Und da dein Vater irgendwann nach Stockholm zurückkehren will …«

»Na ja, ich habe schließlich einen Betrieb, um den ich mich noch ein bisschen kümmern muss«, meinte Olaf Anderson.

Nicole bekam erst allmählich eine Ahnung vom Reichtum der Familie Anderson. Sie betrachtete Lars verstohlen von der Seite.

Ganz schön frech von dir, dass du mir das verschwiegen hast, sagte ihr Blick.

Sie war davon ausgegangen, dass er ein Spross des Bürgertums war, so wie sie studiert hatte, um dann der Berufslaufbahn eines Historikers zu entsagen.

Sie beschloss, ihn sich deswegen noch einmal vorzunehmen. Er hatte sie zwar nicht mit Worten beschwindelt, aber eine wesentliche Tatsache zu verschweigen, war schließlich auch eine Lüge, fand sie.

Das Beisammensein mit seinen Eltern hatte Nicole als sehr harmonisch und befriedigend empfunden. Das sagte sie Lars, als sie eine halbe Stunde später in seinen Armen lag.

»Freut mich, dass ihr euch gleich sympathisch seid.«

»Die Andersons verfügen wohl über viel Geld, wie?«

»Hm, nun ja …«, erwiderte Lars unbestimmt und unterließ die Erwähnung, dass die Anderson-Werke ein Riesenkonzern waren. »Wir sind nicht arm, weißt du …«

»War das der Grund dafür, dass es dich zum einfachen Leben hingezogen hat?«

»Vielleicht«, sagte er ehrlich. »Ich bin nach wie vor froh, dass ich die Hütte dort oben habe. Ich liebe diesen Platz. Und ich hoffe, dass wir beide dort noch viele schöne Stunden erleben werden.«

»Das hoffe ich auch, Lars. Es ist ein herrliches Fleckchen Erde. Der Fluss hinterm Haus, die Berge, die wunderbaren alten Olivenbäume.« Nicole war sich kaum bewusst, wie sehr sie ins Schwärmen geriet.

Lars merkte es. Er liebte sie wie nie zuvor und versuchte, seine Gefühle in einem langen, zärtlichen Kuss auszudrücken.

Als sie einschliefen, taten sie es in der glücklichen Gewissheit, diese innige Geborgenheit und Nähe noch sehr oft zu erleben.

***

Als Nicole am nächsten Tag zusammen mit Lars und Monsieur Pontini das Hotel und das dazugehörende Grundstück in Augenschein nahm, glaubte sie manchmal, bald aus einem wunderschönen Traum aufwachen zu müssen.

Eigentlich konnte das alles gar nicht wahr sein! Mit leuchtenden Augen sah sie zu Lars auf.

»Gefällt es dir?«, fragte er und zog sie zärtlich an sich.

»Ja. Ich sehe uns beide schon hier …«

»… wie wir uns über die unzufriedenen Gäste ärgern und ich schon wieder einer Reklamation nachgehen muss«, ergänzte Lars lachend.

»Wir werden unser Bestes geben. Es ist eine schöne Aufgabe.« Nicole sah alles im rosigsten Licht.

»Im Sommer werden wir viel zu tun haben, Nicole«, warnte Lars.

»Dafür ist es im Winter um so ruhiger. Dann können wir in die Berge fahren, in unser Häuschen.«

Lars hauchte Nicole einen Kuss auf die Wange. Dann ließen sie sich von Pontini noch einmal die Wohnung zeigen, die in einem Seitentrakt des Hotels lag.

Einiges musste hier umgebaut und renoviert werden. Lars betrachtete diese Räume heute mit ganz anderen Augen. Vorher hatten sie ihn wenig interessiert, weil er davon ausgegangen war, hier allein wohnen zu müssen.

Nicole war begeistert. »Wie lange dauert es, bis die Zimmer fertig sind?«, wollte sie wissen.

»Ich werde versuchen, so schnell wie möglich gute Fachleute zu finden. Ange wird mir dabei helfen, er hat die richtigen Verbindungen. Vielleicht schaffen wir es bis zum Sommer«, erklärte ihr Lars.

»Und was machen wir bis dahin? Wir können doch nicht im Hotel wohnen bleiben?« Nicole kaute nachdenklich auf ihrer Unterlippe.

»Warum nicht?«, fragte Lars.

»Das wird zu teuer, Lars. Und wir ...«

Er unterbrach sie. »Die Familienkasse wird das verkraften. Aber wenn es dir dort auf die Dauer zu unpersönlich ist, suchen wir uns eben für ein halbes Jahr eine möblierte Wohnung. Wir machen es so, wie du es willst.«

Nicole schaute ihm verliebt in die Augen. »Diese Grundeinstellung kannst du beibehalten, Liebling, und es wird keine Probleme mehr für uns geben«, meinte sie und blinzelte Lars zu.

Als Pontini wegschaute, gab Lars ihr einen Kuss und raunte ihr zu: »Manchmal will ich aber auch das Sagen haben ...«

Schließlich fuhren sie ins Hotel zurück. Am frühen Abend erschien Ange. Er war sehr erfreut, Nicole zu sehen. Sie verabredeten sich zum Essen, an dem auch Kristina und Olaf Anderson teilnahmen.

Kristina fragte Nicole, wie ihr das Hotel gefallen habe.

»Sehr gut. Lars und ich werden etwas daraus machen. Und wir werden uns dort wohlfühlen«, antwortete Nicole.

»Davon bin ich überzeugt.« Kristina Anderson drückte Nicoles Arm. »Ich freue mich so für Lars. Man sieht sofort, wie sehr ihr euch mögt.«

Lars räusperte sich. »Es ist *die* große Liebe. Wir heiraten Weihnachten oder Silvester«, sagte er dann.

»Silvester wäre wunderbar«, schloss sich Nicole spontan seinem Vorschlag an. »Dann können wir unsere Ehe gleich mit vielen guten Vorsätzen beginnen.«

»Und wenn es euch recht ist, feiern wir nächsten Sonntag unten in der Bar Verlobung, natürlich nur unter uns.« Der Vorschlag kam von Lars.

»Dann werde ich im Napoleon für den Jahreswechsel ein paar Zimmer reservieren lassen«, meinte Olaf Anderson. »Von der schwedischen Verwandtschaft kommen bestimmt einige. Vor allem deine Schwester wird sich das Ereignis nicht entgehen lassen. Und wie sieht es bei dir aus, Nicole?«

»Ich habe nur eine Tante, die ich gern dabei hätte. Und natürlich Brigit, meine Freundin. Sie soll Trauzeugin sein.«

Ange machte plötzlich ein hoffnungsvolles Gesicht. »Du wirst Brigit einladen?«, vergewisserte er sich.

»Ja.« Nicole lächelte ihn aufmunternd an. Sie konnte sich denken, was jetzt hinter seiner Stirn vorging.

Auch Lars hatte die Frage des Freundes gehört.

»Entführe sie auf eine Hütte in den Bergen«, schlug er Ange vor. »Vielleicht gewinnt Brigit dort an Einsicht.«

»Brigit ist eine sehr selbstständige Frau«, gab Ange ernst zurück. »Sie lässt sich von keinem Mann dazu zwingen, etwas zu tun, was sie nicht will. Das weiß ich. Aber ich freue mich trotzdem darauf, sie wiederzusehen.«

Lars und Nicole sahen sich tief in die Augen. Sie vergaßen für einen Moment, dass noch andere am Tisch saßen.

Lars neigte sich zu ihr. »Weißt du, was ich jetzt möchte?«, murmelte er.

O ja, das wusste Nicole. Sie wollte es auch. Doch dann wurde sie sich der Tischrunde bewusst. Verlegen lächelte sie.

»Auf das Wohl von Nicole und Lars!«, sagte Ange und hob sein Glas.

Lars dankte dem Freund mit einem Augenzwinkern, aber er sehnte sich danach, endlich mit Nicole allein zu sein …

ENDE

In Paris ist alles möglich

Natalie schmiegte sich an Bernard. Sie stöhnte leise, als ihre harten Brustwarzen seine nackte Haut spürten.

Bernard drückte Natalie sanft in die Kissen. Sie warf lustvoll den Kopf hin und her, als er ihre Brüste zu küssen begann. Mit einer Hand streichelte er ihren Schenkel.

Und dann verlor Natalie jedes Zeitgefühl. Bernards Lippen und Hände waren überall. Seine Zärtlichkeiten versetzten sie in einen wilden Rausch der Sinne ...

Kurz vor Schalterschluss erreichte Natalie Rich die Bank. Etwas außer Atem ging sie zum Kassenschalter.

»Ich brauche eintausend Euro«, erklärte sie dem jungen Mann hinter dem Tresen.

»Uns ist es lieber, wenn wir vor der Abhebung größerer Summen informiert werden, Mademoiselle«, versuchte er sie höflich zu belehren.

»Meine Güte, eintausend sind doch nun wirklich keine besonders hohe Summe!«, rief Natalie. »So viel werden Sie doch haben! Sonst muss ich mich nach einer anderen Bank umsehen.«

Ihre Nerven waren zum Zerreißen angespannt. Ein schlechter Tag lag hinter ihr. Und jetzt machte dieser Mensch ihr auch noch Schwierigkeiten!

Wenn sie ihrem neuen Vermieter heute Nachmittag nicht wie verabredet die Kaution in bar brachte, würde er die Wohnung sofort einem anderen Interessenten geben. Interessenten gab es genug, wie er ihr mehrmals versichert hatte.

»Ich bitte Sie, Mademoiselle, so war das doch nicht gemeint!« Nervös schaute sich der junge Bankangestellte um, ob seine Kollegen oder gar der Filialleiter etwas mitbekommen hatten. »Selbstverständlich wird Ihnen das Geld ausgezahlt. Ich wollte doch nur darauf hinweisen ...«

»Schon gut.« Natalie unterschrieb schwungvoll das Auszahlungsformular.

Diese eintausend Euro waren so ziemlich alles, was sie besaß. Aber sie musste diesen Schritt endlich tun, um von Paulette Faugeres wegzukommen. Sie konnte diese unangenehme Frau einfach nicht mehr ertragen, nicht einen Tag länger.

Natalies Nerven vibrierten. Wochenlanger Stress lag hinter ihr, und gestern hatte sich herausgestellt, dass sie tage- und nächtelang umsonst geschuftet hatte. Sie hatte die Prüfung nicht bestanden. Alles Lernen war für die Katz gewesen! Sie hatte so gehofft, bald ihr erstes eigenes Geld verdienen zu können. Doch daraus wurde jetzt nichts.

Sie musste ganz von vorn anfangen.

Aber das konnte sie nicht unter Paulette Faugeres neugierigen Blicken. Unverschämte Fragen wollte sie in Zukunft ebenso wenig über sich ergehen lassen wie die unverfrorenen Forderungen, die Paulette täglich stellte.

Hoffentlich gelingt mir in der neuen Wohnung ein neuer Anfang, dachte Natalie.

Unruhig schaute sie auf die Uhr. Sie war spät dran. Um fünf sollte sie Monsieur Chevalier das Geld bringen. Er wollte es in bar haben.

Natalie machte sich nicht die Mühe, die Scheine mitzuzählen. Es würde schon stimmen. Der junge Angestellte sah nicht so aus, als ob er sich auf ihre Kosten bereichern wollte.

Zehn Hundert-Euro-Scheine blätterte er ihr hin. Natalie bedankte sich kurz und wandte sich zum Gehen.

Sie achtete nicht darauf, dass ihr jemand folgte. Missmutig schaute sie zum Himmel empor. Paris lag seit Tagen unter einer dichten Wolkendecke. Und eben in diesem Moment fing es an zu regnen.

Kalte Feuchtigkeit legte sich auf ihren Wettermantel und strapazierte Natalies ohnehin schon angeschlagene Stimmung. Einzig die Aussicht, Paulette bald die Kündigung geben zu können, war ein schwacher Hoffnungsschimmer.

Natalie schlug den Mantelkragen hoch. Der breite Boulevard wirkte leer und verlassen. Kein Mensch ging bei diesem Wetter freiwillig auf die Straße. Die Tage wurden immer kürzer. Heute war es überhaupt nicht richtig hell geworden.

Natalie schrak zusammen, denn eine Hand legte sich von hinten auf ihre Schulter. Noch ehe sie einen überraschten Ausruf tun konnte, presste sich ein schwarzer Handschuh auf ihre Lippen. Der Druck nahm ihr fast den Atem.

»Kein Laut!«, zischte eine Männerstimme hinter ihr, und etwas Hartes bohrte sich in ihren Rücken. »Die Knarre spuckt, wenn du den Zaster nicht rausrückst.«

Natalie wurde ganz steif vor Angst. Half ihr denn niemand? Sah denn kein Mensch, dass sie auf offener Straße überfallen wurde?

»Schrei nicht, sonst ist es aus mit dir!« Das war die Stimme eines anderen Mannes.

Es handelt sich also um zwei Gangster, überlegte Natalie. Gegen zwei kann ich mich nicht wehren.

Die Hand wurde zurückgezogen, doch der harte Druck im Rücken verstärkte sich. Langsam drehte der Mann Natalie um. Sie kam sich vor wie eine Marionette.

»Kein Laut!«, wiederholte der Erste.

Natalie war wie betäubt. Das gab's doch gar nicht! Das konnte nicht wahr sein! Sie hatte einen schlechten Traum. Eine andere Erklärung fand sie nicht.

Die Hand des größeren Mannes glitt erst in ihre linke Manteltasche, dann in die rechte und zog die Scheine heraus.

»Danke, Mademoiselle!«, sagte der kleinere höhnisch und steckte das Geld ein. Dann liefen sie zum Straßenrand, wo ein Wagen mit laufendem Motor wartete. Gleich darauf raste das Auto davon.

Natalie brauchte eine Weile, bis sich der Krampf in ihren Stimmbändern löste.

Dann schrie sie los. Doch es dauerte immer noch lange Augenblicke, bis sich ein Passant näherte, um zu fragen, was ihr fehlte. »Ich bin eben überfallen worden«, sagte Natalie mit zitternder Stimme. Die Wirkung des Schocks setzte ein. »Bitte, rufen Sie die Polizei!«, flüsterte sie.

***

Paulette Faugeres zog zum fünften Mal an diesem Tag die Lippen nach. Sie pflegte sich nicht nur sehr übertrieben zu schminken, sondern auch ziemlich ungeschickt. Dennoch war sie nach einem Blick in den Spiegel mit ihrem Äußeren zufrieden.

Es klingelte. Paulette lief zur Tür. Ihr Neffe Ludovic bedachte sie mit einem strahlenden Lächeln und Küsschen rechts, Küsschen links auf die Wange.

»Tantchen, schön, dich zu sehen«, sagte er.

Paulette schmolz dahin. Sie liebte Ludovic sehr. Und es war ihr auch vollkommen klar, dass das mit ihrer eigenen Kinderlosigkeit zu tun hatte.

»Möchtest du einen Kaffee?«

»Gern. Und einen Cognac dazu, wenn es geht!«

»Am helllichten Tag!«, schimpfte Paulette liebevoll. Doch sie tat ihm den Gefallen und verzichtete diesmal darauf, Ludovic an seinen Vater zu erinnern, der am Alkohol zugrunde gegangen war.

Ludovic tat zwei große Stücke Zucker in das schwarze Gebräu. Vor ein paar Monaten war er mit der Schule fertig geworden. Viele seiner Klassenkameraden studierten oder bereiteten sich auf ihren späteren Beruf vor.

Er hatte noch nicht das Richtige gefunden. Er wusste nicht, was er gern machen würde. Nur eines: Es sollte möglichst wenig mit Arbeit zu tun haben.

Ludovic vermutete, dass Tante Paulette nicht unvermögend war. Das war ein Grund für ihn, sie so oft wie möglich zu besuchen. Immer wieder steckte sie ihm ein paar Hunderter zu, obwohl sie ständig dabei maulte und sagte, es sei aber wirklich das letzte Mal.

Er wusste, dass sie es nicht ernst meinte und dass er sie um den Finger wickeln konnte, wenn er wollte.

»Ich überlege, ob ich mich an der Sorbonne einschreiben lassen soll«, sagte er jetzt.

Paulette strahlte. »Hast du dich nun doch für ein Studium entschieden? Es würde mich freuen, Ludovic, wirklich. Dir steht die Welt offen, wenn du einen Hochschulabschluß vorweisen kannst. Ich weiß, dass du intelligent bist. Wenn du nur nicht so schrecklich faul wärst!«

»Tantchen, ich bin doch erst zwanzig.«

»Na und? Es wird Zeit, dass du etwas anfängst. Ludovic, du musst endlich lernen, für dich selbst Verantwortung zu tragen.«

Er seufzte. Diese Moralpredigten konnte er nicht ausstehen. Aber wohl oder übel machte er gute Miene zu diesen tadelnden Worten. Es gelang ihm sogar, schuldbewusst dreinzuschauen.

Paulette holte ein paar Kekse aus dem Schrank. Neidvoll betrachtete sie ihren Neffen, wie er einen nach dem anderen genüsslich verzehrte.

Sie konnte sich das nicht leisten. Jeder Tag war für sie ein harter Kampf mit den Pfunden. Zwar sagte sie sich immer, dass es ihr im Grunde völlig egal sein konnte, ob sie ein paar Kilo mehr oder weniger hatte. Schließlich lebte sie allein und hatte niemanden, für den sie schön sein wollte. Aber sie hoffte, doch noch mal einen netten Herrn kennenzulernen.

Sie sehnte sich nach Liebe und Zärtlichkeit, auch wenn sie das niemals eingestanden hätte.

Seit ihr Mann vor nun schon fast zehn Jahren gestorben war, lebte sie nicht schlecht von seiner Rente. Aber sie war allein, und kein Mensch lebt gern allein.

»Ich bin völlig blank, Tantchen«, sagte Ludovic.

Paulette schrak aus ihren Gedanken hoch. »Immer kommst du nur wegen Geld!«, schimpfte sie.

Ludovic seufzte. »Das stimmt doch nicht, Tantchen. Ich komme auch, weil ich dich mag. Das weißt du doch.«

»Sobald die Scheine zwischen deinen Fingern knistern, ziehst du wieder ab. Ich kenne dich doch!«

Ludovic stand auf und umarmte die Tante. »Stimmt überhaupt nicht. Du bist meine liebste Tante.«

Er schaute auf die Uhr. Er hatte noch genug Zeit. Bis sich die Bars auf den Boulevards füllten, war es noch lange hin. »Ist Natalie eigentlich zu Hause?«

»Nein!« Paulettes Miene wurde finster. »Lass die Finger von ihr. Die hat Haare auf den Zähnen. Kommt von Amerika hierher, um im guten alten Europa zu studieren und unseren Männern die Köpfe zu verdrehen. Im Übrigen ist sie zu alt für dich.«

Ludovic musste über die Heftigkeit seiner Tante lächeln. »Du hast sie doch als Untermieterin aufgenommen«, hielt er ihr entgegen. »Du fandest sie doch so sympathisch, dass du ihr dein schönstes Zimmer zur Verfügung gestellt hast. Und zu alt? Na, ich weiß nicht. Sie ist fünfundzwanzig.«

»Fünf Jahre älter als du. In diesem Alter spielt das eine enorme Rolle. Komm, trink noch einen Kaffee.«

»Nein, danke.« Ludovic winkte ab. Dann schaltete er den Fernseher ein.

Er wollte nicht weiter mit seiner Tante über Natalie sprechen. Er fand die Amerikanerin sehr sexy und hübsch. Schade nur, dass sie sich nicht sonderlich viel aus ihm zu machen schien.

Ludovic nahm sich vor, seinen ganzen Charme in die Waagschale zu werfen.

»Aber so fassen Sie sich doch!«, sagte der Polizist und machte etwas hilflos Anstalten, die völlig entnervte Natalie zu beruhigen. »Wir nehmen Sie jetzt mit, dann können Sie auf dem Revier alles zu Protokoll geben. Wir werden alles tun, um die Räuber dingfest zu machen.«

»Eintausend Euro«, murmelte Natalie tonlos. »Meine gesamten Ersparnisse.«

Der Polizist musterte sie mitleidig. Er konnte nachempfinden, wie ihr zumute sein musste.

Natalie ließ sich von dem freundlichen Beamten zum Auto führen. Es tat ihr gut, dass ihr jetzt alle Entscheidungen abgenommen wurden.

Sie hatte immer geglaubt, eine selbstständige und moderne junge Frau zu sein, die mit beiden Beinen fest im Leben stand. Wie falsch war doch diese Ansicht gewesen! Alles, was ihr in den letzten Monaten passiert war, hatte sie mutlos gemacht.

Eine Viertelstunde später wurde Natalie genötigt, erst einmal einen Cognac zu trinken. Dann berichtete sie.

»Waren außer Ihnen noch andere Kunden anwesend? Im Schalterraum der Bank, meine ich?«, fragte der Polizist.

»Ich habe keine Ahnung, denn ich war so in Eile. Ich wollte nur mein Geld, sonst nichts. Ich habe niemanden gesehen. Fragen Sie bitte in der Bank nach.«

»Das werden wir, Mademoiselle ...« Er schaute auf seine Notizen. »Mademoiselle Rich, warum haben Sie so viel Geld auf einmal abgehoben?«

»Meine Güte, ich finde nicht, dass es viel war. Der Vermieter wollte es unbedingt in bar haben.«

»Nun gut.« Der Polizist räusperte sich. »Können Sie uns eine Beschreibung der Täter geben?«

»Nein, wie sollte ich? Sie haben sich von hinten herangeschlichen ...«

»Aber Sie müssen doch irgendetwas wahrgenommen haben!«, ermahnte er sie sanft.

»Ja, eine Pistole im Rücken. Können Sie sich vorstellen, was das für ein Gefühl ist? Ich geriet total in Panik. Ich wollte schreien, um Hilfe rufen, Passanten auf meine Situation aufmerksam machen. Ein Überfall am helllichten Tag, es ist wirklich nicht zu fassen!«

Natalie schüttelte den Kopf. Sie konnte immer noch nicht glauben, dass ausgerechnet ihr so etwas passiert war.

»Überlegen Sie noch einmal, Mademoiselle Rich. Es ist wichtig. Sie wollen doch auch, dass wir die Burschen fassen. Vielleicht bekommen Sie Ihr Geld zurück.«

Natalie starrte den Polizisten an, dann lachte sie bitter auf. »Das glauben Sie doch selbst nicht, oder?«

Er zog die Schultern hoch und schob ihr eine Schachtel Zigaretten hin. »Wenn Sie rauchen möchten ...«

»Nein, danke. Oder doch, ja.« Obwohl sie sich das Rauchen vor einem halben Jahr abgewöhnt hatte, griff Natalie jetzt nach einer Zigarette. Vielleicht half ihr das, ihre Nerven ein wenig zu beruhigen.

»Der eine war größer als ich. Der andere etwa gleich groß. Beide trugen ziemlich lächerliche Mützen auf dem Kopf und hatten die Rollkragen ihrer Pullover bis über die Nase hochgezogen. Ich sah nur die Augen. Die des Größeren blickten besonders gemein und hinterhältig ...«

»Damit können wir nichts anfangen, Mademoiselle.« Der nette Polizist war die Sanftmut in Person. »Welche Augenfarbe? Standen die Augen eng zusammen? Dichte Brauen? Hautfarbe des Gesichtes? Sprache? Reines Französisch oder Dialekt? Das würde uns weiterbringen.«

Natalie überlegte, aber nach einer Weile schüttelte sie bedauernd den Kopf. Damit konnte sie wirklich nicht dienen. Erwartete man von ihr, dass sie sich bei einem Überfall für die Augenfarbe des Gangsters interessierte?

»Ich hätte tot sein können!«, rief sie aufgebracht. »Und Sie stellen mir jetzt so absurde Fragen!«

Der Polizist seufzte. Es war wohl besser, sich morgen noch einmal mit der jungen Dame zu unterhalten. »Gut, dann belassen wir es für heute dabei. Wo kann ich Sie erreichen?«

Natalie gab ihm die Telefonnummer von Paulette Faugeres. Als ihr klar wurde, dass sie nun weiterhin bei der unsympathischen Vermieterin bleiben musste, sah sie ihre Zukunft noch trostloser.

»Soll ich Ihnen ein Taxi rufen?«

»Nein«, erwiderte Natalie abwesend. »Ich fahre mit der Metro.«

Der Mensch hatte Nerven! Wovon sollte sie sich einen solchen Luxus leisten? Die wenigen Euros, die sie noch hatte, musste sie jetzt eisern zusammenhalten. Aber dass sie davon nicht mal eine Woche leben konnte, wusste sie auch.

Soll ich Mom und Dad in Amerika ein Telegramm schicken? überlegte sie. Nein! Sie biss die Zähne zusammen. Auf keinen Fall. Ihr Vater wartete ja nur darauf, dass sie »zu Kreuze kroch«. Sie hatte sich geschworen, nicht den ersten Schritt zu tun. Niemals!

Und wie sollte sie Paulette erklären, dass sie ihre nächste Miete nicht bezahlen konnte?

Es war nicht viel, was Madame Faugeres an Miete verlangte. Das hob sie auch ständig hervor und schob Natalie immer wieder kleinere Arbeiten im Haushalt zu.

Jetzt würde Paulette noch unverschämter werden und sie, Natalie, wie ihr Dienstmädchen behandeln.

Als Natalie in einer Fensterscheibe ihr starres Gesicht sah, erschrak sie.

Der Schock hatte ihre Züge versteinert. In ihr war alles leer und wie abgestorben. Den kalten Regen auf ihrer Haut spürte sie gar nicht mehr.

***

Bernard Gautier verließ das Geschäft heute recht früh. Er wählte eine kleine Kollektion von Schmuckstücken aus, die ihm von einem internationalen Händler mit Geschäftssitz in Amsterdam angeboten worden war, um die Sachen zu Hause in aller Ruhe zu prüfen.

Er wusste, dass es etwas leichtsinnig war, die Sachen mitzunehmen.

Zu seiner Wohnung war es nicht weit. In einer Viertelstunde konnte er sie bequem erreichen.

Das große Mietshaus, dessen Eigentümer er war, befand sich auf der Ile de la Cité, der Seine-Insel, in einer stillen, fast abgeschiedenen Straße. So ruhige Straßen vermutete man mitten im Zentrum gar nicht.

Bernard bewohnte in dem Haus die zweite und dritte Etage. Die beiden Stockwerke waren durch eine Treppe verbunden, sodass ihm insgesamt fast dreihundert Quadratmeter Wohnfläche zur Verfügung standen.

Viel zu viel für eine Person. Aber vor einem Jahr hatte er ja noch gedacht, dass seine Verlobte Mireille bald als seine Ehefrau zu ihm ziehen würde. Daraus war jedoch nichts geworden.

Unterwegs betrat Bernard das Geschäft von Monsieur Duval, dem besten Fleischer im Viertel. Der Inhaber selbst bediente ihn.

Bernard kaufte dreihundert Gramm Kalbsherz und dreihundert Gramm Kalbsnieren für seine Katzen. Seine beiden Lieblinge würden hungrig sein.

Der Schlachter war an solche Bestellungen von Monsieur Gautier gewöhnt. Er bedankte sich übertrieben höflich, als Bernard mit seinem Fleischpäckchen den Laden verließ.

Bernard ging langsam. Er wollte noch ein wenig das bunte Treiben auf dem Boulevard genießen.

An einer Ecke standen zwei Straßensänger. Bernard blieb stehen und hörte eine Weile zu. Schließlich warf er ihnen ein Zwei-Euro-Stück in den offenstehenden Geigenkasten.

Bei seinem Haus angekommen, schloss er die große Tür auf, begrüßte knapp die Concierge und stieg die Treppen hinauf. Den Aufzug benutzte er nur selten.

Vor der zweiten Treppe stockte sein Schritt. Bernard glaubte an eine Halluzination. Auf den Stufen saß das Mädchen, das ihm schon mehrmals aufgefallen war.

Er erkannte sie sofort, obwohl sie das Gesicht in den Armen verborgen hatte und leise vor sich hinschluchzte.

Bernard räusperte sich, um sich bemerkbar zu machen.

Das Mädchen fuhr zusammen, blickte hoch und blinzelte.

Natalie konnte nicht erkennen, wer da vor ihr stand. Die Umrisse des Mannes verschwammen vor ihren tränenblinden Augen.

»Entschuldigung«, murmelte sie und rückte zur Seite, damit er vorbeigehen konnte.

»Mademoiselle, was haben Sie? Ich kann nicht ansehen, wie Sie hier sitzen und weinen. Noch dazu auf den kalten Steinen. Sie werden sich erkälten ...«

Bernard wusste, dass das blonde Mädchen bei Paulette Faugeres wohnte. Warum saß sie jetzt hier auf der Treppe?

»Ach, das wäre auch egal ...« Natalie fühlte sich so elend, dass sie am liebsten in einen einsamen Winkel gekrochen wäre. Ihre Nerven gehorchten ihr einfach nicht mehr.

Bernard sah besorgt auf sie hinunter. Er konnte Frauen nicht weinen sehen. Er hatte den Wunsch, das Mädchen in seine Arme zu nehmen und so lange festzuhalten, bis es sich etwas beruhigt hatte.

»Kann ich Ihnen irgendwie helfen?«, fragte er und stellte seinen Lederkoffer ab.

»Nein, nein!« Natalie schüttelte wild den Kopf. »Ich ... Es ist ... ich habe ...« Sie verhedderte sich heillos. Die Stimme wollte ihr einfach nicht gehorchen.

Bernard stand mit hängenden Armen da. Was sollte er mit dem Mädchen machen? Sanft legte er die Hand auf Natalies Schulter.

»Kommen Sie mit zu mir, Mademoiselle. Hier können Sie nicht sitzen bleiben ...«

Natalie riss sich mit aller Gewalt zusammen. »Sie sind sehr freundlich«, murmelte sie. »Aber ich ...« Ihre Lippen zitterten.

Bernard sah in ihre großen blauen Augen, in denen Tränen glänzten. Was für herrliche Augen, fuhr es ihm durch den Kopf. Und plötzlich wünschte er sich, diese Augen vor Glück und Liebe leuchten zu sehen.

Dieser Wunsch verwirrte ihn. Was ist mit dir los, alter Freund?, dachte er. Wozu bringt dich eine weinende Frau?

Er fasste unter Natalies Arm und zog sie von den Stufen hoch. »Mademoiselle, tun Sie mir die Freude, und kommen Sie mit mir«, bat er. »Wir ... ich möchte Ihnen gern helfen. Ich mache uns einen Drink, und dabei erzählen Sie mir, was Sie bedrückt. Einverstanden?«

Es tat Natalie gut, dass jemand so freundlich mit ihr redete. Sie lächelte den Mann dankbar an. »Sie sind sehr nett, Monsieur ...«

»Ich heiße Bernard Gautier. Und ich wohne hier im Haus.« Bernard ließ Natalies Hand nicht los, als er seinen Lederkoffer mit dem Schmuck wieder aufnahm. »Kommen Sie.«

Natalie ließ sich von Bernard Gautier die Treppen hinaufführen. Sie fühlte sich wie betäubt. Es schien so, als ob sich der Schock durch den gemeinen Überfall erst jetzt richtig bemerkbar machte.

Bernard schloss die Wohnungstür auf. Gleich darauf betraten sie ein sehr elegant eingerichtetes Wohnzimmer mit hohen Bücherregalen und kostbaren alten Möbeln. Alles zeugte von Reichtum und Geschmack.

Doch Natalie hatte keinen Blick für ihre Umgebung. Ihre Knie waren so weich, dass sie froh war, als sie in einen der tiefen Sessel gedrückt wurde.

Dieser Monsieur Gautier ist sehr nett, dachte sie. Und wie ein Frauenheld sieht er wirklich nicht aus.

Paulette Faugeres redete oft von ihm. Es war Natalie manchmal richtig peinlich gewesen, Klatsch und Tratsch über einen Menschen zu hören, den sie gar nicht kannte.

Bernard Gautier ging zu einem Barschrank und goss Cognac in ein bauchiges Glas. Auch in seinem Kopf arbeitete es.

Aus der Nähe ist sie noch aparter, dachte er. Ein ungewöhnlich hübsches Mädchen. Und was für herrliches Haar sie hat. Es sieht aus wie gesponnenes Gold.

Er musste bei diesem romantischen Vergleich unwillkürlich lächeln. Aber er hatte ein Faible für schöne Frauen. Er liebte überhaupt alles, was schön war. Kunstwerke, Natur, Musik und dergleichen.

Sicherlich ist sie Studentin, überlegte er weiter, als er zu Natalie ging und ihr das Glas in die Hand drückte.

»Trinken Sie. Das wird Ihnen guttun«, sagte er.

Simson und July, Bernards Katzen, hatten sich auf leisen Pfoten genähert und rieben die Köpfe an seinen Hosenbeinen. Simson musste sich einen Tatzenhieb gefallen lassen, weil er sich Julys Meinung nach mal wieder vorgedrängt hatte.

Bernard lachte und beugte sich zu seinen Lieblingen hinunter. »Ihr müsst noch ein bisschen Geduld haben«, sagte er. »Ihr kriegt euer Fressen gleich.«

Natalie nippte an ihrem Cognac. Der Alkohol rann brennend durch ihre Kehle, sodass sie husten musste. Es war ihr peinlich, besonders, weil sie sofort rot wurde.

Bernard zog sich einen Sessel heran. »Trinken Sie nicht so zaghaft«, riet er ihr. »Und denken Sie daran, dass es für Sie wie Medizin ist.«

Natalie gehorchte. Diesmal musste sie nicht husten. Sie fühlte, wie sich eine angenehme Wärme in ihr ausbreitete, die sie entspannte.

Sie lächelte ihren Gastgeber an. Ein seltsames Prickeln rann durch ihren Körper, als sie seinem Blick begegnete. Lag es an dem ungewohnten Alkohol, dass auch ihr Herz plötzlich so heftig zu schlagen anfing?

»Ich bin Ihnen sehr dankbar«, murmelte sie und war ganz verlegen, weil sie merkte, wie ihr das Blut wieder ins Gesicht stieg. »Störe ich Sie auch nicht? Sie nehmen eine Ihnen völlig Fremde mit in Ihre Wohnung ...«

»Sie sind mir nicht fremd«, erklärte ihr Bernard. »Ich weiß, dass Sie Natalie Rich heißen und bei Madame Faugeres wohnen. Dass Sie Amerikanerin sind und dass Sie ...« Er wurde unterbrochen, weil July mit lautem Miauen dagegen protestierte, dass ihr Herrchen sich nicht um sie kümmerte.

Natalie, deren Lebensgeister allmählich wieder erwachten, musste lachen. Sie erhob sich. »Ich sollte jetzt besser gehen«, sagte sie.

Doch Bernard drückte sie in den Sessel zurück. »Nein, das lasse ich nicht zu. Ich gebe diesen beiden Ungeheuern jetzt ihr Fressen. Und dann bin ich sofort wieder bei Ihnen. Darf ich Ihnen noch Cognac nachschenken?«

Natalie nickte. Sie fühlte sich so gut wie schon lange nicht mehr. Sie wollte nicht darüber nachdenken, woran das lag, denn sie wusste, es hatte mit diesem interessanten Mann zu tun.

Sie beobachtete, wie er zum Schrank ging und ihr Glas von neuem füllte.

Ich genieße diese Stunde jetzt und stelle mich dann später der harten Wirklichkeit, nahm Natalie sich vor.

***

Ludovic hatte sich bereit erklärt, bei seiner Tante zu Abend zu essen. Damit schlug er zwei Fliegen mit einer Klappe: Einmal sparte er sich das Geld für eine Mahlzeit im Restaurant, zum anderen wurde ihm dann die Zeit nicht so lang.

Er rechnete immer noch damit, dass Natalie kommen würde. Er hatte sich fest vorgenommen, die hübsche blonde Amerikanerin »herumzukriegen«. Zwar tat sie schrecklich unnahbar, aber schließlich wusste jeder, dass die Amerikanerinnen für fast alles zu haben waren. Dass diese Meinung nicht stimmen könnte, kam ihm gar nicht in den Sinn.

Paulette holte ihren Einkaufskorb aus der Küche. Ludovic wünschte sich ein zartes Filet zum Abendbrot. So etwas hatte sie natürlich nicht im Haus. Sie musste zum Metzger. Im Gemüseladen wollte sie noch grüne Bohnen kaufen.

Ich verwöhne den Bengel zu sehr, dachte sie. Trotzdem konnte sie nicht anders.

Es machte ihr richtigen Spaß, ihm beim Essen zuzuschauen. Und der Junge konnte wirklich etwas vertragen. Er war richtig mager.

Ludovic wartete, bis die Tante gegangen war, dann schenkte er sich Kaffee nach, zog ein Herrenmagazin aus seiner Lederweste und begann zu lesen.

Plötzlich hielt er inne. Er sah eine gute Möglichkeit, Natalie unauffällig, aber doch in aller Deutlichkeit näherzutreten. Er würde sie einfach fragen, ob er ihr das Heft leihen sollte.

Wenn sie doch nur endlich käme! Je länger er auf sie wartete, um so ungeduldiger wurde er.

Er war nach weiteren Überlegungen fest der Ansicht, dass Natalie wohl nur auf sein Angebot wartete.

War sie es nicht, die ihn immer mit Blicken musterte? Ein triumphierendes Lächeln erschien auf Ludovics Gesicht.

Bis jetzt hatte er noch nie die Erfahrung gemacht, abgewiesen zu werden. Dass er gut aussah, wusste er. Einige Freundinnen hatte er schon gehabt, doch es war nie etwas Festes gewesen. Daran war er im Grunde auch gar nicht interessiert.

Sein selbstzufriedener Gesichtsausdruck wirkte schon ein wenig albern. Dass es auch Frauen gab, die von seinem lässigen, manchmal sogar flegelhaften Verhalten nicht angetan waren, konnte er sich nicht vorstellen.

Das Telefon klingelte. Ludovic ging hin und hob ab. »Hallo?«

»Hier Fabien Laroche. Kann ich bitte Mademoiselle Rich sprechen?«

»Ist nicht da«, erklärte Ludovic mürrisch.

Hatte diese Amerikanerin doch einen Freund? Er war immer davon ausgegangen, dass sie solo war, weil er sie noch nie mit einem Mann gesehen hatte.

»Sie wissen nicht, wann sie zurückkommt?«

»Nein«, sagte Ludovic ungeduldig.

»Wurden Sie bitte so freundlich sein und ihr etwas ausrichten?«

Ludovic murmelte etwas vor sich hin, was der andere als Zustimmung zu deuten schien.

»Heute Abend gibt Jean eine Fete. Wir treffen uns alle bei ihm. Sie ist auch eingeladen. Die Adresse weiß sie.«

»Also heute Abend bei Jean.«

»Genau. Vielen Dank.«

»Bitte, gern geschehen.« Ludovic hängte mit einem süffisanten Grinsen ein.

Er würde den Teufel tun und Natalie nichts von der Fete heute Abend sagen. Er hatte vor, mit ihr seine eigene Party zu feiern.

Natürlich nicht hier, denn das würde die Tante niemals zulassen. Sie konnten genauso gut auf seine Bude gehen. Dort sah es im Augenblick zwar ziemlich chaotisch aus, weil er das Aufräumen schon seit Wochen vor sich herschob, aber wichtig war ja nur das Bett. Die Klamotten, die darauf herumlagen, würde er mit einer einzigen Handbewegung auf die Erde fegen.

Ludovic stand auf und ging unruhig im Zimmer auf und ab.

***

Inzwischen saß Natalie in Bernard Gautiers gemütlichem Wohnzimmer und fühlte sich von Minute zu Minute besser. Es machte ihr nichts mehr aus, dass sie den Besitzer der Wohnung kaum kannte. Sogar der Schreck wegen des Überfalls war verblasst.

Sie genoss ihre schöne Umgebung und die leise Musik, die Bernard Gautier eingeschaltet hatte.

Und zum ersten Mal, seit sie in dem großen Zimmer war, sah Natalie sich um. Sie erkannte sofort, dass ihr Gastgeber sehr reich sein musste. Sie selbst stammte auch aus einem vermögenden Elternhaus.

Wenn ich mich mit Mom und Dad nicht verkracht hätte, müsste ich mich hier in Paris nicht mit einem einfachen Zimmer bei einer launischen Madame Faugeres begnügen, dachte Natalie.

Es tat ihr inzwischen auch leid, dass sie den schlimmen Streit mit den Eltern gehabt hatte. Sie liebte die beiden, auch wenn sie ihr mit ihrer Fürsorglichkeit oft auf die Nerven gingen.

Ich wollte und musste mir selbst bestätigen, dass ich im Leben allein und ohne Finanzhilfe von zu Hause zurechtkomme, sagte sich Natalie. Es wäre aber vielleicht besser gewesen, in Amerika zu studieren.

Dann wäre vielleicht alles anders gelaufen, überlegte sie jetzt. Vielleicht hätte ich dort meine Prüfungen schon alle hinter mir?

Doch was nützte jetzt solches Wenn und Aber? Sie war hier und musste das Beste aus ihrer Situation machen. Und sie war entschlossen, mit einem absolvierten Studium nach Hause zurückzukehren.

Natalie seufzte vor sich hin, als sie daran dachte, dass sie nun weiter bei Paulette Faugeres wohnen musste. Außerdem musste sie sich irgendeinen Job suchen. Wovon sollte sie sonst die Miete bezahlen, nachdem ihr ganzes Geld weg war? Sie glaubte nicht daran, dass die Räuber gefunden wurden.

Und plötzlich brach das ganze Elend wieder über Natalie herein. Sie hatte sich so darauf gefreut, eine eigene kleine Wohnung zu haben!

Natalie riss sich gewaltsam zusammen, um nicht wieder loszuheulen, auch wenn ihr danach zumute war. Zum Glück kam Bernard Gautier wieder ins Zimmer und brachte sie auf andere Gedanken.

»Die beiden hätten keine Ruhe gegeben«, sagte er, als er wieder in dem Sessel neben Natalie Platz nahm.

Natalie nahm noch den letzten Schluck von ihrem Cognac. Sie sah Bernard an und lächelte. »Es sind reizende Tiere ...«

»Ja. July ist eine Siamkatze. Mit Stammbaum. Und Simson ein eigenwilliger Kartäuserkater. Er ist aber äußerst gutmütig, während July schon mal hin und wieder einen Streit vom Zaun bricht.«

»Ich hätte auch gern eine Katze. Aber Madame Faugeres ist dagegen. Der Hauseigentümer erlaubt es nicht, sagt sie.«

»Das ist nicht wahr«, entfuhr es Bernard. Doch dann biss er sich auf die Lippen.

Der Hauseigentümer war er, aber das wussten die anderen Bewohner nicht. Und das sollte auch so bleiben, weil er keine Lust hatte, sich mit irgendwelchen Beschwerden zu beschäftigen. Eine Verwalterfirma, von ihm beauftragt und bezahlt, stand jederzeit für die Mieter zur Verfügung. Dass man das Halten von Haustieren verbot, war ihm neu.

»Wahrscheinlich will Madame Faugeres nicht, dass ich ein Haustier habe«, sagte Natalie.

Die Nähe dieses attraktiven Mannes beunruhigte sie. Noch nie hatte sie so auf einen Mann reagiert. Sie wusste nicht, was sie davon halten sollte.

»Ich muss gehen«, murmelte sie und machte Anstalten aufzustehen.

»Bitte bleiben Sie noch!« Seine Augen hatten eine so hypnotische Wirkung, dass sie sofort wieder zurücksank. »Sie müssen mir noch erzählen, was passiert ist«, bat er.

»Dass man mir mein Geld geraubt hat, wissen Sie ja bereits«, begann Natalie leise. »Es waren meine ganzen Ersparnisse. Ich wollte das Geld meinem neuen Vermieter bringen als Kaution für die kleine Wohnung, weil ich es bei Madame Faugeres nicht mehr aushalte. Sie mischt sich zu sehr in mein Leben ein. Und dann ...«

»Ja?« Bernard war ganz fasziniert von Natalie.

»Ich wollte mich in Ruhe auf meine Prüfung vorbereiten«, fuhr sie fort. »Das kann ich bei ihr einfach nicht. Sie lässt mir kein Privatleben. Ständig hat sie irgendetwas.«

Natalie spielte mit ihrem Cognacglas. »Aber ich wohne bei ihr sehr billig ... Und jetzt muss ich ihr sagen, dass ich zum nächsten Ersten nicht mal die niedrige Miete bezahlen kann. Sie wird mich mit neugierigen Fragen geradezu bombardieren. Und das kann ich jetzt nicht ertragen. Aber was soll ich machen?«

»Sie können sich hier in meiner Wohnung auf Ihre Prüfung vorbereiten«, schlug Bernard spontan vor. »Tagsüber bin ich nicht zu Hause. Sie werden bestimmt Ihre Ruhe haben. Und Madame Faugeres muss davon ja nichts wissen.«

Natalie schaute ihn überrascht an. Eine verrückte Idee. Aber sie klang verlockend.

»Ich muss mich, was mein Studium angeht, wirklich anstrengen«, sagte sie. »Es ist ... es ist nämlich schon der zweite Versuch. Beim ersten Anlauf bin ich durchgefallen. Das verzeihe ich mir nie.«

Sie war ziemlich verlegen und sah dabei so süß aus, dass Bernards Wunsch, sie in seine Arme zu nehmen, fast übermächtig in ihm wurde. Aber er beherrschte sich.

»Ich bitte Sie! Man weiß doch, was man heute von gewissen Prüfungsverfahren zu halten hat. Immer wieder beschweren sich die Studenten darüber. Was studieren Sie?«

»Französisch und Geschichte. Dieses zweite Fach hat mir den Hals gebrochen. Ich hatte einen sehr strengen Prüfer. Er ist als ziemlich konservativ verschrien. Meine Auffassung von der Weltgeschichte hat ihm nicht behagt.«

»Davon müssen Sie mir bei Gelegenheit erzählen, Natalie.« Bernard räusperte sich. »Ich möchte Ihnen einen Vorschlag machen. Ich suche schon lange nach einer vertrauenswürdigen Person, die meine Katzen betreut, denn ich bin auch abends viel weg. July ist oft so beleidigt, dass sie mich tagelang keines Blickes würdigt. Wenn Sie sich bereit erklären, die Tiere zu versorgen, hin und wieder ein bisschen mit ihnen zu spielen, würde ich Ihnen gern ein angemessenes Honorar dafür zahlen.«

Natalie starrte ihn irritiert an. Machte er sich über sie lustig?

Er schien ihre Gedanken lesen zu können. »Das ist mein voller Ernst«, fuhr er hastig fort, als er ihre Verwirrung bemerkte. »Nehmen Sie mein Angebot an?«

»Ich weiß nicht, was ich dazu sagen soll«, murmelte Natalie.

»Sagen Sie einfach ja.«

»Warum bieten Sie mir das an?«

»Weil ich gesehen habe, dass July Sie auf Anhieb sympathisch fand. Das kommt bei ihr selten vor. Ich könnte mir keine bessere Betreuerin für meine Katzen vorstellen.«

Keine Frage, dieser Mann hat einen gewaltigen Spleen, dachte Natalie. Eine andere Erklärung gibt es nicht.

Er bot ihr seine Wohnung an, damit sie hier ungestört arbeiten konnte, und wollte ihr dafür noch Geld bezahlen!

Da sie sich in einer schwierigen Lage befand, wog Natalie das Für und Wider gegeneinander ab. Sie war davon überzeugt, dass Monsieur Bernard seinen Vorschlag aus einer Laune heraus gemacht hatte, und rechnete damit, dass er sein Angebot sehr bald zurücknahm. Was würde sie also verlieren, wenn sie bis dahin annahm?

»Gut«, meinte sie zögernd. »Ab wann?«

»Ab morgen.« Bernard Gautier verließ den Raum und kam kurz darauf mit zwei Schlüsseln wieder. »Kommen Sie, ich führe Sie herum und zeige Ihnen auch die obere Etage.« Nun hatte er wieder Grund, ihren Arm zu nehmen. Er genoss diese Berührung.

Nachdem Natalie sich alles angeschaut hatte, sah sie Bernard Gautier forschend an. »Bleiben Sie bei Ihrem Vorschlag?«

»Aber ja. Mit großem Vergnügen sogar.« Er zog ihre Hand an seine Lippen. »Würden Sie heute Abend mit mir essen gehen?«

Natalie brauchte eine Weile, bis sie sich von ihrer Überraschung erholt hatte. Dann schüttelte sie den Kopf.

»Nein, dazu fühle ich mich nicht in der Lage. So, wie ich aussehe ...«

»Sie sehen bezaubernd aus, Natalie«, sagte Bernard leise. »Ich verstehe aber, wenn Ihnen heute nicht danach zumute ist. Es ist ja ziemlich viel auf Sie eingestürmt. Aber an einem der nächsten Abende. Versprochen?«

Natalie nickte, und ihr Herz raste wieder einmal. »Gern, Monsieur Gautier.«

Die Schlüssel steckte sie in die Manteltasche. Dann reichte sie ihm die Hand zum Abschied.

»Vielen Dank für alles. Morgen Vormittag finde ich mich zur Betreuung der Katzen ein.«

»Auf Wiedersehen, Natalie. Hoffentlich schlafen Sie gut. Morgen sieht die Welt schon wieder ganz anders aus. Ist zwar ein alberner Spruch, aber er stimmt.«

Sie schauten sich in die Augen. Natalies Lippen bebten, als sie sich endlich aus seinem Blick löste, der sie fesselte und wie magisch immer an ihn heranziehen wollte.

»Auf Wiedersehen«, sagte sie.

Bernard empfand das plötzliche Alleinsein fast als schmerzhaft. Er wusste schon jetzt, dass ihm die Zeit bis zum Wiedersehen unendlich lang werden würde.

***

Natalie ahnte nicht, dass für sie der Tag der unangenehmen Ereignisse noch nicht zu Ende war.

Als sie Ludovic in ihrem Zimmer vorfand, war sie unangenehm überrascht. Doch dann riss sie sich zusammen und bemühte sich um neutrale Freundlichkeit.

»Hallo, Ludovic. Was tun Sie denn hier?«

»Ich habe auf dich gewartet«, erklärte er.

Ludovic war heilfroh, dass seine Tante Paulette von ihren Einkäufen noch nicht zurückgekehrt war. Wahrscheinlich hatte sie sich in der Nachbarschaft verplaudert.

Befremdet betrachtete Natalie den jungen Mann. Paulettes Neffe war ein ganz hübscher Bursche. Es war ihr jedoch noch nie in den Sinn gekommen, dass er etwas von ihr wollte.

Doch jetzt spürte sie, dass etwas in der Luft lag. Etwas Unangenehmes. Sein Lächeln sollte wohl verführerisch wirken, aber sie fand es verschlagen.

»Wir duzen uns nicht ...«, murmelte sie.

»Höchste Zeit, dass wir das tun. Wir sind sozusagen Kommilitonen, nicht wahr?« Ludovic grinste. »Ich habe mich entschlossen, auch zu studieren. Und da wollte ich dich fragen, ob du mir nicht ein paar Tipps geben kannst.«

Natalie dachte angestrengt nach. Wie wurde sie diesen aufdringlichen Menschen wieder los?

»Nun, es gibt doch die Studienberatung ... Da kann sich jeder erkundigen ...«

Natalie fühlte sich äußerst unbehaglich, als Ludovic aufstand und langsam auf sie zukam.

»Lass uns irgendwo zusammen einen Aperitif trinken. Dabei erzählst du mir dann, wie es in der Uni zugeht.«

»Ich habe leider keine Zeit. Ich bin müde und möchte schlafen. Bitte, Ludovic, verlassen Sie mein Zimmer.« Natalie musste sich zur Höflichkeit zwingen.

»Ich befinde mich in der Wohnung meiner Tante«, sagte Ludovic und wusste im gleichen Moment, dass dieses Argument völlig fehl am Platze war.

Ihr abweisendes Gesicht gefror nun zu einer eisigen Miene. »Was soll das heißen? Das gibt Ihnen noch lange nicht das Recht, sich unerlaubt in meinem Zimmer aufzuhalten. Ich zahle schließlich für dieses Zimmer und habe einen Anspruch darauf, dass meine Intimsphäre respektiert wird. Wenn Sie nicht sofort verschwinden, sage ich Ihrer Tante Bescheid ...«

Ludovic wollte gerade wütend werden. Da hörte er den Schlüssel in der Tür. Seine Tante kam zurück!

Er zog es vor, für heute einen Rückzieher zu machen. Vielleicht musste er für diese Amerikanerin doch etwas mehr Zeit einplanen. Manche Frauen waren eben regelrecht zickig und zierten sich erst eine Weile, bevor sie zugaben, auch Interesse zu haben.

Auf keinen Fall wollte er jetzt eine Auseinandersetzung mit seiner Tante Paulette.

»Entschuldige bitte, Natalie«, sagte er schnell. »Ich wollte dich nicht stören, wirklich nicht. Es tut mir leid.«

»Schon gut«, meinte sie mürrisch. Natalie war froh, als er endlich ging. Dieser unverschämte Mensch! Sie hatte das ungute Gefühl, vor ihm auf der Hut sein zu müssen.

Dass er sie manchmal in ziemlich dreister Weise anstarrte, war ihr zwar nicht entgangen, aber sie hatte es auf die leichte Schulter genommen, weil er keine Annäherungsversuche gemacht hatte.

Natalie zuckte die Schultern und warf ihren Mantel über einen Stuhl. Sie war zu müde, um jetzt über Ludovic nachzudenken.

Sie legte sich angezogen auf ihr Bett und schloss die Augen. Nur ausruhen, dachte sie. Nicht mehr grübeln, einfach abschalten.

Natalie konnte jedoch nicht verhindern, dass ein markantes Männergesicht immer wieder vor ihrem geistigen Auge auftauchte.

Bernard Gautier hatte einen starken Eindruck auf sie gemacht. Noch nie hatte ihr Herz so merkwürdig auf einen Mann reagiert. Sie verstand das einfach nicht. Dieser Mann war ihr doch völlig fremd!

Fremd ja, und doch irgendwie vertraut, dachte Natalie. Bei diesen Überlegungen spürte sie eine eigenartige Erregung in sich.

***

Lucille Meunier wählte noch Gänseleberpastete und nickte der Verkäuferin dann hoheitsvoll zu.

»Danke, das ist nun wirklich alles«, sagte sie.

Dann ging sie zur Kasse, um ihre Einkäufe zu bezahlen. Sie war in einem erstklassigen Delikatessengeschäft in der Pariser Innenstadt. Während sie zahlte, wurden ihre Sachen von zwei Helfern in eine Tüte aus dickem Papier gepackt.

Gleich darauf trat Lucille hinaus auf die Straße.

Glücklicherweise hatte es aufgehört zu regnen, sodass sie das kurze Stück bis zu Bernards Wohnung auch ganz gut zu Fuß zurücklegen konnte.

Was würde Bernard wohl sagen, wenn sie plötzlich überraschend vor ihm stand? Lucille versuchte, sich seinen Gesichtsausdruck vorzustellen. Aber es gelang ihr nicht, denn sie hatte mit einem Mal Bedenken.

Vielleicht hätte sie Bernard doch vorher telefonisch auf ihren Besuch vorbereiten sollen? Aber dann hätte er die Möglichkeit gehabt, irgendeine Ausrede zu finden. Und das wollte sie vermeiden.

Lucille rechnete fest damit, dass er nicht Nein sagen konnte, wenn sie leibhaftig vor ihm stand. Um den Abend mit Bernard wirklich schön zu gestalten, hatte sie allerlei feine Sachen eingekauft und natürlich auch eine Flasche Champagner nicht vergessen.

Heute wusste sie, dass ihr Entschluss, sich von Bernard zu trennen, ziemlich voreilig gewesen war, denn ihre stürmische Affäre mit Laurent hatte nicht lange gehalten und eigentlich von Anfang an auf sehr wackligen Füßen gestanden.

Zwar war die erste Leidenschaft enorm gewesen, dann aber doch ziemlich rasch wieder erloschen. Schade, denn Laurent war noch vermögender als Bernard.

Lucille ärgerte sich im Nachhinein für ihren Leichtsinn und hoffte, dass sie Bernard versöhnlich stimmen konnte.

Immerhin hatte er sie einmal geliebt, und zwar nach seinem eigenen Bekunden ziemlich heftig. Sie dachte an die heißen Liebesnächte mit ihm. In diesem Punkt schlug er Laurent um Längen.

Lucilles Gesicht begann zu glühen. Sie sehnte sich danach, endlich wieder in Bernards Armen liegen zu können, seine streichelnden Hände zu spüren, seine Leidenschaft zu erfahren.

Bernard war vor allem ein sehr zärtlicher Mann, der wusste, was sich eine Frau wünschte.

Sie erreichte das große Haus, fuhr mit dem Fahrstuhl ins zweite Stockwerk und klingelte ...

Bernard saß noch immer in seinem Sessel und dachte an Natalie. Ein freudiges Lächeln erhellte sein Gesicht.

Sie hatte es sich überlegt! Nun würden sie den Abend doch noch gemeinsam verbringen.

Er eilte zur Tür und riss sie auf. Als er seine ehemalige Verlobte mit strahlendem Lächeln vor sich stehen sah, verschwand seine fröhliche Miene.

»Du?«, fragte er verblüfft.

Lucille registrierte sofort, dass die Sache keinen guten Anfang nahm. Es sah nicht so aus, als sei Bernard über ihren Besuch entzückt.

»Ich wollte dich einmal besuchen«, sagte sie und machte einen Schritt auf ihn zu. »Störe ich?«

»Nein, komm herein.« Bernard öffnete die Tür weiter.

July und Simson kamen heran, um die Besucherin zu begutachten. Simson blieb wie immer in sicherer Entfernung stehen, während July unmissverständlich fauchte.

Bernard wusste, dass sie Lucille nie gemocht hatte. Und die Abneigung beruhte auf Gegenseitigkeit. Lucille mochte keine Katzen.

Früher oder später hätte es deswegen mit Sicherheit zwischen ihnen Streit gegeben, da er sich niemals von seinen Katzen getrennt hätte.

Lucille wusste das auch. Dennoch hatte sie versucht, ihn zu beeinflussen, indem sie behauptete, die Katzen seien falsch, besonders July. Darüber hinaus verbreiteten sie unangenehmen Geruch in der Wohnung.

Bernard wusste, dass dies alles Schutzbehauptungen gewesen waren. Lucille wollte ihn ganz für sich allein.

»Kann ich dir etwas zu trinken anbieten?«, fragte er, als er sie ins Wohnzimmer führte.

»Ich habe uns etwas mitgebracht«, erwiderte Lucille lächelnd. »Eine Flasche Champagner. Vom besten. Wir müssten ihn nur noch ein wenig kühlen.«

Bernards Augenbrauen schoben sich zusammen. Was hatte Lucille vor?

»Gibt es etwas zu feiern?«, erkundigte er sich. »Ich wüsste nicht ...«

»Ach, Bernard, sei doch nicht so abweisend«, versuchte sie ihm den Wind aus den Segeln zu nehmen. »Wir stehen uns doch nahe, oder?«

»Das war einmal«, belehrte er sie. Er blieb immer noch höflich.

»Nun gut. Aber warum sollte ich mit einem alten Freund nicht ein Glas zusammen trinken? Ich habe auch ein paar leckere Häppchen mitgebracht«, fuhr sie fort, während sie sich ihres Mantels entledigte.

Seine Unhöflichkeit wurde Bernard jäh bewusst. Rasch half er ihr. »Was für ein Zufall«, meinte er spöttisch.

»Alles köstliche Sachen. Ich weiß doch, was du gern magst.«

Da er immer noch gehofft hatte, Natalie würde zurückkommen, hatte Bernard sich nicht entscheiden können, ob er zu Hause oder im Restaurant essen sollte. Eigentlich hatte er keine Lust auszugehen. Da er auch nichts Besonderes mehr im Kühlschrank hatte, war die Aussicht auf ein gutes Essen gar nicht so unangenehm für ihn.

Er musste Lucille allerdings klarmachen, dass dies wirklich kein Anknüpfungspunkt für eine neue Beziehung sein konnte.

Bernard stimmte ihrem Vorschlag also halbherzig zu. Als das Essen in einer recht friedlichen Atmosphäre verlief, fühlte er sich erleichtert.

Doch mit einem Mal sprang Lucille auf und warf sich ihm mit einem erstickten Laut an den Hals.

Bernard presste die Lippen zusammen. Es lag ihm nicht, eine schöne Frau zurückzuweisen. Und Lucille war schön.

Aber seine Gedanken waren noch erfüllt von Natalie. Noch nie war ihm eine Frau wie sie begegnet. Er hatte sich Hals über Kopf verliebt.

So was war ihm noch nie passiert – ihm, dem kühlen, nüchternen Geschäftsmann. Keine andere Frau konnte ihm jetzt gefährlich werden – und wäre sie noch so verlockend.

Bernard schob Lucille mit sanfter Gewalt von sich fort und drückte sie auf die Couch. »Sagtest du nicht, dass du dich nur mit mir unterhalten willst?«

»Ja, ich wollte über uns reden, Bernard«, bestätigte Lucille und gab ihrer Stimme etwas Verführerisches. »Ich habe viel über uns nachdenken müssen. Ich glaube, es war ein Fehler, dass wir uns getrennt haben.«

»Meinst du?« Bernard zog die Schultern hoch. »Du bist damals gegangen. Du wolltest die Trennung …«

»Es war falsch. Ich habe erkannt, dass du der Mann bist, den ich brauche.« Sie streckte die Arme nach ihm aus, doch er blieb kühl.

»Damals war ich auch traurig«, bekannte er. »Doch mittlerweile bin ich darüber hinweg, Lucille. Ich empfinde nichts mehr für dich. Jedenfalls nicht das, was du erwartest. Und ich kann dir jetzt schon sagen, dass sich an meiner Haltung auch nichts ändern wird.«

Lucille war nicht bereit, so schnell aufzugeben. »Warum nicht?«, rief sie. »Wir passen doch so gut zusammen. Bernard, bitte denk in Ruhe über alles nach, dann ...«

»Liebe ist keine Angelegenheit des Verstandes, sondern des Gefühls«, erklärte er ihr.

Lucille sah ihn prüfend an. »Steckt eine andere Frau dahinter?«

Bernard machte eine müde Handbewegung. Es ärgerte ihn, dass sie so tat, als habe sie ein Anrecht darauf, die Gründe für seine Ablehnung zu erfahren. »Ja«, murmelte er.

»Wer ist sie? Kenne ich sie?«, wollte Lucille sofort wissen. Es schien ihr nicht bewusst zu sein, dass sie die Lippen grimmig zusammenkniff. »Eine aus unserem gemeinsamen Bekanntenkreis?«

»Nein.« Bernard wandte sich ab und zündete sich eine Zigarette an.

»Wie heißt sie? Wo wohnt sie? Ich werde mit ihr reden.« Lucilles Stimme wurde schrill.

»Nichts dergleichen wirst du tun!«, rief Bernard. Allmählich wurde er wütend.

Hatte Lucille nicht das geringste Taktgefühl? Sie kreuzte nach vielen Monaten bei ihm auf, tat so, als sei alles in Ordnung zwischen ihnen, und stellte noch Forderungen an ihn! »Du wirst jetzt gehen. Sofort!«, forderte er.

Lucille wollte widersprechen, sich gegen seinen Befehl auflehnen, doch dann besann sie sich.

Sie fand, dass sie ältere Rechte hatte. Sie würde Bernard schon wieder herumkriegen. Sie schwor sich, ihn von heute an nicht mehr in Ruhe zu lassen.

Sie würde kämpfen – mit allen ihr zur Verfügung stehenden Mitteln!

»Gut, wie du willst.« Sie lächelte süß. »Wann sehen wir uns wieder?«

»Ich weiß es nicht, Lucille«, sagte er seufzend. »Wir sollten es vorläufig dabei belassen. Vielleicht später einmal.«

Lucille griff nach ihrer Tasche und verabschiedete sich von ihm.

Aufatmend schloss Bernard die Tür hinter ihr. Er ahnte nicht, dass Lucille den Zweitschlüssel zu seiner Wohnung an sich genommen hatte, genau den, den sie damals benutzt hatte.

***

Natalie begann ihren ersten Arbeitstag mit ziemlich gemischten Gefühlen. Natürlich war sie froh, dass sie Paulette nicht in ihr Unglück einweihen musste. So konnte sie weiterhin bei ihr wohnen bleiben, jedenfalls bis zu der Prüfung. Das Geld für die Miete »verdiente« sie sich ja nun.

Die Handreichungen im Haushalt musste sie eben abends erledigen. Paulette bestand darauf. Sie war nach wie vor der Meinung, dass sie sonst die Miete erhöhen müsste.

»Bei dem niedrigen Preis kann ich noch zusätzliche Arbeitsleistungen verlangen«, betonte sie immer wieder.

Natalie achtete darauf, dass sie im Treppenhaus von niemandem gesehen wurde. Die Leute würden sofort mit neuem Tratsch beginnen und sich die Köpfe darüber zerbrechen, was Mademoiselle Rich wohl bei Monsieur Gautier zu suchen hatte.

Niemand im Haus wusste Genaues über ihn, und so trieben die Mutmaßungen manchmal die seltsamsten Blüten. Besonders die Frauen im Haus hielten Bernard für einen »Lüstling«, wie sie sich hinter vorgehaltener Hand zuflüsterten. Dabei leuchteten ihre Augen vor Neugier.

Natalie ging in das Zimmer, in dem ein großer Schreibtisch mit einer Schreibmaschine stand. Durch das Fenster sah sie in die Kronen der Bäume.

Es war still in der Wohnung. Die doppelte Verglasung der Fenster ließ kein Geräusch von der Straße hereindringen.

Eine schöne alte Standuhr tickte gemütlich vor sich hin. Auf Anhieb fühlte Natalie sich wohl in der Wohnung. Sie beschloss, sie noch einmal zu besichtigen. Gestern war sie nicht in der Lage gewesen, sich alles genau anzusehen.

Lange war sie nicht in so geschmackvollen Räumen gewesen. Ob Bernard Gautier von Beruf Architekt war?

July und Simson folgten Natalie auf ihrem Rundgang wie zwei Schatten.

Schließlich ging sie an ihren Arbeitsplatz zurück. Die Katzen schliefen eingerollt auf dem Sofa, nachdem sie aufmerksam Natalies Bewegungen beobachtet hatten. Sie schienen zufrieden zu sein. Grund genug, sie vorerst in Ruhe zu lassen. Wenn sie Hunger hatten, würden sie sich schon melden.

Natalie nahm Platz und schlug eines ihrer Bücher auf. Bernard Gautier hatte ihr gesagt, dass sie abends alles liegen lassen konnte, um sich das ständige Hin- und Herschleppen ihrer Unterlagen zu ersparen. Er war ein netter Mann.

Natalie seufzte. Sie wusste natürlich, dass sie ihn nicht nur einfach nett fand. Interessant und aufregend war er. Er brachte ihr Herz in einen schnelleren Rhythmus.

Ob er das wusste? Sicher nicht. Sie musste aufpassen, damit er nichts merkte.

Noch gestand Natalie sich nicht ein, dass sie im Begriff war, sich in einen Mann zu verlieben, von dem sie nur den Namen wusste und dass er sehr hilfsbereit war.

Sie versuchte, sich auf ihre Bücher zu konzentrieren. Es gelang ihr aber nicht. Ihre Gedanken schweiften ständig ab.

Wenn das so weitergeht, wird es nichts mit meiner gründlichen Vorbereitung auf die Wiederholungsprüfung, dachte Natalie nervös.

Das Telefon auf dem Schreibtisch klingelte. Natalie zögerte eine Weile, bis sie abhob.

»Hallo, hier Bernard! Ich wollte mich nur vergewissern, dass Sie da sind, Natalie. Bitte, fassen Sie das um Himmels willen nicht als Kontrolle auf.«

Natalie lachte. »Und wenn ich es tue?«

»Das würde mich sehr betrüben, denn es stimmt wirklich nicht. Ich wollte nur hören, wie Ihre Stimme am Telefon klingt.«

Natalies Herz raste wie verrückt. »Und wie klingt sie?«

»Wie Samt und Seide. Sie sprechen ein sehr gutes Französisch, Natalie. Wissen Sie das?«

»Ich lebe ja auch schon einige Jahre in Paris«, erwiderte sie.

»Haben Sie gut geschlafen nach all den Aufregungen?«

»Ja. Es geht mir viel besser heute. Ich brauche mich vor der Zukunft ja nicht mehr zu fürchten. Manchmal kann ich gar nicht glauben, so unverhofft einen Wohltäter getroffen zu haben.«

Er lachte. »Ich bin ein Mensch aus Fleisch und Blut«, sagte er. »Halten Sie mich nicht für ein Phantom. Und vergessen Sie nicht, dass Sie mir einen Abend versprochen haben.«

Natalie stieg vor Freude das Blut ins Gesicht. Sie war froh, dass Bernard Gautier sie jetzt nicht sehen konnte, aber der Gedanke, einen Abend mit ihm zu verbringen, war wahnsinnig aufregend.

»Ja, ich denke ... ich glaube, in der nächsten Woche könnte ich mal weg. Für die nächsten Abende hat Madame Faugeres so allerlei Aufgaben für mich«, antwortete sie.

»Sie werden dort ausziehen, wenn die Prüfung hinter Ihnen liegt.«

Natalie holte tief Luft, weil ihr Herz so raste. »Und wohin?«, fragte sie.

»Das wird sich finden. Ich werde Ihnen bei der Wohnungssuche behilflich sein. Ich habe da so meine Beziehungen. Wenn gar nichts geht, können Sie auch, bei mir wohnen. Schließlich ist Platz genug.«

Er geht ganz schön ran, schoss es Natalie durch den Kopf. Gleich darauf schämte sie sich.

»Aber tun Sie mir den Gefallen, Madame Faugeres nichts über die Sache zu erzählen.«

»Aber selbstverständlich. Das habe ich Ihnen doch gestern schon zugesagt. Wie könnte ich ihr etwas erzählen? Am gleichen Tag weiß es das ganze Haus. Sie tratscht für ihr Leben gern.«

»Auch über mich?«, wollte Bernard wissen.

»Auch über Sie. Aber keine Sorge, ich habe nie hingehört, weil es mich nicht interessierte.«

Natalie hörte, wie Bernard leise lachte. Dann fragte er: »Und jetzt? Interessiere ich Sie jetzt mehr?«

»Ja, jetzt möchte ich vieles über Sie wissen«, antwortete Natalie so spontan, dass sie sich sofort auf die Lippen biss. »Entschuldigen Sie. Das finden Sie sicher sehr unverschämt.«

»Nein, überhaupt nicht, Natalie. Im Gegenteil. Ich freue mich jetzt noch mehr auf den Abend mit Ihnen. Aber jetzt will ich Sie nicht länger vom Lernen abhalten. Bis bald.«

»Bis bald«, flüsterte Natalie, und dabei rann ihr ein heißes Prickeln durch den ganzen Körper.

***

Ludovic kam einen Tag später mit zwei großen Reisetaschen angerückt. Paulette Faugeres weigerte sich, seine Miete zu zahlen, hatte ihm dafür aber angeboten, bei ihr unterkommen zu können.

Er biss in den sauren Apfel. Von heute an würde er jedoch über sein Tun noch mehr Rechenschaft ablegen müssen. Der einzige Lichtblick für ihn war, Natalie näher zu sein. Nun war es viel leichter, sie für sich zu gewinnen.

Der Bruch mit seinem Vermieter war ganz plötzlich gekommen. Der Mann behauptete, er habe letzten Monat die Miete nicht bezahlt.

Eine Unverschämtheit, fand Ludovic.

Tatsache war, dass er die Hälfte der Miete überwiesen und sich für die andere Hälfte eine gebrauchte Lederjacke gekauft hatte.

Er war froh, die »Bruchbude« zu verlassen. Eigentlich war es dreist von diesem Menschen, für dieses Loch auch noch Geld zu verlangen, fand er.

Tante Paulette hatte sich bereit erklärt, seine Schulden zu bezahlen. Er hatte ihr aber versprechen müssen, alle Angelegenheiten bald zu regeln.

Wenn er sich wirklich an der Sorbonne einschrieb, konnte er bei ihr wohnen, umsonst. Natürlich wurde er auch verpflegt.

Den ersten Tag verbrachte Ludovic damit, seine Sachen in die Schränke zu räumen und einige Poster an den Wänden anzubringen.

Am Nachmittag verabschiedete sich die Tante, weil wieder ein Besuch beim Friseur fällig war.

Irgendwann horchte Ludovic auf, weil die Wohnungstür ging. Das musste Natalie sein. Die Gunst des Augenblicks winkte ihm!

Er wartete eine Weile, bis sie in ihrem Zimmer war. Dann schlich er hin, lauschte, klopfte an und trat sofort danach ein.

Natalie war zusammengeschreckt. »Sie schon wieder? Ich habe jetzt keine Zeit.«

Er überhörte ihre Abwehr. »Ich wohne jetzt auch hier. Was sagst du dazu?« Er zwinkerte ihr zu.

»Ach, du meine Güte!« Natalie verzog das Gesicht. Das passte ihr ganz und gar nicht.

Jetzt hatte sie abends nicht nur die von Paulette geforderten Arbeiten zu erledigen, sondern musste sich auch noch mit diesem dreisten Menschen herumschlagen. Aber sie würde es ihm geben, wenn er aufdringlich würde, das schwor sie sich in diesem Moment.

»Gefällt dir das nicht?« Ludovic ging langsam auf Natalie zu.

»Ich wäre froh, wenn Sie jetzt die Tür von außen schließen würden. Ich habe noch zu tun.«

Ludovic zog das Herrenmagazin hinter seinem Rücken hervor. Schnell schlug er es auf. »Schau mal. Sehr appetitliche Mädchen sind hier drin. Alle genau meine Kragenweite.«

»Warum soll ich mir das ansehen?«, erkundigte sie sich spöttisch. »Ich interessiere mich im Gegensatz zu Ihnen nicht für Frauen, jedenfalls nicht auf sexuellem Gebiet.«

Er ärgerte sich. »Es sind auch Paare abgebildet«, sagte er.

»Danke, kein Bedarf an Sexpostillen.«

»Die Fotos sind sehr ästhetisch.«

»Mag alles sein. Aber jetzt will ich, dass Sie endlich gehen.« Deutlicher konnte Natalie nicht mehr werden.

Doch Ludovic schien auf beiden Ohren taub zu sein. Er ließ das Heft fallen. Sekunden später riss er Natalie in seine Arme. Das kam so plötzlich, dass sie zuerst wie erstarrt war.

»Sind Sie total übergeschnappt!«, rief Natalie dann wütend aus und stieß ihn zurück. »Begreifen Sie nicht, dass ich mit Ihnen nichts zu tun haben will? Wenn Sie mich noch einmal belästigen, werde ich mich bei Madame Faugeres beschweren. Und jetzt raus! Aber schnell!«

»Tu doch nicht so, als wenn du es nicht auch wolltest!«, erwiderte Ludovic heftig.

Er war ein bisschen ratlos. Sonst waren ihm seine Annäherungsversuche doch immer geglückt. Was war nur los mit ihm? Was machte er falsch?

Dennoch zog er es vor, ihrer Aufforderung Folge zu leisten …

Natalie knallte die Tür hinter ihm zu. »Idiot«, murmelte sie vor sich hin.

Sie machte sich an die Arbeit, die Paulette ihr aufgetragen hatte. Staubsaugen. Natalie fuhr ziemlich heftig mit dem großen Gerät durch die Wohnung und hatte dadurch die Möglichkeit, einen Teil ihres Ärgers abzureagieren.

Als Paulette Faugeres kam, beschloss Natalie, mit der Vermieterin zu reden. »Vielleicht können Sie auf Ludovic einwirken, dass er mich in Ruhe lassen soll«, schloss sie ihren Bericht.

Paulette schnaufte. Ihre frisch gelegten Löckchen wippten empört. Sie war sich selbst nicht im Klaren darüber, auf wen sie böse sein sollte. Auf den ungeratenen Ludovic, der ihr schon am ersten Tag Verdruss bereitete, oder auf die zimperliche Mademoiselle Rich, die eine kleine Sache gewiss übertrieben aufbauschte.

»Ludovic ist ein anständiger Junge«, sagte sie schließlich, Wort für Wort betonend. »Er ist noch jung. In dem Alter toben sich die Männer aus.«

»Das kann er meinetwegen tun. Ich empfinde sein Verhalten als zudringlich und lege keinen Wert auf seine Besuche, schon gar nicht in meinem Zimmer. Machen Sie ihm das bitte klar.«

»Nun regen Sie sich mal nicht so auf«, brummte Paulette. »Es ist ja gar nichts passiert. Und vielleicht haben Sie ihn provoziert?«

»Das ist eine Ungeheuerlichkeit!« Natalie wurde wütend. »Wie können Sie es wagen, mir das zu unterstellen?«

»Ich schlage vor, wir vergessen das Ganze«, erklärte Paulette, nun doch zum Einlenken bereit. »Ich rede mit Ludovic. Er wird Sie künftig in Ruhe lassen.«

Sie ging ins Wohnzimmer und betrachtete prüfend den Teppich. »Hier haben Sie aber nicht ordentlich gearbeitet, meine Liebe. Da müssen Sie noch mal dran. Am besten machen Sie das sofort.«

Natalie schluckte eine böse Bemerkung hinunter. Warum regte sie sich über ihre Vermieterin auf?

»Die Verflossene von Monsieur Bernard ist gestern gesichtet worden«, wechselte Paulette unvermittelt das Thema. »Die Concierge hat es mir erzählt. Sie soll nach einer Weile ziemlich wütend abgerauscht sein. Monsieur Bernard scheint sich bei den Damen großer Beliebtheit zu erfreuen. Bei ihm ist ein ständiges Kommen und Gehen. Möchte wirklich wissen, womit dieser Mann sein Geld verdient. Aber das liegt im Dunkeln. Wie vieles bei ihm.«

Natalies Herz krampfte sich schmerzhaft zusammen. Am liebsten hätte sie Paulette den Mund zugehalten. Doch sie tat es nicht.

»Er sieht ja wirklich gut aus«, fuhr Paulette fort. »Immer tadellos gekleidet. Schon fast ein bisschen zu fein, finden Sie nicht?«

Natürlich war sie nicht wirklich an Natalies Meinung interessiert. Darum wartete sie auch keine Antwort ab.

»Und die Damen aller Altersstufen scheinen es ihm angetan zu haben. Es kommen sogar ganz junge. Und auch welche in meinem Alter.«

Dann haben Sie ja noch Chancen bei ihm, hätte Natalie ihr am liebsten an den Kopf geworfen, doch sie beherrschte sich.

Sie holte den Staubsauger, um mit der »Nachbehandlung« zu beginnen. Das laute Geräusch schnitt Madame Faugeres jedes weitere Wort ab.

***

Natalie arbeitete den fünften Tag in Bernards Wohnung. Schon jetzt fühlte sie sich hier viel heimischer als in ihrem Zimmer.

Am Wochenende würde sie mit Bernard Gautier zum Essen ausgehen. Sie freute sich auf die Verabredung mit ihm. Sie war neugierig und wollte mehr über ihn erfahren, weil sie sich in Gedanken nur noch mit ihm beschäftigte.

Plötzlich hörte Natalie ein Geräusch. Die Wohnungstür wurde geöffnet, und im nächsten Augenblick ertönte seine Stimme: »Ich bin's, Natalie!«

Ein freudiger Schreck durchzuckte sie.

Hastig fuhr sie sich mit beiden Händen durch das blonde Haar.

Sie bedauerte, heute kein Make-up aufgelegt zu haben. Doch daran ließ sich nun nichts mehr ändern.

»Ich habe heute Morgen etwas vergessen«, erklärte Bernard. »Wie geht es voran mit der Arbeit?«

Natalie zuckte die Schultern. »Es geht so. Es fehlt mir die richtige Motivation.«

Bernard Gautier lächelte. »Kann ich dabei etwas helfen?«

»Sie?« Natalie machte ein überraschtes Gesicht.

Er kam näher. Täuschte sie sich, oder wirkte sein Lächeln tatsächlich ein bisschen ironisch? Als er dicht vor ihr stand, blieb er stehen und fasste unter ihr Kinn. »Sie wollen doch nicht ein zweites Mal durchfallen.«

»Nein, natürlich ... nicht«, stammelte Natalie und ärgerte sich gleichzeitig, dass sie so verwirrt war.

Sie konnte den Blick nicht von seinen Lippen lassen und wünschte sich nichts sehnlicher, als sie auf ihren zu spüren.

Es muss wunderbar sein, in seinen Armen zu liegen, dachte sie. Dabei wurde sie rot.

Bernard sah sie hingerissen an. Doch schließlich trat er zurück.

Er beobachtete, dass ihre Augen dunkel wurden vor Enttäuschung. Das erregte ihn noch mehr. Sie hatte sich also auch in ihn verliebt. Worauf wartete er dann noch?

»Seien Sie ein braves Mädchen und büffeln Sie, bis der Kopf raucht. Morgen gibt es dafür zur Belohnung ein gutes Essen und eine Flasche Champagner.«

Natalie ärgerte sich ein bisschen über seinen väterlichen Ton.

»Ich bin kein kleines Kind«, sagte sie ungehalten und wusste aber, dass er sie durchschaut hatte.

Hastig wandte sie sich ab und setzte sich hinter den Schreibtisch. Bernard ging nach nebenan.

Als er Minuten später zurückkehrte, winkte er ihr zu. »Weiterhin schön fleißig sein!«, rief er.

Aber davon konnte keine Rede mehr sein. Als sie die Wohnungstür zufallen hörte, stand Natalie auf und wartete, bis Bernard auf der Straße erschien. Sie schaute ihm nach, bis er nicht mehr zu sehen war.

In was für eine Situation war sie da hineingeraten! Sie musste eigentlich intensiv jeden Tag sechs bis acht Stunden arbeiten, und nun machte ihr dummes Herz solche Kapriolen. Sie wollte nicht von Bernard träumen, sich nicht schönen Wunschbildern hingeben. Sie wollte fleißig sein – und konnte es doch nicht.

Gab es denn kein Mittel gegen eine so dumme und hoffnungslose Verliebtheit?

Am späten Nachmittag kehrte Natalie in Paulettes Wohnung zurück. Auf der Treppe begegnete sie Fabien, einem Studienkollegen.

»Hallo, Natalie!«

»Fabien! Nett von dir, dass du dich mal blicken lässt.«

»Warum bist du nicht zur Fete gekommen?«

»Fete? Wovon sprichst du?«

»Ich hatte doch bei dir angerufen und darum gebeten, dass man dir Bescheid sagt.« Fabien machte ein finsteres Gesicht. »Hat man das nicht getan?«

»War Madame Faugeres am Apparat?«

»Nein, ein Mann. Der Stimme nach zu urteilen, noch ein junger.«

Natalie schnaubte verächtlich. »Ludovic! Das ist Paulettes Neffe. Ein frecher Bursche.«

»Er wird es wohl vergessen haben. Hast du Zeit? Ich wollte dich ins Kino entführen.« Fabien hakte sich bei ihr unter.

Eigentlich lag ihr eine Ablehnung auf der Zunge, doch dann stimmte Natalie zu. Sie musste mal raus.

Und Fabiens Gesellschaft war ihr immer angenehm. Er war ein stiller, intelligenter und rücksichtsvoller Mensch, der sich niemals solche Unverschämtheiten herausnehmen würde wie Ludovic.

Sie war gern mit ihm zusammen. Während der gemeinsamen Studienzeit hatten sie viel unternommen und oft miteinander gearbeitet. Er war ein wahrer Freund.

»Warte hier auf mich. Ich will mich nur schnell etwas frisch machen. Oder geh ins Café zwei Häuser weiter. In einer Viertelstunde treffe ich dich dort.«

Sie verbrachten einen netten Abend miteinander. Nach dem Kino lud Fabien Natalie noch zu einer Pizza ein.

»Wenn ich dir bei deinen Vorbereitungen helfen kann, lass es mich wissen, Natalie. Du wirst es im zweiten Anlauf schaffen, da bin ich ganz sicher. Und du wirst mit besseren Noten abschneiden als wir alle.«

»Schön wär's«, meinte sie nicht gerade überzeugt.

Fabien brachte sie bis zur Tür. Natalie sah am Haus hoch. Bei Bernard brannte noch Licht.

»Danke, dass du dich ein bisschen um mich gekümmert hast«, sagte sie. »Es hat mir gut getan, mal was anderes zu sehen als meine Bücher.«

»Es war für mich auch schön, Natalie«, sagte Fabien ernst und küsste sie zum Abschied rechts und links auf die Wange.

Als Natalie in ihrem Bett lag, fühlte sie sich ziemlich müde. Daran war auch der Rotwein schuld, den sie getrunken hatte. Und dann hatte Natalie wieder diesen Traum ...

Da war er wieder – der Mann mit dem markanten, fast harten Gesicht. Der sie so faszinierte.

Er bat sie, in seinem Wagen Platz zu nehmen. »Ich bringe Sie zum Jardin du Luxembourg. Dort können Sie frische Luft schöpfen.«

Natalie wollte nicht spazieren gehen, konnte sich jedoch seinem Willen nicht widersetzen. Sie zitterte, als sie neben ihm herging und wunderte sich, warum er nichts davon merkte.

»Ist Ihnen kalt?« Dieser Sarkasmus in seiner Stimme!

Warum quälte er sie so? Er musste doch sehen, was mit ihr los war, dass sie vor Sehnsucht nach ihm verging, dass sie wehrlos wurde in seiner Gegenwart, dass sie von ihm angezogen wurde mit unwiderstehlicher Gewalt.

Sie wollte die Hand nach ihm ausstrecken, ihn berühren, doch sie war unfähig dazu.

Laut klangen seine Schritte auf dem Asphalt. Ein livrierter Diener hielt den Wagenschlag auf. Natalie stieg ein, fast wäre sie in ihrer Verwirrung gestolpert. Dann saß er neben ihr. Sie spürte die Wärme seines Körpers. Endlich wandte er sich ihr zu.

Alle Härte war aus seinem Gesicht gewichen. Sein Mund lächelte zärtlich. »Natalie«, murmelte er. Und dann fanden sich ihre Lippen zu einem langen Kuss ...

Als sie erwachte, brauchte Natalie eine Weile, um zu sich zu finden. Dieser Traum wiederholte sich fast jede Nacht. Ihr Körper glühte noch vor Leidenschaft. Wer war dieser Mann, dessen Gesicht sie so verwirrte und das ihr dennoch so vertraut war?

Natalie wagte nicht, sich auf diese Frage eine Antwort zu geben, obwohl sie sie tief in ihrem Herzen wusste. Noch war sie nicht in der Lage, sich einzugestehen, dass sich ihr Leben von Grund auf verändert hatte, seit sie Bernard Gautier begegnet war.

***

Das gemeinsame Abendessen war enttäuschend verlaufen, fand Bernard im Nachhinein. Sie hatten beide vor lauter Nervosität kaum etwas essen können. Er hatte es nicht gewagt, Natalie gegenüber von seinen Gefühlen für sie zu sprechen.

Er hielt sich immer noch zurück, wusste aber, dass er das nicht mehr lange durchhalten konnte. Noch nie hatte eine Frau ihn so fasziniert und gefesselt.

Morgen war Sonntag. Er würde Natalie nicht sehen, wenn er ihr nicht zufällig im Treppenhaus begegnete. Schade.

Der Tag würde für ihn lang werden. Ob er sie anrief und fragte, ob sie mit ihm spazieren ging?

Das Telefon schrillte. Seine Mutter war am Apparat und überschüttete ihn augenblicklich mit ihren Problemen. So gern er sonst bereit war, ihr zu helfen, so wenig war er jetzt in der Lage, auf ihre Klagen einzugehen.

»Kommst du morgen zum Tee?«, wollte Odette Gautier wissen.

»Mama, ich …«

»Wer weiß, wie lange du mich noch hast …«

»Manchmal übertreibst du!«, schimpfte er liebevoll. »Also gut, ich komme. Aber nur, wenn du mir versprichst, fröhlich zu sein.«

»Ich will es versuchen«, erwiderte sie dumpf. »Aber worüber sollte ich mich noch freuen?«

»Du lebst, dir geht es gut, du bist …« Bernard biss sich auf die Lippen. Fast wäre ihm das Wort »gesund« herausgerutscht.

Das wäre aber die größte Beleidigung gewesen, die er seiner Mutter antun konnte. Seit sein Vater tot war, schien sie mit ihrem Leben wirklich nicht mehr viel anfangen zu können. Der wahre Grund war aber wohl der, dass sie keine Aufgabe hatte, die sie ausfüllte.

»Mireille hat aus Nizza angerufen. Das arme Kind. Sie weiß auch noch nicht, wie sie sich von ihrem Schicksalsschlag erholen soll. Sie ist fürchterlich depressiv. Wir müssen etwas für sie tun.«

Bernard seufzte. Mireille war seine Schwester, zwei Jahre älter als er und schon von ihrem vierten Ehemann geschieden. Er wusste, dass es nicht lange dauern würde, bis sie für ihren »Verlust« Ersatz gefunden hatte.

Die Familie hielt ihn in Atem. Eigentlich waren Mutter und Schwester liebenswerte Menschen. Aber manchmal übertrieben sie ihre Situation stark.

Nachdem er sich noch eine Weile mit seiner Mutter unterhalten hatte, hängte Bernard ein. Seine gute Stimmung war verflogen, doch er sah natürlich ein, dass er sich um seine Mutter kümmern musste. Viel lieber wäre er jedoch mit Natalie spazieren gegangen.

Langsam zog Bernard sich aus und ging zu Bett. Es dauerte nicht lange, bis July und Simson auf die Bettdecke sprangen und es sich zu seinen Füßen bequem machten.

Bernard nahm ein Buch zur Hand und las. Doch bald schob sich Natalies Gesicht vor die Buchseiten. Blaue Augen blickten ihn neugierig und gleichzeitig ein bisschen unsicher an. Seine Sehnsucht nach ihr wurde immer größer …

***

Am Montag fand sich Natalie wieder in Bernards Wohnung ein. Die Katzen kannten sie nun schon gut, und July begrüßte sie freudig. Auch Simson war drauf und dran, seine Zurückhaltung aufzugeben.

Natalie hob ein Bällchen auf und rollte es über den Fußboden. Simson war schneller als July. Schnell preschte er heran, legte das Bällchen vor Natalies Füße und maunzte sie auffordernd an.

Nun war sie beschäftigt. Das Spiel zog sich hin, bis die Katzen müde wurden.

Natalie sah auf die Uhr. Schon elf! Sie erschrak ein bisschen. Sie hatte noch nichts getan heute. Am Sonntag hatte sie sich einen Plan gemacht und sich geschworen, ihn genauestens einzuhalten.

Aber heute sollte Natalie dazu nicht kommen. Wieder kam Bernard unverhofft nach Hause.

»Etwas vergessen?«, erkundigte sie sich lächelnd.

»Ja«, antwortete er gedehnt. Er wirkte sehr ernst. Nicht das kleinste Fünkchen Spott blitzte in seinen Augen.

Langsam legte er seine Schlüssel auf den Schreibtisch. Bernard wusste nicht, ob das, was er jetzt tat, richtig war. Aber er konnte nicht anders.

Natalie ahnte plötzlich, was nun geschehen würde. Die Vorstellung, gleich in seinen Armen zu liegen, nahm ihr den Atem. Ihr Herz raste mit einem Mal. Langsam erhob sie sich. Sie standen reglos da und sahen sich an.

»Natalie«, flüsterte Bernard heiser. »Ich hielt es nicht mehr aus. Ich musste kommen. Ich ... du gehst mir nicht mehr aus dem Sinn ...«

Ein unsicherer Schritt auf ihn zu. Dann endlich lag sie in seinen Armen. Es war für Natalie wie eine Erlösung.

Sie hielten sich umschlungen und küssten sich lange und leidenschaftlich.

Dann schauten sie sich wieder an. Ohne den Blick voneinander zu wenden, gingen sie in Bernards Zimmer hinüber und sanken auf das breite Bett.

»Du bist so schön!« Bernard zeichnete zärtlich ihre Augenbrauen nach. »Von Anfang an bist du mir aufgefallen.«

»Bernard!« Natalie umfasste sein Gesicht mit beiden Händen. Ihre Augen schimmerten feucht. Sehnsüchtig presste sie ihren Mund auf seine Lippen.

Seine Hände streichelten sie, berührten sie mit einer Zärtlichkeit, die ihr unendlich wohl tat. Dann streifte er ihren Pullover hoch und betrachtete fasziniert ihre Brüste, die ihm vollkommen erschienen.

Schnell entledigte sich Natalie der störenden Kleidungsstücke und schob sein Jackett von seinen Schultern. Langsam knöpfte sie sein Hemd auf. Seine Brust war wundervoll breit und kräftig.

Natalie schmiegte sich an ihn. Sie stöhnte leise, als ihre harten Brustwarzen seine nackte Haut spürten.

Bernard drückte sie sanft in die Kissen. Natalie bewegte lustvoll den Kopf hin und her, als er ihre Brüste zu küssen begann.

Mit einer Hand streichelte er über die seidige Haut ihres Schenkels. Natalie keuchte vor Erregung.

Sie hatte jegliches Zeitgefühl verloren. Bernards Hände und sein Mund waren jetzt überall. Sie klammerte sich an ihn. Ihr ganzer Körper bebte vor Lust. Bernards überwältigende Zärtlichkeiten und seine Sehnsucht, die er ihr so unverhohlen zeigte, ließen sie ein nie gekanntes Glücksgefühl erleben. Aber gleichzeitig spürte sie die plötzliche Angst, dieses unbeschreibliche Glück wieder zu verlieren.

Aufstöhnend umschlang sie ihn, als seine Hand die empfindlichste Stelle ihres Körpers berührte. Und dann drehte sich alles im Rausch der Sinne. Sie erlebten gemeinsam das höchste Glück.

Schwer atmend lagen sie dann da. Tränen waren über Natalies Wangen gelaufen und hatten feuchte Spuren hinterlassen. Bernard küsste sie zärtlich weg.

Noch nie in seinem Leben hatte er ein Frauengesicht gesehen, das so sehr Glück und Anmut zugleich ausdrückte. Er hätte sie immerzu küssen mögen.

Natalie schmiegte ihre Wange in seine Hand und kuschelte sich an ihn. Ihre Atemzüge wurden ruhiger und tiefer. Und nach einer Weile waren beide eingeschlafen.

Natalie erwachte als Erste. Sie richtete sich auf und betrachtete mit unverhohlenem Vergnügen Bernards nackten Körper.

Sanft berührte sie sein Gesicht. Sofort war er wach und sah sie an. Wieder küssten sie sich. »Ich glaube, ich sollte langsam wieder ins Büro zurückkehren«, meinte Bernard dann lächelnd. »Die werden mich schon vermissen.«

Natalie fragte ihn nicht, was er tagsüber tat. Wenn Bernard es wollte, würde er ihr schon davon erzählen.

Bernard stand auf, verschwand im Bad, erschien nach einigen Minuten und zog sich wieder an.

Natalie lag immer noch nackt auf dem Bett. Sie sah so schön aus, dass es Bernard schwerfiel, sich von ihr loszureißen. Natalie streckte verlangend die Arme nach ihm aus.

Er zog sie hoch, küsste sehnsüchtig ihren Hals, ihren Mund. Dann gab er ihr einen Klaps auf den Po, um sich dem Zauber zu entreißen. »Auf Wiedersehen, mein süßer Nackedei. Ich werde an dich denken.«

Natalie konnte gar nicht glauben, dass sie plötzlich wieder allein war. Hatte sie am Ende alles nur geträumt?

Sie richtete sich auf und sah sich um. Das Bett war zerwühlt. Das Laken fühlte sich sogar noch etwas warm an. Oder bildete sie sich das nur ein?

Eine Weile lag Natalie noch unbeweglich in dem stillen Zimmer, seinem Zimmer. Sie stellte sich vor, wie Bernard hier schlief.

Plötzlich durchzuckte sie ein Gedanke. Und wenn er die Nächte gar nicht allein in seinem Bett verbrachte, sondern mit anderen Frauen, mit schönen Frauen, wie es Paulette sich immer begierig ausmalte?

Natalie gab sich einen Ruck und stand auf. Sie wollte versuchen, noch ein wenig zu arbeiten.

Sie verstand selbst nicht, warum sie jetzt plötzlich von so trüben Gedanken heimgesucht wurde. Hatte sie nicht heute das wahre Glück gefunden?

***

Odette Gautier erzählte ihrem Sohn in klagendem Ton von ihrer Schwester, mit der sie sich gestern wieder am Telefon gestritten hatte.

»Du weißt doch, wie sie ist. Seit eurer Kindheit zankt ihr euch. Und ich habe keine Hoffnung, dass sich das noch mal ändern wird«, meinte Bernard.

»Sie ist es, die immer wieder anfängt«, beharrte Odette Gautier auf ihrer Meinung. »Ich wollte sie nur anrufen, um zu hören, wie es ihr geht. Sofort hat sie mir Vorwürfe gemacht, dass ich mich zu wenig bei ihr blicken lasse. Da habe ich ihr gesagt, dass ich krank bin. Und weißt du, was sie mir darauf antwortete?«

»Nein.« Bernard nahm einen Schluck Cognac.

»Sie sei noch viel kränker als ich, aber würde anderen Leuten damit nicht so auf die Nerven gehen wie ich.«

Bernard sagte nichts. Seine Mutter hatte das auch nicht erwartet und erzählte weiter.

Plötzlich sagte sie: »Nächstes Wochenende möchte ich etwas mit dir unternehmen, Bernard. Vielleicht einen Ausflug nach Versailles. Abends gehen wir dann in einem guten Restaurant essen.«

Bernard zögerte. »Ich weiß noch nicht, ob ich abkömmlich bin, Mama. Wir …«

»Es ist Vaters Todestag!«, erklärte sie mit einer Stimme, die jeden weiteren Widerspruch sinnlos machte. »Den haben wir bisher immer noch zusammen verbracht. Mireille wird auch kommen, hoffe ich.«

Bernard unterdrückte einen Seufzer. Seine Mutter und die Schwester – ein schönes Wochenende lag da vor ihm.

Er ließ sich nichts anmerken, sondern nickte nur. Diese Tage würde er auch hinter sich bringen. Hoffentlich konnte er sich bald voll und ganz seiner Liebe widmen.

Er beschloss, Natalie heute noch anzurufen. Hoffentlich war Paulette Faugeres nicht am Telefon.

Bernard wollte unbedingt noch einmal die Stimme der Geliebten hören, bevor er sich schlafen legte.

***

Natalie konnte ihre Enttäuschung nicht mehr unterdrücken. Sie hatte so gehofft, dass Bernard sich heute am Sonntag bei ihr melden würde.

Voller Spannung hatte sie den ganzen Nachmittag in ihrem Zimmer verbracht, um das Läuten des Telefons nicht zu verpassen. Doch nichts tat sich.

Sie wartete weiter und wurde immer nervöser.

Da endlich – gegen sechs klingelte das Telefon. Natalie stürzte in den Flur. Doch Paulette kam ihr zuvor. Nach wenigen Augenblicken reichte sie Natalie mit süffisantem Lächeln den Hörer. »Für Sie.«

»Ja?«, meldete sich Natalie etwas atemlos.

»Hier Fabien«, ertönte die Stimme des Studienkollegen durch die Leitung. »Ich wollte dich wieder mal ins Kino schleppen. Du solltest nicht den ganzen Tag in deinem Zimmer hocken. Du musst mal raus – unter Menschen. Vergiss die Bücher mal für einen Abend. Außerdem ist heute Sonntag.«

Natalie wollte widersprechen, denn sie hoffte, dass Bernard noch anrief. Aber wenn er sich nicht meldete? Wenn sie noch weitere Stunden untätig herumsaß, würde ihre Stimmung am Abend auf dem Nullpunkt sein.

Diese Aussicht gefiel ihr überhaupt nicht. So sagte sie zu. Fabien versprach, sie in zwanzig Minuten abzuholen.

Natalie ging unter die Dusche, dann vertauschte sie ihren langen Hausrock mit Hose und Pullover, hängte sich ihre Tasche über die Schulter und verließ die Wohnung.

Das Herz schlug ihr bis zum Hals. Wenn sie Bernard nun im Treppenhaus begegnete!

Doch nichts dergleichen geschah. Fabiens Auto stand schon vor der Tür. Er küsste Natalie zur Begrüßung und hielt ihr die Beifahrertür auf.

Wenn Natalie geahnt hätte, dass ein brennendes Augenpaar sie beobachtete, wäre sie sofort zu Bernard gelaufen, um ihm die Harmlosigkeit der Situation zu erklären.

Aber da sie nichts davon merkte, ließ sie sich von Fabien in die farbige Welt des Kinos entfuhren. Sie freute sich sogar auf den Film und war froh, auf Fabiens Vorschlag eingegangen zu sein.

Als der Film zu Ende war, gingen sie wieder in ihre Stammpizzeria und unterhielten sich sehr angeregt über alles Mögliche.

»Du siehst sehr hübsch aus, Natalie«, sagte Fabien unvermittelt.

Natalie blickte ihn überrascht an. »Wie kommst du jetzt darauf? Wir kennen uns doch schon seit ewigen Zeiten.«

Fabien lächelte.

»Vielleicht habe ich heute zum ersten Mal richtig hingeschaut.« Er hob sein Glas und sah Natalie dabei tief in die Augen.

Natalie wusste nicht so recht, was sie antworten sollte. Sie mochte Fabien. Und sie hatte großes Vertrauen zu ihm. Aber sie konnte sich nicht vorstellen, mehr als eine Freundin für ihn zu sein. Vielleicht kannten sie sich wirklich schon viel zu lange. Andererseits wollte sie ihn auch nicht vor den Kopf stoßen.

So vorsichtig wie möglich versuchte sie, ihn auf ein anderes Thema zu bringen. »Lass uns noch ein Dessert bestellen, ja? Ich lade dich dazu ein.«

»Natalie!« Fabien griff nach ihrer Hand.

Natalie fühlte sich scheußlich. Sie war im Moment nicht in der Lage, sich für einen anderen Mann zu interessieren. Bernard beherrschte alle ihre Gedanken.

»Bitte nicht, Fabien. Ich habe jetzt wirklich andere Dinge im Kopf.« Sie meinte damit Bernard, aber Fabien ging davon aus, dass die Vorbereitungen für die Prüfung sie voll und ganz in Anspruch nahmen, und zeigte sofort größtes Verständnis.

»Entschuldige«, murmelte er. »Selbstverständlich werde ich dich nicht bedrängen. Wenn du bestanden hast, können wir ja mal über uns reden. Einverstanden?«

Natalie nickte erleichtert.

Sie gingen noch auf einen Kaffee in ein Bistro auf dem Boulevard Saint Michel. Dann wollte Natalie nach Hause. Fabien erbot sich, sie zu begleiten.

Er ließ seinen Wagen stehen, und sie machten einen Spaziergang durch die Nacht. Viele Leute waren noch unterwegs. Der Himmel war klar, die Sterne strahlten. Die Schlechtwetterperiode schien vorüber zu sein.

Natalie und Fabien sprachen nicht viel. Jeder hing seinen Gedanken nach.

Natalie dachte an Bernard, Fabien an sie, wie so oft in den letzten Tagen.

Natalie blieb stehen, als sie das Haus fast erreicht hatten. Sie reichte Fabien die Hand.

»Sei mir bitte nicht böse. Du bist ein wahnsinnig lieber Mensch, und ich bin sehr froh, dass du mein Freund bist, auch wenn ich dich jetzt enttäuscht haben sollte.«

»Ist schon längst wieder vorbei«, meinte er und grinste so jungenhaft, dass Natalie ihm glaubte.

Sie winkte Fabien zum Abschied noch einmal zu. Dann betrat sie das große Haus mit der sehr vornehmen, frisch renovierten Fassade.

Die Concierge spähte durch ihren Vorhang und rief Natalie »Bonne nuit« zu.

Langsam stieg Natalie die Stufen empor. In Paulettes Wohnung war zum Glück schon alles dunkel.

Bevor Natalie sich schlafen legte, überlegte sie, ob sie Bernard anrufen sollte.

Aber es war schon spät. Und sie wollte ihn nicht wecken.

Ob sie einfach zu ihm ging?

Sie biss sich auf die Lippen und schüttelte den Kopf. Je länger die zärtlichen Stunden mit ihm zurücklagen, um so unwirklicher erschienen sie ihr.

Natalie brachte es einfach nicht fertig, auf ihn zuzugehen. Sie hatte Angst, dass er sie zurückweisen könnte, dass er sich vielleicht über sie lustig machte, weil sie die ganze Angelegenheit zu ernst nahm.

Eine Weile quälte Natalie sich noch mit trüben Gedanken. Dann zog sie sich aus und legte sich hin.

Aber sie konnte nicht einschlafen. Sie lag mit weit offenen Augen da und starrte gegen die Zimmerdecke.

Die Unruhe in ihr wurde immer stärker. Sie sehnte sich so nach Bernards Küssen, nach seinen streichelnden Händen, nach seiner Nähe.

Immer wieder sah sie sein geliebtes Gesicht vor sich. Ach, wenn er mich doch lieben könnte, wünschte sie sich. Aber ihr Herz war voller Zweifel.

***

Die ganze kommende Woche ließ sich Bernard nicht blicken. Natalie fühlte sich scheußlich und war ziemlich verzweifelt. Sie versuchte, ihre Empfindungen zu verdrängen, doch das wollte ihr nicht gelingen.

Sie hatte sich in einen Mann verliebt. Sie hatte mit ihm geschlafen – und es war wunderschön gewesen.

Aber sie wollte mehr. Sie brannte darauf, wieder in seinen Armen zu liegen, all das Schöne zu wiederholen.

Doch vielleicht sah Bernard die ganze Geschichte völlig anders. War für ihn die wunderbare Liebesstunde eine einmalige Angelegenheit gewesen?

Hatte sie allein das Zusammensein als beglückend empfunden? Für ihn galten vielleicht andere Maßstäbe. Warum sonst meldete er sich nicht?

July maunzte unüberhörbar vorwurfsvoll, sprang mit einem eleganten Satz auf das aufgeschlagene Buch und musterte Natalie ernsthaft mit ihren schönen blauen Augen.

»Ach, July«, seufzte Natalie bekümmert. Die Katze kletterte auf Natalies Schoß und machte es sich dort schnurrend gemütlich.

Natalie strich zärtlich über das weiche Fell des Tieres und stellte sich vor, dass Bernard das wahrscheinlich jeden Abend tat.

Gestern war sie eine Stunde länger geblieben als vereinbart, in der Hoffnung, ihn noch zu sehen. Doch er kam nicht.

Sie war dann gegangen, weil sie tief in ihrem Inneren fürchtete, mit einer Wahrheit konfrontiert zu werden, die sie in tiefste Abgründe stürzte. Wenn er abends wirklich mit einer anderen Frau kam? Der Gedanke allein tat schon weh.

Paulettes Geschwätz lag ihr noch in den Ohren. Natalie würgte ein Kloß in der Kehle. Zwei Tränen tropften auf Julys Fell.

»Entschuldige«, flüsterte Natalie und rieb die Feuchtigkeit weg.

July schnurrte zufrieden. Für sie war die Welt in Ordnung. Da war ein sympathischer Mensch, den sie zum Kraulen auffordern konnte, die Behaglichkeit der ihr vertrauten Umgebung – und Simson, den sie hin und wieder verprügeln konnte, wenn ihr gerade danach war.

Sie streckte die linke Pfote vor, legte den Kopf zurück und gähnte höchst unfein.

Natalie musste trotz ihres Kummers lachen. »Du hast ja ein richtiges Raubtiergebiss«, meinte sie und kraulte July hinter den Ohren.

Natalie versuchte, sich wieder in ihre Bücher zu vertiefen. Tatsächlich gelang ihr das auch nach einer Weile. Sie musste die Prüfung beim zweiten Anlauf schaffen! Es wurde Zeit, dass sie Geld verdiente. Sie wollte ein anderes Leben führen. Dazu gehörten für sie eine kleine Wohnung, hin und wieder ein paar hübsche Kleidungsstücke, manchmal ein Essen in einem guten Restaurant und Kino- und Theaterbesuche.

Ihre Gedanken gingen zu ihren Eltern. Sie sah das große Haus vor sich, die drei Autos in der Auffahrt, die Nebengebäude, in denen die Reitpferde untergebracht waren.

Das Schrillen des Telefons unterbrach ihre Gedanken. Natalie stellte fest, dass sie sich vom Inhalt ihrer Bücher schon wieder meilenweit entfernt hatte.

Sie nahm den Hörer ab, meldete sich und wurde enttäuscht. Es war nicht Bernard.

Eine Frau erkundigte sich nach Monsieur Gautier.

»Monsieur Gautier ist nicht da«, sagte Natalie. »Erst am Abend.«

»Was machen Sie in der Wohnung?«

»Ich ... ich ...« Natalie überlegte krampfhaft. Ja, was tat sie eigentlich hier? »Ich hüte sie«, erklärte sie der Anruferin und war froh, dass ihr diese vage Formulierung eingefallen war.

»Ich wusste gar nicht, dass Bernard eine Aufwartefrau hat. Na ja, ich werde es heute Abend noch mal versuchen. Vielen Dank, Mademoiselle.«

Natalie hängte ein. Im nächsten Moment klingelte es wieder. Diesmal war es tatsächlich Bernard.

»Guten Tag, Natalie«, sagte er. »Gerade war besetzt ...«

»Ja, eine Dame rief an. Sie wollte dich sprechen. Sie hat leider ihren Namen nicht genannt.«

»Sie wird sich schon wieder melden.« Bernard räusperte sich. »Ich wollte fragen, wie es dir geht.«

»Gut.« Ganz schnell war ihr diese Antwort über die Lippen gekommen. Etwas anderes konnte sie ihm in diesem Moment nicht sagen. Dazu fühlte sie sich viel zu unsicher.

Wenn sie ihn schon länger und besser kennen würde, wenn zwischen ihnen eine Vertrauensbasis bestanden hätte, dann wäre sie jetzt sicher ehrlich zu ihm gewesen und hätte ihm gesagt, dass sie sich schlecht fühlte, dass sie darunter litt, dass er sich überhaupt nicht um sie kümmerte.

Doch so ging sie auf seinen leichten Plauderton ein. Ein Glück, dass er jetzt nicht hier war und sie sah, denn ihre Hände zitterten, und den Schlag ihres Herzens in der Halsgrube konnte man deutlich sehen.

Das wäre für ihn bestimmt Anlass gewesen, sich wieder über sie lustig zu machen. Und das konnte sie jetzt nicht ertragen.

»Das freut mich. Und was machen die beiden kleinen Ungeheuer?«

»Ich nehme an, sie fühlen sich wohl. July schläft bei mir auf dem Schoß.«

»Die Glückliche!«, meinte Bernard. »Schade, dass ich schon so groß bin. Ich würde mich auch gern dort zusammenrollen und von dir kraulen lassen.«

Alle Selbstbeherrschung fiel von Natalie ab. »Bernard!«, sagte sie sehnsüchtig, »wann sehen wir uns wieder?«

»Ich weiß es nicht, Natalie. Ich habe wahnsinnig viel Arbeit und diverse Besprechungen ...«

»Vielleicht am Sonntag?« Natalie wusste, dass sie ihn drängte wie ein Kind. Sie hasste sich selbst für dieses Verhalten. Doch nun war es zu spät.

»Da geht es leider auch nicht«, sagte Bernard. »Aber ich melde mich, wenn ich frei bin ...«

»Okay«, würgte sie hervor. Natalie fühlte sich gedemütigt, erniedrigt, schlecht behandelt und gleichzeitig ziemlich hilflos.

Sie legte den Hörer auf die Gabel und schluchzte so unvermittelt auf, dass July beleidigt hochsprang. Solche Ausbrüche, gleich ob es Traurigkeit oder schrilles Lachen war, konnte sie nicht ausstehen.

Es dauerte eine ganze Weile, bis Natalie sich beruhigt hatte. Als es ihr ein wenig besser ging, glitt ihr Blick ziemlich ratlos über ihre Bücher.

Was sollte sie bloß tun, um so schnell wie möglich ihr seelisches Gleichgewicht wieder zu erlangen?

Doch so verzweifelt sie auch nach einer Antwort suchte, Natalie fand vorerst keine Lösung für ihr Problem.

Paulette atmete mehrere Male tief durch. Sie wollte nicht schimpfen, aber sie fürchtete, dass sie nicht anders konnte.

Zum dritten Mal klopfte sie heute Morgen schon an Ludovics Zimmertür. Es war fast Mittag, und der Bengel lag immer noch im Bett! Was dachte er sich eigentlich? Wollte er denn nie anfangen, sich eine ordentliche Existenzgrundlage zu schaffen?

»Es ist Zeit fürs Mittagessen!«, rief sie. »Würdest du die Freundlichkeit haben, endlich aufzustehen?«

Von drinnen kam ein mürrisches Knurren.

Zehn Minuten später saß Ludovic ihr am Tisch gegenüber und wirkte noch sehr unausgeschlafen.

»Es war ziemlich spät gestern, Tantchen«, sagte er und unterdrückte ein Gähnen.

»Dann solltest du eben früher zu Bett gehen«, erklärte sie ungerührt und legte ihm Salat auf den Teller.

Sie hatte für heute Mittag einen Schmortopf gekocht. Hinterher gab es noch Käse und Pudding.

Ludovic schaufelte das gute Essen hastig in sich hinein. Darüber ärgerte sich Paulette schon wieder. Sie gab sich wirklich Mühe, ihm das Leben so angenehm wie möglich zu machen. Er aber schien das nicht einmal zu bemerken.

Nach dem Essen steckte er sich eine Zigarette an, obwohl er wusste, dass die Tante es nicht mochte, wenn er im Esszimmer rauchte.

»Bist du heute Abend zum Essen da?«, wollte Paulette wissen.

Ludovic machte eine unwillige Handbewegung. »Meine Güte, das weiß ich doch jetzt noch nicht«, erwiderte er ärgerlich.

Die Entscheidung, sich bei der Tante einzunisten, war wohl doch nicht so gut gewesen. Jetzt hatte sie alle Möglichkeiten, ihn zu kontrollieren.

Andererseits fehlte es ihm an nichts. Schade, dass sie nicht ein bisschen großzügiger war.

Ludovic drückte seine Zigarette aus. Dann ging er in den Wohnraum hinüber, um nachzuschauen, ob schon etwas im Fernsehen war.

Doch er wurde enttäuscht. Er fand nichts, was ihn interessiert hätte.

»Wenn du nicht weißt, was du machen sollst, kannst du ein paar Einkäufe für mich erledigen, Ludovic. Hier habe ich alles aufgeschrieben.« Paulette hielt ihm einen Zettel hin.

Er tat ihr den Gefallen, obwohl er dazu keine große Lust hatte. »Aber erst heute Nachmittag«, meinte er, nachdem er den Zettel überflogen hatte. »Jetzt möchte ich erst etwas lesen.«

»Hoffentlich was Ordentliches.« Paulette bedachte ihn mit einem prüfenden Blick.

Die Vorliebe ihres Neffen für Sex-Magazine war ihr nicht verborgen geblieben. Nicht, dass sie ihm das verbieten wollte, aber es musste doch dafür gesorgt werden, dass der Junge sich auch noch mit anderen Dingen befasste. Dass er wirklich vorhatte, an der Uni zu studieren, daran glaubte sie noch nicht ganz.

Nach drei Uhr verschwand Ludovic und versprach, rechtzeitig zum Abendessen zurück zu sein.

Natalie kam gleich nach fünf. Sie wollte eigentlich an Paulette Faugeres vorbei in ihr Zimmer, aber das gelang ihr nicht.

Paulette spielte heute die Freundliche.

»Sie sind wenigstens fleißig«, meinte sie. »Jeden Tag fahren Sie in die Universität, um dort zu studieren.«

»Man muss das tun«, murmelte Natalie unbestimmt. »Ich möchte bald meinen Abschluss machen.«

»Ich wünschte, mein Ludovic dächte auch so. Aber er hat leider nur sein Vergnügen im Kopf, wie die meisten Männer. Übrigens, wissen Sie schon, dass Monsieur Bernard Besuch von einer recht auffällig gekleideten Dame hatte? Das ganze Treppenhaus roch nach ihrem Parfüm. Sie trug einen Nerz, obwohl es für diese Jahreszeit für einen Pelz doch viel zu warm ist.«

Natalie starrte Paulette an. Der Hals wurde ihr eng. Sie konnte kein Wort herausbringen.

»Ich meine, sie früher schon mal gesehen zu haben, aber ich kann mich auch täuschen«, räumte die Vermieterin ein.

»Bei den vielen Frauen, die bei ihm schon aufgekreuzt sind, kann man das wirklich nicht mehr auseinanderhalten.«

Oh, warum schwieg diese schreckliche Frau nicht?, dachte Natalie. Aber woher sollte Paulette auch wissen, dass ihre Erzählungen ihr so viel Kummer bereiteten?

»Es geht mich ja nichts an, aber ich frage mich wirklich manchmal, was es mit diesem mysteriösen Mann auf sich hat. Zwar ist er immer freundlich und grüßt auch, wenn er mir begegnet, aber irgendetwas an seinem Blick stimmt nicht. Wieso kann er sich überhaupt zwei Etagen in diesem Haus leisten? Ein Junggeselle kann doch nicht so viel Geld haben, es sei denn, er hat wirklich eine sehr gute Position.«

»Die hat er ja wahrscheinlich auch«, meinte Natalie leise.

Es wurde ihr bewusst, dass auch sie keine Ahnung hatte, was Bernard tat, womit er sein Geld verdiente. Und sie ertappte sich dabei, dass sie es jetzt verdammt gern wissen wollte.

»Nun ja, ich gönne es ihm«, log Paulette ungerührt. Dann erschien ein ziemlich falsches Lächeln in ihrem Gesicht. »Ich will ja nicht aufdringlich sein, aber heute sind Sie wieder mit Staubsaugen dran.«

»Ich habe es nicht vergessen«, erwiderte Natalie müde. Sie hatte keine Lust, mit ihrer Vermieterin jetzt eine lange Diskussion zu führen. »Ich fange sofort damit an.«

An diesem Abend weinte Natalie sich in den Schlaf.

***

Bernard atmete auf, als das harte Wochenende hinter ihm lag. Er hatte sich ganz seiner Mutter gewidmet und fühlte sich so, als ob er schwere körperliche Arbeit verrichtet hätte.

Ein Glück, dass Mireille nicht gekommen war. Mutter und Schwester zusammen hätte er nicht verkraften können.

Bernard holte sich ein Glas und überlegte, welchen Aperitif er nehmen sollte. Seine Mutter war vor wenigen Minuten mit einem Taxi abgefahren, nachdem sie ihm den ganzen Nachmittag von seinem Vater erzählt hatte, und das in einer ganz amüsanten Art und Weise. Er hatte manchmal lachen müssen.

Plötzlich sehnte sich Bernard nach Natalie. Er wollte sie jetzt in seine Arme nehmen, seine Hände über ihren nackten Körper wandern lassen und ihn im Schein einer milden Lampe genießerisch betrachten.

Es klingelte. Erfreut sprang Bernard auf. Vielleicht war es Natalie! Doch dann wurde seine Miene lang. Schon wieder Lucille.

»Ich muss etwas mit dir bereden«, sagte sie, nachdem sie sich begrüßt hatten. »Es geht um eine geschäftliche Beteiligung.«

»Na, dann komm rein und lass hören, was du mir zu sagen hast.« Bernard hielt inne. »Ich wollte mir gerade einen Campari machen. Willst du auch einen?«

»Ja, warum nicht.« Lucille warf ihre Tasche über die Sessellehne. July sprang mit einem erschreckten Miauen davon.

»Lucille! Kannst du nicht vorsichtiger sein? Du weißt doch, dass ich zwei Katzen habe. Und meistens schlafen sie nun mal in irgendwelchen gemütlichen Eckchen.«

Lucille überlegte blitzschnell. Es war ihr klar, dass es jetzt nicht sinnvoll war, ihm eine patzige Antwort zu geben. Das würde die Situation nur noch verschärfen.

»Es tut mir leid«, sagte sie und spielte die Zerknirschte. »Ich bin aber auch wirklich ungeschickt. Wo ist July denn?«

»Schon längst hinausgelaufen«, erwiderte Bernard seufzend.

Die Katzen ignorierten seinen Besuch. Schade, dass er das nicht auch konnte.

Lucille erläuterte ihm, dass sie zusammen mit einer Freundin ein Modehaus eröffnen wollte. Bernard hörte sich alles an, obwohl ihn ein solches Projekt nicht sonderlich interessierte.

Was Lucille ihm erzählte, erschien ihm auch ziemlich unausgegoren. Dennoch versuchte er, seine Ablehnung in möglichst höfliche und freundliche Worte zu kleiden.

Seine Absage schien sie nicht zu berühren. Im Gegenteil. Sie strahlte ihn an und bat um noch einen Drink, denn ihr Glas war längst leer.

Zwischendurch kam ein Anruf von seiner Schwester. Lucille schaute Bernard misstrauisch entgegen, als er zurückkam. »Ich habe neulich mal tagsüber hier angerufen. Eine Frau hat abgehoben und ...«

»Das ist Natalie«, erwiderte Bernard und spielte den Gleichmütigen. »Sie passt auf die Katzen auf.«

Lucille starrte ihn verblüfft an. »Was? Auf die Katzen?«

»Was ist daran so merkwürdig?«

»Bezahlst du sie etwa dafür?« Lucille stemmte die Hände in die Hüften und schüttelte den Kopf.

»Sie ist Studentin und erhält dafür ein kleines Taschengeld.« Bernards Stimme klang so, als wünsche er nicht, weiter über dieses Thema zu sprechen.

Lucille akzeptierte das, obwohl sie wirklich gern noch etwas mehr über dieses Mädchen erfahren hätte.

Später schlug sie ein gemeinsames Essen im Restaurant vor. Bernard sagte sofort zu. Er ging davon aus, dass er sich an einem neutralen Ort schneller von Lucille verabschieden konnte als hier. Hier in seiner Wohnung würde es darauf hinauslaufen, dass er sie irgendwann mit Nachdruck zum Gehen auffordern musste. Und so etwas lag ihm nicht.

»Es war sehr nett mit dir«, sagte Lucille, als er sie kurz vor Mitternacht zu ihrem Wagen brachte. Unter einer Straßenlaterne blieb sie stehen und schlang die Arme um seinen Hals.

»Bernard!«, flüsterte sie heiser. »Gib mir einen Kuss zum Abschied! Bitte!«

Ihr Kuss auf offener Straße wurde so leidenschaftlich, dass Bernard nicht abweisend bleiben konnte. Trotzdem ließ er sich nicht von Lucille verführen.

Er schob sie sanft von sich. »Schluss damit, Lucille ...«

»Bernard, ich bin ganz verrückt nach dir«, keuchte sie und presste seine Hand auf ihre Brust. »Und du willst es auch!«

»Irrtum, Lucille. Das bildest du dir nur ein. Akzeptiere endlich, dass es zwischen uns aus ist«, erwiderte er ärgerlich. Dann ging er durch die Nacht davon.

Sie ballte die Hände zu Fäusten. Bernard schien sich zu einer ziemlich harten Nuss entwickelt zu haben. Früher war er nicht so gewesen.

Im Auto musste Lucille sich erst einmal eine Zigarette anstecken, um sich zu beruhigen. Aber sie war nicht bereit, Bernard für immer aufzugeben.

***

Am nächsten Morgen ging Natalie wieder zu ihren beiden Schützlingen.

July begrüßte sie erfreut und strich so lange um Natalies Beine herum, bis diese ihr ein paar getrocknete Fischchen anbot, die zu den Lieblingsspeisen der Katzen zählten. Auch Simson, der geschlafen hatte, kam sofort angelaufen. Der Geruch war wohl bis in seine tiefsten Träume gedrungen. Auch er bekam seine Ration.

Natalie war an diesem Tag von tiefer Unruhe erfüllt. Manchmal glaubte sie, ihre Liebe zu Bernard sei ihrer überreizten Fantasie entsprungen. Sie wollte in seiner Nähe sein, wollte so viel von ihm wissen. Am liebsten alles. Doch er ließ sich einfach nicht mehr blicken.

Nervös ging sie in seiner Wohnung herum. Brennende Neugier erfüllte sie. Wer war dieser Mann, der sie so glücklich gemacht hatte, sich jetzt aber nicht mehr für sie zu interessieren schien?

Kurz entschlossen drückte Natalie die Klinke zu Bernards Zimmer herunter. Scham erfüllte sie. Er vertraute ihr doch und ließ sie den ganzen Tag in seiner Wohnung allein, in der sich immerhin eine Menge teurer Stücke befanden.

Sie missbrauchte sein Vertrauen. Trotzdem – sie musste irgendetwas über ihn in Erfahrung bringen. Sie wusste, dass sie sonst keine Ruhe fand.

Vorsichtig zog Natalie einige Schubladen auf und machte sie wieder zu. In einer lagen Fotos. Darauf war Bernard zu sehen. Oft zusammen mit Frauen.

Sie betrachtete die Bilder und legte sie an ihren Platz zurück. Eigentlich verspürte sie keine Eifersucht auf Bernards Vergangenheit.

Wenn er aber auch jetzt noch viele Beziehungen zu Frauen unterhielt, dann stand fest, dass er für sie nicht der richtige Mann war. Das konnte sie nicht ertragen.

Aber was konnte sie überhaupt ertragen? Langsam ging Natalie zu seinem Schreibtisch und setzte sich auf den Lederstuhl, der dahinterstand.

Sie schloss die Augen und versuchte, sich noch einmal die Liebesstunde vorzustellen. Es war so wunderschön gewesen.

Wenn sie ehrlich war, dann musste sie sich eingestehen, dass sie Bernard für sich allein haben wollte. Mit ihm wollte sie glücklich leben bis ans Ende ihrer Tage. Natalie wusste, dass dies eine Illusion war. Sie durfte nur davon träumen.

Nach einer Weile beugte Natalie sich vor, um die großen Lederkästen zu öffnen, die auf dem Schreibtisch standen. Sie klappte einen Deckel nach oben, nachdem sie den Öffnungsmechanismus herausgefunden hatte – und erstarrte im nächsten Moment. Zwei wunderbare Colliers glitzerten auf violettem Samt. In der zweiten Schatulle befanden sich mehrere mit Brillanten besetzte Armbänder. In der dritten an die zwanzig Brillantringe.

Perrier's stand in steilen Goldlettern auf der Innenseite der Lederdeckel.

Die Schrift verschwamm vor Natalies Augen. Meine Güte, was hat das zu bedeuten? Wie kommt Bernard an diesen teuren Schmuck?

Sie war zwar keine Expertin, aber die Sachen hier waren ein Vermögen wert!

Ihre Mutter besaß einen Brillantring von ungefähr der gleichen Größe wie die, die vor ihr lagen. Natalie wusste, dass ihr Vater damals schon fast zehntausend Dollar dafür ausgegeben hatte.

Natalie schlug das Herz schmerzhaft in der Brust. Was hatte das zu bedeuten? Wer ließ so viel teuren Schmuck in seiner Wohnung stehen, ohne ihn in einem Tresor zu sichern? Wie kam Bernard überhaupt daran?

Alle Stücke waren von Perrier's, einem der exklusivsten Juweliergeschäfte in Paris. Er konnte sie unmöglich alle gekauft haben! Dann müsste er mehrfacher Millionär sein.

Und wer kaufte so wertvollen Schmuck sozusagen auf Vorrat?

In Natalies Kopf überschlugen sich die Gedanken. Sie fürchtete sich vor weiteren Entdeckungen. Dennoch sah sie systematisch das Zimmer durch. Sie fand einige Privatbriefe, die sie jedoch nicht las, noch ein Fotoalbum und noch ein Kästchen mit den herrlichsten Schmuckstücken für den Herrn: brillantbesetzte Krawattennadeln, Uhrketten, mehrere Ringe und sehr schöne Manschettenknöpfe.

Es war ihr noch nicht aufgefallen, dass Bernard so etwas trug. Aber dann sagte sie sich, dass sie ihn ja auch erst ein paarmal gesehen hatte.

Natalie stellte die Lederschatullen wieder an ihren Platz zurück und hoffte inständig, dass Bernard nichts merkte. Mit weichen Knien ging sie zu ihrem Arbeitsplatz zurück, ließ sich auf den Stuhl sinken und fühlte sich so scheußlich wie noch nie.

Sie fand ihr eigenes Verhalten sehr unwürdig. Sie schämte sich. Doch nun war es geschehen.

Was hatte die Aufbewahrung so wertvollen Schmucks in seiner Wohnung zu bedeuten? Wollte Bernard ihn verkaufen? Und wenn ja, welche Abnehmer waren das? Wie kam er überhaupt an den Schmuck?

Die Antworten stellten sich fast von selbst ein. Als sie sich ihrer Vermutung voll und ganz bewusst wurde, erschrak Natalie.

Und doch wusste sie, dass es so und nicht anders sein konnte: Die Stücke stammten aus dunklen Geschäften und sollten in weiteren dunklen Geschäften weiterverkauft werden.

War Bernard ein Hehler, der Ware aus Einbrüchen kaufte und sie weitergab?

Natalie griff sich mit beiden Händen an den Hals, weil das Entsetzen sie würgte. Ihr wurde es plötzlich ganz übel.

So musste es sein. So und nicht anders.

»Oh, Bernard!«, schluchzte sie. Wenn ihre Vermutung stimmte, würde nie etwas aus ihrer Liebe werden.

Hätte ich doch nicht herumgeschnüffelt! warf sie sich vor. Nur sich selbst machte sie damit unglücklich, sonst niemanden.

***

Bernard legte entnervt den Hörer auf. Schon wieder Lucille! Jetzt rief sie ihn sogar schon in seinem Büro an, obwohl sie wusste, dass er das nicht mochte. Sie setzte sich über seine Wünsche einfach hinweg.

Er war sich im Klaren darüber, dass er sie gleich beim ersten Mal nicht in die Wohnung hätte lassen sollen. Doch dafür war es nun zu spät.

Gerade eben hatte Lucille ihn gefragt, ob er sie nicht heute Abend besuchen wollte. Doch er hatte abgelehnt. Daraufhin waren ihr ziemlich unbedachte Worte über die Lippen gekommen, die in der Drohung gipfelten, sich umzubringen, wenn er sie so vor den Kopf stieß.

»Tu, was du nicht lassen kannst«, hatte er ihr geantwortet.

Bernard verbrachte den Abend allein in seiner Wohnung und sah sich einen schlechten Krimi im Fernsehen an. Den Telefonstecker zog er heraus, weil er nicht gestört werden wollte. Er musste über sich und Natalie nachdenken. Und das tat Bernard bei einem Glas Rotwein sehr gründlich.

Auch ihm erschien es manchmal unwirklich, was zwischen ihnen geschehen war. Noch nie vorher war die Liebe für ihn so schön gewesen wie mit Natalie.

Er konnte nicht begreifen, dass er sich auf den ersten Blick verliebt hatte. So was hatte er bisher für ein Märchen gehalten.

Bernard zündete sich nachdenklich eine Zigarette an und sah dem Rauch nach. Natalie ging ihm nicht mehr aus dem Sinn, und trotzdem hatte er sich in der letzten Zeit von ihr ferngehalten.

Seit er sie zusammen mit dem jungen Mann gesehen hatte, schwankten seine Gefühle zwischen Sehnsucht und Eifersucht ständig hin und her.

Vielleicht hatte dieser Kuss vor dem Haus nichts zu bedeuten, versuchte er sich einzureden. War es nicht ein Kuss gewesen, wie ihn Freunde tauschten? War der junge Mann gar ein Studienkollege von Natalie?

Doch dann gewann die zweifelnde Stimme wieder Oberhand, die ihm einzuflüstern versuchte: Sie ist nur dem Rausch des Augenblicks erlegen. Es hat ihr nicht so viel bedeutet wie dir.

Bernard schüttelte bei diesem Gedanken den Kopf. Nein, Natalies Augen konnten nicht lügen. Noch nie hatte er in so ehrliche, herrliche Augen gesehen.

Liebe und Zärtlichkeit hatten in Natalies Augen geleuchtet, als er sie in seinen Armen gehalten hatte. Eine Frau wie Natalie begegnete einem Mann nur einmal im Leben!

Und wenn er Natalie mit all den anderen Frauen verglich, die er kannte, erschien sie ihm wie ein engelhaftes Wesen.

Sie war sanft und zart und doch voller Leidenschaft, wie er erfahren hatte. Ihr Körper reizte seine Sinne, peitschte seine Sehnsucht auf.

Ich muss mit ihr sprechen!, nahm sich Bernard vor. Ich muss ihr sagen, wie viel sie mir bedeutet. Eher finde ich keine Ruhe.

Du hast schon zu viel Zeit vertan, mahnte die Stimme seines Herzens. Und Bernard gab ihr recht. Gleich morgen wollte er sich Natalie erklären.

Bernard hoffte, dass Natalie von Lucilles Besuchen in seiner Wohnung nichts mitbekommen hatte. Er konnte sich jedoch vorstellen, dass im Haus viel geklatscht wurde. Natalie selbst hatte es ihm erzählt.

Bernard schlief recht unruhig in dieser Nacht. Als er am Morgen erwachte, wusste er, was er zu tun hatte.

Er rief in seinem Geschäft an und teilte mit, dass man erst am Nachmittag mit ihm rechnen könne. Für den Vormittag lagen zum Glück keine wichtigen Termine an.

Dann verließ er das Haus und kaufte alles ein, was für ein ausgiebiges und üppiges Frühstück notwendig war. Als er zurückkam, deckte Bernard sofort den Tisch und ging in die Küche, um die Kaffeemaschine einzuschalten.

Wenig später hörte er Natalie kommen. Er ging ihr entgegen …

Natalie war überrascht, Bernard noch vorzufinden. »Guten Morgen«, sagte sie ein wenig zittrig. »Wenn ich störe, komme ich später wieder.«

»Aber nein«, erwiderte Bernard mit einem zärtlichen Lächeln. »Ich bin noch wegen dir geblieben. Ich habe uns ein wunderbares Frühstück gemacht. Ich hoffe, du hast noch nichts gegessen.«

Natalie machte ganz große Augen. Ihre Abwehr gegen ihn, die sie so mühsam aufgebaut hatte, um nicht allzu sehr in den Verzweiflungssog hineingezogen zu werden, fiel in sich zusammen.

»Natalie!« Mit ausgestreckten Armen ging Bernard auf sie zu.

Im nächsten Moment spürte Natalie seine Lippen auf ihrem Hals. Am liebsten hätte sie vor Glück geweint.

»Schau, was ich alles eingekauft habe!«, sagte Bernard, als er sie wieder freigab. Er machte eine einladende Handbewegung.

Natalie griff sich an die Kehle. »Ich kann jetzt nichts essen, Bernard, ich ...«

Wieder umarmte er sie. »Dann vielleicht später, Liebling.« Seine Hände begannen sie zu streicheln, in sanften, kreisenden Bewegungen, die Natalie sehr erregten.

Immer wieder suchte sie seinen Mund und war begierig darauf, seine heißen Küsse zu spüren. Bereitwillig öffneten sich ihre Lippen unter dem fordernden Druck seiner Zunge.

Schließlich sanken sie auf den weichen Teppichboden, nachdem Bernard Natalie schon Bluse und Rock abgestreift hatte.

Es war hell im Zimmer. Sonnenstrahlen fielen auf ihren nackten Körper. Und wieder sah Bernard voller Bewunderung, wie schön sie war. Ihre zarte Haut war leicht gebräunt und wies nicht die kleinste Unebenheit auf.

»Ich habe so auf dich gewartet«, murmelte Natalie mit vor Leidenschaft dunkler Stimme. »Ich hatte solche Sehnsucht nach dir.«

»Ich nach dir auch, Natalie.« Bernard küsste ihre Brüste. Sie gab sich keine Mühe, ihre wohligen Empfindungen zu unterdrücken, und stöhnte laut vor Lust.

Natalie vergaß alles, was sie Bernard hatte fragen wollen. Sie lebte nur noch für den Augenblick.

July betrachtete eine Weile interessiert das Spiel der Liebenden auf dem Teppich.

Die Katze lag auf dem Stuhl und hatte vor sich hingedöst, als Bernard damit begann, den Tisch mit den leckeren Sachen zu decken. Nach prüfendem Schnuppern rollte sie sich wieder zusammen, gab einen zufriedenen Laut von sich und schlief ein.

Bernard bedeckte Natalies nackten Körper mit leidenschaftlichen Küssen. Seine Hände glitten hinunter, während sein Mund auf ihren Brüsten verweilte.

Diese Frau erfüllte ihn mit einer Begierde, die er noch nicht gekannt hatte. Er musste sich beherrschen, um sie nicht sofort zu nehmen.

Seine Finger glitten zwischen ihre Schenkel und massierten sanft die seidige Haut. Doch immer wieder zog er seine Hand zurück, um Natalie wieder woanders zu berühren.

Sie wussten nicht, wie lange sie sich schon all diese Zärtlichkeiten schenkten. Irgendwann konnte Bernard sich nicht mehr zurückhalten.

Er begann mit einem langsamen Rhythmus. Natalie ging ganz auf ihn ein.

Es herrschte eine vollkommene Harmonie zwischen den beiden Liebenden. Es war, als ob ihre Körper sich schon lange kannten, sich schon vertraut waren.

Bernard bewegte sich schneller. Natalie streichelte über seinen Rücken und murmelte seinen Namen.

»Ich liebe dich«, flüsterte sie und war sich dessen gar nicht bewusst.

Den Höhepunkt erlebten sie gemeinsam. Danach hatten sie beide Mühe, in die Wirklichkeit zurückzufinden.

Sie ließen sich Zeit mit dem Auftauchen. Nach einer Weile blinzelte Bernard und tippte mit dem Zeigefinger zärtlich auf eine von Natalies Brustwarzen. »Jetzt habe ich aber Appetit!«

»Ich auch.« Natalie lachte. »Liebe macht hungrig.«

Sie wollte nach ihren Sachen greifen, doch Bernard hinderte sie daran.

»Bitte nicht. Bleib so, wie du bist. Ich möchte mich an diesem Anblick noch ein wenig erfreuen. Oder ist dir kalt?«

»Nein.« Natalie schüttelte den Kopf. »Erst möchte ich aber noch duschen.«

»Ich komme mit«, schlug Bernard vor.

Zusammen planschten sie übermütig wie die Kinder herum und seiften sich ein. Ihr fröhliches Gelächter klang durch die ganze Wohnung.

Anschließend ließen sie sich das Frühstück schmecken.

Mit einem Mal fiel Natalie wieder ein, was sie wegen Bernard schon gelitten hatte. Sie dachte auch an den Schmuck und überlegte angstvoll, wie sie am besten das Gespräch darauf bringen konnte, ohne sich als Schnüfflerin entlarven zu müssen.

Sie druckste herum. Schließlich rang sie sich ab: »Was machst du eigentlich beruflich?«

Bernard tätschelte ihre Hand. Natalie kam die Geste etwas überheblich vor.

»Ich will, dass du mich um meiner selbst willen magst, nicht, weil ich irgendwie einen großen Posten bekleide.«

»Hast du ... hast du etwas mit Schmuck zu tun?«, würgte Natalie hervor.

Bernard schaute sie einen Moment lang verwundert an, dann lachte er laut auf. »Aber nein! Wie kommst du denn darauf?«

»Ich ... es ist mir nur so eingefallen«, sagte Natalie schnell und ärgerte sich schon, dass sie eine so verräterische Frage gestellt hatte. »Weil dort drüben einige Fachzeitschriften liegen«, fügte sie hastig hinzu und sandte ein Dankgebet zum Himmel, dass ihr diese Ausrede noch rechtzeitig eingefallen war.

Das Telefon klingelte. Bernard meldete sich. Natalie glaubte, eine Frauenstimme zu hören.

»Es geht jetzt nicht, Lucille«, sagte Bernard ungeduldig.

Natalies gute Stimmung fiel augenblicklich in sich zusammen. All das, was sie noch vor Kurzem miteinander erlebt hatten, reichte plötzlich nicht mehr aus, ihr Sicherheit zu geben.

»Also gut«, hörte sie Bernard sagen. »Bis gleich.« Dann stand er auf und bewegte bedauernd die Schultern. »Sei nicht traurig, Liebes, aber ich muss ins Geschäft. Es gibt dort etwas Wichtiges. Wir sehen uns bald.«

Bernard küsste sie noch einmal sehr zärtlich. Doch Natalie war jetzt nicht in der Lage, darauf zu reagieren.

Sie fühlte sich wie gelähmt. Alles in ihr war wie betäubt. Warum blieb Bernard nicht? Warum sagte er nicht, was ihm diese Stunden mit ihr bedeuteten?

Als die Tür hinter ihm ins Schloss fiel, brach sie in Tränen aus. Vorhin war sie noch so unendlich glücklich gewesen, nun saß sie schon wieder in dem finsteren Loch der Verzweiflung.

Natalie räumte tränenblind den Tisch ab, stapelte das benutzte Geschirr in der Maschine und ging zu ihrem Arbeitsplatz.

Noch einmal läutete das Telefon. Bernard!, durchzuckte es Natalie. Er hatte doch noch ein erklärendes Wort für sie!

Aber es war die Frau, die vor einiger Zeit schon einmal angerufen hatte.

»Bitte Monsieur Gautier!«, verlangte sie ziemlich unwirsch.

»Er ist nicht da. Er ist gerade weggegangen.«

»Ah, das ist gut. Dann wird er bald bei mir sein.« Die Anruferin hielt inne. »Sind Sie schon die ganze Zeit in der Wohnung, Mademoiselle?«, fragte sie.

»Ja, wundert Sie das? Ich bin die Aufwartefrau«, erwiderte Natalie. Eigentlich sollte das spöttisch klingen, aber sie war nicht in der Lage, einen solchen Unterton in ihre Stimme zu legen.

»Aha. Ich muss Schluss machen. Ich glaube, da ist er schon.« Die Frau legte auf.

Natalie fing vor Enttäuschung an zu weinen. Bernard flog von einer zur anderen! Es war nicht zu fassen, aber wahr.

Es dauerte lange, bis sie sich beruhigt hatte.

***

Bernard war sehr wütend. Lucille merkte es sofort, doch es war ihr egal. Die Hauptsache war, dass er gekommen war.

»Was sollen deine Anrufe?«, fragte er finster und wandte sich ab, als Lucille ihn zur Begrüßung küssen wollte. »Tu mir einen Gefallen und lass mich endlich in Ruhe. Zwischen uns beiden ist es aus. Wie kommst du darauf, dass wir noch Gemeinsamkeiten haben?«

»Haben wir die nicht?« Sie schlang die Arme um seinen Hals.

»Nein!«, rief er heftig und schob sie von sich fort. »Und nun sag mir, was du von mir willst.«

»Ich wollte dir sagen, dass ich dich liebe.« Lucille lächelte so verführerisch, wie sie konnte.

»Das hättest du mir auch am Telefon sagen können«, brummte Bernard. »Dann wäre es gar nicht nötig gewesen, hierher zu kommen.«

»So etwas sagt man nicht am Telefon. Außerdem wollte ich direkt von dir hören, wie du zu mir stehst.«

»Ich habe endgültig genug von dir, Lucille«, sagte Bernard, nachdem er ein paarmal kräftig durchgeatmet hatte. »Und ich will, dass du das ein für allemal begreifst. Zwischen uns wird nichts mehr sein, was auch nur im Entferntesten mit Liebe zu tun hat. Und wenn du das nächste Mal Selbstmorddrohungen vom Stapel lässt, denk bitte dran, dass sie mich nicht mehr berühren!«

»Bernard!« Lucille klammerte sich an seinen Arm. »Ich habe damals einen großen Fehler gemacht. Ich habe das nun erkannt. Inständig bitte ich um Verzeihung. Ich liebe nur dich! Warum willst du meine Entschuldigung denn nicht annehmen?«

»Es gibt nichts zu entschuldigen, weil längst alles aus ist zwischen uns. Du kommst mit deiner Einsicht zu spät. In der Zwischenzeit habe ich begriffen, dass es mit uns nichts werden konnte.«

»Mein armer Bernard.« Lucille schluchzte wild auf. »Ich habe dir sicher sehr wehgetan. Oh, ich bin so schlecht.« Sie griff sich in theatralischer Pose mit beiden Händen an den Kopf. Bernard überließ sie ihren Tiraden, die er noch von früher her allzugut kannte. Lucille hätte eine gute Schauspielerin abgegeben.

»Ich gehe jetzt!«, erklärte er.

»Nein!« Sie ließ die Hände sinken. Ihr gerade noch von Kummer und Leid geprägtes. Gesicht wirkte hasserfüllt. »Bleib, oder ich schlucke alle Schlaftabletten, die ich hier habe.«

Bernard ließ sich in einen Sessel sinken.

»Tu, was du nicht lassen kannst. Schade, du bist noch so jung.«

»Ist das alles, was du dazu zu sagen hast?« Lucilles Stimme überschlug sich fast.

»Ja.« Er wusste, dass sie diesen Schritt doch nie tun würde, dazu liebte Lucille das Leben viel zu sehr.

»Hat es etwas mit deiner ... deiner ›Aufwartefrau‹ zu tun? Es war eine sehr junge Stimme am Telefon ...«

»Sie ist nicht meine Aufwartefrau. Sie kümmert sich um die Katzen. Ansonsten bereitet sie sich auf ihr Examen vor. Sie studiert.«

»Und hin und wieder schläfst du mit ihr?«

Bernard nickte. Vielleicht ließ Lucille ihn nun endlich in Ruhe.

Doch da sollte Bernard sich gewaltig getäuscht haben.

»Und was hat sie, was mir fehlt?« Lucille verlor die Beherrschung. »Habe ich nicht auch schöne Brüste, eine schmale Taille und schlanke, lange Beine?« Sie zündete sich mit zitternden Händen eine Zigarette an. »Plötzlich zählt das alles nicht mehr, was? Benutzt hast du mich. Das lasse ich mir nicht gefallen.«

»Hat es dir nicht auch Spaß gemacht?«, fragte Bernard müde. »Und du warst es doch, die die Verlobung gelöst hat.«

Heute war er froh, dass alles so gekommen war. Damals hatte er ziemlich gelitten, sich aber dann nach einer Weile damit abgefunden.

»Darauf kommt es nicht an. Ich will wissen, wie sie ist. Macht sie alles so, wie es dir gefällt? Dieses kleine Luder!«

Bernard war mit einem Satz hoch. Er packte Lucille bei den Schultern und schüttelte sie heftig.

»Ich bin dem Himmel dankbar, dass er mich vor dir bewahrt hat«, stieß er hervor.

Mit großen, erschreckten Augen starrte Lucille ihn an.

»Ich hoffe, dass du zur Vernunft kommst«, erklärte er. Nach außen wirkte er kühl, doch innerlich kochte er vor Zorn. »Zum ersten Mal in meinem Leben ekelt mich eine Frau an. Ich hoffte, das würde mir in meinem Leben erspart bleiben.«

Er ließ sie los und ging. Sie rief ihm nichts mehr nach, versuchte auch nicht, ihn zurückzuhalten.

Lucille merkte selbst, dass sie den Bogen überspannt hatte, dass sich nun wirklich nichts mehr reparieren ließ. Leise wimmernd sank sie in einen Sessel.

***

Natalie ging an diesem Tag nicht in Bernards Wohnung. Sie musste einiges in der Uni erledigen. Außerdem hatte sie seinen merkwürdigen Abgang immer noch nicht überwunden.

Ihre Fantasie ging oft mit ihr durch. Und das alles kam nur daher, dass sie so gut wie nichts von Bernard wusste.

Er hieß Gautier, bewohnte zwei Etagen im Haus, arbeitete in einem merkwürdigen »Geschäft« und hatte viel wertvollen Schmuck in seiner Wohnung herumstehen. Und er war ein fantastischer Liebhaber!

Ja, das stimmte. In seinen Armen vergaß sie die Welt. Noch nie hatte sie solche Glücksgefühle in den Armen eines Mannes empfunden. Um so schlimmer war nun der unsanfte Sturz zurück auf die Erde.

In der Cafeteria holte sich Natalie an der Theke einen Espresso. Dazu aß sie ein Käse-Sandwich.

Während sie lustlos in ihr Brot biss, schaute sie noch einmal die Aufzeichnungen durch, die sie sich heute während der Besprechung gemacht hatte.

Nächste Woche war die erste schriftliche Wiederholungsklausur. Am Tag darauf die zweite. In einigen Wochen musste sie sich noch mündlich prüfen lassen, unter der Voraussetzung, dass diesmal die Klausuren in Ordnung waren.

Jemand setzte sich neben sie. »Nanu«, sagte Natalie mehr erstaunt als ärgerlich. »Was machen Sie denn hier?«

Ludovic zuckte die Schultern. »Tante Paulette drängt mich, dass ich mich einschreiben lassen soll. Ehrlich gesagt, weiß ich noch gar nicht, was ich überhaupt studieren möchte.«

»Darüber sollte man sich natürlich im Klaren sein«, meinte Natalie mit leisem Spott in der Stimme. »Fragen Sie sich doch mal, ob Sie irgendwelche Interessen haben. Und wenn ja, müssen Sie herausfinden, auf welchem Gebiet. Setzen Sie einfach mal Ihre kleinen grauen Zellen in Bewegung. Wofür haben Sie einen Kopf mitbekommen?« Natalie wählte absichtlich diesen ironischen Ton.

Es ärgerte ihn, dass sie ihn so von oben herab behandelte. Doch er beschloss, sich nichts; anmerken zu lassen.

»Schön, dass ich dich zufällig hier treffe. Vielleicht kannst du mir ein wenig auf die Sprünge helfen. Du kennst dich doch aus.«

Im Grunde hatte Natalie keine große Lust, mit Ludovic zusammen zu sein. Aber dann sagte sie sich, dass es vielleicht an der Zeit wäre, ihr Verhältnis zu Paulette Faugeres' Neffen zu normalisieren.

Da sie vorerst noch nicht die Möglichkeit hatte, aus ihrem Zimmer auszuziehen, sollte sie wenigstens mit den anderen Bewohnern nicht auf Kriegsfuß stehen.

So erzählte Natalie ihm einiges von den verschiedenen Fachbereichen an der Uni. Dann ging sie zu technischen Fragen über.

Ludovic hörte sich alles an und bemühte sich auch um ein interessiertes Gesicht. Nach einer Weile schaute er sie auffordernd an.

»Weil du mich jetzt so nett informiert hast, lade ich dich zu einer Pizza ein.«

Natalie wollte ablehnen und sagen, dass sie keine Zeit hatte. Doch dann nickte sie. In ihr Zimmer zurückzukehren, dazu hatte sie jetzt auch keine Lust.

Und Bernard wollte sie auch nicht sehen. Denn sie konnte sich denken, wie das wieder ablief. Sie würde ihm verfallen, sobald sie ihm in die Augen sah, und dann gab es nur noch eines, das für sie beide zählte.

Aber sie wollte endlich mehr von ihm wissen. Er schien in diesem Punkt völlig anderer Meinung zu sein. Ihm genügte es anscheinend, hin und wieder mit ihr zu schlafen, ansonsten aber nichts von seiner Freiheit aufzugeben. Ein solches Verhältnis wollte sie nicht, auch wenn es wunderschön war, mit ihm zusammen zu sein.

Das Wichtigste fehlte doch! Die Liebe.

Sie wollte nicht, dass Bernard sich nur nach ihrem Körper sehnte. Sie wollte mehr. Sie wollte die ganz große, einmalige Liebe, die bis ans Ende ihrer Tage währte.

War das ein Wunsch, der sich nie erfüllen konnte?

»He, was ist mit dir?« Ludovic stieß sie leicht in die Seite. »Du träumst am hellichten Tag.«

»Ich dachte an die bevorstehende Klausur«, schwindelte Natalie. Dann stand sie auf. »Gehen wir?«

»Aber sofort. Ich warte ohnehin die ganze Zeit darauf, diese ungastlichen Hallen verlassen zu können.« Ludovic schüttelte sich. »Besonders wohl fühle ich mich hier nicht.«

»Das kommt daher, weil du dich noch nicht gut auskennst. Wenn du erst öfter hier gewesen bist, wirst du dich schon besser zurechtfinden.«

In der Pizzeria ging es ganz lustig zu. An einem großen Nebentisch saßen mehrere junge Leute, die öffentlich etwas feierten.

Wenig später saßen Natalie und Ludovic bei ihnen. Sie empfand so etwas wie Neid, als sie hörte, dass zwei gerade ihr Examen in Französisch abgelegt hatten.

Es war schon ziemlich spät, als sie aufbrachen. Sie fuhren mit Ludovics Auto.

Natalie bat ihn, schon an der Ecke anzuhalten. »Es ist besser, wenn wir nicht zusammen heimkommen«, meinte sie. »Deine Tante könnte sich Gedanken machen. Und das will ich nicht. Ich habe schon genug Kämpfe mit ihr auszufechten.«

Ludovic hielt den Wagen an und wandte sich ihr zu. Natalie wollte schnell aussteigen, aber sie fand den Türgriff nicht gleich.

Ludovic griff nach ihr, grapschte sofort ungeschickt nach ihrer Hand. Dann bekam er ihre Schultern zu fassen und presste ziemlich brutal seine Lippen auf ihren Mund.

Zornig blitzte Natalie ihn an – und im nächsten Moment hatte sie ihm eine schallende Ohrfeige verpasst.

»Das also wolltest du nur? Bist du verrückt? Ich habe mit dir nichts im Sinn! Würdest du dir das bitte hinter die Ohren schreiben? Ich wäre dir sehr verbunden.«

Natalie riss die Tür auf und stieg aus. Im Laufschritt eilte sie auf das Haus zu.

Natürlich war es sinnlos, sich bei Paulette über Ludovic zu beschweren. Erstens nahm sie ihren Neffen ohnehin nur in Schutz, zweitens war sie ja nun wirklich nicht für seine Taten verantwortlich zu machen.

Natalie ärgerte sich mehr über sich selbst, dass sie Ludovic nicht durchschaut hatte.

Bernard war wie angewurzelt stehen geblieben. War das nicht der junge Mann, der seit einiger Zeit bei Paulette Faugeres wohnte?

Und neben ihm saß Natalie! Die beiden küssten sich!

Er wandte sich ab, denn diesen Anblick konnte er nicht ertragen. Das war keiner von den üblichen flüchtigen Begrüßungs- und Abschiedsküssen. Das war der Kuss zweier Liebender!

Rasch entfernte er sich. Eigentlich hatte er nur ein wenig frische Luft schöpfen wollen. Mit dieser Überraschung war er jedoch völlig überfordert.

Er ging am Haus vorbei, weiter in Richtung Saint Germain in der Absicht, dort in einer der Bars noch einen Schluck zu trinken.

Als er schließlich vor seinem Glas saß, fühlte Bernard sich ziemlich schlecht. Natalie hatte gesagt, dass sie ihn liebe. Trotzdem brachte sie es fertig, auch zu anderen zärtlich zu sein.

Was hatte er davon zu halten? Sollte er sich in ihr so getäuscht haben?

Er trank noch einen Whisky und noch einen. Dann machte er sich wieder auf den Nachhauseweg. Die Straßen waren ziemlich leer geworden.

Bernard schloss die Haustür auf und stieg müde zu seiner Wohnung hinauf. July begrüßte ihn freudig und sogar ein wenig ungestüm, so als sei er zu lange weg gewesen. Er streichelte die schnurrende Schönheit. Dann legte er sich eine Platte auf.

Die Musik machte ihn noch trauriger. Gleichzeitig musste er einräumen, dass er an Natalies Verhalten vielleicht nicht schuldlos war. Schließlich hatte er sie weitgehend im Unklaren gelassen, wie es weitergehen sollte.

Er selbst wollte ja auch erst einmal seine Verhältnisse regeln und dafür sorgen, dass Lucille endlich aufhörte, ihn zu bedrängen.

Auch seiner Mutter wollte er klarmachen, dass er nicht ständig und jederzeit für sie zu sprechen war. Dennoch hätte er Natalie sagen können, dass sie auf ihn zählen konnte, vielleicht hätte sie sich dann anders verhalten ...

Bernard seufzte laut. Er fühlte sich scheußlich. So schnell wie möglich wollte er das in Ordnung bringen. Nur ging es vorerst nicht.

Morgen musste er für eine Woche nach Amsterdam. Dort fand eine Tagung internationaler Schmuckhändler statt. Seine Koffer waren schon gepackt.

Er überlegte, ob er Natalie eine Nachricht hinterlassen sollte. Einen kleinen Gruß, irgendetwas in dieser Richtung. Doch dann ließ er es.

Wenn er ihr alles erklären wollte, musste er einen seitenlangen Brief schreiben, dazu reichte jetzt die Zeit nicht mehr. Außerdem war er kein Freund von langen Briefen.

Lieber sprach er über das, was ihn bewegte. Das aber musste nun warten, bis er aus Amsterdam zurück war.

Bernard verbrachte keine gute Nacht. Ziemlich früh wachte er auf.

Er schrieb Natalie dann doch noch ein paar Zeilen.

Musste ganz plötzlich verreisen, Liebste.

Bitte die Katzen auch am Wochenende füttern und betreuen.

Ich denke an Dich

Bernard

Er trank nur einen schwarzen Kaffee, bestellte sich ein Taxi und ließ sich zum Flughafen bringen.

***

Natalie las die Nachricht immer und immer wieder.

Liebste, hatte Bernard sie genannt. In ihren Ohren klang das fast spöttisch.

Behandelte man so seine Liebste? *Ich denke an Dich* – ein tröstlicher Gruß? Oder was sollten diese Worte bedeuten?

Sie knüllte den Zettel zusammen, um ihn gleich darauf wieder zu glätten. Zum zweiten Mal drehte sie ihn herum, aber auf der Rückseite stand nichts, was sie klüger gemacht hätte.

Bernard war verreist. Natalie presste die Lippen zusammen.

Wohin und aus welchem Grund, das wusste sie nicht. Er schien es auch nicht für nötig zu halten, ihr das mitzuteilen.

Er war eben für eine Weile nicht da, fertig. Das hatte als Erklärung zu genügen.

Natalie machte sich an die Arbeit. Erst mittags gestattete sie sich eine Pause. Da sie es allein nicht aushielt, rief sie Fabien an und fragte, ob sie ihn heute Abend ins Kino einladen dürfe. Er war sehr erfreut und sagte sofort zu.

Nachdem die Katzen ihre abendliche Ration bekommen hatten, verließ Natalie Bernards Wohnung und schloss alles gut ab. Eine Stunde später traf sie Fabien in dem Bistro, in dem sie früher oft gesessen hatten, um die Probleme zu besprechen, die sich während des Studiums ergeben hatten.

Nach dem Kinobesuch tranken sie noch ein Glas Rotwein und aßen Schinkensandwichs.

Natalie schien ein sehr trauriges Gesicht zu machen, denn irgendwann hielt Fabien inne. »Jetzt möchte ich wirklich mal wissen, was mit dir los ist, Natalie. Besonders glücklich siehst du nicht aus. Ist es das Studium, das dir so zu schaffen macht? Ich biete dir nach wie vor meine Hilfe an. Du brauchst nur zu pfeifen, ich komme sofort.«

Sie lächelte ihn an. »Du bist wirklich lieb, Fabien. Ja, ich fürchte, es hat mit dem Studium zu tun. Die Wiederholung der Prüfung sitzt mir wie eine Faust im Nacken. Ich habe Angst, wieder zu versagen.«

»Warum glaubst du nicht an dich?« Er nahm ihre Hand und küsste ihre Fingerspitzen.

Nachdenklich schaute Natalie ihn an. Sie fühlte sich so einsam und verlassen. Plötzlich kam ihr ein Gedanke.

»Kann ich heute Abend mit zu dir kommen?«

»Aber natürlich«, erwiderte er. Sofort schwang Erregung in seiner Stimme mit. »Du weißt doch, dass ich wahnsinnig gern mit dir zusammen bin.«

Natalie zahlte heute. Sie wollte nicht, dass Fabien immer die Kosten ihrer Café- und Restaurantbesuche trug.

Wenig später betraten sie seine Wohnung.

»Komm, wir trinken noch ein Glas Wein zusammen«, schlug er vor. »Du kannst bei mir schlafen, wenn du willst. Dann kann ich mir jetzt auch noch einen Schluck leisten.«

»Ich kann auch mit der Metro fahren …«, meinte Natalie.

»Dann haben wir aber nicht mehr viel Zeit«, sagte Fabien. »Es ist schon ziemlich spät.«

Sie tranken. Natalie wurde ihre Trauer im Herzen nicht los, aber sie fühlte sich bei ihrem langjährigen Freund wohl. Und nach dem dritten Glas fühlte sie sich seltsam entspannt.

»Ich bleibe, wenn es dir recht ist«, sagte sie.

Sie ging ins Bad, duschte lange und ausgiebig und betrachtete sich dann im Spiegel wie eine Fremde.

Bernard verdiente nicht, dass sie ihm treu war. Er ging mit ihr um wie – wie mit einem Gebrauchsgegenstand.

Wenn sie in seiner Wohnung war, und er tauchte unverhofft auf, dann liebte er sie, um danach so zu tun, als sei nichts zwischen ihnen gewesen. Diesen Zustand hielt sie einfach nicht länger aus.

Traurig wandte sie sich ab. An der Tür sah sie Fabiens Bademantel hängen. Natalie schlüpfte hinein.

Als sie zurückkam, saß Fabien immer noch auf seinem Platz und schaute vor sich hin.

»Woran denkst du?«, fragte sie leise und legte eine Hand auf seinen Nacken. Diese Berührung elektrisierte ihn. Er zuckte zusammen, griff nach ihr und zog sie zu sich herab.

Natalie saß auf seinem Schoß. Mit beiden Händen umfasste sie sein Gesicht und schaute ihm lange in die Augen.

»Komm, lass uns ins Bett gehen«, sagte sie schließlich leise.

»Geh schon. Ich komme sofort.«

Sie legte sich in sein Bett. Gleich daneben stand seine Musikanlage. Natalie stellte das Radio an. Leise Musik erklang.

Natalie kuschelte sich zusammen und bemühte sich angestrengt, die Gedanken an Bernard zu vertreiben.

Wenig später erschien Fabien. Er schien immer noch nicht glauben zu können, dass sich sein Traum jetzt erfüllen sollte. Er verhielt sich etwas steif und abwartend.

Doch Natalie küsste ihn. Ihr Herz aber weinte. Das war nicht Bernard. Das waren nicht die Arme, in denen sie sich so geborgen fühlte.

Dennoch – es musste sein, wenn sie diesen Mann endlich aus ihren Gedanken vertreiben wollte.

Zögernd begann Fabien, sie zu streicheln. Seine Hand erreichte ihre Brüste. »Oh, Natalie, ich ... ich ...«

Natalie fand plötzlich, dass es heller Wahnsinn war, was sie da tat. Das war der falsche Weg, um Bernard zu vergessen! Sie zweifelte an ihrem Verstand. Wie hatte sie nur mit in Fabiens Wohnung gehen können?

Vorsichtig, um Fabien nicht vor den Kopf zu stoßen, drehte sie sich zur Seite. Fabien ließ sofort von ihr ab.

»Entschuldige«, murmelte er.

»Es ist alles meine Schuld«, sagte Natalie. Sie schämte sich sehr.

Fabien richtete sich auf und angelte nach den Zigaretten, die auf dem Tisch neben dem Bett lagen. Gemeinsam rauchten sie eine Zigarette und lauschten der Musik.

Nach einer Weile begann er von Neuem, Natalie zu streicheln. Doch inzwischen war Natalie ernüchtert.

»Ich kann nicht«, flüsterte sie verzweifelt. »Wenn du willst, kannst du mir ein Taxi rufen.«

Fabien hielt inne und sah sie traurig an. Dann schüttelte er den Kopf. »Unsinn«, sagte er. »Du bleibst hier. Ich lasse dich jetzt nicht allein weg. Schlaf nur. Bei mir bist du sicher.«

»Danke, Fabien. Du bist wahnsinnig lieb.« Wenig später waren sie beide eingeschlafen.

***

Als Bernard von seiner Reise zurückkam, klopfte ihm das Herz bis zum Hals, als er sein Haus betrat.

Er hatte solche Sehnsucht nach Natalie. Oft hatte er sie sich herbeigewünscht. Sein Verlangen war dadurch nur noch größer geworden.

Er stieg zu seiner Wohnung hinauf. Als er die Tür aufschließen wollte:, wurde sie von drinnen geöffnet. Natalie stand vor ihm.

»Bernard«, flüsterte sie. »Du bist wieder da ...« Die Stimme versagte ihr.

»Bleib doch noch einen Moment«, bat er sie. »Oder hast du keine Zeit?«

»Doch, ich ...«

Er schob sie wieder in den Flur und stellte seinen Koffer ab. Er musste sich aber erst mit den beiden Katzen beschäftigen, die sofort angelaufen kamen, als sie seine Stimme hörten.

Natalie schaute ihm zu, wie er die Tiere streichelte und freundlich auf sie einsprach.

Endlich richtete er sich wieder auf, nahm ihren Arm und ging mit ihr zur Couch hinüber. Dabei sah er sie unverwandt an.

»Ich habe dich schrecklich vermisst«, sagte Bernard leise. »Ich muss mit dir endlich über uns reden.«

»Ich war sehr enttäuscht, als ich deinen Zettel vorfand«, gestand Natalie ihm. »Warum hast du mir vorher nichts gesagt, Bernard?«

Wieder schaffte sie es nicht, ihre Zurückhaltung zu wahren. Sie brauchte ihn nur vor sich zu sehen – und schon schmolz sie wie Butter in der Sonne.

Bernard legte einen Arm um sie und küsste sie erst einmal lange und ausgiebig. Natalie spürte, wie die Leidenschaft Besitz von ihr ergriff. Doch sie wehrte sich dagegen. Erst einmal mussten sie miteinander reden, bevor sie sich liebten.

Doch sie vergaß alle Vorsätze, als sich seine Hände unter ihren Pullover schoben und zart über ihre Brüste streichelten. Bernard schien zu wissen, was Frauen gern mochten, ganz im Gegensatz zu Fabien.

»Oh, die sind schön«, raunte er heiser an ihrem Ohr. Dann zwang seine Zunge ihre Lippen auseinander. Sein wilder Kuss brach Natalies Widerstand völlig.

»Bernard, bitte, ich ...« Sie war ganz atemlos, als er ihre Lippen freigab.

Aus der Ferne hörte sie ein Geräusch an der Wohnungstür. Und dann schaute sie über Bernards Schulter hinweg in die blitzenden Augen einer Frau.

»So ist das also!«

Bernard zuckte zusammen. Lucille war hier in seiner Wohnung? Hatte er vergessen, die Tür zu schließen?

Langsam wandte er sich um. »Wie kommst du herein?«, fuhr er sie an.

»Durch die Tür – wie alle anständigen Menschen. Du selbst hast mir doch den Zweitschlüssel gegeben.«

Bernard kochte vor Zorn, weil sie so unverschämt log. Natalie war ganz blass geworden. Hastig stand sie auf und eilte zur Tür.

»Natalie!«, rief Bernard. »Lass mich alles erklären ...«

Doch sie war schon weg. Enttäuscht sank er auf seinen Platz zurück.

»Ich wollte mich einmal mit eigenen Augen überzeugen, mit wem du es treibst«, zischte Lucille. Dann warf sie den Schlüssel auf den Tisch und wandte sich zum Gehen. Mit einem Knall fiel die Tür hinter ihr ins Schloss.

Bernard stöhnte auf. Jetzt hatte Lucille es tatsächlich geschafft, zwischen ihm und Natalie alles zu zerstören.

Warum hatte er sich jemals mit ihr eingelassen? Wie hatte er sie nur nett finden können?

In stummer Fassungslosigkeit schüttelte er den Kopf. Heute begriff er das selbst nicht mehr.

Aber eine innere Stimme sagte ihm, dass Lucille als enttäuschte und zurückgewiesene Frau handelte, die nicht in der Lage war, normal und vernünftig zu reagieren. Und das alles, nachdem sie schon so lange Zeit getrennt gewesen waren!

Doch er musste ihren Angriffen jetzt endlich einen Riegel vorschieben. Wenn Lucille nicht aufhörte, ihn mit ihrem Hass zu verfolgen, würde er keine Rücksicht mehr auf sie nehmen. Das schwor er sich in diesem Moment.

Doch davon hatte er jetzt nichts. Er wollte Natalie zurückgewinnen, wusste jedoch nicht, wie er das tun sollte.

Lange saß Bernard da und grübelte, ohne zu einem Ergebnis zu kommen.

***

Natalie geriet in Panik. Vorn bei der Aufsichtsperson war eine große Uhr, die gnadenlos vorwärtsstrebte.

Noch eine halbe Stunde – sie war noch lange nicht fertig. Natalie schrieb und schrieb. Ihre Nerven vibrierten.

Sie hatte das Thema: Französische Revolution. Eigentlich war sie darauf ganz gut vorbereitet, dennoch hatte sie kein gutes Gefühl. Gestern, bei der ersten Klausur, war es Natalie ähnlich ergangen.

Sie war fest davon überzeugt, dass sie auch diesmal wieder nicht das zu Papier brachte, was die Prüfer lesen wollten.

Zehn Minuten vor Schluss mahnte der Assistent sie mit sanfter Stimme, nun zum Schluss zu kommen. Natalie machte einen Punkt hinter den letzten Satz, der fast das Blatt durchbohrte. So viel Wichtiges wäre noch zu sagen gewesen, doch sie musste die Arbeit abgeben.

Der junge Mann, der die Unterlagen entgegennahm, lächelte sie freundlich und aufmunternd an. Natalie lächelte nur flüchtig zurück. Es war ihr eher nach Heulen zumute.

Meine Güte, was sollte werden, wenn sie es wieder nicht schaffte?

Die Aussicht, ein Leben lang irgendeine Arbeit tun zu müssen, die ihr nicht gefiel, entsetzte sie. Doch was blieb ihr anderes übrig, als den nächstbesten Job anzunehmen? Ihr Geld, mit dem sie nach Frankreich gekommen war, hatte sie im Laufe des Studiums aufgebraucht. Es war eine Erbschaft ihrer Großmutter gewesen.

Natalie verließ zusammen mit den anderen den Raum. Man bedrängte sie, noch auf ein Glas Wein mit ins nächste Bistro zu gehen, doch Natalie lehnte ab.

Sie musste mit sich allein sein. Da sie zu Hause auf Paulette treffen würde, ging Natalie erst einmal an der Seine entlang.

Es war ein sonniger Tag, obwohl die Meteorologen Regen angesagt hatten.

Sie saß lange auf einer Bank, ihre Tasche neben sich. Mit geschlossenen Augen versuchte sie, über ihre Zukunft nachzudenken.

Wäre es wirklich schlimm, wenn sie die Prüfung nicht bestand? Immerhin sprach sie fließend Französisch. Da gab es doch viele Möglichkeiten.

Natalie seufzte. Die Vorstellung, dass sie irgendwann dieses Tief in ihrem Leben überwinden würde, tröstete sie ein wenig. Dieses Jahr brachte ihr kein Glück. Hoffentlich wurde das nächste besser.

Irgendwann stand sie wieder auf und spazierte an dem Fluss entlang in Richtung Eiffelturm. Hier fanden sich zu jeder Jahreszeit Touristen ein, selbst wenn es regnete oder ungemütlich kalt war.

Schließlich fuhr Natalie mit der Metro ins Studentenviertel zurück, um dort einen Kaffee zu trinken. Doch es hielt sie nicht lange an ihrem Platz. Schon bald stand sie wieder auf.

Im Augenblick fühlte sie sich am besten, wenn sie sich bewegte und kräftig ausschritt. Und das tat sie. Stundenlang lief sie durch die Straßen von Paris und glaubte, immer so weitergehen zu müssen. Es war wie ein Rausch.

Vor ihr ging ein verliebtes Paar. Ständig blieben die beiden stehen, küssten sich, lachten und steckten die Köpfe zusammen.

Es zerriss Natalie fast das Herz. Sie durfte einfach nicht an Bernard denken – sonst würde sie mitten auf der Straße in lautes Schluchzen ausbrechen.

Auf was hatte sie sich da eingelassen! Bernard benutzte sie nur. Diese Frau! Nicht auszudenken, wenn sie ein paar Minuten später gekommen wäre ...

Natalie schloss entsetzt die Augen. Mitten im Liebesrausch wären sie überrascht worden.

Je länger sie durch die Straßen lief, um so verzweifelter wurde sie. Sie sah alles nur noch trist und dunkel.

Was hatte das Leben ihr noch zu bieten?

Sie hatte keinen richtigen Beruf, kein Glück in der Liebe – und alle Bindungen nach Hause abgebrochen.

Was mochten die Eltern jetzt wohl tun? Sie sah die beiden vor dem Kamin sitzen, Vater mit einem Glas Whisky in der Hand, Mutter mit einem Sherry.

Und plötzlich kam Natalie sich vor wie ein kleines Mädchen, das seine Eltern vermisste, fern von ihnen war in einem fremden Land.

Noch nie hatte sie sich solche Gefühle gestattet. Immer, wenn sie an ihr Zuhause dachte, empfand sie Enttäuschung, weil sie sich von den Eltern nicht verstanden fühlte. Und weil sie damals zu verhindern versucht hatten, dass sie in Europa studierte.

Zum ersten Mal erlebte sie heute diese Sehnsucht und wäre froh gewesen, wenn sie sich jetzt ihrer Mutter in die Arme hätte werfen können.

Natalie merkte nicht, dass ihr die Tränen über die Wangen liefen.

Das verliebte Paar vor ihr konnte sie nicht mehr ertragen. Sie bog in die nächste Straße ab, um dieses Bild nicht mehr vor Augen zu haben.

In der Zwischenzeit war es dunkel geworden. Leichter Nieselregen setzte ein. Natalie hatte die Wolken am Himmel nicht bemerkt, so sehr war sie mit sich beschäftigt gewesen.

Sie ging immer weiter, spürte weder Hunger noch Durst noch die klamme Feuchtigkeit, nur den bohrenden Schmerz in ihrem Inneren. Am schlimmsten litt sie unter ihrer unglücklichen Liebe zu Bernard.

***

Als Bernard am späten Abend nach Hause kam, sah er im Lichtschein der Lampe über dem Eingang eine Gestalt auf der Treppe sitzen.

Sein Herz tat einen freudigen Satz! Natalie hatte auf ihn gewartet, um sich endlich mit ihm auszusprechen.

Er wurde jedoch enttäuscht. Ein junger Mann blinzelte ihm entgegen.

»Nanu«, sagte Bernard und setzte augenblicklich eine misstrauische Miene auf. »Was tun Sie hier, wenn ich fragen darf?«

Zu den Mietern des Hauses gehörte der Mann nicht. Und man konnte heute nicht vorsichtig genug sein.

Wieso achtete die Concierge nicht auf solche Besucher? Er beschloss, sie wegen dieses Vorfalls ins Gebet zu nehmen.

»Verzeihen Sie bitte, aber ich warte auf Mademoiselle Rich. Können Sie mir sagen, wie spät es ist? Ich habe nämlich keine Uhr.«

Bernard sagte ihm die Zeit. Dann musterte er den anderen mit einer Mischung aus Neugier und Ablehnung. »Sind Sie ihr Freund?«, fragte er rundheraus.

Fabien zog die Schultern hoch. »Ja. Wir sind zusammen an der Sorbonne. Seit Beginn unseres Studiums kennen wir uns. Ich mache mir Sorgen um sie.«

»Kommen Sie mit in meine Wohnung«, forderte Bernard den Fremden auf. »Hier haben manche Wände Ohren.«

Wenig später schob er den jungen Mann in sein Wohnzimmer. »Nun erzählen Sie mal!«, forderte er ihn auf.

»Sie kennen Natalie?«, wollte Fabien wissen.

»Ja«, erwiderte Bernard. »Sie arbeitet für mich«, fügte er erklärend hinzu.

»Ach? Das wusste ich gar nicht.«

Bernard ging zum Barschrank. »Nehmen Sie auch einen Cognac?«

»Ja, einen kleinen bitte. Natalie hat heute die zweite schriftliche Klausur gehabt. Ich wollte sie abholen, bin aber zu spät gekommen. Sie war schon weg. Die anderen haben mir gesagt, sie sei so komisch gewesen, hätte auch nicht mit ihnen noch auf ein Glas Wein mitgehen wollen, obwohl das sonst so üblich sei. Ich habe sie auf dem Unigelände gesucht, aber nicht gefunden. Da wollte ich hier auf sie warten. Aber bis jetzt ist sie noch nicht aufgetaucht.«

»Hat sie schon das Ergebnis?«

»Nein, Monsieur. Das wird erst in zwei Wochen bekannt gegeben. Sie kann noch gar nichts wissen. Vielleicht hat sie ein schlechtes Gefühl und denkt, es nicht geschafft zu haben. Aber das kann täuschen. Sie hat einfach zu viel Angst gehabt.«

»Weil sie es das erste Mal nicht geschafft hat und darum jetzt unter besonderem Druck stand, nicht wahr?«

Fabien nickte. Sein Gegenüber konnte seine Kenntnisse nur von Natalie selbst haben. Darum beging er jetzt ja wohl auch keine Indiskretion, wenn er über sie sprach.

»Gautier ist mein Name«, sagte Bernard und stellte sein leeres Glas auf den Tisch zurück.

»Ich heiße Fabien Laroche.«

»Was Sie mir über Mademoiselle Rich erzählt haben, beunruhigt mich natürlich«, meinte Bernard. »Wo könnten wir sie denn aufstöbern?«

Fabien zog resigniert die Schultern hoch. »Das weiß ich leider auch nicht. Wir können nur warten.«

Bernard musterte den jungen Mann verstohlen. Fabien hatte Natalie damals abgeholt. Die beiden hatten sich zur Begrüßung geküsst.

War er nur Natalies Freund? Oder mehr?

Doch die Eifersucht, die jetzt in seinem Herzen aufkeimte, drängte er zurück. Erst einmal war es wichtig, Natalie zu finden.

»Halten Sie Natalie für fähig, eine Kurzschlussreaktion zu begehen?«

Fabien dachte lange über diese Frage nach. Dann schüttelte er den Kopf. »Eigentlich nicht. Sie wirkte immer sehr selbstständig auf mich. Sie ist ein Mensch, der mit beiden Beinen auf der Erde steht. Allerdings ...«

»Allerdings?«

»Ich meine, dass in der letzten Zeit etwas mit ihr geschehen ist. Anfangs, als ich diese Veränderung bemerkte, da dachte ich, dass sie eine wunderbare Liebe erlebt. Ihre Augen strahlten manchmal so, und wenn sie lächelte, schien sie gar nicht ganz da zu sein. Doch in der letzten Zeit habe ich sie, wenn ich es recht überlege, eigentlich nur traurig und sehr ernst erlebt. Dabei lacht sie so gern. Aber wie gesagt, das sind meine ganz persönlichen Vermutungen. Ob das stimmt, weiß ich nicht. Vielleicht bilde ich mir das alles nur ein?«

Bernard schaute auf die Uhr. Die Frage an Fabien, wie er zu Natalie stehe, lag ihm immer noch auf der Zunge, doch er hielt sich zurück.

»Was sollen wir Ihrer Meinung nach tun? Gibt es bestimmte Cafés, in denen sie verkehrt?«

»Hauptsächlich die um die Uni herum.«

»Wollen wir hinfahren?«

Fabien zuckte unschlüssig die Schultern. »Und wenn sie in der Zwischenzeit kommt?«

»Dann hat sich ja alles erledigt«, meinte Bernard und bemühte sich, von seiner inneren Erregung nichts merken zu lassen.

»Oh, das glaube ich nicht. Natalie ist nicht ohne Grund weggeblieben. Gerade jetzt hat sie wohl jede Menge Zuspruch nötig. Dummerweise habe ich Madame Faugeres gegenüber meine

Befürchtungen geäußert, als ich fragte, ob Natalie zu Hause sei. Diese Frau hat einen außerordentlich neugierigen Eindruck auf mich gemacht. Sie wird Natalie unangenehme Fragen stellen. Natalie hat mir schon von dieser Frau erzählt, dass sie oft von ihr mit unverschämten Fragen genervt wird.«

»Fahren Sie noch mal ins Studentenviertel. Sie können meinen Wagen nehmen. Er steht unten vor dem Haus.«

»Ich werde dort keinen Parkplatz finden ...«, gab Fabien zu bedenken.

»Hm, ja, stimmt. Dann nehmen Sie ein Taxi.«

Fabien räusperte sich. Mit einem Taxi die Cafés abzuklappern, würde recht teuer werden. Er wusste gar nicht, ob er so viel Geld bei sich hatte.

»Natürlich bezahle ich das!«, sagte Bernard, der schnell begriff, was Fabien bewegte. Er drückte ihm ein paar Geldscheine in die Hand. »Ich werde den Hauseingang beobachten. Wenn sie kommt, lotse ich sie sofort in meine Wohnung.«

Fabien ging. Als er zurückkehrte – ohne Natalie –, war Mitternacht längst vorbei.

»Ich hätte mir denken können, dass diese Aktion nichts bringt. Aber ich wollte auch nichts unversucht lassen.«

»Sollen wir die Polizei verständigen?« Bernard war enttäuscht, dass Fabien allein zurückgekommen war.

»Ich weiß nicht. Schließlich ist Natalie eine erwachsene Frau. Vielleicht sollten wir damit noch etwas warten.«

Bernard goss die Cognacgläser wieder voll. Hin und wieder nippten sie daran. Besonders Bernard hatte große Mühe, seine flatternden Nerven zu beruhigen.

***

Natalie konnte nicht mehr. Mühsam schleppte sie sich dahin. Sie ging immer noch durch die Straßen und kam sich vor wie eine streunende Katze.

Sie fror. Auch in ihrem Innern war alles wie erstarrt. Sie fühlte nur Kälte.

Schließlich trugen sie ihre Beine ganz von selbst nach Hause. Paulette Faugeres würde um diese späte Stunde gewiss schlafen.

Natalie hatte vor, sich in ihrem Zimmer einzuschließen und erst einmal zu versuchen abzuschalten.

Als sie die Haustür aufschließen wollte, zitterten ihre Hände so sehr, dass sie eine Weile brauchte, bis sie den Schlüssel umdrehen konnte.

Sie machte im Hausflur Licht und stieg die Treppen hinauf, weil sie um diese Zeit den Aufzug nicht mehr betätigen wollte, der laute Geräusche verursachte.

Ihr Herz schlug heftig, als sie sich Bernards Wohnung näherte. Schlief er? War er allein oder lag er mit einer Frau im Bett?

Die Vorstellung überkam Natalie so plötzlich, dass sie aufschluchzte. Es war entsetzlich. Sobald sie in seine Nähe kam, riss in ihr der ganze Kummer wieder auf.

Und plötzlich stand sie ihm gegenüber. Natalie glaubte zu träumen, besonders, als sie hinter ihm Fabiens Gesicht erblickte.

»Natalie!«, riefen die beiden Männer und eilten auf sie zu. Bernard umfing sie – gerade noch rechtzeitig, bevor sie mit einem Ächzen in sich zusammensackte.

»Meine Güte, sie ist völlig durchnässt«, sagte Fabien aufgeregt und hielt die Tür auf. Bernard trug Natalie direkt ins Schlafzimmer.

Ganz langsam kam sie wieder zu sich.

»Wo warst du?«, wollte Fabien mit leisem Vorwurf wissen. Wir haben uns große Sorgen gemacht.«

Natalie konnte sich über das »Wir« nicht genug wundern. Wieso waren Bernard und Fabien zusammen? Sie begriff gar nichts mehr.

Bernard machte eine beschwichtigende Handbewegung, und Fabien schwieg.

»Mir ist so kalt«, murmelte Natalie schläfrig. Sie fühlte sich merkwürdig schwerelos, so als wären ihr nun alle Sorgen abgenommen.

»Wir werden dich jetzt ausziehen. Dann kriechst du unter die Decke und wartest brav, bis ein heißer Tee mit Rum fertig ist.«

Bernard zog sie hoch, streifte ihr die Jacke ab. Als er sie bis auf den Slip entkleidet hatte, schlupfte Natalie schnell unter die Decke.

Bernard wandte sich ab, um sich seine Erregung nicht anmerken zu lassen. Dafür war jetzt nicht der richtige Augenblick.

Fabien wunderte sich ein wenig, wie selbstverständlich Monsieur Gautier vorgegangen war, aber er stellte keine Fragen. Ganz tief drinnen wusste er die Antwort bereits.

Wenig später kam Bernard mit dem Tee zurück. Er setzte sich zu Natalie aufs Bett und hielt ihr die Tasse an den Mund.

»Das ist viel zu heiß«, protestierte sie.

»Trink. Es wird dir guttun und dich aufwärmen.«

Geduldig flößte Bernard ihr Schlückchen um Schlückchen den Tee ein. Danach sank Natalie erschöpft in die Kissen zurück. Sie fühlte sich wohlig müde. Und endlich war auch die Wärme in ihren Körper zurückgekehrt. Sekunden später war sie eingeschlafen.

Bernard gab Fabien ein Zeichen. Gemeinsam verließen die beiden Männer das Schlafzimmer und gingen in den Wohnraum zurück.

»Sie wird uns morgen alles erzählen«, meinte Bernard. »Es wäre unsinnig gewesen, sie jetzt noch zu quälen. Ich möchte wissen, was sie gemacht hat. Sie war ja völlig erschöpft.« Er hielt inne. »Was kann ich Ihnen anbieten?«

»Vielen Dank, nichts mehr. Ich fahre jetzt nach Hause. Wenn Sie erlauben, komme ich morgen am Nachmittag wieder.«

»Aber selbstverständlich.« Bernard brachte den jungen Mann zur Tür. Er räusperte sich. »Sie sind ein sehr guter Freund von Natalie, nicht wahr?«

Fabien nickte. »Ja, ich glaube. Sie mag mich. Ich sie auch. Bei mir ist es ... war es sogar noch ein bisschen mehr.«

Er sah in diesem Moment sehr traurig aus, doch dann straffte er sich. Den unglückseligen Versuch, miteinander zu schlafen, vergaß er am besten schnell.

Heute wusste er, dass Natalie ihm einen »Gefallen« hatte tun wollen. Und so etwas konnte nie gut gehen.

»Aber das ist längst überwunden«, meinte er und lächelte tapfer.

Bernard hatte Mitleid mit dem jungen Mann. Er glaubte Fabien und wusste, dass seine Eifersucht unbegründet gewesen war.

»Bis morgen also, Fabien. Ich freue mich, Sie kennengelernt zu haben.«

Bernard ging ins Schlafzimmer zurück. Die kleine Nachttischlampe brannte. Sie warf sanftes Licht auf Natalies Gesicht, das jetzt ganz entspannt war.

Bernard hob die Hand und strich ganz zart über ihre nackte Schulter. Die Decke war ein wenig heruntergerutscht. Er sah Natalies wohlgeformte Brüste und konnte nur mit Mühe an sich halten.

So versuchte er, sich in ihren Anblick zu versenken. Schließlich stand er auf und ging nach nebenan ins Gästezimmer, um auch noch ein paar Stunden zu schlafen. Die Türen ließ er offen, damit er sofort hörte, wenn Natalie nach ihm rief.

***

Natalie erwachte nur langsam. Sie versuchte, wieder ins Traumreich zurückzukehren, aber das wollte ihr nicht gelingen. Ihr Körper hatte genug geruht.

Sie schlug die Augen auf. Verwundert sah sie sich um. Wieso war sie bei Bernard?

Doch dann fiel ihr alles ein. Sofort wurde sie von heftiger Erregung ergriffen, die ihren ganzen Körper erfasste.

Eine Weile blieb Natalie noch liegen. Dann stand sie auf. Sie verspürte den dringenden Wunsch, sich zu duschen. Und das tat sie ganz ausgiebig und so heiß wie möglich.

Endlich drehte sie den Hahn ab und öffnete die Tür der Duschkabine. Bernard stand mit ausgebreitetem Badelaken da und lächelte sie zärtlich an.

»Komm, mein Nixlein. Ich helfe dir beim Abtrocknen.«

»Oh, Bernard!« Natalie fiel in seine Arme.

Er schloss das Handtuch hinter ihrem Rücken und drückte sie an sich. Wie ein Verdurstender küsste er ihre nasse Haut, um sie schließlich hochzunehmen und ins Schlafzimmer zurückzutragen.

Als Natalie vor ihm lag, fuhr er mit einem Zipfel des Handtuchs über ihr feuchtes Haar. Aber diese Geste hatte mehr symbolischen Charakter.

Mit sanften Bewegungen tastete er über ihren ganzen Körper. Schließlich liebkoste er ihre Brüste, deren Warzen sich ihm steil entgegenstreckten.

Und wieder begann der unaufhaltsame Rausch ihrer Liebe. Diesmal umklammerten sie sich heftiger als sonst.

»Verlass mich nicht, Natalie«, bat Bernard mit rauer Stimme und presste sein Gesicht zwischen ihre Brüste. »Ich liebe dich so sehr.«

Sie konnte vor lauter Glück gar nichts sagen. Sie genoss seine streichelnden Hände und überließ sich voll und ganz seinen Zärtlichkeiten. Die Zeit stand still. Man hörte nur den keuchenden Atem der beiden Liebenden. Hin und wieder stammelten sie süße, betörende Worte.

Dann spürte Natalie ihn auf sich. Und sie wusste – so musste es sein. Bernard war die große Liebe ihres Lebens. Ihm konnte sie sich hingeben, sich fallen lassen – er würde sie halten.

Bernard hielt immer wieder inne, weil er ihren gemeinsamen Höhepunkt so weit wie möglich hinauszögern wollte. Als Natalies Stöhnen jedoch immer lauter wurde, gab er seine Zurückhaltung auf.

Erschöpft lagen sie dann nebeneinander. Natalies Gesicht war gerötet. Ihre Augen leuchteten vor Glück.

»Natalie, ich liebe dich so sehr. Könntest du dir vorstellen, mit mir zusammenzuleben?«

Langsam wandte sie ihm ihr Gesicht zu. »Ich weiß gar nichts von dir«, sagte sie leise.

Bernard gab ihr einen Kuss. »Wir haben Zeit genug, uns alles zu erzählen.«

»Und diese Frau?« Natalie ließ ihn nicht aus den Augen.

»Ich war einmal mit ihr verlobt. Das ist schon ziemlich lange her. Mich selbst überraschte es am meisten, dass sie jetzt wieder aufkreuzte. Es ist nichts mehr zwischen uns, schon lange nicht mehr, wirklich. Glaub mir.«

Natalie nickte. »Und die anderen Frauen, von denen Paulette immer erzählt?«

Bernard zuckte verwundert die Schultern. »Ich weiß nicht, wovon sie redet. Vielleicht meint sie meine Mutter und meine

Schwester. Die wirst du auch bald kennenlernen. Manchmal nerven sie mich, aber das muss ich ertragen.«

»Und wie stellst du dir unser Zusammenleben vor?«

»Du ziehst zu mir in die Wohnung. Groß genug ist sie schließlich. Hier kannst du ungestört arbeiten. Oben stelle ich dir zwei oder drei Zimmer zur Verfügung, die du dir nach Belieben einrichten kannst.«

»Hast du so viel Geld?« Natalies Stimme zitterte ein wenig, weil sie sich vor der Wahrheit fürchtete.

»Meine Geschäfte laufen nicht schlecht«, erwiderte Bernard und tippte mit seinem Zeigefinger auf ihre Nasenspitze. »Jetzt lass uns aber von etwas Erfreulicherem reden. Was wollen wir frühstücken?«

»Was du im Haus hast.«

»Das ist fast gar nichts. Vorschlag: Du machst inzwischen Kaffee. Ich ziehe mich an und hole uns ein paar Leckereien. Was hältst du davon?«

Natalie schlang die Arme um seinen Hals, zog ihn zu sich herab und küsste ihn zärtlich auf den Mund. »Sehr viel. Ich habe großen Hunger. Gestern habe ich den ganzen Tag nichts gegessen. Ich bin davon überzeugt, die Klausuren wieder verbaut zu haben.«

»Das wollen wir erst einmal abwarten«, meinte Bernard. »Daran glaube ich noch nicht ganz. Du bist intelligent und fleißig.«

»Ich wünschte, du hättest recht«, seufzte Natalie. Dann schüttelte sie sich, um das unangenehme Gefühl loszuwerden, das sie beschleichen wollte.

Heute wollte sie nicht daran denken, sondern den Tag mit Bernard genießen. »Musst du denn heute nicht ins Büro?«

»Nein«, sagte Bernard leichthin. »Ich gehe einfach nicht.«

Nachdenklich schaute Natalie ihm nach. Was war das für ein merkwürdiger Job, bei dem er einfach ohne Entschuldigung fehlen konnte?

»Und du bleibst auch hier!«, befahl er. »Wir machen uns ein paar schöne Tage. Ich finde, dass wir uns die verdient haben. Und schließlich wollen wir doch über uns reden. Das nimmt viel Zeit in Anspruch.«

»Und Paulette? Sie wird möglicherweise die Polizei verständigen, wenn ich nicht auftauche.«

»Ruf sie einfach an und sag ihr, du fährst mit Freunden ein paar Tage an die See.«

Natalie richtete sich auf. »Eine gute Idee«, fand sie. »Das werde ich erledigen, während du weg bist.«

***

Kurze Zeit später verließ Bernard die Wohnung. Natalie rief Paulette an, teilte ihr kurz mit, dass sie für ungefähr eine Woche an die See reise, und hängte auf, bevor die Frau neugierige Fragen stellen konnte.

Paulette legte verärgert auf. »Eine Unverschämtheit!«, sagte sie.

Ludovic trank seinen Milchkaffee und griff nach einem knusprigen Croissant. Es war bereits das dritte. »Wer war's?«

»Mademoiselle Rich. Die Dame fährt einfach so für eine Woche an die See, um sich zu vergnügen. Und hier bleibt die Arbeit liegen.«

Er musste sich bemühen, kein allzu langes Gesicht zu machen. Er hatte sich einen so genialen Plan zurechtgelegt, wie er vorgehen wollte, um Natalie doch noch in sein Bett zu bekommen.

Dass sie sich jetzt einfach entzog, fand er weniger nett. Eine langweilige Woche lag vor ihm. Er beschloss, jeden Abend auszugehen, um die Tante nicht ständig ertragen zu müssen.

»Kein Verantwortungsgefühl!«, regte Paulette sich weiter auf. »Da überlasse ich ihr großmütig ein Zimmer zu einem Spottpreis – und sie macht sich aus dem Staub. Tja – Undank ist der Welt Lohn.«

»Sie hat auch das Recht auf Urlaub«, nahm Ludovic Natalie in Schutz.

»Das hätte sie aber vorher mit mir absprechen müssen. Aber einfach wegzubleiben, ohne mich zu fragen! Wieso hat sie nichts von ihren Sachen mitgenommen?«

»Hat sie ja vielleicht in der Zeit, als du nicht da warst.«

»Hoffentlich hat sie dann nicht noch andere Dinge mitgehen lassen.«

»Glaubst du wirklich, sie ist eine Diebin?« Ludovic schlürfte laut seinen Kaffee. Dann stellte er die Tasse ab und erhob sich. »Ich muss weg, Tantchen. Einen schönen Tag wünsche ich dir.«

»Wo gehst du hin?«, wollte Paulette wissen.

»In eine Vorlesung«, erwiderte Ludovic ungerührt. »Das wolltest du doch – oder nicht?«

***

Natalie atmete auf. Das wäre erledigt. Mochte Paulette Faugeres jetzt denken, was sie wollte.

Sie war dieser Frau schließlich keine Rechenschaft schuldig, was ihr Privatleben betraf. Viel zu oft hatte sie ihr erlaubt, sich einzumischen.

Bernards Morgenmantel war ihr viel zu groß, doch sie behielt ihn an. Sie fühlte sich wohl darin.

Simson näherte sich schüchtern. Und als July sich wieder vordrängen wollte, nahm Natalie den großen Kater einfach auf den Arm.

Der schaute sie zunächst erschreckt an. Dann wartete er. Und als er merkte, dass ihm nur Streicheleinheiten zuteil wurden, fing er an zu schnurren.

Natalie presste ihn an sich und tanzte mit ihm durch die Wohnung. Simson ließ es sich gefallen, doch nur für eine Weile. Dann versuchte er, sich aus ihren Armen zu befreien.

Natalie war selig. Sie machte noch ein paar Tanzschritte. Alles war gut.

Bernard liebte sie. Dass er sie so bald schon bitten würde, mit ihm zusammenzuleben – damit hatte sie nicht gerechnet. Im Gegenteil. Sie hatte befürchtet, dass zwischen ihnen alles aus war.

Natalie stieß die Tür zu seinem Arbeitszimmer auf – und blieb mit einem Ruck stehen. Die schwarzen Lederkästen auf seinem Schreibtisch hatten sich verdoppelt!

Sie schaute in die obersten hinein. Wieder Unmengen von kostbarem Schmuck.

Langsam klappte Natalie den Deckel wieder zu. Sie konnte sich absolut keinen Reim darauf machen.

Oder doch? Plötzlich glaubte sie ganz sicher zu sein, dass es sich bei Bernard um einen sogenannten »Gentleman-Verbrecher« handelte, der sich selbst die Hände nicht schmutzig machte, aber Millionengeschäfte tätigte, indem andere für ihn arbeiteten.

Sie presste die Hände an die Brust. Würde sie ertragen können, dass ihr Geliebter einem solchen »Beruf« nachging?

Sie dachte lange über diese Frage nach, dann kam sie zu dem Entschluss, dass nur ihre Liebe zählte – nichts sonst. Sie wollte für das Heute leben. An morgen konnte sie denken, wenn morgen war.

Bernard kam zurück, zwei große Tüten im Arm. Natalie begrüßte ihn so überschwänglich, als sei er ewig lange weg gewesen. Er ließ es sich gern gefallen.

»Wenn ich in deine Wohnung ziehe, müssen wir den Vermieter benachrichtigen – oder nicht?«, meinte sie.

Bernard schmunzelte. »Ist schon geschehen.«

Natalie riss die Augen auf. »Wirklich? Wann hast du ihn angerufen?«

»Gleich heute Morgen. Selbstverständlich hat er nichts dagegen.«

Natalie konnte sich keinen Reim darauf machen. Doch dann widmete sie sich dem üppigen Frühstück.

»Hattest du ... hattest du etwas mit dem jungen Mann, der bei Madame Faugeres wohnt?«, fragte Bernard plötzlich.

Überrascht sah Natalie auf. »Du meinst Ludovic?« Verächtlich schüttelte sie den Kopf. »Er gehört zu den Männern, die sich unwiderstehlich finden und glauben, alle Frauen müssten bei ihrem Auftauchen in Ohnmacht fallen. Dabei ist er auch noch ziemlich dreist. Mehr als einmal musste ich ihm auf die Finger klopfen. Einmal habe ich ihm sogar eine kräftige Ohrfeige verpasst.«

»Ach ja?«

»Er hatte mich in seinem Wagen mitgenommen. Und weil ich nicht wollte, dass Madame Faugeres sich etwas Falsches denkt – sie tut nämlich ziemlich übertrieben mit ihrem Neffen – wollte ich schon eine Straße vorher aussteigen. Da hat er mich plötzlich geküsst.«

»Und da hast du ihm eine Ohrfeige gegeben?«, stellte Bernard mit sichtlichem Vergnügen fest.

Hätte er damals noch ein paar Sekunden länger zugeschaut, dann hätte er sich gar keine Sorgen machen müssen.

»Ich mache mir nichts aus so jungen Bürschchen. Er hat ja gerade die Schule hinter sich gebracht«, sagte Natalie.

Am Nachmittag erschien Fabien. Natalie hatte inzwischen wieder ihre Hose und den Pullover angezogen und bedauerte, dass sie keine anderen Sachen zum Wechseln hatte.

Fabien erkundigte sich nach Natalies Befinden und trank mit Bernard einen Pastis. Schließlich verabschiedete er sich wieder, denn er hatte das Gefühl, zu stören.

Als er gegangen war, erhob sich Bernard und zog Natalie ebenfalls hoch. »Komm, wir beide kaufen jetzt ein«, schlug er vor.

»Was denn?«, fragte sie verblüfft.

»Alles, was du haben möchtest. Schuhe, Wäsche, Röcke, Blusen, Hosen, Kleider, ein Lederkostüm vielleicht. Oder einen Mantel? Dazu eine schicke Umhängetasche.«

»Aber ich ... ich habe kein Geld«, sagte Natalie verlegen.

»Ich habe genug für uns beide, Natalie.« Er zwinkerte ihr zu. »Nun komm schon. Mach dir keine Gedanken. Es trifft keinen Armen.«

Sie seufzte bekümmert. Damit mochte Bernard wohl recht haben. Aber sie hielt sich eisern an ihren Entschluss, nicht an die Zukunft zu denken.

Bernard bestellte ein Taxi, weil er keine Lust hatte, für seinen Wagen einen Parkplatz zu suchen.

Und ehe sie die erste Boutique betraten, bat er den Mann, zu warten, was der natürlich sehr gern tat. An so einem Einkaufsbummel beteiligt zu sein, bedeutete für ihn, ordentlich dabei zu verdienen, denn die Uhr im Wagen lief weiter.

Natalie war entzückt, wie hübsch die neue Mode war. Es gab kaum ein Stück, das ihr nicht stand. Sie konnte fast alles tragen. Bernard drängte sie, alles zu nehmen, was ihr gefiel.

Nach zwei Stunden wollte Natalie aufhören. »Du musst schon wahnsinnig viel Geld ausgegeben haben«, meinte sie. »Ich kann das alles gar nicht annehmen.«

»Und ob du das kannst.« Bernard küsste sie vor den Augen der Verkäuferin. »Und nun bringen wir alles nach Hause. Ich glaube, ich habe das Recht auf eine private Modenschau. Anschließend gehen wir essen.«

Natalie widersprach nicht mehr. Bernard zückte immer nur seine Kreditkarten – und schon war alles erledigt.

Zur Feier des Tages führte er sie in ein teures Restaurant, in dem er zu ihrem Erstaunen noch kurz vor der Souper-Zeit einen Tisch für zwei reservieren konnte.

Natalie kam sich vor wie Alice im Wunderland. Eigentlich müsste ich jeden Augenblick mit lautem Knall auf die Erde zurückfallen, dachte sie. Doch nichts dergleichen geschah.

Sie wurden mit ausgesuchter Höflichkeit bedient. Bernard schien hier bekannt zu sein.

Er zeigt sich in aller Öffentlichkeit. Das bedeutet doch, dass er sich nicht die geringsten Sorgen macht, ertappt und festgenommen zu werden, überlegte Natalie.

Aber man konnte einen Menschen nur verhaften, wenn etwas Verdächtiges gegen ihn vorlag. Wahrscheinlich hatte Bernard es bis heute geschafft, alle Welt von seiner weißen Weste zu überzeugen.

Natalie schaute ihn von der Seite an. Sein markantes Profil gefiel ihr über die Maßen. Zärtlich streckte sie ihre Hand aus, um seine Wange zu berühren.

Bernard lächelte sie verliebt an. »Ich bin sehr glücklich.«

»Ich auch, Liebster.« Natalie flüsterte, weil sich ein Kellner mit dem Dessert näherte.

Sie gingen nach dem Essen noch spazieren, Arm in Arm. Hin und wieder legte Natalie den Kopf an Bernards Schulter, schloss die Augen und ließ sich von ihm führen.

Zu ihm hatte sie grenzenloses Vertrauen. Und wenn er gefährlich lebte, so war sie bereit, dieses Leben zu teilen.

Als sie seine Wohnung wieder betraten, die bald auch ihre sein würde, sanken sie sich in die Arme.

»Wann habe ich zum letzten Mal deine Brüste berührt?«, murmelte Bernard an Natalies Ohr.

»Es ist eine Ewigkeit her«, flüsterte sie.

Es machte sie glücklich, dass Bernard sie so sehr begehrte.

Wenig später lagen sie auf seinem Bett.

***

»Bald wird es Winter, und du hast keinen Pelzmantel«, stellte Bernard ein paar Tage später fest.

Sie verbrachten jede Stunde zusammen. Und bis jetzt war es ihnen noch nicht langweilig geworden, sich immer wieder ihre Liebe zu gestehen.

Die Schwierigkeiten, das Haus zu verlassen und zurückzukehren, ohne gesehen zu werden, hatten sie bis jetzt gemeistert. Sie machten sich einen richtigen Spaß daraus, die Concierge zu überlisten.

Bernard ging zu der Frau, um sie abzulenken, inzwischen huschte Natalie auf die Straße. Einmal wäre sie beinahe von Paulette Faugeres gesehen worden, die auf der anderen Straßenseite mit ihrem Einkaufskorb kam. Natalie konnte sich gerade noch hinter einem Wagen verstecken.

»Ich bin mein Leben lang ohne Pelzmantel ausgekommen«, erwiderte sie.

»Ich möchte meine Liebste aber gern in einem schönen Pelz sehen. Komm, wir kaufen einen.«

Es war manchmal atemberaubend, wie spontan Bernard sein konnte. Doch bevor sie die Wohnung verließen, klingelte das Telefon.

Bernards Gesicht wurde sofort streng geschäftlich. Er sagte ein paar Worte in den Hörer, die Natalie zwar verstand, aber nicht deuten konnte. Ihr Herz klopfte schneller.

Sie verließen gemeinsam die Wohnung. Und dann geschah das Unvermeidliche! Auf der Treppe begegnete ihnen Ludovic. Er schaute reichlich überrascht drein.

»Nanu, Natalie! Ich dachte, du bist ans Meer gefahren?« Er musterte sie von Kopf bis Fuß.

Natürlich sah auch er, dass sie teuer und elegant angezogen war. Auf all das konnte er sich keinen Reim machen.

»Ich bin vorzeitig zurückgekehrt, werde mich aber die nächsten Tage noch bei einem Freund aufhalten«, erklärte ihm Natalie.

»Mademoiselle wird dann ihre Sachen bei Madame Faugeres abholen lassen. Das können Sie ihr schon mal ausrichten«, fügte Bernard hinzu. Dann hakte er Natalie unter und zog sie mit sich fort.

Ludovic stand da und machte ein ziemlich dümmliches Gesicht, das sich langsam zu einer ärgerlichen Grimasse verzog. Was würde Tante Paulette sagen?

Natalie mit diesem Monsieur Bernard? Was hatte das zu bedeuten?

Schnellen Schrittes stürmte er die Treppe hinauf. Paulette war gerade dabei, ein Kreuzworträtsel zu lösen. Das gehörte zu ihren Lieblingsbeschäftigungen.

»Ein See in Kanada. Der Anfangsbuchstabe ist ...«

»Weißt du, wen ich gerade gesehen habe?«, platzte Ludovic heraus.

Paulette sah verwundert hoch. »Was ist denn los? Du bist ja ganz aufgeregt.«

»Mademoiselle Rich. Am Arm von diesem Monsieur Gautier ... aus dem zweiten Stock. Sie hat mich ziemlich ... hochnäsig von oben herab behandelt«, berichtete Ludovic atemlos.

»Nein ...« Paulettes Augen weiteten sich vor Überraschung. »Das ist unmöglich ...«

»Doch«, beharrte Ludovic. »Sie sagte, sie würde die nächsten Tage noch bei einem Freund verbringen. Ich kann mir schon denken, bei wem. Monsieur Gautier hat gesagt, dass sie ihre Sachen abholen lassen wird.«

»Sie wird abholen lassen«, wiederholte Paulette.

Sie hatte sich von ihrer Überraschung erholt und stellte sich in Gedanken vor, was die anderen im Haus zu dieser umwerfenden Neuigkeit sagen würden. »Ich finde, sie ist undankbar. Ich habe doch nun wirklich genug für sie getan, indem ich sie für einen Spottpreis hier wohnen ließ. Findest du nicht?«

Sie wartete eine Antwort ihres Neffen gar nicht ab. »Und dann verschwindet sie einfach bei Nacht und Nebel, ohne mir Bescheid zu sagen. Kein feines Benehmen, wirklich nicht. Aber ich habe schon immer gesagt, dass diese amerikanischen Frauen recht leichtfertig sind. Wieder einmal habe ich recht behalten«, trumpfte sie auf. »Schließlich kann ich mir auf meine Menschenkenntnis etwas einbilden.«

Ludovic ließ sich auf einen Stuhl fallen. Es ärgerte ihn, dass Natalie sich ihm gegenüber so kühl verhalten hatte. Zum ersten Mal bekam er eine Ahnung davon, dass er vielleicht doch noch nicht so viel Format hatte wie andere Männer. Wie Monsieur Gautier zum Beispiel.

Er verzog verächtlich das Gesicht. Wahrscheinlich hat sie es nur aufs Geld abgesehen, fuhr er in seinen Überlegungen fort. In diesem Punkt ist sie wie alle Frauen.

Paulette aber erhob sich. Sie schaute auf die Uhr und beschloss, draußen ein wenig spazieren zu gehen. Vielleicht traf sie jemanden, dem sie diese empörende Neuigkeit gleich brühwarm weitererzählen konnte.

***

»Wollen Sie den Mantel gleich mitnehmen?«, erkundigte sich die Verkäuferin liebenswürdig. Bernard hatte für Natalie einen sündhaft teuren Nerz gekauft.

»Nein. Wir haben noch etwas vor. Bitte schicken Sie ihn morgen an diese Anschrift.« Er reichte der Verkäuferin seine Visitenkarte.

Natalie machte einen langen Hals, weil sie gern gewusst hätte, welcher Beruf unter seinem Namen stand.

»Dunkle Geschäfte«, würde ihrer Meinung nach passen. Sie musste an sich halten, um nicht vor sich hinzukichern. Seit sie sich mit dem Gedanken vertraut gemacht hatte, dass Bernard ein Mann war, für den sich die Grenze von Recht und Unrecht ein wenig verschoben hatte, akzeptierte sie das alles, wie es war. Vor zwei Tagen hatten sie einen Film angeschaut. Er handelte von der Macht der Mafia in Amerika. Harte, brutale Männer waren darin vorgekommen, die bei schönen Frauen ganz weich werden konnten.

»Komm, Liebste. Du träumst am helllichten Tag«, sagte Bernard. Er nahm ihren Arm und verließ mit ihr das Geschäft.

»Wir müssen uns trennen«, sagte er dann unvermittelt.

Natalie starrte ihn entgeistert an. »Trennen? Aber Bernard ...«

Bernard lachte. »Nur für zwei Stunden, Natalie. Ich muss noch etwas erledigen. Etwas Geschäftliches.« Er sah auf die Uhr. »Wir treffen uns in zwei Stunden vor Perrier's. Du weißt, das große Schmuckgeschäft auf den Champs-Élysées.«

»Ja, natürlich kenne ich das.« Natalie hielt den Atem an. »Hast du dort etwas zu erledigen?«

»Ja.« Bernard zwinkerte ihr zu. »Wir sprechen heute Abend darüber, ja? In der Zwischenzeit setzt du den Einkaufsbummel fort und kaufst dir, was dir Spaß macht. Bis später, Liebste.«

Ehe sie noch ein Wort sagen konnte, war er schon an den Fahrbahnrand getreten und hatte einem herankommenden freien Taxi gewinkt.

Natalie wandte sich ab. In ihr war alles in Aufruhr. Was würde sie in zwei Stunden erwarten? Was hatte Bernard vor?

Er würde doch wohl keine Unvorsichtigkeit begehen, nur um ihr zu imponieren? Sie schüttelte den Kopf. So schätzte sie ihn nicht ein.

Natalie ging in ein Café und bestellte sich einen Cognac, um ihre flatternden Nerven zu beruhigen. Die Zeit kroch nur so dahin.

Immer wieder ging sie in Gedanken alle möglichen Situationen durch und hoffte inständig, dass sie sich richtig verhalten würde.

Endlich war es soweit. Sie ließ sich mit einem Taxi zu »Perrier's« bringen.

Als sie ausstieg, stand Bernard schon da. Mit einem strahlenden Lächeln eilte er auf sie zu und küsste sie, als habe er sie seit Ewigkeiten nicht gesehen.

Sie betraten den Laden und wurden von einer vornehmen und sehr exklusiven Atmosphäre empfangen. In einem großen Raum waren Tische mit Spiegeln und sehr gemütlich wirkenden Polstermöbeln verteilt.

An einigen saßen Damen und Herren und probierten Schmuckstücke an.

Sie steuerten einen freien Tisch an. Ein Verkäufer im dunklen Anzug näherte sich.

»Sie wissen ja Bescheid«, sagte Bernard nur.

Der Herr nickte, verschwand und kam wenig später mit einem länglichen Lederbehälter zurück, den er aufklappte und vor ihnen auf den Tisch stellte. Dann entfernte er sich diskret.

In der Schatulle befanden sich drei wunderschöne Colliers. Natalie blieb fast die Luft weg.

»Such dir eines aus«, forderte Bernard sie auf. »Das ist mein Verlobungsgeschenk.«

»Dein ... was?« Natalie riss die Augen auf.

»Mein Verlobungsgeschenk an dich«, wiederholte Bernard geduldig und weidete sich an ihrer Überraschung. »Wertmäßig unterscheiden sie sich nicht. Sie sind nur verschieden gearbeitet. Mir persönlich gefällt dieses hier am besten. Ich meine, es würde gut zu dir passen. Darf ich?«

Er nahm die mit Brillanten besetzte Kette, öffnete geschickt den mehrmals gesicherten Verschluss und legte sie Natalie um den Hals.

Sie starrte wie gebannt in den Spiegel. So etwas Schönes hatte sie noch nie besessen. Bernard beugte sich zu ihr und küsste sie auf den Hals.

»Lass dir Zeit mit der Wahl«, sagte er.

»Mir gefällt dieses auch am besten«, flüsterte Natalie mit schwankender Stimme. »Aber ist es nicht viel zu teuer?«

»Ich bezahle hier nicht«, sagte Bernard lächelnd.

Das Entsetzen kroch Natalies Rücken herauf. Das konnte nicht gut gehen. Sie würden beide hinter Gittern verschwinden und sich vor Sehnsucht nacheinander verzehren.

»Ich finde, wir sollten uns das noch einmal überlegen, Bernard«, sagte sie leise und bemühte sich, dass niemand von den Angestellten merkte, wie unsicher sie sich fühlte. »Im Augenblick habe ich kein Verlangen nach einem Collier.«

»Aber ich. Und es steht dir wirklich ganz ausgezeichnet.« Bernard schob die Schatulle mit den anderen beiden Schmuckstücken etwas achtlos zur Seite und erhob sich. »Du kannst es gleich anbehalten.«

Natalie stockte der Atem. Er würde doch nicht wagen, jetzt einfach mit ihr das Geschäft zu verlassen? Sie griff nach ihrem Seidenschal, den sie achtlos in die Jackentasche gestopft hatte, und schlang ihn locker um den Hals.

»Warum denn das?«, fragte Bernard verwundert. »Man sieht dann ja nichts mehr von den schönen Steinen.« Er schob den Schal wieder zurück.

Natalie schaute sich hilflos um. Warum war der Verkäufer auch so leichtsinnig, sie einfach mit dem wertvollen Schmuck allein zu lassen? Hatte man hier unbegrenztes Vertrauen zu der Kundschaft?

Bernard hakte sie unter. Sie gingen zur Tür. Eine junge Verkäuferin öffnete ihnen. »Auf Wiedersehen«, sagte sie lächelnd.

Bernard nickte ihr nur zu. Natalie bekam kein Wort heraus. Hatte die Frau denn nicht bemerkt, dass sie eine Kostbarkeit trug, die sie nicht bezahlt hatten? Waren denn hier alle blind und taub?

Sie waren auf der Straße schon ein paar Schritte gegangen, da hörten sie hinter sich die Stimme eines Mannes. »Monsieur, bitte warten Sie!«

Natalie gefror das Blut in den Adern. Man hatte den Diebstahl entdeckt! Sie war bereit, mit Bernard zu fliehen, doch der wandte sich ruhig um und blieb stehen.

»Bitte unterschreiben Sie noch kurz die Entnahme des Colliers, damit die Buchhaltung keine Schwierigkeiten hat.« Der Mann hielt Bernard ein Blatt auf einer festen Unterlage hin.

Bernard unterschrieb flüchtig. »Okay, Charles. Sonst noch was? Anfang der Woche bin ich wieder da. Aber wenn es etwas Wichtiges gibt, können Sie mich zu Hause erreichen. Am besten in den Abendstunden. Tagsüber sind wir viel unterwegs.«

Der Mann nickte ergeben, dann ging er in das Geschäft zurück. Natalie begriff gar nichts mehr.

»Du hast die Kette nicht gestohlen?«, fragte sie mit brüchiger Stimme.

»Gestohlen?« Bernard lachte. »Aber wie kommst du denn darauf? So einfach ist das nicht. Der ganze Laden ist mit Kameras versehen, die von den Kunden nicht bemerkt werden können.«

»Hast du das Collier schon vorher bezahlt?« Das war des Rätsels Lösung! Warum war sie nicht schon vorher draufgekommen?

»Es wird nicht bezahlt. Ich habe es entnommen. Ich bin schließlich der Eigentümer. Das wollte ich dir heute Abend ohnehin sagen.«

»Wie bitte?« Natalie schaute ihn fassungslos an.

»Perrier's ist das Werk meines Großvaters mütterlicherseits. Ich als einziger Erbe bin in die Schmuckbranche eingetreten, wenn auch etwas widerwillig. Viel lieber wäre ich ein guter Profifotograf geworden. Aber nun bin ich auch so zufrieden.«

»Dir gehört Perrier's?« Ihre Stimme drohte zu versagen.

»Ja, Liebste. Ich hoffe, du entziehst mir jetzt nicht deine Zuneigung. Wenn du willst, vermache ich alles einem Wohltätigkeitsverein.« Bernard lächelte.

»Oh, Bernard!«, rief Natalie und sank an seine Brust. »Verzeih mir bitte, aber ich habe solche Angst ausgestanden. Ich dachte, du wärst ein Dieb.«

Bernard hielt sie ein Stück von sich ab und sah sie an. »Und du hättest trotzdem mitgemacht?«

»Es blieb mir doch gar nichts anderes übrig. Hätte ich dich vielleicht im Laden verraten sollen? Sobald wir auf der Straße waren, wollte ich loslaufen. Da rief dieser Mann hinter uns her ...«

Bernard drückte sie heftig an sich. Er war gerührt, dass sie so zu ihm halten, ja, sogar mit ihm fliehen wollte.

»Ich dachte, dass einer der Angestellten inzwischen die Polizei alarmiert und dass man uns auf der Straße verhaftet.«

»Davor hattest du Angst, Liebste?«

»Nicht so sehr davor. Aber die Vorstellung, dass wir uns dann lange nicht gesehen hätten, war sehr schlimm für mich. Ich liebe dich so sehr. Keine Sekunde möchte ich dich vermissen.«

Sie wussten nicht, wie lange sie eng umschlungen standen. Irgendwann löste sich Natalie von ihm. Ihre Hand fuhr zum Hals. Das Collier war noch da. Sie hatte das alles nicht geträumt. Alles war wundervolle Wirklichkeit.

Endlich kam die Freude über das schöne Schmuckstück. Sie küsste Bernard zärtlich auf den Mund.

»Wie sehr du mich verwöhnst, Bernard. Ich danke dir. Manchmal kann ich unsere Liebe immer noch nicht ganz glauben und warte darauf, dass unser schöner Traum wie eine Seifenblase zerplatzt.«

»Sei nicht so pessimistisch, Natalie. Natürlich wird unsere Verliebtheit eines Tages einer etwas ruhigeren Harmonie weichen. Aber ich weiß, dass ich dich immer lieben werde. Bis ans Ende meiner Tage.«

»Oh, Bernard.« Wieder musste Natalie vor Glück weinen.

***

»Ich werde aus dem Geschäft jemanden kommen lassen, der bei Madame Faugeres deine Sachen zusammenpackt«, sagte Bernard zwei Tage später zu Natalie.

Sie überlegte. »Eigentlich möchte ich das lieber selbst machen, Bernard. Und ich möchte mich auch richtig von ihr verabschieden, wie es sich gehört. Schließlich werden wir uns öfter sehen, wenn wir in dieser Wohnung bleiben.«

»Wir bleiben, wenn sie dir gefällt. Ich liebe dieses Haus, weil es so zentral und doch so ruhig liegt.«

»Gehört es dir auch?«

Bernard nickte.

Natalie war schon gar nicht mehr überrascht. Genau so hatte sie es sich gedacht.

»Wenn du aber das Bedürfnis hast, mal etwas anderes sehen zu wollen, fliegen wir an die Côte d'Azur. Dort besitze ich eine kleine Villa, sehr hübsch gelegen, etwas erhöht, mit Blick aufs Meer.«

»Lust hätte ich schon«, erwiderte Natalie versonnen. »Aber erst will ich das Ergebnis der Prüfungen abwarten. Dann bekomme ich nämlich auch den Termin für die mündliche Prüfung. Ich könnte mir ein paar Bücher einpacken und unten in der Sonne lernen. Das wäre schön.«

Bernard küsste sie hingebungsvoll auf den Hals, auf ihr schönes, makelloses Dekolleté. Seine rechte Hand knöpfte ihre Bluse auf. Weich und warm legte sich seine Hand um ihre Brust. Daumen und Zeigefinger spielten mit der rosigen Warze.

Natalie stöhnte sehnsüchtig. »Wir wollten doch zu Paulette ...«

»Später, Liebste, später. Im Augenblick habe ich nur den Wunsch, dich zu spüren, ganz dicht bei mir ...«

Sie befreiten sich hastig von ihren Kleidern. Ganz nackt standen sie dann voreinander und streichelten sich gegenseitig.

Natalies Beine gaben nach. Sie sank auf den Teppich und ließ sich von Bernard mit atemberaubenden Zärtlichkeiten verwöhnen. Irgendwann spürte sie seinen Mund wieder an ihrem Hals.

Seine Hände schoben sich unter ihren Po und hoben ihn ein wenig an. Dann drang er langsam in sie ein.

Natalie stöhnte auf. »Bernard, es ist so wunderbar.«

Alles in ihr vibrierte. Und es dauerte nicht lange, bis sie ihren Höhepunkt erlebte.

Bernard aber machte weiter. Sie verschmolzen zu einer Einheit – und hielten sich umschlungen. Erst nach einer langen Zeit rafften sie sich zum Aufstehen auf. Sie duschten gemeinsam und hatten wieder ihren Spaß dabei.

Als Natalie eine halbe Stunde später zu Paulette kam, glaubte sie, man müsse ihr ansehen, was sie vor Kurzem mit Bernard erlebt hatte.

Aber sie schämte sich ihrer Liebe nicht. Im Gegenteil. Sie war stolz darauf. Sie war stolz und glücklich, eine solche Erfüllung gefunden zu haben.

Paulette Faugeres wusste nicht so recht, was sie sagen sollte. Sie hätte Natalie gern Vorwürfe gemacht, aber in Monsieur Gautiers Gegenwart traute sie sich nicht.

Zwar versuchte sie einige Spitzen anzubringen, doch die schienen nicht anzukommen.

»Selbstverständlich zahle ich Ihnen noch eine Miete für den laufenden Monat«, sagte Natalie. »Damit Sie keinen Ausfall haben.«

»Auch für Untermieter gilt eine dreimonatige Kündigungsfrist«, beharrte Paulette auf ihrem nicht vorhandenen Recht. »Der Hauseigentümer selbst hat das so angeordnet.«

Natalie warf Bernard einen Blick zu, doch er schrieb ohne zu zögern die Summe auf den Scheck, die Paulette verlangte, obwohl er wusste, dass sie log. Es war ihm wichtiger, seine Anonymität zu wahren, als sich mit ihr wegen ein paar hundert Euro auseinanderzusetzen.

»Auf Wiedersehen, Madame Faugeres. Es war sehr nett bei Ihnen«, sagte Natalie mit ironischem Unterton in der Stimme. »Wir werden uns ja noch öfter begegnen.«

»Ich wünsche Ihnen alles Gute!«, sagte Paulette zuckersüß. Doch ihr grimmiger Blick verriet genau das Gegenteil.

»Vielen Dank.«

»Auch ich danke Ihnen, Madame, dass Sie meine Verlobte immer so nett und freundlich behandelt haben«, sagte Bernard.

»Oh, nichts zu danken, Monsieur«, erwiderte Paulette verwirrt und schaute den beiden nach.

Erst als sie die Tür hinter ihnen geschlossen hatte, ging ihr auf, dass diese Worte vielleicht gar nicht so gemeint sein könnten.

Dennoch betrachtete sie zufrieden den Scheck. Als Ludovic kam, erzählte sie sofort, was sie in Erfahrung gebracht hatte.

»Es wird böse enden mit den beiden«, schloss sie ihren Bericht düster.

»Warum?« Ludovic konnte ihren Gedankengängen nicht recht folgen.

Am Nachmittag hatte er eine tolle Frau kennengelernt und sich für heute Abend mit ihr verabredet. Leider fehlte ihm wieder mal das nötige Kleingeld.

»Kannst du mir etwas leihen, Tante Paulette?«, erkundigte er sich mit einschmeichelnder Stimme. »Ich brauche dringend ein paar Lehrbücher. Und du weißt, dass die wahnsinnig teuer sind.«

Paulette gab einen empörten Laut von sich, doch dann tat sie wie immer, was Ludovic wollte. Er küsste sie überschwänglich. Und sie ließ es sich mit gemischten Gefühlen gefallen.

***

Natalie zitterte vor Aufregung. Als sie dann endlich das Zeugnis in den Händen hielt, musste sie weinen.

»Um Himmels willen, Natalie! Ist es wieder schiefgegangen?«, erkundigte sich Danielle, eine Studentin. Auch sie hatte beim ersten Mal Pech gehabt, jetzt aber bestanden.

»Nein, alles ist gut gelaufen.« Natalie umarmte die Studienkollegin voller Freude. »Ich habe nicht daran geglaubt. Darum jetzt meine Reaktion.«

Bernard wartete draußen auf sie. Sie flog ihm um den Hals. Er hielt sie ganz fest und streichelte beruhigend ihre Schultern.

»Du hast also bestanden. Herzlichen Glückwunsch, Liebste. Heute Abend gehen wir groß aus. Und übermorgen fliegen wir nach Nizza. Die Erholungspause hast du dir verdient.«

»Die mündliche Prüfung findet erst in sechs Wochen statt, sodass ich noch genügend Zeit habe, mich gründlich darauf vorzubereiten.«

»Die wirst du auch schaffen, Natalie. Ich weiß es. Du bist die schönste und die klügste Frau, die ich je kennengelernt habe. Ich bin stolz auf dich, mein Liebling.«

Sie machten einen langen Spaziergang. Als sie am Nachmittag nach Hause kamen, ging Natalie sofort zum Briefkasten.

Bernard bemerkte ihr enttäuschtes Gesicht. »Was ist los?«

»Wieder nichts. Ich hatte an meine Eltern geschrieben. Sie lassen einfach nichts von sich hören. Nie hätte ich gedacht, dass sie so stur sind.«

Wenig später erwies sich, dass Natalie den Eltern mit ihrer Vermutung unrecht getan hatte. Das Telefon klingelte. Ihre Mutter war am Apparat.

Natalie war überglücklich. Sie erzählte, was sich in der letzten Zeit Entscheidendes in ihrem Leben verändert hatte. Dann sprach sie mit ihrem Daddy.

Zunächst verhielten sich die Eltern noch ziemlich reserviert. Doch nach und nach konnte auch Mister Rich seinen Groll auf seine Tochter nicht mehr aufrechterhalten.

Dass sie einen Mann kennengelernt hatte und aller Voraussicht nach bald heiraten würde, war für ihn Grund genug gewesen, nachzugeben.

»Was macht er denn, dein Bernard?«

»Genaues weiß ich nicht.« Natalie zwinkerte Bernard zu, der mithörte. »Irgendetwas, das mit Schmuck zu tun hat.«

»Na, ich werde ihn mir mal vorknöpfen, wenn wir euch besuchen. Dann muss er mir Rede und Antwort stehen.«

Natalie unterdrückte ein Lachen.

»Wann soll die Verlobungsfeier sein?«, fragte ihr Vater.

Natalie machte ein ratloses Gesicht.

»In drei Wochen«, flüsterte Bernard ihr zu.

Sie gab diese Nachricht an ihren Vater weiter, der versprach, dann mit der Mama herüberzukommen.

Als sie aufgelegt hatte, setzte Natalie sich auf Bernards Schoß. »War das dein Ernst mit dem Verlobungstermin?«

»Natürlich. Und die Hochzeit können wir gleich anhängen, dann brauchen deine Eltern nicht noch mal über den großen Teich zu kommen.«

»Oh, das macht ihnen nichts aus, glaube ich. Im Gegenteil. Wenn sie sich Paris erst einmal angeschaut haben, werden sie bestimmt gern und oft wiederkommen. Vielleicht sogar öfter, als uns lieb sein wird.«

»Ich bin gespannt auf deine Mutter. Sie muss eine schöne Frau sein.«

Wieder läutete das Telefon. Lucille verlangte Bernard zu sprechen.

Natalie war am Apparat. Sie hielt die Hand über die Sprechmuschel und sagte Bernard Bescheid. Er hob stöhnend die Arme.

»Sie ist hartnäckiger, als die Polizei erlaubt«, sagte er ärgerlich.

Natalie winkte ihm beruhigend zu. »Hören Sie, Mademoiselle«, sagte sie mit kühler Stimme. »Mein Verlobter ist leider nicht zu sprechen. Er ist müde und muss sich ausruhen. Er hat einen anstrengenden Tag gehabt. Bitte, nehmen Sie zur Kenntnis, dass wir von Ihnen nicht mehr gestört werden wollen.«

Sie hörte ein wütendes Schnauben am anderen Ende der Leitung, dann legte Lucille auf.

»Alle Achtung, Natalie. Du kannst ja richtig energisch sein. Hätte ich dir gar nicht zugetraut. Dafür gibt es einen Extrakuss.«

»Ich nehme es mit jeder Frau auf, die etwas von dir will«, murmelte Natalie, bevor sie sich in seine Arme sinken ließ.

ENDE